香港文學大系

散文卷二

危令敦 主編

商務印書館

香港文學大系一九一九——一九四九・散文卷二

主　　編：危令敦
責任編輯：洪子平
封面設計：張　毅
出　　版：商務印書館（香港）有限公司
香港筲箕灣耀興道 3 號東滙廣場 8 樓
http://www.commercialpress.com.hk
發　　行：香港聯合書刊物流有限公司
香港新界大埔汀麗路 36 號中華商務印刷大廈 3 字樓
印　　刷：中華商務彩色印刷有限公司
香港新界大埔汀麗路 36 號中華商務印刷大廈
版　　次：2014 年 7 月第 1 版第 1 次印刷

ISBN 978 962 07 4506 5

《香港文學大系一九一九——一九四九》人員名單

編輯委員會

總主編　陳國球

副總主編　陳智德

編輯委員　危令敦　陳國球　陳智德　黃子平　黃仲鳴　樊善標（按姓氏筆畫序）

顧問

王德威　李歐梵　許子東　陳平原　黃子平（按姓氏筆畫序）

各卷主編

1 新詩卷　陳智德
2 散文卷一　樊善標
3 散文卷二　危令敦
4 小說卷一　謝曉虹
5 小說卷二　黃念欣
6 戲劇卷　盧偉力
7 評論卷一　陳國球
8 評論卷二　林曼叔
9 舊體文學卷　程中山
10 通俗文學卷　黃仲鳴
11 兒童文學卷　霍玉英
12 文學史料卷　陳智德

總序

陳國球

香港文學未有一本從本地觀點與角度撰寫的文學史，是說膩了的老話，也是一個事實。早期出現多種境外出版的香港文學史，疏誤實在太多，香港學界乃有先整理組織有關香港文學的資料，然後再為香港文學修史的想法。由於上世紀三〇年代面世的《中國新文學大系》被認為是後來「新文學史」書寫的重要依據，於是主張編纂香港文學大系的聲音，從一九八〇年代開始不絕於耳。[1] 這個構想在差不多三十年後，首度落實為十二卷的《香港文學大系一九一九—一九四九》。際此，有關「文學大系」如何牽動「文學史」的意義，值得我們回顧省思。

一、「文學大系」作為文體類型

在中國，以「大系」之名作書題，最早可能就是一九三五至三六年出版，由趙家璧主編，蔡元培總序，胡適、魯迅、茅盾、朱自清、周作人、郁達夫等任各集編輯的《中國新文學大系》。「大系」這個書業用語源自日本，指有系統地把特定領域之相關文獻匯聚成編以為概覽的出版物：「大」指此一出版物之規模；「系」指其間的組織聯繫。[2] 趙家璧在《中國新文學大系》出版五十年後的回憶文章，就提到他以「大系」為題是師法日本；他以為這兩字：

既表示選稿範圍、出版規模、動員人力之「大」，而整套書的內容規劃，又是一個有「系統」的整體，是按一個具體的編輯意圖有意識地進行組稿而完成的，與一般把許多單行本雜湊在一起的叢書文庫等有顯著的區別。[3]

《中國新文學大系》出版以後，在不同時空的華文疆域都有類似的製作，並依循着近似的結構方式組織各種文學創作、評論以至相關史料等文本，漸漸被體認為一種具有國家或地區文學史意義的文體類型。[4] 資料顯示，在中國內地出版的繼作有：

- 《中國新文學大系一九二七—一九三七》（上海：上海文藝出版社，一九八四—一九八九）；
- 《中國新文學大系一九三七—一九四九》（上海：上海文藝出版社，一九九〇）；
- 《中國新文學大系一九四九—一九七六》（上海：上海文藝出版社，一九九七）；
- 《中國新文學大系一九七六—二〇〇〇》（上海：上海文藝出版社，二〇〇九）。

另外也有在香港出版的：

- 《中國新文學大系續編一九二八—一九三八》（香港：香港文學研究社，一九六八）。

在臺灣則有：

- 《中國現代文學大系》（一九五〇—一九七〇）（台北：巨人出版社，一九七二）；
- 《當代中國新文學大系》（一九四九—一九七九）（台北：天視出版事業有限公司，一九七九—一九八一）；

➤《中華現代文學大系——臺灣一九七〇—一九八九》（台北：九歌出版社，一九八九）；
➤《中華現代文學大系（貳）——臺灣一九八九—二〇〇三》（台北：九歌出版社，二〇〇三）。

在新加坡和馬來西亞地區有：

➤《馬華新文學大系》（一九一九—一九四二）（新加坡：世界書局／香港：世界出版社，一九七〇—一九七二）；
➤《馬華新文學大系（戰後）》（一九四五—一九七六）（新加坡：世界書局，一九七九—一九八三）；
➤《新馬華文文學大系》（一九四五—一九六五）（新加坡：教育出版社，一九七一）；
➤《馬華文學大系》（一九六五—一九九六）（新山：彩虹出版有限公司，二〇〇四）。

內地還陸續支持出版過：

➤《戰後新馬文學大系》（一九四五—一九七六）（北京：華藝出版社，一九九九）；
➤《新加坡當代華文文學大系》（北京：中國華僑出版公司，一九九一—二〇〇一）；
➤《東南亞華文文學大系》（廈門：鷺江出版社，一九九五）；
➤《臺港澳暨海外華文文學大系》（北京：中國友誼出版公司，一九九三）等。

其他以「大系」名目出版的各種主題的文學叢書，形形色色還有許多，當中編輯宗旨及結構模式不少已經偏離《中國新文學大系》的傳統，於此不必細論。

1 「文學大系」的原型

由於趙家璧主編的《中國新文學大系》正是「文學大系」編纂方式的原型，其構思如何自無而有，如何具體成形，以至其文化功能如何發揮，都值得我們追跡尋索，思考這類型的文化工程的意義。在時機上，我們今天進行追索比較有利，因為主要當事人趙家璧，在一九八〇年代陸續發表回顧編輯生涯的文章，尤其乂長萬字的〈話說《中國新文學大系》〉，除了個人回憶，還多方徵引紀錄文獻和相關人物的記述，對《新文學大系》由編纂到出版的過程有相當清晰的敘述。[5] 後來不少研究者如劉禾、徐鵬緒及李廣等，討論《中國新文學大系》的編輯過程時，幾乎都不出《編輯憶舊》一書所載。[6] 在此我們不必再費詞重複，而只揭其重點。

首先我們注意到作為良友圖書公司一個年輕編輯，趙家璧有編「成套文學書」的事業理想；同時，身為商業機構的僱員，他當然要照顧出版社的成本效益、當時的版權法例，以至政治審查等種種限制。[7] 從政治及文化傾向而言，趙家璧比較支持左翼思想，對國民政府正在推行的「新生活運動」，以至提倡尊孔讀經、重印古書等，不以為然。因此，他想要編集「五四」以來的文學作品成叢書的想法，可說是在運動落潮以後，重新召喚歷史記憶及其反抗精神的嘗試。[8]

在趙家璧構思計劃的初始階段，有兩本書直接起了啟迪作用：阿英（錢杏邨）介紹給他的劉半農編《初期白話詩稿》，以及阿英以筆名「張若英」寫的《中國新文學運動史》。前者成了趙家璧「理想中的那本『五四』以來詩集的雛形」，後者引發他思考：「如果沒有『五四』新文學運動的理論建設，怎麼可能產生如此豐富的各類文學作品呢？」由是，趙家璧心中要鋪陳展現的不僅止是歷史上出現過的文學現象，他更要揭示其間的原因和結果；原來僅限作品採集的「『五四』以來文學名著百種」的想法，變成「請人編選各集，在集後附錄相關史料」的比較立體的構想，再進而落實為「一套包括理論、作品、史料」的「新文學大系」。《史料集》一卷的作用主要是為選入的作品佈置歷史定位的座標，提供敘事的語境；而「理論」部分，因為鄭振鐸的建議，擴充為《建設理論集》和《文學論爭集》。這兩集被列作《大系》的第一、二集，引領讀者走進一個文學史敘事體的閱讀框架：新文學好比這個敘事體中的英雄，其誕生、成長，以至抗衡、挑戰，甚而擊潰其他文學「惡」勢力（包括「舊體文學」、「鴛鴦蝴蝶文學」等）的故事輪廓就被勾勒出來。其餘各集的長篇〈導言〉，從不同角度作出點染着色，讓置身這個「歷史圖象」的各體文學作品，成為充實「寫真」的具體細部。

《中國新文學大系》的主體當然是其中的《小說集》、《散文集》、《新詩集》和《戲劇集》等七卷。劉禾對《大系》作了一個非常矚目的判斷；她認定它「是一個自我殖民的規劃」（“self-colonizing project”），證據之一是《大系》按照「小說、詩歌、戲劇、散文」的文類形式四分法（“four-way division of generic forms”）組織「所有文學作品」，而這四種文類形式是英語的“fiction”，“poetry”，“drama”，“familiar prose”的對應翻譯，《大系》把這種西方文學形式的「『翻譯』的基準」（“‘translated’ norms”）典律化，使自梁啟超以來顛覆古典文學之經典地位的想法得成具體（crystallized）；所謂「自我殖民化」的意思是，趙家璧的《中國新文學大系》視西方為「中國文學」意義最終解釋的根據地。[9] 衡之於當時的歷史狀況，劉禾這個論斷應該是一種非常過度的詮釋。首先西方的文學論述傳統似乎沒有以「小說、詩歌、戲劇、散文」的四分法來統領「所有文學作品」。[10]而現代中國的「文學概論」式的文類四分法可說是一種揉合中西文學觀的混雜體；其構成基礎還是中國傳統的「詩文」分類，再加上受西方文學傳統影響而致「文學位階」得以提升的「小說」與「戲劇」，統合成文學的四種類型。這四種文體類型的傳播已久；翻查《民國時期總書目》，我們可以看到以這些文類概念作為編選範圍的現代文學選本，在《大系》出版以前或約略同時，就有不少，例如《新詩集》（一九二〇）、《現代中國詩歌選》（一九三三）、《當代小說讀本》（一九三二）、《短篇小說選》（一九三四）、《近代戲劇集》（一九三〇）、《現代中國戲劇選》（一九三三）等等。[11]趙家璧的回憶文章提到，他當時考慮過的「文類」是：「長篇小說」、「短篇小說」、「散文」、「詩」、「戲劇」、「理論文章」，[12]而不是四分文類的定型思考。因此，這種文類觀念的通行，不應該由趙家璧或《中國新文學大系》負責。事實上後來出現的「文學大系」亦沒有被趙家璧的先例所限囿，例如：《中國新文學大系一九二七—一九三七》增加了「報告文學」和「電影」；《中國新文學大系一九三七—一九四九》的小說類再細分「短篇」、「中篇」和「長篇」，又另闢「雜文」集；《中國新文學大系一九七六—二〇〇〇》的小說類除長、中、短篇以外，增設「微型」一項，又調整和增補了「紀實文學」、「兒童文學」、「影視文學」。可見「四分法」未能賅括所有中國現代文學的文類。

劉禾指《中國新文學大系》「自我殖民」——完全依照西方標準（而不是中國傳統文學的典範）來斷定「文學」的內涵——更是一種「污名化」的詮釋。如果採用同樣欠缺同情關懷的批判方式，我們也可以指摘那些拒絕參照西方知識架構的文化人為「自甘被舊傳統宰制的原教主義信徒」。無論是那一種方向的「污名化」，都不值得鼓勵，尤其在已有一定歷史距離的今天作學術討論時。近代以來中國知識份子面對西潮無所不至的衝擊，其間危機感帶來的焦慮與徬徨，實在是前古所未有。正如朱自清說當時學術界的趨勢，「往往以西方觀念為範圍去選擇中國的問題，姑無論將來是好是壞，這已經是不可避免的事實」；[13] 在這個關頭，有責任感的知識份子都在思考中國文化「如何應變」、「自何自處」的問題。無論他們採用哪一種內向或者外向的調適策略，都有其歷史意義，需要我們同情地了解。

胡適、朱自清，以至茅盾、鄭振鐸、魯迅、周作人，或者鄭伯奇、阿英，這些《中國新文學大系》各卷的編者，各懷信仰，尤其對於中國未來的設想，取徑更千差萬別；但在進行編選工作時，其相同的思路還是明顯的——就是為歷史作證。從各集的〈導言〉可見，其關懷的歷史時段長短不一；有只駐目於關鍵的「新文學運動第一個十年」，如鄭振鐸的《文學論爭集・導言》，或者朱自清的《詩集・導言》；也有由今及古、上溯文體淵源，再探中西同異者，如郁達夫的《散文二集・導言》。[14] 當然，其中歷史視野最為宏闊的是時任中央研究院院長的蔡元培所寫的〈總序〉。〈總序〉以「歐洲近代文化，都從復興時代演出」開篇，將「新文學運動」比附為歐洲的「文藝復興」運動；此時中國以白話取代文言為文學的工具，好比「復興時代」歐洲各民族以方言而非拉丁文創作文學。蔡元培在文章結束時說，「歐洲的復興」歷三百年，「我國的復興，自五四運動以來不過十五年」：

> 新文學的成績，當然不敢自詡為成熟。其影響於科學精神民治思想及表現個性的藝術，均尚在進行中。但是吾國歷史，現代環境，督促吾人，不得不有奔軼絕塵的猛進。吾人自期，至少應以十年的工作抵歐洲各國的百年。所以對於第一個十年先作一總審查，使吾人有以鑑既往而策將來，希望第二個十年與第三個十年時，有中國的拉飛爾與中國的莎士比亞等應運而生呵！[15]

我們知道自晚清到民國，歐洲歷史上的"Renaissance"是一個重要的象徵符號，是許多文化人的迷思；然而這個符號在中國的喻指卻是多變的。有比較重視歐洲在中世紀以後追慕希臘羅馬古典著述之「古學復興」的意義，認為偏重經籍整理的清代學術與之相似；也有注意到十字軍東征為歐洲帶來外地文化的影響，謂清中葉以後西學傳入開展了中國的「文藝復興」；又有從歐洲「文藝復興」時期出現以民族語言創作文學而產生輝煌的作品着眼，這就是自一九一七年開始的「文學革命」的宣傳重點。[16] 蔡元培的〈總論〉也是這種論述的呼應，但結合了他對中西文化發展的觀察，使得「新文學」與「尚在進行中」的「科學精神」、「民治思想」及「表現個性的藝術」等變革相互關聯，從而為閱讀《大系》中各個獨立文本的讀者提供了詮釋其間文化政治的指南針。[17]

《中國新文學大系》的結構模型——賦予文化史意義的「總序」、從理論與思潮搭建的框架、主要文類的文本選樣，經緯交織的導言，加上史料索引作為鋪墊——算不上緊密，但能互相扣連，又留有一定的詮釋空間，反而有可能勝過表面上更周密，純粹以敘述手段完成的傳統文學史書寫，更能彰顯歷史意義的深度。

2「新文學大系」的繼承

《中國新文學大系》面世以後，贏得許多的稱譽；[18]正如蔡元培和茅盾等的期待，趙家璧確有意續編第二、第三輯。[19]一九四五年抗戰接近尾聲時，趙家璧在重慶就開始着手組織「抗戰八年文學」的第三輯編輯工作，並邀約了梅林、老舍、李廣田、茅盾、郭沫若、葉紹鈞等編選各集。[20]但時局變幻，這個計劃並未能按預想實行。一九四九年以後，政治氣氛也不容許趙家璧進行續編的工作；即使已出版的第一輯《中國新文學大系》，亦不再流通。

直至一九六二年及一九七二年香港文學研究社先後兩次重印《中國新文學大系》；[21]香港文學研究社還在一九六八年出版了《中國新文學大系・續編》。這個《續編》同樣有十集，取消了《建設理論集》，補上新增的《電影集》。至於編輯概況，《續編・出版前言》故作神秘，説各集主編名字不適宜刊出，但都是「國內外知名人物」，「分在三地東京、星加坡、香港進行」編輯，以四年時間完成。事實上《續編》出版時間正逢大陸文化大革命如火如荼，文化人備受迫害；各種不幸的消息，相繼傳到香港，故此出版社多加掩蔽，是情有可原的。據現存的資訊顯示，編輯的主要工作由在大陸的常君實和香港文學研究社的譚秀牧擔當；[22]然而兩人之間並無直接聯繫，無法互相照應。另一方面，二人各因所處環境和視野的局限，所能採集的資料難以全面；在大陸政治運動頻仍，顧忌甚多；在香港則材料散落，張羅不易；再加上出版過程並不順利，即使在香港的譚秀牧亦不能親睹全書出版。[23]這樣得出來的成績，很難説得上完美。不過，我們要評價這個「文學大系」傳統的第一任繼承者，應該要考慮當時的各種限制。無論如何，在香港出版，其實頗能說明香港的文化空間的意義，其承載中華文化的方式與成效亦頗值得玩味。[24]

《中國新文學大系》的「正統」繼承，要等到中國的文化大革命正式落幕。從一九八〇年到一九八二年，上海文藝出版社徵得趙家璧同意，影印出版十集《中國新文學大系》，同時組織出版《中國新文學大系一九二七—一九三七》二十冊作為第二輯，由社長兼總編輯丁景唐主持，趙家璧作顧問，一九八四年至一九八九年陸續面世；隨後，趙家璧與丁景唐同任顧問的第三輯《中國新文學大系一九三七—一九四九》二十冊於一九九〇年出版，第四輯《中國新文學大系一九四九—一九七六》二十冊於一九九七年出版。二〇〇九年由王蒙、王元化總主編第五輯《中國新文學大系一九七六—二〇〇〇》三十冊，繼續由上海文藝出版社出版；二十世紀以前的「新文學」，好像都有了「大系」作為相照的汗青。這「第二輯」到「第五輯」的說法，顯然是繼承、延續之意。然而第一輯到第二輯之間，其政治實況是中國經歷從民國到共和國的政權轉換，在大陸地區社會文化曾經發生翻天覆地的劇變。「嫡傳」、「正宗」的想像，其實需要刻意忽略這些政治社會的裂縫。當然趙家璧的認可，被邀請作顧問，讓這個「嫡傳」的合法性增加一種言說上的力量。不過，這後四輯對其他「大系」卻未必有明顯的垂範作用；起碼從面世時間先後來說，比起海外各大系之承接「新文學」薪火，反而是後發的競逐者。

在這個看來「嫡傳」的譜系中，因為時移世易，各輯已有相當的變異或者發展。在內容選材上，最明顯的是文體類型的增補，可見文類觀念會因應時代需要而不斷調整；這一點上文已有交代。另一個顯而易見的形式變化是：第二、三、四輯都沒有總序，只有〈出版說明〉。《大系》原型的第一輯每集都有〈導言〉，即使是同一文類的分集，如「小說」三集分別有茅盾、魯迅、鄭伯奇的論述；「散文」兩集又有周作人和郁達夫兩種觀點。其優勢正在於論述交錯間的矛盾與縫隙，可以生發更繁富的意義。第二、三輯開始，同一文類只冠以一位名家序言，論述角度當然有統整齊一之效。再看第二、三兩輯的〈說明〉基本修辭都一樣，聲明編纂工作「以馬克思列寧主義，毛澤東思想為指針，堅持從新文學運動的實際出發」，前者以「反帝反封建的作品佔主導地位」，後者的主導則是「革命的、進步的作品」；毫不含糊地為文學史的政治敘事設定格局；這當然是第一輯以「新文學」為敘事英雄的激昂發展；第二、三輯的理論集序文，大概有着指標的作用，據此可以推想：第二輯的主角是「左翼文藝運動」，第三輯是「文藝為政治（戰爭）服務」。

第四輯〈出版說明〉的文字格式與前兩輯不同，逗漏了又一種訊息。這一輯出版於一九九七年，形勢上無論出於外發還是內需，有必要營構一個廣納四方的空間：「對那些曾經遭受過錯誤批判和不公正對待，或者在『文革』中雖未能正式發表、出版，但在社會上廣泛流傳產生過較大影響的作品，都一視同仁地加以遴選」；「這一時期發表的臺灣、香港、澳門作家的新文學作品，一並列選。」於是少不了臺灣余光中的一縷鄉愁、瘂弦掛起的紅玉米；異品如馬朗寄居在香港的焚琴浪子，也得到收容。第五輯〈出版說明〉繼續保留「這一時期發表的臺灣、香港、澳門作家的新文學作品，一並列選」的句子，其為政治姿態，眾人皆見；尤其各卷編者似乎有很大的自由度決定他們對臺港澳的關切與否。因此我們實在不必介懷其所選所取是否「合理」、是否「得體」。

只不過若要衡度政治意義，則美國華裔學者夏志清、李歐梵和王德威之先後入選四、五兩輯，或者有需要為讀者釋疑，可惜兩輯的編者都未有任何說明。

第五輯回復有〈總序〉的傳統，共有兩篇。其中〈總序二〉是王元化生前在編輯會議上的發言；因此王蒙撰寫的一篇才是正式的〈總序〉。這一篇意在綜覽全局的序文，可與王蒙在第四輯寫的《小說卷・序》合觀；兩篇分別寫於一九九六年及二〇〇九年的文章，都表示要以正面、積極的態度去面對過去。王蒙在第四輯努力地討論「記憶」的意義，說「記憶實質是人類的一切思想情感文化文明的基礎和根源」，其目的是找到「歷史」與「現實」的通感類應。在第五輯〈總序〉王蒙則標舉「時間」；說時間是「慈母」，「偏愛已經被認真閱讀過並且仍然值得重讀或新讀的許多作品」；又說時間如「法官」：「無情地惦量着昨天」：

> 時間法官同樣有差池，但是更長的時間的回旋與淘洗常常能自行糾正自己的過失，時間的因素同樣能製造假象，但是更長的時間的反復與不舍晝夜的思量，定能使文學自行顯露真容。

《中國新文學大系》發展到第五輯，其類型演化所創造出來的方向、習套和格式已經相當明晰。不過，我們還有一系列「教外別傳」的範例可以參看。

3 「文學大系」的「教外別傳」

我們知道臺灣在一九七二年就有《中國現代文學大系》的編纂，由巨人出版社組織編輯委員會，余光中撰寫〈總序〉，編選一九五〇年到一九七〇年的小說、散文、詩三種文類作品，合成八輯。另外司徒衛等在一九七九年至一九八一年編輯出版《當代中國新文學大系》十集，沿用《中國新文學大系》原型的體例，唯一變化是《建設理論集》改為《文學論評集》，而取材以一九四九年到一九七九年在臺灣發表之新文學作品為限。兩輯都明顯要繼承趙家璧主編《大系》的傳統，但又要作出某種區隔。司徒衛等編委以「當代」標明其時間以國民政府遷臺為起點，與止於一九二七年的趙編《大系》並非線性相連。余光中等的《大系》則以「現代文學」之名與「新文學」區辨。他撰寫的〈總序〉非常刻意的辨析臺灣新開展的「現代文學」與「五四早期新文學」之不同。相對來說，余光中比司徒衛更長於從文學發展的角度作分析；司徒衛的論調卻多有迎合官方意志之嫌。然而我們不能說《當代中國新文學大系》水準有所不如；事實上這個《當代大系》各集的編者大都具有文學史的眼光，取捨之間，極見功力；各集都有導言，觀點又起縱橫交錯的作用。其中瘂弦主編的《詩集》視野更及於臺灣以外的華文世界——從體例上可能與全書不合，但從概念上卻是當時的「中國」概念的一種詮釋；香港不少詩人如西西、蔡炎培、淮遠、羈魂、黃國彬的作品都被選入。余光中等編《現代文學大系》的選取範圍基本上只在臺灣，只是朱西甯在「小說輯」中收錄了張愛玲兩篇小說，另外（張）曉風編的「散文輯」又有思果三篇作品，但都沒有解釋說明；張愛玲是否「臺灣作家」是後來臺灣文學史一個爭論熱點；這些討論可以從此出發。論規模和完整格局，《當代中國新文學大系》實在比《中國現代文學大系》優勝，但後者的編輯團隊——余光中、朱西甯、洛夫、曉風——也是有份量的本色行家，所撰各體序文都能照應文體通變，又關聯到當時臺灣的文學生態。其中朱西甯序小說篇末，詳細交代《大系》的體例，其中一個論點很值得注意：

> 我們避免把「大系」作為「文選」，只圖個體的獨立表現，精選少數卓越的小說家作品中的菁華，而忽略了整體的發展意義。這可以用一句話來說，我們所選輯的是可成氣候的作品。如此「大系」也便含有了「索引」的作用，供後世據此而獲致從事某一小說家的專門研究資料蒐集的線索。[25]

朱西甯這個論點不必是《中國現代文學大系》各主編的共同認識，[26]但卻為「文學大系」的文類功能作出一個很有意義的詮釋。

「文學大系」的文類傳統在臺灣發展，余光中最有貢獻。在巨人出版社的《中國現代文學大系》以後，他繼續主持了兩次「大系」的編纂工作：由九歌出版社先後於一九八九年出版《中華現代文學大系——臺灣一九七〇——一九八九》，二〇〇三年出版《中華現代文學大系（貳）——臺灣一九八九——二〇〇三》。兩輯都增加了《戲劇卷》和《評論卷》；前者涵蓋二十年，共十五冊；後者十五年，十二冊。余光中也撰寫了各版《現代文學大系》的〈總序〉。在臺灣思考文學史或者文學傳統，難免要連繫到「中國」這個概念。在巨人版《大系．總序》，余光中的重點是把一九四九年以後臺灣的「現代文學」與「五四」時期的「新文學」相提並論，也講到臺灣文學「與昨日脱節」——對三、四十年代作家作品的陌生——帶來的影響：向更古老的中國古典傳統和西方學習。他又解釋以「大系」為名的意義：「除了精選各家的佳作之外，更企圖從而展示歷史的發展，和文風的演變，為二十年來的文學創作留下一筆頗為可觀的產業。」他更曲終奏雅，在〈總序〉的結尾説：

我尤其要提醒研究或翻譯中國現代文學的所有外國人：如果在泛政治主義的煙霧中，他們有意或無意地竟繞過了這部大系而去二十年來的大陸尋找文學，那真是避重就輕，一偏到底了。[27]

這是向「國際人士」呼籲，也可以作為「中國」二字放在書題的解釋：真正的「中國文學」在臺灣，而不在大陸；這是文學上的「正統」之爭。但從另一個角度來看，對臺灣許多知識份子而言，「中國」這個符號的意義，已經慢慢從政治信念變成文化想像，甚或虛擬幻設；我們知道，中華民國於一九七一年退出聯合國，一九七二年美國總統尼克遜訪問北京。在司徒衛等編成《當代中國新文學大系》之前不久，一九七八年十二月美國與中華民國斷絕外交關係。

所以，九歌版的兩輯「大系」，改題《中華現代文學大系》，並加註「臺灣」二字，是國際政治形勢使然。「中華」是民族文化身份的標誌，其指向就是「文化中國」的概念；「臺灣」則是具體的地理空間。余光中在《臺灣一九七〇——一九八九》的總序探討《中國現代文學大系》到《中華現代文學大系》前後四十年的變化，注意到一九八七年解除「戒嚴令」後兩岸交流帶來的文化衝擊，從而思考「臺灣文學」應如何定位的問題。「中國的文學史」與「中華民族的滾滾長流」，是當時余光中和他的同道企盼能找到答案的地方。到了《中華現代文學大系（貳）》，余光中卻有另一角度的思考，他說：

> 臺灣文學之多元多姿，成為中文世界的巍巍重鎮，端在其不讓土壤，不擇細流，有容乃大。如果把……非土生土長的作家與作品一概除去，留下的恐怕無此壯觀。[28]

他還是注意到臺灣文學在「中文世界」的地位，不過協商的對象，不再是外國研究者和翻譯家，而是島內另一種文學取向的評論家。

究之，余光中的終極關懷顯然就是「文學史」或者「歷史上的文學」。在他主持的三輯「文學大系」中，他試圖揭出與文學相關的「時間」與「變遷」，顯示文學如何「應對」與「抗衡」。「時間」是「文學大系」傳統的一個永恆母題。王蒙請「時間」來衡量他和編輯團隊（第五輯《中國新文學大系》）的成績：

> 我們深情地捧出了這三十卷近兩千萬言的《中國新文學大系》第五輯，請讀者明察，請時間的大河、請文學史考驗我們的編選。[29]

余光中在《中華現代文學大系（貳）．總序》結束時說：

> 至於對選入的這兩百多位作家，這部世紀末的大系是否真成了永恆之門、不朽之階，則猶待歲月之考驗。新大系的十五位編輯和我，樂於將這些作品送到各位讀者的面前，並獻給

漫漫的廿一世紀。原則上，這些作品恐怕都只能算是「備取」，至於未來，究竟其中的哪些能終於「正取」，就只有取決定悠悠的時光了。[30]

4「文學大系」的基本特徵

以上看過兩個系列的「文學大系」，大抵可以歸納出這種編纂傳統的一些基本特徵：

一、「文學大系」是對一個範圍的文學（一個時段、一個國家／地區）作系統的整理，以多冊的、「成套的」文本形式面世；

二、這多冊成套的文學書，要能自成結構；結構的方式和目的在於立體地呈現其指涉的文學史；「立體」的意義在於超越敘事體的文學史書寫和示例式的選本的局限和片面；

三、「時間」與「記憶」、「現實」與「歷史」是否能相互作用，是「文學大系」的關鍵績效指標；

四、「國家文學」或者「地區文學」的「劃界」與「越界」，恆常是「文學大系」的挑戰。

二、「香港的」文學大系：《香港文學大系一九一九——一九四九》

1 「香港」是甚麼？誰是「香港人」？

葉靈鳳，一位因為戰禍而南下香港然後長居於此的文人，告訴我們：

香港本是新安縣屬的一個小海島，這座小島一向沒有名稱，至少是沒有一個固定的總名……。這一直到英國人向清朝官廳要求租借海中小島一座作為修船曬貨之用，並指名最好將「香港」島借給他們，這才在中國的輿圖上出現了「香港」二字。[31]

「命名」是事物認知的必經過程。事物可能早就存在於世，但未經「命名」，其存在意義是無法掌握的。正如「香港」，如果指南中國邊陲的一個海島，據史書大概在秦帝國設置南海郡時，就收在版圖之內。但在統治者眼中，帝國幅員遼闊，根本不需要一一計較領土內眾多無名的角落。用葉靈鳳的講法，香港島的命名因英國人的索求而得入清政府之耳目；[32]而「香港」涵蓋的範圍隨着清廷和英帝國的戰和關係而擴闊，再經歷民國和共和國的默認或不願確認，變成如今天香港政府公開發佈的描述：

香港是一個充滿活力的城市，也是通向中國內地的主要門戶城市。……香港是中華人民共和國成立的特別行政區。香港自一八四二年開始由英國統治，至一九九七年，中國政府按照「一國兩制」的原則對香港恢復行使主權。根據《基本法》規定，香港目前的政治制度將會維持五十年不變，以公正的法治精神和獨立的司法機構維持香港市民的權利和自由。……香港位處中國的東南端，由香港島、大嶼山、九龍半島以及新界（包括二六二個離島）組成。[33]

「香港」由無名，到「香港村」、「香港島」，到「香港島、九龍半島、新界和離島」合稱，經歷了地理上和政治上不同界劃，經歷了一個自無而有，而變形放大的過程。更重要的是，「香港」這個名稱底下要有「人」；有人在這個地理空間起居作息，有人在此地有種種喜樂與憂愁、言談與詠歌。有人，有生活，有恩怨愛恨，有器用文化，「地方」的意義才能完足。

猜想自秦帝國及以前，地理上的香港可能已有居民，他們也許是越族畬民。李鄭屋古墓的出土，或許可以說明漢文化曾在此地流播。[34]據說從唐末至宋代，元朗鄧氏、上水廖氏及侯氏、粉嶺文氏及彭氏五族開始南移到新界地區。許地山，從臺灣到中國內地再到香港直至長眠香港土地下的另一位文化人，告訴我們：

香港及其附近底居民，除新移入底歐洲民族及印度波斯諸國民族以外，中國人中大別有四種：一、本地；二、客家；三、福佬；四、蛋家。……本地人來得最早的是由湘江入蒼梧順西江下流底。稍後一點底是越大庾嶺由南雄順北江下流底。[35]

「本地」，不免是外來；香港這個流動不絕的空間，誰是土地上的真正主人呢？再追問下去的話，秦漢時居住在這個海島和半島上的，是「香港人」嗎？大概只能說是南海郡人或者番禺縣人；再晚來的，就是寶安縣人、新安縣人吧。因為當時的政治地理，還沒有「香港」這個名稱、這個概念。然而，換上了不同政治地理名號的「人」，有甚麼不同的意義？「人」和「土地」的關係，就會有所改變嗎？

2 定義「香港文學」

「香港文學」過去大概有點像南中國的一個無名島，島民或漁或耕，帝力於我何有哉？自從上世紀八〇年代開始，「香港文學」才漸漸成為文化人和學界的議題。這當然和中英就香港前途問題進行談判，以至一九八四年簽訂中英聯合聲明，讓香港進入一個漫長的過渡期有關。「香港有沒有文學」、「甚麼是香港文學」等問題陸續浮現。前一個問題，大概出於與「香港文學」、或者所有「文學」都無甚關涉的人。香港以外地區有這種觀感的，可以理解；值得玩味的是在港內同樣想法的人並不是少數；責任何在？實在需要深思。至於後一個問題，則是一個定義的問題。

要定義「香港文學」，大概不必想到唐宋秦漢，因為相關文學成品（artifact）的流轉，大都在「香港」這個政治地理名稱出現以後。[36]只便如此，還是困擾了不少人。一種定義方式，是以文本創製者為念：說文學是性靈的抒發，故「香港文學」應是「香港人所寫的文學」。這個定義帶來的問題首先是「誰是香港人」？另一種方式，從作品的內容着眼，因為文學反映生活，如果這生活的場景就是香港，當然就是「香港文學」。依着這個定義，則不涉及香港具體情貌的作品，是要排除在外了。再有一種，以文本創製工序的完成為論，所以「香港文學」是「在香港出版、面世的文學作品」。此外，與出版相關的是文學成品的受眾，所以這個定義可以改換成以「接受」的範圍和程度作準：「在香港出版，為香港人喜愛（最低限度是願意）閱讀的文學作品。」先不說定義中還是包含未有講明白的「香港人」一詞，而且「讀者在哪裏？」是不易說清楚的。事實上，由於歷史的原因，以香港為出版基地，但作者讀者都不在香港的情況不是沒有。[37] 因為香港就是這麼奇妙的一個文學空間。[38]

從過去的議論見到，創作者是否「香港人」是一個基本問題；換句話說，很多討論是圍繞着「香港作家」的定義來展開。有一種可能會獲得官方支持的講法是：「持有香港身份證或居港七年以上，曾出版最少一冊文學作品或經常在報刊發表文學作品」；[39] 這個定義的前半部分是以「政治」和「法律」論文學的一例，很難令人釋懷；[40] 兼且「法律」是有時效的，這時不合法並不排除那時的「非違法」。我們認為：「文學」的身份和「文學」的有效性不必倚仗一時的統治法令去維持。至於「出版」與「報刊發表」當然是由創作到閱讀的「文學過程」中一個接近終點的環節，可以是一個有效的指標；而出版與發表的流通範圍，究竟應否再加界定？是可以進一步討論的。

3 劃界與越界

我們在歸納「文學大系」的編纂傳統時，第一點提到這是「對一個範圍的文學（一個時段、一個國家／地區）作系統的整理」；第四點又指出「國家文學」或者「地區文學」的「劃界」與「越界」，恆常是「文學大系」的挑戰；兩點都是有關「劃定範圍」的問題。上文的討論是比較概括地把「香港文學」的劃界方式「問題化」（problematize），目的在於啟動思考，還未到解決或解脫的階段。

以下我們從《香港文學大系》編輯構想的角度，再進一步討論相關問題。首先是時段的界劃。目前所見的幾本國內學者撰寫的「香港文學史」，除了謝常青的《香港新文學簡史》外，[41] 其餘都是以一九四九或一九五〇年為正式敘事起始點。這時中國內地政情有重大變化，大陸和香港兩地的區隔愈加明顯；以此為文學史時段的上限無疑是方便的，也有一定的理據。然而，我們認為香港文學應該可以往上追溯。因為新文學運動以及相關聯的「五四運動」，是香港現代文化變遷的一個重要源頭。北京上海的波動傳到香港，無疑有一定的時間差距，但「五四」以還，直到一九四九年，香港文學的實績還是班班可考的。因此我們選擇「從頭講起」，擬定「一九一九年」和「一九四九年」兩個時間指標，作為《大系》第一輯工作上下限；希望把源頭梳理好，以後第二輯、第三輯……，可以順流而下，進行其他時段的考察。我們明白這兩個時間標誌源於「非文學」的事件，卻認為這些事件與文學的發展有密切的關聯。我們又同意這個時段範圍的界劃不是確切不能動搖的，尤其上限不必硬性定在一九一九年，可以隨實際掌握的材料往上下挪動。比方說「舊體文學卷」和「通俗文學」的發展應可以追溯到更早的年份；而「戲劇」文本的選輯年份可能要往下移。

第二個可能疑義更多的是「香港文學」範圍的界劃。我們在回顧《中國新文學大系》各輯的規模時，見識過邊界如何「彈性」地被挪移，以收納「臺港澳」的作家作品。這究竟是「越界」還是隨「非文學」的需要而「重劃邊界」？這些新吸納的部分，與原來的主體部分如何，或者是否可以，構成一個互為關聯的系統？我們又看過余光中領銜編纂的《大系》，把張愛玲、夏志清等編入其中。前者大概沒有在臺灣居停過多少天，所寫所思好像與臺灣的風景人情無甚關涉；後者出身上海北京，去國後主要在美國生活、研究和著述。[42] 他們之「越界」入選，又意味着甚麼樣的文學史觀？

《香港文學大系》編輯委員會參考了過去有關「香港文學」、「香港作家」的定義，認真討論以下幾個原則：

一、「香港文學」應與「在香港出現的文學」有所區別（比方説瘂弦的詩集《苦苓林的一夜》在香港出版，但此集不應算作香港文學）；

二、（在一段相當時期內）居住在香港的作者，在香港的出版平台（如報章、雜誌、單行本、合集等）發表的作品（例如侶倫、劉火子在香港發表的作品）；

三、（在一段相當時期內）居住在香港的作者，在香港以外地方發表的作品（例如謝晨光在上海等地發表的作品）；

四、受眾、讀者主要是在香港，而又對香港文學的發展造成影響的作品（如小平的女飛賊黃鶯系列小説；這一點還考慮到早期香港文學的一些現象：有些生平不可考，是否同屬一人執筆亦未可知，但在香港報刊上常見署以同一名字的作品）。

編委會各成員曾將各種可能備受質疑的地方都提出來討論。最直接意見的是認為「相當時期」

一語太含糊，但又考慮到很難有一個學術上可以確立的具體時間（七年以上？十年以上？）。各項原則應該從寬還是從嚴？內容寫香港與否該不該成為考慮因素？文學史意義以香港為限還是包括對整體中國文學的作用？這都是熱烈爭辯過的議題。大家都明白《大系》中有不同文類，個別文類的選輯要考慮該文類的習套、傳統和特性，例如「通俗文學」的流通空間主要是「省港澳」（廣州、香港、澳門），「新詩」的部分讀者可能在上海，「戲劇」會關心劇作與劇場的關係。各種考慮，林林總總，很難有非常一致的結論。最後，我們同意請各卷主編在採編時斟酌上列幾個原則，然後依自己負責的文類性質和所集材料作決定；如果有需要作出例外的選擇，則在該卷〈導言〉清楚交代。大家的默契是以「香港文學」為據，而不是歧義更多的「香港作家」概念，尤其後者更兼有作家「自認」與他人「承認」與否等更複雜的取義傾向。歷史告訴我們，「香港」的屬性，從來就是流動不居的。在《大系》中，「香港」應該是一個文學和文化空間的概念：「香港文學」應該是與此一文化空間形成共構關係的文學。香港作為文化空間，足以容納某些可能在別一文化環境不能容許的文學內容（例如政治理念）或形式（例如前衛的試驗），或者促進文學觀念與文本的流轉和傳播（影響內地、臺灣、南洋、其他華語語系文學，甚至不同語種的文學，同時又接受這些不同領域文學的影響）。我們希望《香港文學大系》可以揭示「香港」這個「文學／文化空間」的作用和成績。

4 「文學大系」而非「新文學大系」

《香港文學大系》的另一個重要構想是，不用「大系」傳統的「新文學」概念，而稱「文學大系」。這個撰擇關係到我們對「香港文學」以至香港文化環境的理解。在中國內地，「新文學」以「文學革命」的姿態登場，其抗衡的對象是被理解為代表封建思想的「舊」文化與「舊」文學；為了突出「新文學」，於是「舊」的範圍和其負面程度不斷被放大。革命行動和歷史書寫從運動一開始就互相配合，「新文學」沒有耐心等待將來史冊評定它的功過，文學革命家如胡適從《留學日記》、〈文學改良芻議〉、〈建設的文學革命論〉到《五十年來中國之文學》，都是一邊宣傳革命、實行革命，一邊修撰革命史。這個策略在當時中國的環境可能是最有效的，事實上與「國語運動」同時並舉的「新文學運動」非常成功，其影響由語言、文學，到文化、社會、政治，可謂無遠弗屆。[43] 十多年後趙家璧主編《中國新文學大系》，其目標不在經驗沈澱後重新評估過去的新舊對衡之意義，而在於「運動」之奮鬥記憶的重喚，再次肯定其間的反抗精神。

香港的文化環境與中國內地最大分別是香港華人要面對一個英語的殖民政府。為了帝國利益，港英政府由始至終都奉行重英輕中的政策。這個政策當然會造成社會上普遍以英語為尚的現象，但另一方面中國語言文化又反過來成為一種抗衡的力量，或者成為抵禦外族文化壓迫的最後堡壘。由於傳統學問的歷史比較悠久，積聚比較深厚，比較輕易贏得大眾的信任甚至尊崇。於是通曉儒經國學、能賦詩為文（古文、駢文），隱然另有一種非官方正式認可的社會地位。另一方面，來自內地——中華文化之來源地——的新文學和新文化運動，又是「先進」的象徵，當這些帶有開新和批判精神的新文學從內地傳到香港，對於年輕一代特別有吸引力。受「五四」文學新潮影響的學子，既有可能以其批判眼光審視殖民統治的不公，又有可能倒過來更加積極學習英語文學及文化，以吸收新知，來加強批判能力。至於「新文學」與「舊文學」之間，既有可能互相對抗，也有協成互補的機會。換句話說，英語代表的西方文化，與中國舊文學及新文學構成一個複雜多角的關係。如果簡單借用在中國內地也不無疑問的獨尊「新文學」觀點，就很難把「香港文學」的狀況表述清楚。

事實上，香港能寫舊體詩文的文化人，不在少數。報章副刊以至雜誌期刊，都常見佳作。這部分的文學書寫，自有承傳體系，亦是香港文學文化的一種重要表現。例如前清探花，翰林院編修，官至南書房行走、江寧提學使的陳伯陶，流落九龍半島二十年，編纂《勝朝粵東遺民錄》、《明東莞五忠傳》等，又研究宋史遺事，考證官富場（現在的官塘）宋王臺、侯王廟等歷史遺跡；他的所為，和葉靈鳳捧着清朝嘉慶二十四年刊《新安縣志》珍本，辛勤考證香港的前世往跡有甚麼不同？一個傳統的讀書人，離散於僻遠，如何從地誌之「文」，去建立「人」與「地」與「時」的關係？我們是否可以從陳伯陶與友儕在一九一六年共同製作的《宋臺秋唱》詩集中，見到那上下求索的靈魂在嘆息？他腳下的土地，眼前的巨石，能否安頓他的心靈？詩篇雖為舊體，但其中的文心，不是常新嗎？[44] 可以說，「香港文學」如果缺去了這種能顯示文化傳統在當代承傳遞嬗的文學記錄，其結構就不能完整。[45]

再如擅寫舊體詩詞的黃天石，又與另一位舊體詩名家黃冷觀合編「通俗文學」的《雙聲》雜誌，發表鴛鴦蝴蝶派小說；後來又是「純文學」的推動者，創立國際筆會香港中國筆會，任會長十年；又曾辦《文學世界》，支持中國文學研究；影響更大的是以筆名「傑克」寫的流行小說。這樣多面向的文學人，我們希望在《香港文學大系》給予充分的尊重。這也是《香港文學大系》必須有《通俗文學卷》的原因之一。我們認為「通俗文學」在香港深入黎庶，讀者量可能比其他文學類型高得多。再說，香港的「通俗文學」貼近民情，而且語言運用更多大膽試驗，如「粵語入文」，或者「三及第化」，是香港文化以文字方式流播的重要樣本。當然，「通俗文學」主要是商業運作，產量多而水準不齊，資料搜羅固然不易，編選的尺度拿捏更難；如何澄沙汰礫，如何從文學史的角度與其他文類協商共容，都極具挑戰性。無論如何，過去《中國新文學大系》因為以「新文學」為主，把影響民眾生活極大的通俗文學棄置一旁，是非常可惜的。

《香港文學大系》又設有《兒童文學卷》。我們知道「兒童文學」的作品創製與其他文學類型最大的不同是，其擬想的讀者既隱喻作者的「過去」，也寄託他所構想的「未來」；當然作品中更免不了與作者「現在」的思慮相關聯。已成年的作者在進行創作時，不斷與與自己童稚時期的經驗對話，時光的穿梭是一個必然的現象；在《大系》設定一九四九年以前的時段中，「兒童文學」在香港還有一種「空間」穿越的情況，因為不少兒童文學的作者都身不在香港；「空間」的幻設，有時要透過在香港的編輯協助完成。另一方面，這時段的兒童文學創製有不少與政治宣傳和思想培育有關。部分香港報章雜誌上的兒童文學副刊，是左翼文藝工作者進行思想鬥爭的重要陣地。

依照成年人的政治理念去模塑未來，培養革命的下一代，又是這時期香港兒童文學的另一個現象。可以說，「兒童文學」以另一種形式宣明香港文學空間的流動性。

5 「文學大系」中的「基本」文體

「新詩」、「小說」、「散文」、「戲劇」、「文學評論」，這些「基本」的現代文學類型，也是《香港文學大系》的重要部分。這些文類原型的創發與「新文學運動」息息相關，是由中國而香港的「現代性」降臨的一個重要指標。[46]其中新詩的發展尤其值得注意。詩歌從來都是語言文字的實驗室；尤其在移走可以依傍的傳統詩詞的格律框之後，主體的心靈思緒與載體語言之間的纏鬥更加激烈而無邊際。朱自清在《中國新文學大系・詩集》的〈選詩雜記〉中提到他的編選觀點：「我們要看看我們啟蒙期詩人努力的痕跡。他們怎樣從舊鐐銬解放出來，怎樣學習新言語，怎樣尋找新世界。」香港的新詩起步比較遲，但若就其中傑出的作家作品來看，卻能達到非常高的水平。[47]這可能是因為香港的語言環境比較複雜，日常生活中的語言已不斷作語碼轉換，感情思想與語言載體互相作用的頻率特別高，實驗多自然成功機會也增加。相對來說，小說受到寫實主義思潮的引導，而香港的寫實卻又是中國內地小說的再模仿，其依違之間，使得「純文學」的小說家難以無障礙地完成構築虛擬的世界。例如理應展現香港城市風貌的小說場景，究竟是否上海十里洋場的複製，就需要推敲。與包袱比較輕的通俗小說作者相比，學習「新文學」的小說家的道路就比較艱難了，所留下繽紛多元的實績，很值得我們珍視。

散文體最常見的風格要求是明快、直捷，而這時期香港散文的材料主要寄存於報章副刊，編者重回「閱讀現場」的感覺會比較容易達成。《大系》的散文樣本，可以更清晰地指向這時段香港的世態人情，生活的憂戚與喜樂。由於香港的出版自由相對比中國內地高，報章檢查沒有國內嚴苛，只要不觸碰殖民政府「當局」，成為全中國的「輿論中心」是有可能的。報章上的公共言論，有時有會超脱香港本地的視野；香港報章轉成內地輿情的進出口。所以説，「香港」作為一個文化地理的空間，其功能和作用往往不限於本土。《大系》兩卷散文，少不免對此有所揭示。類似的情況又可見於我們的《戲劇卷》。中國現代劇運以動員群眾為目標，啟蒙與革命是主要的戲碼；這時期香港的劇運，不計由英國僑民帶領的英語劇場，可謂全國的附庸，也是政治運動的特遣。讀《香港文學大系》的戲劇選輯，很容易見到政治與文藝結合的前台演出。然而，當中或許有某些不求外揚的藝術探索，或者存在某種本土呼吸的氣息，有待我們細心尋繹。至於香港出現的「文學評論」，其來源也是多元的。越界而來的文藝指導在中國多難的時刻特別多；尤其抗日戰爭和國共內戰期間，政治宣傳和鬥爭往往以文藝論爭的方式出現；其論述的面向是全國而不是香港；這就是「全國輿論中心」的貢獻。[48]然而正因為資訊往來方便，中外的文化訊息在短時間內得以在本地流轉；由此也孕育出不少視野開闊的批評家，其關注面也廣及香港、全中國，以至國際文壇。這也是「香港」的一個重要意義。

6 小結

綜之，我們認為「香港」是一個文學和文化的空間，「香港」可以有一種「文學的存在」；「香港文學」是一個文化結構的概念。我們看到「香港文學」是多元的而又多面向的。我們以一九一九到一九四九為大略的年限，整理我們能搜羅到的各體文學資料，按照所知見的數量比例作安排，「散文」、「小說」、「評論」各分「一九一九—一九四一」及「一九四二—一九四九」兩卷；「新詩」、「戲劇」、「舊體文學」、「通俗文學」、「兒童文學」各一卷，加上「文學史料」一卷，全書共十二卷。每卷主編各撰寫本卷〈導言〉，說明選輯理念和原則，以及與整體凡例有差異的地方和差異的理據。編委會成員就全書方向和體例有充分的討論，與每卷主編亦多番往返溝通。我們不強求一致的觀點，但有共同的信念。我們不會假設各篇〈導言〉組成周密無漏的文學史敘述，所有選材拼合成一張無缺的文學版圖。我們相信虛心聆聽之後的堅持，更有力量；各種論見的交錯、覆疊，以至留白，更能抉發文學與文學史之間的「呈現」與「拒呈現」的幽微意義。我們期望這十二卷《香港文學大系一九一九—一九四九》能夠展示「香港文學」的繁富多姿。我們更盼望時間會證明，十二卷《大系》中的「香港文學」，並沒有遠離香港，而且繼續與這塊土地上生活的人對話。

三、餘話

最後，請讓我簡單交代《香港文學大系一九一九——九四九》編輯的經過。二〇〇九年我和同事陳智德開始聯絡同道，組織編輯委員會，成員包括：黃子平、黃仲鳴、樊善標、危令敦、陳智德以及本人。又邀請到陳平原、王德威、黃子平、李歐梵、許子東擔任計劃的顧問。在籌備階段，我們得到李律仁先生的襄助，私人捐助我們一筆啟動基金。李先生對香港文學的熱誠，對我們的信任，在此致上衷心的感謝。經過編委員討論編選範圍和方針以後，我們組織了《大系》各卷的主編團隊：陳智德（新詩卷、文學史料卷）、樊善標（散文卷一）、危令敦（散文卷二）、謝曉虹（小說卷一）、黃念欣（小說卷二）、盧偉力（戲劇卷）、程中山（舊體文學卷）、黃仲鳴（通俗文學卷）、霍玉英（兒童文學卷）、陳國球（評論卷一）、林曼叔（評論卷二）。編輯委員會通過整體計劃後，我們向香港藝術發展局申請資助，順利通過得到撥款。因為全書規模大，出版並不容易，我們有幸得到聯合出版集團總裁陳萬雄先生的幫忙；陳先生非常熱心香港文化事業，一直關注香港文學史的編撰；經過他的鼎力推介，《香港文學大系一九一九——九四九》由香港商務印書館出版。期間總經理葉佩珠女士與副總編輯毛永波先生全力支持，《大系》編務主持人洪子平先生專業支援，讓《大系》順利分批出版，編委會成員都非常感激。此外，我們還要向為《香港文學大系》題籤的鍾育淳先生敬致謝忱。《大系》編選工作艱巨，各卷主編自是勞苦功高；搜集整理資料的細務，有賴香港教育學院中國文學文化研究中心的成員：楊詠賢、賴宇曼、李卓賢、雷浩文、姚佳琪、許建業等承擔，其中賴宇曼更是後勤工作的總負責人，出力最多。我們相信，《香港文學大系》是一項有意義的文化工作，大家出過的每一分力，都值得記念。

二〇一四年六月三十日定稿

註釋

1 例如一九八四年五月十日在《星島晚報》副刊《大會堂》就有一篇絢靜寫的〈香港文學大系〉，文中說：「在鄰近的大陸，臺灣，甚至星洲，早則半世紀前，遲至近二年，先後都有它們的『文學大系』由民間編成問世。香港，如今無論從哪一個角度看，都不比他們當年落後，何以獨不見自己的『文學大系』出現？」十多年後，二〇〇一年九月廿九日，也斯在《信報》副刊發表〈且不忙寫香港文學史〉說：「在編寫香港文學史之前，在目前階段，不妨先重印絕版作品、編選集、編輯研究資料，編新文學大系，為將來認真編寫文學史作準備。」

2 日本最早用「大系」名稱的成套書大概是一八九六年十一月出版的《國史大系》。日本有稱為「三大文學全集」的《新釋漢文大系》（明治書院）、《日本古典文學大系》（岩波書店）、《現代日本文學大系》（筑摩書房），都以「大系」為名，可見他們的傳統。

3 據趙家璧的講法，這個構思得到施蟄存和鄭伯奇的支持，也得良友圖書公司的經理支持，於是以此定名《中國新文學大系》。見趙家璧〈話說《中國新文學大系》〉，原刊《新文學史料》，一九八四年第一期；收入趙家璧《編輯憶舊》（一九八四；北京：三聯書店，二〇〇八再版），頁一〇〇。

4 在此「文體類型」的概念是現代文論中"genre"一詞的廣義應用，指依循一定的結撰習套而形成書寫傳統的文本類型。作為一個文體類型的個別樣本，對外而言應該與同類型的其他樣本具有相同的特徵；對內而言則自成一個可以辨認的結構。中國文學傳統中也有「體」的觀念，其指向相當繁複，但也可以從這個寬廣的定義去理解。

5 〈話説《中國新文學大系》〉，以及〈魯迅怎樣編選《小説二集》〉等文，均收錄於趙家璧《編輯憶舊》。此外，趙家璧另有《編輯生涯憶魯迅》（北京：人民文學，一九八一）、《書比人長壽》（香港：三聯書店，一九八八）、《文壇故舊錄：編輯憶舊續集》（北京：三聯書店，一九九一）等著，亦有值得參看的記述。當然我們必須明白，這是多年後的補記；某些過程交代，難免摻有後見之明的解説。

6 Lydia H. Liu, "The Making of the 'Compendium of Modern Chinese Literature,'" in Liu, *Translingual Practice: Literature, National Culture, and Translated Modernity-China, 1900-1937* (Stanford University Press, 1995), pp. 214-238; 徐鵬緒、李廣《〈中國新文學大系〉研究》（北京：社會科學文獻出版社，二〇〇七）。

7 據國民政府一九二八年頒佈的《著作版權法》，已出版的單行本受到保護，而編採單篇文章以合成一集則沒有限制；又一九三四年六月國民黨中央宣傳部成立圖書雜誌審查會，所制定的《修正圖書雜誌審查辦法》第二條規定：社團或著作人所出版之圖書雜誌，應於付印前將稿本送審。第九條規定：凡已經取得審查證或免審證之圖書雜誌稿件，在出版時應將審查證或免審證號數刊印於封底，以資識別。均見劉哲民編《近現代出版社新聞法規彙編》（北京：學林出版社，一九九二）頁一六〇、二三二。

8 據趙家璧追述，阿英認為「這樣的一套書，在當前的政治鬥爭中具有現實意義，也還有久遠的歷史價值和學術價值」。〈話説《中國新文學大系》〉，頁九八。

9 *Translingual Practice*, 235.

10 自歌德以來，以三分法——抒情詩（lyric）、史詩（epic）、戲劇（drama）——作為所有文學的分類才是「共識」。西方固然有"familiar essay"作為文類形式的討論，但並沒有把它安置於一種四分的格局之中。事實上西方的「散文」（prose）是與「詩體」（poetry）相對的書寫載體，在層次上與現代中國文學的四分觀念並不吻合。現代中國文學習用的四分法，在理論上很難周備無漏，需要隨時修補。參考陳國球〈「抒情」的傳統：一個文學觀念的流轉〉，《淡江中文學報》，第二十五期（二〇一一年十二月），頁一七三—一九八。

11 這些例子均見於《民國總書目》（北京：書目文獻出版社，一九九二）。

12 〈話說《中國新文學大系》〉，頁九七。

13 朱自清〈評郭紹虞《中國文學批評史》上卷〉，載《朱自清古典文學論集》（上海：上海古籍出版社，一九八一，頁五四一）。

14 觀夫郁達夫和周作人兩集散文的〈導言〉，可以見到當中所包含自覺與反省的意識，不能簡單地稱之為「自我殖民」。

15 蔡元培〈總序〉，《中國新文學大系》，頁一三。又趙家璧為《大系》撰寫的〈前言〉亦徵用「文藝復興」的比喻，說中國新文學運動「所結的果實，也許不及歐洲文藝復興時代般的豐盛美滿，可是這一群先驅者們開闢荒蕪的精神，至今還可以當做我們年青人的模範，而他們所產生的一點珍貴的作品，更是新文化史上的瑰寶。」《中國新文學大系》，頁一。

16 參考羅志田〈中國文藝復興之夢：從清季的「古學復興」到民國的「新潮」〉，載羅志田《裂變中的傳承——二十世紀前期的中國文化與學術》（北京：中華書局，二〇〇三），頁五三—九〇；李長林〈歐洲文藝復興在中國的傳播〉，載鄭大華、鄒小站編《西方思想在近代中國》（北京：社會科學文獻出版社，二〇〇五），頁一—四八。

17 蔡元培有關「文藝復興」的論述，起碼有三篇文章值得注意：一、〈中國的文藝中興〉（一九二四）；二、〈吾國文化運動之過去與將來〉（一九三四）；三、《中國新文學大系・總序》（一九三五）。幾篇文章對「文藝復興」或者「文藝中興」的論述和判斷頗有些差異，第一篇演講所論的「文藝中興」始於晚清；但二、三兩篇則專以「新文學／新文化運動」為「復興」時代；又頗借助胡適的「國語的文學，文學的國語」的論述。然而胡適個人的「文藝復興」論亦不止一種：有時也指清代學術（如一九一九年出版的《中國哲學史大綱（卷上）》〔北京：商務印書館，一九八七影印〕），頁九—一〇）；有時具體指新文學／新文化運動（如一九二六年的演講："The Renaissance in China,"《胡適英文文存》，頁二〇—三七）。他曾認為 Renaissance 中譯應改作「再生時代」；後來又把這用語的涵義擴大，上推到唐以來中國歷史上幾次大規模的文化變革。有關胡適的「文藝復興」觀與他領導的「新文學運動」的關係，參考陳國球《文學史書寫形態與文化政治》（北京：北京大學出版社，二〇〇四），頁六七—一〇六。

18 姚琪〈最近的兩大工程〉，《文學》，五卷六期（一九三五年七月），頁二二八—二三二；畢樹棠〈書評：《中國新文學大系》〉，《宇宙風》，第八期（一九三六），頁四〇六—四〇九。都非常正面；又趙家璧〈話說《中國新文學大系》〉指出《大系》銷量非常好，見頁一二八—一二九。

19 茅盾回憶錄中提到他把《大系》稱作第一輯，「是寄希望於第二輯、第三輯的繼續出版」；轉引自趙家璧《書比人長壽——編輯憶舊集外集》（北京：中華書局，二〇〇八），頁一八九。

20 〈話說《中國新文學大系》〉，頁一三〇—一三六。

21 李輝英〈重印緣起〉，《中國新文學大系・續編》（香港：香港文學研究社，一九七二再版），頁二；〈再版小言〉，無頁碼。

22 常君實是內地資深編輯，一九五八年被中國新聞社招攬，擔任專為海外華僑子弟編寫文化教材和課外讀物的工作，主要在香港的上海書局和香港進修出版社出版。譚秀牧，曾任《明報》副刊編輯，《南洋文藝》主編，香港文學研究社編輯等。

23 參考譚秀牧〈我與《中國新文學大系・續編》〉，《譚秀牧散文小說選集》（香港：天地圖書公司，一九九〇），頁二六二—二七五。譚秀牧在二〇一一年十二月到二〇一二年五月的個人網誌中，再交代《續編》的出版過程，以及回應常君實對《續編》編務的責難。見 http://tamsaumokgblog.blogspot.hk/2012/02/blog_post.html（檢索日期：二〇一四年五月三十日）。

24 羅孚〈香港文學初見里程碑〉一文談到《中國新文學大系續編》說：「《續編》十集，五六百萬字，實在是一個浩大的工程，在那個時時要對知識分子批判，觸及肉體直到靈魂的日子，主編這樣一部完全可以能被認為是替封、資、修『樹碑立傳』的書，該有多大的難度，需要多大的膽識！真叫人不敢想像。誰也沒有想到，這樣一個偉大的工程竟然在默默中完成了，而香港擔負了重要的角色，這實在是香港在中國新文學運動史上一個重要的貢獻，應該受到表揚。不管這《續編》有多大缺點或不足，都應該得到肯定和表揚。」載絲韋（羅孚）《絲韋隨筆》（香港：天地圖書公司，一九九七），頁一〇一。又參考羅寧〈《中國文學大系續編》簡介〉，《開卷月刊》，二卷八期（一九八〇年三月），頁二九。此外，大約在香港文學研究社籌劃《大系續編》的時候，在香港中文大學任教的李輝英和李棪，也正在進行另一個《中國新文學大系》的續編計劃，由中大撥款支持；看來構思已相當成熟，可惜最後沒有完成。見李棪、李輝英〈《中國新文學大系・續編》的編選計劃〉，《純文學》，第十三期（一九六八年四月），頁一〇四—一一六。

25 《中國現代文學大系・小說第一輯》序，頁一九。

26 曉風的序「散文」從開篇就講選本的意義，視自己的工作為編輯選本，明顯與朱西甯的說法不同調，見《中國現代文學大系・散文第一輯》，頁一—四。

27 《中國現代文學大系》，頁一一。

28 《中華現代文學大系(貳)——臺灣一九八九—二〇〇三》,頁一三。

29 《中國新文學大系一九七六—二〇〇〇》,頁五。

30 《中華現代文學大系(貳)——臺灣一九八九—二〇〇三》,頁一四。

31 〈香港村和香港的由來〉,載葉靈鳳《香島滄桑錄》(香港:中華書局,二〇一一),頁四。現在我們知道「香港」之名初見於明朝萬曆年間郭棐所著的《粵大記》,但不是指現稱香港島的島嶼,而是今日的黃竹坑一帶。見郭棐撰,黃國聲、鄧貴忠點校《粵大記》(廣州:中山大學出版社,一九九八),〈廣東沿海圖〉,頁九一七。

32 又參考馬金科主編《早期香港研究資料選輯》(香港:三聯書店,一九九八),頁四三—四六。葉靈鳳又提醒我們,根據英國倫敦一八四四年出版的《納米昔斯號航程及作戰史》(*Narrative of the Voyages and Services of the Nemesis*),早在一八一六年「英國人的筆下便已經出現『香港』這個名稱了」。見葉靈鳳《香港的失落》(香港:中華書局,二〇一一),頁一七五。

33 香港特區政府網站:http://www.gov.hk/tc/about/abouthk/facts.htm(檢索日期,二〇一四年六月一日)。

34 參考屈志仁(J. C. Y. Watt)《李鄭屋漢墓》(香港:市政局,一九七〇);香港歷史博物館編《李鄭屋漢墓》(香港:香港歷史博物館,二〇〇五)。

35 許地山《國粹與國學》(長沙:嶽麓書社,二〇一一)頁六九—七〇。

36 《新安縣志》中的《藝文志》載有明代新安文士歌詠杯渡山(屯門青山)、官富(官塘)之作。我們今天應如何理解這些作品,是值得用心思量的。請參考程中山《舊體文學卷》的〈導言〉。

37 例如不少內地劇作家的劇本要避過國民政府的審查,而選擇在香港出版,但演出還是在內地。

38 上世紀八〇年代以來，為「香港文學」下定義的文章不少，以下略舉數例：黃維樑〈香港文學研究〉（一九八三），收入黃維樑《香港文學初探》（香港：華漢文化事業公司，一九八八二版），頁一六—十八；鄭樹森《聯合文學・香港文學專號・前言》（一九九二），刪節後改題〈香港文學的界定〉，收入黃繼持、盧瑋鑾、鄭樹森《追跡香港文學》（香港：牛津大學出版社，一九九八），頁五三—五五；黃康顯〈香港文學的分期〉（一九九五），收入黃康顯《香港文學的發展與評價》（香港：秋海棠文化企業出版社，一九九六），頁八；劉以鬯主編《香港文學作家傳略》（香港：市政局公共圖書館，一九九六），〈前言〉，頁iii；許子東《香港短篇小說選一九九六——一九九七・序》，載許子東《香港短篇小說初探》（香港：天地圖書公司，二〇〇五），頁二〇—二二。

39 《香港文學作家傳略》，〈前言〉，頁iii。

40 在香港回歸以前，任何人士在香港合法居住七年後，可申請歸化成為英國屬土公民並成為香港永久居民；香港主權移交後，改由持有效旅行證件進入香港、連續七年或以上通常居於香港並以香港為永久居住地的條件，可成為永久性居民。參考香港特區政府網站：http://www.gov.hk/tc/residents/immigration/idcard/roa/verifyeligible.htm（檢索日期，二〇一四年六月一日）。

41 謝常青《香港新文學簡史》（廣州：暨南大學出版社，一九九〇）。

42 夏志清長期在臺灣發表中文著作，但他個人未嘗在臺灣長期居留。又《中華現代文學大系（貳）——臺灣一九八九—二〇〇三》由馬森主編的小說卷，也收入香港的西西、黃碧雲、董啟章等香港小說家。

43 參考陳國球《文學史書寫形態與文化政治》，頁六七—一〇六。

44 參考高嘉謙〈刻在石上的遺民史：《宋臺秋唱》與香港遺民地景〉，《臺大中文學報》，四十一期（二〇一三年六月），頁二七七—三一六。

45 羅孚曾評論鄭樹森等編《香港文學大事年表》（一九九六）不記載傳統文學的事件，鄭樹森的回應是：「雖然有人認為《年表》可以選收舊體詩詞，但是，恐怕這並不是整理一般廿世紀中國文學發展的慣例。」《年表》後來再版，題目的「文學」二字改換成「新文學」。分見《絲韋隨筆》，頁一〇〇；鄭樹森、黃繼持、盧瑋鑾編《香港新文學年表（一九五〇——一九六九）》（香港：天地圖書公司，二〇〇〇），頁五。

46 英國統治帶來的政制與社會建設，也是香港進入「現代性」境況的另一關鍵因素。

47 鄭樹森等在討論香港早期的新文學發展時，認為「詩歌的成就最高」，柳木下和鷗外鷗是「這時期的兩大詩人」。見鄭樹森、黃繼持、盧瑋鑾編《早期香港新文學作品選》（香港：天地圖書公司，一九九八），頁三—四二。

48 參考侯桂新《文壇生態的演變與現代文學的轉折——論中國作家的香港書寫》（北京：人民出版社，二〇一一）

凡例

一、《香港文學大系一九一九—一九四九》共十二卷，收錄一九一九年至一九四九年之香港文學作品，編纂方式沿用《中國新文學大系》以體裁分類，同時考慮香港文學不同類型文學之特色，分別為新詩卷、散文卷一、散文卷二、小說卷一、小說卷二、戲劇卷、評論卷一、評論卷二、舊體文學卷、通俗文學卷、兒童文學卷、文學史料卷。

二、作品排列是以作者或主題為單位，以作者為單位者，以入選作品發表日期先後為序，同一作者入選多於一篇者，以發表日期最早者為據。

三、入選作者均附作者簡介，每篇作品於篇末註明出處。如作品發表時所署筆名與作者通用之名不同，亦於篇末註出。

四、本書所收作品根據原始文獻資料，保留原文用字，避免不必要改動，部分文章礙於當時報刊審查制度，違禁字詞以X或□代替，亦予保留。

五、個別明顯誤校、字粒倒錯，或因書寫習慣而出現之簡體字，均由編者逕改；個別異體字如無法顯示則以通用字替代，不另作註。

六、原件字跡模糊，須由編者推測者，在文字或標點外加上方括號作表示，如「不以為〔然〕」；原件字跡太模糊，實無法辨認者，以圓括號代之，如「前赴（　）國」，每一組圓括號代表一個字。

七、本書經反覆校對，力求準確，部分文句用字異於今時者，是當時習慣寫法，或原件如此。

八、因篇幅所限或避免各卷內容重複，個別篇章以〈存目〉方式處理，只列題目而不收內文，各存目篇章之出處，將清楚列明。

九、《香港文學大系一九一九——一九四九》之編選原則詳見〈總序〉，各卷之編訂均經由編輯委員會審議，惟各卷主編對文獻之取捨仍具一定自主，詳見各卷〈導言〉。

導言

危令敦

一

本卷涵蓋的歷史時期為一九四二至一九四九年，而這個時期又以一九四五年九月為界，再分為「日據」與「戰後」兩個階段。

劃分的依據是對香港民生與文化產生直接衝擊和影響的三個重要軍事與政治事件：（一）一九四一年十二月八日，日本偷襲珍珠港，正式向美、英兩國宣戰，同時入侵菲律賓、馬來亞以及香港等地，引發太平洋戰爭。駐港英軍不敵日軍，港督楊慕琦（Mark Young）於十二月二十五日向日軍投降，香港遂淪為日軍「占領地」。（二）一九四五年八月六日與九日，美軍分別在廣島與長崎兩地投下原子彈，促使日本於十五日宣佈無條件投降。九月十六日，英軍夏慤海軍少將（Rear Admiral H. J. Harcourt）代表英國政府和中國戰區最高統帥蔣介石，在港督府接受據港日軍投降。[1]至此，三年零八個月的日據階段結束，香港步入戰後復原時期。（三）一九四九年十月一日，中華人民共和國成立。在此之前，香港政府為管理境內迅速增加的人口，於同年八月十七日通過《人口登記條例》，登記居民資料並為居民簽發身分證。一九五〇年，香港政府為限制中國難民入境，舒緩人口壓力，封鎖中港邊境關卡。一九五一年初，中國政府限制人口流向廣東，以減少南下香港的人數，並封鎖邊境。此後兩地民眾不能自由往來。[2]

二

對於二十世紀中國報業與文學，香港這塊「飛地」[3]曾發揮微妙而重要的作用，不僅被稱為「文化中心」，[4]更被譽為「輿論中心」，[5]甚至被比喻為言論的「天堂」。[6]由於微妙的地緣政治與複雜的歷史因素使然，香港成為中國現代報業發源地之一，也是中國政黨組織各種活動，並通過報刊宣揚政見，向北方喊話的重要場域。自一八七四年王韜與黃勝在港創辦《循環日報》開始，康有為、梁啓超的改革派以及孫中山的革命黨均在港辦報宣傳，此為香港的「黨派報業」時期。及至三〇與四〇年代，中日兩國交戰，加上國共兩黨內鬥，意識形態的戰火蔓延至香港報業，以一九四一年、一九四六至四九年間最為激烈。[7]早期香港華文報刊在報道新聞、評說時事之餘，不忘文學。[8]爾後大批文人因時局動盪或政治工作需要，[9]分別於三〇年代及四〇年代下半葉南來，在報刊上抒發政見，亦發表文學創作與文學評論。他們的寫作興旺了此地的報刊文化，也促進了中國新文學的發展，[10]一部分文人的文學評論更深刻的影響了日後中國文藝的方向。[11]

論者研究二十世紀前半葉香港報業或文學，都留意到中國因素的支配性影響。此時的香港報業與內地報業幾乎「融為一體」，所關注的焦點是中國，而不是香港。此地的報道與輿論轉向本土是一個漸進過程，隨著「社經報業」在戰後逐步取代「黨派報業」才日趨顯著。[12]至於香港本土的新文學，從二〇年代至四〇年代雖有人才與陣地，但與內地文人兩度以「排山倒海」之姿南來香港的盛況相比，聲勢未免微弱。[13]換句話說，在二十世紀上半葉，香港文學的主體性尚未明朗，此地報刊上湧現的新文學大體是中國文學的延伸，被研究者稱為「香港的文學」，意即「在香港出現的文學」或「『在香港』的文學」。[14]後來報業轉而關注本土社會民生，與香港人口持續增長，生活改善，人心轉向，凝聚力趨強有關。一九四九年以前的香港華人社會基本上由移民組成，他們抱著「過客」心態居留，身分認同的主要對象是中國，不是香港。進入五〇年代，不斷湧至的華人移民與難民因不願北返而安身香港，成為永久居民，此後出生的華人亦視香港為家，以此地的社會、經濟、文化發展為榮，本土意識方才得以滋長。[15]香港文學須待二十世紀下半葉方才逐漸浮現。[16]

日軍襲港前，香港報業之盛可用「霞蔚雲蒸」來形容。[17]據統計，三〇年代香港出版三十七種報刊，其中三十六份是華文，只有一份是英文。[18]日軍占港後，所有報刊均歸占領地總督部報道部監管。香港失守初期，刊行的華文報紙不少於十二種。[19]一九四二年六月一日，日本占領當局強迫尚在經營的報紙合併，使香港只剩下《香港日報》、《南華日報》、《華僑日報》、《香島日報》、《東亞晚報》五家大報。[20]日據時期，較重要的華文期刊還有由日軍報道部主導的《新東亞》、《大同畫報》和《大同》三份雜誌；華人經營的雜誌有《大眾周報》、《亞洲商報》[21]以及《香島月報》。根據目前所見資料，《香港日報》、《南華日報》、《華僑日報》和《香島日報》均設文藝副刊，《大眾周報》亦具文學色彩。《新東亞》重政經與軍事知識的介紹，《香島月報》是綜合性雜誌，兩者都刊載文藝作品。

日本投降後，香港華文報業迅速恢復昔日繁榮面貌。《香島日報》易名為《星島日報》，與《華僑日報》繼續經營，《工商日報》、《成報》與《華商報》復刊，《大公報》與《文匯報》遷港出版。此外，新報亦陸續創刊。據統計，一九四五至一九四九年間創刊的報刊至少有三十一份。[22]其中經營時間較長的華文報刊為《新聞天地》、《正報》、《光明報》、《新生日報》、《新生晚報》、《國民日報》、《願望》、《人民報》、《經濟導報》、《群眾》、《南洋報》、《紅綠日報》、《民生評論》、《香港時報》等。[23]根據目前得見資料，《星島日報》、《華僑日報》、《工商日報》、《華商報》、《新生日報》、《新生晚報》、《大公報》、《文匯報》都設有文藝副刊。此外，目前還能看到的戰後文學期刊有《野草》、《青年知識》、《文藝生活》、《小說》、《中國詩壇》、《文藝叢刊》、《海燕文藝叢刊》、《新文化叢刊》、《大眾文藝叢刊》，以及為兒童而辦的《新兒童》雜誌。[24]

三

本卷的編輯方針以香港為立足點，從本地出版的報刊與單行本選收本地作家的散文與具備本土特色的文章，但考慮到此一時期香港在新文學領域裏與中國緊密非常的互動關係，從內地來港積極參與文學與各種活動的知名作家的作品亦予以選錄。前者接近嚴謹定義下的香港文學，後者屬於定義比較寬鬆的「香港的文學」。兩者並重，主要目的是為了讓讀者在瞭解本土早期散文風貌的同時，觀察四〇年代本地報刊的散文生態，進而思考當年香港這個「飛地」作為「文化中心」的歷史特色。選文兼顧文學成績與時代寫照，除了知名作家的文章，一般作者的佳作與呈現香港地景、歷史與語言特點的文章亦酌情收錄。

本卷收錄散文一共八十六篇，主要選自本地報紙副刊與期刊原文，輔以少量未見於報刊的單行本文章。[25]入選的副刊與期刊文章分別為五十五篇及二十四篇，文集文章只有七篇。各種報章之中，以《華僑日報》入選文章居冠，《星島日報》次之，《工商日報》位列第三，其餘文章來自《新生晚報》、《新生日報》、《南華日報》、《香港日報》、《香島日報》、《文匯報》。入選作品數量最多的期刊是《野草》、《新東亞》、《青年知識》與《新兒童》，其次為《大眾周報》與《文藝生活》，最少為《文藝叢刊》與《海燕文藝叢刊》。舒巷城的〈冬天的故事〉寫於一九四九年，晚至一九七五年才發表於《海洋文藝》。由於此文所記為本土作家戰後心境，亦有助於瞭解當年文風，故此破例予以收錄。其餘七篇文集文章分別選自黃藥眠的《抒情小品》、望雲的《星下談》和聶紺弩的《二鴉文集》。

八十六篇文章之中，日據時期有十八篇，戰後時期為六十八篇。入選作者共四十一人，其中日據時期六人，戰後三十三人，入選作品橫跨兩個時期的作者有兩人。日據時期作家以葉靈鳳和戴望舒的產量最多，兩人不僅長期居港，而且積極參與本地文學活動，堪稱此一時期的代表。[26]陳君葆為香港知名文人，詩人黃魯則來往粵港之間，兩人在日本投降前後發表的文章均有入選。這四位作家的文章共十六篇，占全卷文章總數近兩成。其餘四名日據時期作者的生平均不可考，除了玄圃筆耕頗勤，[27]常在報刊露面，陶惠、易玲和學子未見其他作品。他們的文筆流暢，文章保存了當時的歷史與精神面貌，值得一讀。[28]

戰後的作者陣容可謂鼎盛，知名者計有十八人，包括三蘇、施蟄存[29]、夏果、黃秋耘[30]、黃藥眠[31]、聶紺弩[32]、鷗外鷗[33]、夏衍[34]、侶倫、黃蒙田、林默涵[35]、秦牧[36]、司馬文森[37]、巴波、樓適夷[38]、望雲、馮式、舒巷城。十八位作者之中，除了施蟄存和巴波，其餘十六位都與香港或與此地的文學活動有著非常密切的關係，若不是土生土長就是居港寫作時間較長的作家。這十六位作家共入選四十三篇文章，數量為全卷文章總數的一半。施蟄存曾兩次來港，前後勾留數月。巴波在本地報刊上發表的文章數量雖不在施氏之下，但暫時未能確定曾否來港。兩人各收一篇，以為當年香港與內地文人的緊密關係再留兩個例證。此外，本卷還收錄了四〇年代進身文壇的戈雲，他曾在達德學院讀書，是司馬文森「心目中最有寫作前途的門生之一」。[39]

餘下十四名作者的生平均難考證，他們入選的文章一共十九篇。穆何之、艾迪、吳盂、宋光、澹生五人勤於寫作，常在報上發表文章，具備一定的代表性，故此入選。自強是香港青年，文章記述他北上參軍的體驗，在當時報上並不多見。[40]佚名和紅鷹是《工商日報》於一九四六年舉辦的「戰時的驚險遭遇」徵文比賽得獎者。前者是軍人，後者是平民，兩人以平易近人的文字，分別為南京和香港二地的劫難留下獨特的文學見證。[41]李綉、蘇海、易水、海兵、高岱、文值等人發表的作品不多，入選的都是描寫香港風貌與社會特色的文章。

四

根據散文思路的特點，大體可將散文歸類為分析、記述、描繪與抒懷四種。[42]分析文章側重客觀事實與理性思辨，抒懷作品依賴主觀想像與感情激蕩；記述與描繪則在主觀與客觀之間保持平衡，但亦會隨作者的性情或因事物的性質而擺向任何一端。本卷將分析性的散文稱為「説理」文，舉凡學術文章體例之外的説理、議論文章，不管所載是正道或「歪理」（例如三蘇的「怪論」），均歸此類。抒懷散文則分為「抒情」與「表意」兩項：前者以情感抒發為主，後者要表現的是妙趣、品味或哲思。記述文章則按「敘事」與「記人」分工；「事」指經歷或見聞，「人」指具體的個人或抽象的類型。描繪性質的文章則按狀摹對象分為「寫景」與「狀物」兩種：所謂「景」，不僅是狹義的風景、傳統的山水，而且是廣義的景觀、現代都會的繽紛面貌；所謂「物」，既指生物，譬如傳統的花鳥蟲魚，亦指死物，例如現代的飛機或電話。誠然，思路不會畫地自限，文章越界自是常態，只不過重點有別而已。敘事之際抒情，寓議論於表意，不應以為怪。

據此考察，本卷所錄文章以記述為最多，其中大部分屬於敘事，少數記人。記述如此重要，顯然與中日戰爭以及太平洋戰爭的直接衝擊有關；在漫長的戰鬥、遷徙與流亡的過程裡，作家、民眾、軍人都有説不完的見聞與經歷。佚名的〈南京屠殺漏網記〉記敘南京失守後日軍誘殺便裝國軍之事，讀來驚心動魄。〈龍陵雨〉的作者自強是香港青年，因投身遠征軍而參加了滇西龍陵戰役，當地連綿不絕的滂沱大雨，使邊境的浴血肉搏增添不少魔幻色彩。要細數戰時的驚險遭遇，又怎能少了樓適夷的〈遇盜的故事〉？

黃蒙田的記敘文充滿人道主義色彩，筆調沉鬱荒涼。他關懷的小人物除了蜀道苦力、涪江縴夫，還包括戰死異鄉無葬身處的農村壯丁——也就是那些找不著路，回不了家的「陰兵」。〈鬼魂〉幾乎就是一闋慰靈曲。在漫長的戰爭年代裡，普通人歷經劫難而不死，若再遇上非常事物，難免要胡猜亂想。秦牧的〈野獸〉將這種疑懼心態刻劃得入木三分。遷徙或流亡，少不了要投宿荒村野店，黃藥眠在〈野店〉一文裡將這個平凡的題材寫得妙趣橫生。吳盂關心的是醇厚民風與怪異規矩，〈茅店的風情〉讀來令人感到人世間的善良，亦因此倍覺唏噓。〈婁山關買鳥記〉的語調介於敦厚與滑稽之間，鳥與人的故事便顯得可憫可笑，帶著無奈與悲哀。在各種記載流離經驗的文章之中，以司馬文森的〈香豬〉和〈田裡的魚〉最為別緻。他談苗鄉食物如道家常，口吻安詳平和，令人頓時遺忘了山外的槍林彈雨。從北方南來粵港兩地謀生的穆何之就沒有這麼幸運，身邊幾乎都是使他「毛骨悚然」的南方老饕，他們吃貓，吃狗，吃蛇，吃蟲，好像無所不吃。他在〈談吃蛇貓之類〉裡說，最難忘的一件事當屬同事吸食活蛇鮮血進補時，他聽到的一句話：「小心，不要吮出尿來！」

戰火延至香港，有人皇軍國軍不辨，惶然欲改弦親日；陶惠的夫子自道，於〈去年今日——香港攻略戰親歷記〉裡述之甚詳。亦有人耳聞目睹「獸兵」暴行，而感到刻骨銘心的羞恥、恐懼與痛苦，一如侶倫〈舊地〉所記。更多的人被日軍強迫離境，[43]紅鷹在〈「強制歸鄉」歷險記〉裡追憶自己被流放到大嶼山的驚惶，相信也是不少難民經歷過的噩夢：「那處沒有人跡，四周都是荒地，間有些枯骨」；「有認識路徑的，就逃亡去了，不識路的，就坐在岸上號咷大哭；而我又什麼都不會，驚慌得只是發抖，冷汗不絕流著」。然而，亂世又豈無豪傑？在黃魯筆下，來自智利的中西混血兒杜文常在陰森長夜裡如幽靈來去；他熱愛音樂，揮金如土，不時自掏腰包請大家喝酒吃鹵味啃燒肉。他精通幾種語言和中國方言，討厭日語，不學日語。他把長話短說：「總之提到日本就令人掃興的。」無人知道杜文的真正身分，直到他犧牲的那一天。〈一個人的紀念〉為戰時香港留下了諜影，殊不多見。戰事方歇，天災又來。海兵的〈風災〉寫颶風襲擊長洲情狀，文字饒富香港色彩；戈雲的〈周求落魄記〉亦帶鮮明的嶺南情調，這兩篇文章刊出時都被歸類為「報告」（文學）。

愛書人在戰火離亂中叨念的是書籍、信件、文稿和藏書票，即便委屈求全，亦不忘借中外典故以曲筆明志。葉靈鳳在《新東亞》創刊號上發表的〈吞旃隨筆〉，赫然就讓蘇武、屈原和「自打嘴巴」的伽利略在太陽旗底下登場。[44]日據時期逃離香港的侶倫亦是愛書之人，他在沒有書店的異鄉過著「死的生活」，怎能不懷念家中僅存的一箱書呢？〈書與我〉發表於戰後，既悼念自己的「靈魂避難所」（書室），也為倖存的人與書祝福。對照之下，戴望舒多年以前逛瑪德里書市的事，幾乎就是天方夜譚了。那個時候，他還有閒情，常特意到華多尼大叔的書店，只為了看望「張大了青色憂鬱的眼睛望著遠方的雲樹的，他的美麗的孫女兒」。

有人為了自家性命與自由而棄書，也有人為了保存別人的書籍而犧牲自己。巴波的〈書〉記的是人，西康的小明。他在山洪爆發的時候，為了搶救一本《整風文獻》而丟了性命。這個故事由書主在康藏高原的寒冷雨季裡娓娓道來，宛然有沈從文筆下的氛圍。小明一心投奔「北方」，故此捨生成仁；他的事跡，與黃藥眠在〈沉思〉裡書寫的左翼革命情懷可以互相映照。宋光所記的藏書家則別有寄托，常因心疼文學名著而緊張至面色蒼白。他惜書晒書，就是不讀書。

戰亂之中購藥不易，尤其在窮鄉僻野，侶倫的〈人參〉講述的就是一則內地山區漏夜求藥的故事。戰時缺乏醫生，求醫又何嘗容易？望雲寫〈殘生〉，追憶一個感情與事業雙失的香港中年醫生遠赴疫症流行的北方戰區行醫遇難的事跡，語調又是那麼的荒涼。據說這個才智兼備的頹廢派，彌留之際猶呼喊一個女人的名字。聶紺弩不是醫生，也「不曾留心過」「別人的生活和健康」，但毛澤東在延安時代的疲態還是給他留下了非常深刻的印象。他在〈毛澤東先生與魚肝油丸〉裡記道：「但對於毛先生，卻不但當時，就是以後偶然聽見提到他的名字，也不絕彷彿看見了那有些虛胖的笑臉，同時還聽見了那輕微的乾咳嗽聲，而不舒服起來，雖然我願意他的咳嗽只是一時的現象。」聶氏關心的人正是《論持久戰》的作者。

鷗外鷗身經兩次大戰，認為國與國間，人與人間，男與女間，必須正心誠意的和平相處，方為正道。〈與北園克衛的友誼〉紀念他與日本超現實主義詩人的友情，〈愛我的夏娃（們）〉追憶他十歲時所愛的伊朗女孩，〈一個人的成長〉和〈當我寫作的時候〉則講述個人生命體驗。這些文章為兒童而寫，風格簡樸率真，鷗外鷗之「獨一無二」可見一斑。[45]

五

本卷的說理文章不少，排第二位。此類文章向以嚴肅者多，戲筆者少，撒野者更難得一見。聶紺弩是繼魯迅之後的「雜文」大家，長於議論，曾被譽為當年「香港最紅的作家」。[46]〈怎樣做母親〉乃傳統家庭陰暗寫照，有五四遺風。〈論時局〉則別出心裁，在敘事與寓言之間說理，頗為抽象。相較之下，司馬文森在〈「山上人」和「山下人」〉所用的寓言手法就顯得太露了。夏衍的說理文章重科學與邏輯，屬新文化傳統之一脈；然而〈超負荷論〉與〈坐電車跑野馬〉議論綿密，條理分明，又自成一家之言。黃秋耘與林默涵為文，關注焦點是意識形態正確與否；黃氏談「青年生活諸問題」的三篇說理文以及林氏夾敘夾議的〈獅和龍〉，展示的正是典型的左翼立場與文風。陳君葆的議論，筆調近乎閒談；〈談女人〉、〈上下〉、〈詹言〉、〈閒空〉都有深入淺出、平易近人的特點。馮式秋夜談蟲，〈蚯蚓的文學情調〉讀來宛如奇趣錄。[47]歪打正著的議論，當向三蘇充滿諧趣的「三及第」時事「怪論」裡尋。「三及第」指文言、白話、粵語三語混雜的書面文體，曾風行於四〇與五〇年代的香港，三蘇乃此中能手。他針砭時弊，依賴的是淺近文言，輔以白話與粵語，有基本教育程度的讀者不難明白。從〈直版論〉、〈實迫處此論〉、〈恭喜平安論〉、〈雞變鴨論〉四篇短文，可領略這種蹊徑另闢的本土通俗文風。[48]對粵語感興趣的作者，當然不止三蘇一人。日據時期，戴望舒曾以「達士」為筆名，在《大眾周報》上發表了一系列的廣東俗語「考據」文章，語調亦莊亦痞，既說理，也撒野，在正經與「鹹濕」之間來回耍雜。入選的〈鹽倉土地〉性質溫和，料想不至於使讀者「投出太息一般的眼光」。

寫景狀物的文章數量接近說理文，位居第三。其中寫景占了絕大多數，狀物只有施蟄存的〈栗與柿〉一篇。本卷寫景文章以香港城市景觀為主。〈香港．船的城〉為夏果所作，手法新穎。穆何之在〈衝鋒章〉裡描摹乘坐公共交通之難，儘管語氣誇張，六十多年後讀來依然可信。文中以「香港仔」、「香港女」稱呼乘客，可見香港身分意識早在一九四六年已露端倪。夏果的〈香港風畫〉、蘇海的〈電車社會〉、高岱的〈香港二樓社會〉與文值的〈秋風裡的蕭頓球場〉四篇，文字平實，是昔日香港景色與生活面貌的紀錄。易玲的〈香港新年雜景〉、李綉的〈職業太太〉、〈緊急疏散——香港學校風光〉以及易水的〈木屋旅行記〉[49]雖旨在記事，將之視為本地景觀亦無不可。左翼文人睥睨香港，不免要抨擊資本主義社會的罪惡，進而批判此地的意識形態。〈沒有眼淚的城市〉裡的黃藥眠，一如〈香港的憂鬱〉裡的樓適夷，在這個華美的城裡看到的都是平庸、不義與悲哀，因而感到非常的惆悵與寂寞。[50]黃秋耘則行動起來，以〈「香港頭」的改造〉一文批判殖民地生活與教育，並號召香港的年輕人一起來改造猶如「香港腳」的「香港頭」。

當年報上憶述內地風物的文章汗牛充棟，本卷只挑風情各異的四篇，以見移民與難民的思鄉之情。在〈華北的黃塵〉裡，澹生將北方的萬丈黃塵寫得充滿文化氣息，聲稱「雨少塵大的北平」「有一種令人難捨難分的文學韻味」。居港的江南文人看了，恐怕要生「同是天涯淪落人」之嘆。〈北平的胡同〉和〈故都的酒肆〉出自穆何之手筆，古都文化氣息猶在，但少了風沙，添了野趣。酒肆楹聯「四座了無塵事在，八窗都為酒人開」，見證的確是亂世中難得的安閒與福氣。馮式為文追憶烽火中的貴陽，固然因為那裡的南明河最具江南情調，令人懷念，也因為貴陽地處「湘桂大撤退」路上，屬於戰時難民集體回憶的焦點之一，容易引起共鳴。當然，更重要的原因是〈南明河之憂鬱〉發表時，人民解放軍已逼近貴陽，且同時抵達中港邊界。[51]香港局勢正處於千鈞一髮之際，那是一九四九年冬。

六

表意文章數量不多，排第四位，以葉靈鳳和黃魯兩人產量最豐。不論讀書，還是懷鄉，葉靈鳳筆下的中國情懷總是濃得化不開。〈秋鐙夜讀抄〉乃一佳例。難怪他來港三年，還是萬般不習慣，連花開蟲鳴也覺得擾人心神。他在〈憶江南〉裡慨嘆：「香港的蟲，似乎同香港的花一樣，不分季節的亂開著，也不分季節的亂叫著。」在他眼裡，即便潑皮人物，香港的也毫無格調可言：「揚州也有著名的『青皮』，但若像香港的『浪仔』那樣，蝗蟲一樣的將整座樓房拆得一塊板不剩，甚至連人家門前的電燈線電燈泡也要偷，揚州的青皮是絕對不幹的。」據說，揚州雖然衰落了，但「那裡的人物總還保持著一種舒徐的風度。這種無論什麼時候悠然不慌張迫切的氣概，大約只有北平人可與相比。」北平人的風度，學子觀察入微，都記在〈關於北京人的種種〉裡。他說，北平人有文化，「就是在困苦的時節也不會失去這種風度，比方說，倒斃在路旁的人，其中有的居然在手中還緊握著他的鳥籠。」又比如，洋車夫打劫女乘客，一般只取現鈔的三分之一，餘款退回。更有風度者則悉數全收，然後安慰乘客道：「太太你還要到哪兒去？這些地方不大安靜，我陪著你，再拉你回去好了！下一次晚上真不要一個人出門！」

黃魯的小品，既是對生命的感嘆，亦具冥想性質，〈門〉、〈斷想五則〉、〈死的默想〉都是現成例子。望雲的〈無心之失〉是對生活小事的反省。玄圃的〈夜談與散文〉、望雲的〈給我一隻好浴盆〉、〈黃金的好日子〉、侶倫的〈燈火〉，娓娓道來的都是生活與文化的情趣，或令人安心的瑣碎事物。表意文章也偶有充滿創意之作，例如夏果於戰後發表的〈喜悅的尋覓〉和艾迪的〈沒有了燈的房間〉，兩篇都不按常理出牌，令人耳目一新。

抒情文所占篇幅最少。寫下〈沒有眼淚的城市〉的黃藥眠，也不是沒有感情澎湃，需要抒懷的時候。一如〈海的懷念〉所述，在這種時刻，他會夜探淺水灣，到麗都浴場的紅綢小燈下，聆聽樂師半頹的演奏、如幻的人魚夜歌，還有「遠方海岸上思婦們為著遙遠的愛而歎息的聲音」。淺水灘頭的夜色，大概很動人，是極難抗拒的：「正如我要去會一個情人，所以我是一個人悄悄地去的。」戴望舒則比較落寞，他除了觀海，便是看山，或者凝望行雲，那種感覺道來既像哀愁，又像安慰，曖昧非常。這種「夢也無聊、醒也無聊」的心境，〈山居雜綴〉和〈寄友人〉都有非常傳神的摹狀。玄圃漂泊香港，過年時節尤感孤寂，在〈新歲感〉裡遂有「畸零人」之嘆。戴望舒雖有「乘風歸去」之意，語氣卻不比葉靈鳳來得決絕。葉靈鳳「走在擠滿了人可是又寂寞的街上，對著始終是陌生的不斷開著花的香港春天」，浮上心頭的卻是「模糊黯淡的家鄉景像」。其實他對故鄉的印象何止「模糊黯淡」呢？南京不僅「沒有春天」，而且「路旁的麥田裡，仆臥著不少屍體」

——且不提他的母親罹病早逝的事。儘管如此，〈鄉愁〉還是要說：「存在我的記憶中的就是這些陰鬱灰黯，可是卻又使我十分珍惜難忘的印象」。何以如此？是落葉歸根的願望使然：「屈原所說的『狐死必首丘』，正是這同樣的意義。」

既然提起抒情，又說到回家，豈能少了同樣思鄉的舒巷城？〈冬天的故事〉所記，是一個來自亞熱帶島城的少年在戰爭期間流落北方的雪泥鴻爪。他千辛萬苦，經歷「湘桂大撤退」，在貴陽遭遇平生第一場雪；後來，還在東北的風雪寒夜裡迷路，差點兒回不了家。他說：「雪往往使我想起不愉快的冬天和不愉快的故事，因為在我的記憶中，我曾見過飢寒交迫的人們，在嚴寒的冬天裡找不到溫暖的燈光與爐火。」北漂的日子裡，只有家書帶來溫暖；有人問歸期，他便想起春天——亞熱帶的春天：「陽光和溫暖……畢竟是可愛的，我以前說過，現在也是這樣說。」舒巷城寫這篇文章時，已回到香港，時維一九四九年。

七

囿於編者學識所限，以及資料不全與時間倉促等客觀因素的影響，本卷的選編缺漏在所難免，希望日後還有機會調節增補。敬祈專家讀者，不吝賜正，是所至幸。

註釋

1 蔡榮芳《香港人之香港史（一八四一——一九四五）》（香港：牛津大學出版社，二〇〇一），頁三，二三二——二七三；區志堅、彭淑敏、蔡思行〈香港重回英國的統治——駐港日軍投降書〉，《改變香港歷史的六十篇文獻》（香港：中華書局，二〇一一），頁一八四——一八七。

2 區志堅、彭淑敏、蔡思行〈香港身份證簽發之始——《人口登記條例》〉，《改變香港歷史的六十篇文獻》，頁二〇〇——二〇八；葛量洪著，曾景安譯《葛量洪回憶錄》（香港：廣角鏡出版社，一九八四），頁一八二、一九一、一九九；John M. Carroll, A Concise History of Hong Kong (Hong Kong: Hong Kong University Press, 2007), pp. 116-140。

3 袁小倫〈戰後初期中共利用香港的策略運作〉，《近代史研究》二〇〇二第六期，頁一二七。

4 文學史家王瑤、藍海認為，三〇年代以後的香港是個「文化中心」；見盧瑋鑾〈漫漫長路上求索者的報告（代序）〉，《香港文蹤——內地作家南來及其文化活動》（香港：華漢文化事業公司，一九八七），頁二。周而復稱四年代末的香港為「臨時文化中心」，見周而復〈往事回首錄〉，《新文學史料》一九九二第二期，頁一一一。

5 一九三〇年創刊的《超然報》在〈創刊宣言〉裡宣稱，香港是「國外輿論之中心，與國內輿論中心之上海」「形成對峙之形勢」，見楊國雄〈毛澤東訂閱的香港報紙《超然報》〉，《香港戰前報業》（香港：三聯書店（香港）有限公司，二〇一三），頁二三五——二三六。鄭樹森視香港為當年重要的「言論空間」，見鄭樹森、黃繼持、盧瑋鑾〈國共內戰時期（一九四五——一九四九）香港文學資料三人談〉，鄭樹森、黃繼持、盧瑋鑾編《國共內戰時期香港文學資料選（一九四五——一九四九）》（香港：天地圖書有限公司，一九九九），頁二二。

6 關於戰後香港的報業盛況，可參考李谷城《香港報業百年滄桑》（香港：明報出版社，二〇〇〇），頁一八〇；鍾紫〈戰後香港新聞傳播業概況〉，鍾紫主編《香港報業春秋》（廣州：廣東人民出版社，一九九一），頁一五四—一五六。茅盾將四〇年代末的香港喻為言論天堂：「一九四八年的香港，在我們這些政治流亡客的眼，又是個小小的自由天地。在報刊上，只要不反對香港當局，不干涉香港事務，你什麼都能講……這樣便利的條件，對於我們這些握了半輩子筆桿卻始終不能想寫什麼就寫什麼的人來説，真像升入了天堂。」茅盾〈訪問蘇聯，迎接新中國——回憶錄（三十三）〉，《新文學史料》一九八六第六期，頁二八—二九。周健強談到聶氏的香港時期有如下評語：「在香港這一段時光，是聶紺弩最愜意的」，原因在於香港有「説話的自由，發表文章的自由也是國統區從來未有過的。」周健強《聶紺弩傳》（成都：四川人民出版社，一九八七），頁一九七—一九八。不少文人回憶戰後的香港，都説香港政府取消新聞檢查，輿論自由。事實上，當時百廢待興，香港政府缺乏人力與資源，對於華文報紙的新聞檢查一時未能按照戰前方式執行，故此產生此種印象。關於香港報業事前送檢的制度，可參考陸丹林〈續談香港〉，鄭樹森、黃繼持、盧瑋鑾編《早期香港新文學資料選（一九二七—一九四一）》（香港：天地圖書公司，一九九八），頁四五—五〇；張釗貽〈蕭乾《坐船犯罪記》與香港中文報章檢查制度〉，《中國現代文學研究叢刊》二〇一一第八期，頁二〇〇—二〇五。

7 李少南〈香港的中西報業〉，王賡武編《香港史新編》（香港：三聯書店，一九九七），下冊，頁四九三—五三三。關於二〇及三〇年代國民黨與共產黨在港辦報情況，可參考楊國雄《香港戰前報業》第三部分的文章。至於汪精衛集團在港創辦的《南華日報》在三〇年代的文宣活動，參考 Lawrence M. W. Chiu, "The South China Daily News and Wang Jingwei's Peace Movement, 1939 — 1941," Journal of the Royal Asiatic Society of Hong Kong Branch, vol. 50 (2010), pp. 343-369。

8 「中國近代報刊刊載具有文學性質的作品，始於《察世俗每月統記傳》，但這類作品往往與其它文章混編在一起，沒有固定的版面或欄目。而《遐邇貫珍》卻為這些作品開闢專欄，且位置固定在論説與新聞報道兩大內容之間，這是前所未有的，這一專欄，實為我國報刊副刊之濫觴。」黃瑚〈《遐邇貫珍》介紹〉，鍾紫主編《香港報業春秋》，頁一二。亦可參考郭武群關於中國近代報業與文學的討論〈第一章：

文學與報紙聯姻〉，《打開歷史的塵封——民國報紙文藝副刊研究》（天津：百花文藝出版社，二〇〇七），頁一—一二。

9. 早在一九三七年九月，中共中央政治局已明白香港在中日戰爭中所處的重要特殊地位，決定到香港設立八路軍辦事處。周恩來還特別提醒駐港工作人員，香港將因時移勢易而「由商業城市逐步轉變成文化城市」。詳見陳敦德《八路軍駐香港辦事處紀實》（香港：中華書局，二〇一二），頁一〇一—一二五，一五六—一八〇。日本投降前夕，中共中央更決定以香港為中心，建立城市工作據點，並派出骨幹文人到香港等大城市籌辦或復辦報刊，以占領文化陣地。袁小倫〈戰後初期中共利用香港的策略運作〉，頁一三〇、一三九。關於四十年代後期中共在香港的「文化搭台，政治唱戲」活動，見葉漢明、蔡寶瓊〈殖民地與革命文化霸權：香港與四十年代後期的中國共產主義運動〉，《中國文化研究所學報》新第十期（二〇〇一），頁一九一—二二五。

10. 且舉幾個例子：蕭紅、茅盾、端木蕻良、夏衍、郭沫若、胡風、葉靈鳳、戴望舒、歐陽予倩、司馬文森、黃藥眠等作家均在香港發表不少作品，詳見盧瑋鑾以下五篇文章的討論：〈香港早期新文學發展初探〉、〈十里山花寂寞紅——蕭紅在香港〉、〈災難的里程碑——戴望舒在香港的日子〉，收錄於《香港文蹤——內地作家南來及其文化活動》，頁一五—一六、一六二—一七〇、一七六—二一一；〈蕭紅在香港發表的文章——《蕭紅已出版著作目次年表》補遺〉，《抖擻》總第四十期（一九八〇年九月），頁四五；〈茅盾在香港報刊（一九三八—一九四一）上發表的著作〉，《抖擻》總第四十四期（一九八一年五月），頁四一—四六。另一個突出例子是聶紺弩，周健強評道：「在香港的近三年，是紺弩創作的全盛時期。他除寫雜文、散文、詩歌、小説之外，還寫了不少政治性較強的社論、專欄以及短論等等，曾被稱為香港最紅的作家。」周健強《聶紺弩傳》，頁二〇四。黃繼持對這個時期香港在文化領域的特殊性有如下評語：「到了一九四一年皖南事變前後，中國整體新文學的布局，文化城市中，香港與桂林、重慶、延安，同等重要。香港以這樣的空間，在殖民地的特殊弔詭式形勢下，竟然可以延續中國抗戰時期文脈一線。這是香港對整個中國新文學發展的貢獻。」鄭樹森、黃繼持、盧瑋鑾〈早期香港新文學作品三人談〉，鄭樹森、黃繼持、盧瑋鑾編《早期香港新文學作品選（一九二七—一九四一）》，頁三九。

11 例如一九四八至一九四九年間在香港出版的《大眾文藝叢刊》，主要投稿人都是日後中共掌管文藝領域的重要領導人或文壇領袖。這個刊物上發表的文章顯示了中共在奪取政權之前，已提前向文藝界宣示其領導中國文藝的權威地位。詳見錢理群《一九四八：天地玄黃》（濟南：山東教育出版社，二〇〇六），頁二一—四七；吳福輝《插圖本中國現代文學發展史》（北京：北京大學出版社，二〇一〇），頁四六二—四七六。

12 李少南〈香港的中西報業〉，頁五一三。

13 黃康顯〈從文學期刊看戰前的香港文學〉、〈抗戰前夕的香港文藝期刊〉、〈戰後初期香港的文藝期刊與文藝路線〉，《香港文學的發展與評價》（香港：秋海棠文化企業，一九九六），頁六—四二、四三—六〇、六一—六九。關於三〇年代大批內地文人南來對香港本土文學創作的影響，見盧瑋鑾〈香港早期新文學發展初探〉，頁一五—一六；鄭樹森、黃繼持、盧瑋鑾〈早期香港新文學作品三人談〉，頁二二—二七。至於第二次內地文人南來的盛況與影響，可參考以下文章：鄭樹森、黃繼持、盧瑋鑾〈國共內戰時期（一九四五—一九四九）香港本地與南來文人作品三人談〉，鄭樹森、黃繼持、盧瑋鑾編《國共內戰時期香港本地與南來文人作品選（一九四五—一九四九）》（香港：天地圖書公司，一九九九），上冊，頁三—三七；周而復：〈往事回首錄〉，頁一一一—一一九；茅盾〈訪問蘇聯，迎接新中國——回憶錄（三十三）〉頁二八—三四。此外，亦可參考黃萬華〈戰時香港文學：「中原心態」與本地化進程的糾結〉，《中國現代文學研究叢刊》二〇〇三第一期，頁八七—一〇二。

14 此說根據的是黃康顯與黃繼持的意見，見黃康顯〈從難民文學到香港文學〉《香港文學的發展與評價》，頁七〇；鄭樹森、黃繼持、盧瑋鑾〈國共內戰時期（一九四五—一九四九）香港文學資料三人談〉，頁八—一九。

15 John M. Carroll, A Concise History of Hong Kong, pp. 167-189。一八四二年割讓香港時，全島人

口僅一萬二千三百六十一人；到了一九五〇年底，香港境內人口已達二百三十六萬人，其中大部分人口來自內地。王宏志〈第一章：（非）政治論述：香港與中國現代文學史〉，《歷史的偶然：從香港看中國現代文學史》（香港：牛津大學出版社，一九九七），頁三。換句話說，「從人口組成的角度看，今天的香港，開始於一九四九年」。詳見陸鴻基〈香港歷史與香港文化〉，冼玉儀編《香港文化與社會》（香港：香港大學亞洲研究中心，一九九五），頁六四—七九。

16 黃康顯認為，一九五〇年以後，香港文學才獨立發展；至七〇年代香港的文學新生代出現以後，才有香港文學。關於香港文學的定義與分期，見黃康顯〈香港文學的分期〉，《香港文學的發展與評價》，頁八；黃康顯〈從難民文學到香港文學〉，頁七〇。關於香港文學的界說，也可參考鄭樹森〈香港文學的界定〉；黃繼持〈香港文學主體性的發展〉；這兩篇文章收錄在黃繼持、盧瑋鑾、鄭樹森《追跡香港文學》（香港：牛津大學出版社，一九九八），頁五三—五五、九一—一〇二。

17 此為《超然報》〈創刊宣言〉用語，引自楊國雄〈毛澤東訂閱的香港報紙《超然報》〉，頁二三五。

18 Lai-bing Kan and Grace H. L. Chu, Newspapers of Hong Kong: 1841 — 1979 (Hong Kong: University Library System, The Chinese University of Hong Kong, 1981), pp. 166-167, 187.

19 李少南和李谷城的數據是十一種，見李少南〈香港的中西報業〉，頁五一九；李谷城《香港報業百年滄桑》，頁一七四。本文依據的是簡麗冰和朱陳慶蓮的報告，見 Lai-bing Kan and Grace H. L. Chu, "Introduction," Newspapers of Hong Kong: 1841 — 1979, pp. v。

20 李少南〈香港的中西報業〉，頁五一九。謝永光還提及《大成報》和《中國人報》等小報，前者創刊於一九四三年，後者資料不詳。謝永光〈第十三章：日據時期的香港傳媒體〉，《三年零八個月的苦難》（香港：明報出版社，一九九四），頁二三二。這兩份小報在簡麗冰和朱陳慶蓮的報告裡均未提及。根據鍾紫的資料，當時坊間還流傳東江縱隊的《前進報》和港九游擊隊的油印報《地下火》。鍾紫〈抗日戰爭時期香港新聞傳播業概況〉，鍾紫主編《香港報業春秋》，頁二三二。

21 李谷城《香港報業百年滄桑》，頁一七六；謝永光〈第十三章：日據時期的香港傳媒體〉，頁二三五。

22 Lai-bing Kan and Grace H. L. Chu, Newspapers of Hong Kong: 1841 — 1979, pp. 167-168.

23 李谷城《香港報業百年滄桑》，頁一八〇—一八四。

24 關於戰後香港文藝期刊的情況，見黃康顯〈戰後初期香港的文藝期刊與文藝路線〉，頁六一—六九。

25 玄囿的〈夜談與散文〉和葉靈鳳的〈憶江南〉原來在報上分兩天刊載，現將上下兩篇合一，各視為一篇計算。

26 葉靈鳳一九三九年來香港，定居至一九七五年去世。絲韋〈葉靈鳳生平簡述〉，絲韋編《葉靈鳳卷》（香港：三聯書店（香港）有限公司，一九九五），頁三〇七。戴望舒一九三八年五月來香港，擔任《星島日報》「星座」副刊編輯，籌辦中華全國文藝界抗敵協會香港分會。一九四一年底日軍攻陷香港，戴望舒因宣傳抗日罪被日軍逮捕入獄，後為葉靈鳳設法保釋出獄。居港期間，他曾與葉靈鳳主編《大眾周報》、《華僑日報》「文藝週刊」、《香島日報》「日曜文藝」，亦曾為《新生日報》主編「新語」副刊。一九四六年三月返回上海，一九四八年五月再來香港，一九四九年三月返回北京。王文彬〈戴望舒年表〉，《雨巷中走出的詩人——戴望舒評傳》（北京：商務印書館，二〇〇六），頁三六一—三八四。葉、戴兩人於日據時期在香港發表的作品，已選錄於盧瑋鑾、鄭樹森主編、熊志琴編校《淪陷時期香港文學作品選：葉靈鳳、戴望舒合集》（香港：天地圖書公司，二〇一三）。

27 玄囿的原名估計是羅玄囿，他曾在《新東亞》撰文，討論如何在日本的「大東亞戰爭」取得勝利之際，發展中日文化交流、提高東亞文化水平以及促成東亞文藝復興。羅玄囿〈發展東亞文藝復興運動〉，《新東亞》第一卷第一期（一九四二年八月），頁八二—八四。他也有發表新詩，可參看新詩卷收錄的兩篇作品。

28 學子的文章內容雖與香港並無直接關係，卻分別在日據和戰後時期在本地報紙兩次刊載，可見當時副刊編輯與讀者的閱讀趣味。此文於戰後再刊時只改動作者姓名與篇名，內容不變。慕陽〈籠城小品〉，《星島日報星座》，一九四九年一月十三日。

29 一九三八年夏，施蟄存從昆明回滬探親，繞道香港，停留兩周，並在戴望舒主編的《星島日報》文藝副刊《星座》上發表〈路南遊蹤〉等作品。一九四〇年三月，再次從昆明返滬，又經香港，居留約六個月。應國靖〈施蟄存年表〉，《施蟄存》（香港：三聯書店（香港）有限公司，一九八八），頁三一一—三二八。

30 香港出生，曾就讀華仁書院，一九三五年同時考上香港大學、倫敦大學、清華大學、燕京大學和中山大學，後來決定入讀清華大學，一九三六年加入中國共產黨。黃秋耘《黃秋耘自選集》（廣州：花城出版社，一九八六），頁一；黃秋耘《風雨年華》（北京：人民文學出版社，一九八三），頁三；黃偉經《文學路上六十年——老作家黃秋耘訪談錄》（廣州：廣東教育出版社，一九九九），頁一一。

31 一九二八年加入中國共產黨。一九四一年來港，日本占領香港後，返回內地。一九四六年重返香港，參與創辦達德學院，任文哲系主任，並主編《光明報》，一九四九年返回內地。黃藥眠口述，蔡徹撰寫《黃藥眠口述自傳》（北京：中國社會科學出版社，二〇〇三），頁七四—七七、四三六—四六〇、五三六—五四五；劉智鵬《香港達德學院：中國知識份子的追求與命運》（香港：中華書局，二〇一一），頁八九；〈黃藥眠同志生平〉，北京師範大學中文系編《紀念黃藥眠》（北京：群言出版社，一九九二），頁二三五—二三八。

32 一九三四年加入中國共產黨。一九四八年三月來港，為《文匯報》撰寫社論、為《大公報》每日寫一短文，同時給一九四六年在港復刊的《野草》投稿。一九四九年六月返回內地。一九四九年底第二次來港，為《文匯報》寫社論，翌年出任《文匯報》總主筆，一九五一年三月赴北京。周健強《聶紺弩傳》，頁一九六—二〇四。

33 祖籍廣東東莞虎門，出生地不詳。童年時曾隨家人於一九一八年來港，就讀育才書院，一九二二年返回廣州。一九三八年廣州淪陷前夕再來香港，主編《中學知識》月刊，在香江中學任教，後任國際印刷廠總經理。日軍據港後，於一九四二年逃往桂林。陳衡、袁廣達主編《廣東當代作家傳略》（廣州：中山大學出版社，一九九一），頁二七三—二七四；〈重讀鷗外鷗：編者按〉，《八方文藝叢刊》第五輯（一九八七年四月），頁七二—七四。

34 一九二七年加入中國共產黨。一九四一年一月來港，在廖承志領導下，與鄒韜奮、喬冠華等創辦《華商報》，任編委，並分管文藝副刊。一九四二年一月底離港赴桂林。一九四六年十月經香港去新加坡，同年八月被新加坡當局「禮送出境」，返港擔任中共華南分局委員、香港工委委員（後任書記），負責統戰工作，並出任《華商報》編委，編輯副刊「熱風」（後改名「茶亭」），亦為《群眾》撰稿。一九四九年四月接中共中央電示，赴北京，準備接管上海文教工作。夏衍《夏衍自傳》（南京：江蘇文藝出版社，一九九六），頁一三八—一四二、一九二—一九六；會林、紹武〈夏衍生平年表（初稿）〉，《夏衍研究資料》（北京：中國戲劇出版社，一九八三），上冊，頁二九三—三二二；顧家熙〈憶《華商報》的《熱風》和《茶亭》——一九四七年十一月—一九四九年五月〉，《夏衍研究資料》，下冊，頁七七三—七八二。

35 一九三八年加入中國共產黨。一九三六年夏來港，任鄒韜奮創辦的《生活日報》副刊編輯，不久即返回上海。一九四六年十月再次來港，與章漢夫負責《群眾》周刊的編輯工作。《群眾》是公開出版的中共刊物，公開登載新華社的評論和中共領導人的署名文章，向海內外發行。章漢夫是香港工委書記，主管統戰、工商等工作。林默涵是香港工委報委書記，兼任《華商報》社論委員。兩人於一九四九年九月返回北京。陸華整理〈林默涵自述〉，《新文學史料》二〇〇六第三期，頁五五—七〇；王曉吟〈林默涵一九四六—一九四九年在香港〉，《新文化史料》一九九六第一期，頁三九—四〇、二六；〈林默涵同志逝世〉，《文藝理論與批評》二〇〇八第一期，頁一〇六。

36 生於香港，成長於新馬，一九三一年返回中國。一九三六年夏來港升讀高中，一九三八年三月返回內地；一九四〇年春來港，到母校華僑中學任教，同年夏天返回內地。一九四六年秋再次來港，從事寫作，居留至一九四九年八月。一九六三年加入中國共產黨。秦牧〈自傳〉，《中國當代作家自傳》第二輯（澳門：中國現代文學研究中心，一九七九），頁二〇〇—二〇四；艾治平、翁光宇、黃卓才《秦牧評傳》（廣州：花城出版，一九八九），頁一、一八、二五、三三、四九—五三；劉以鬯編《香港文學家傳略》（香港：市政局公共圖書館，一九九六），頁六六。

37 一九三三年加入中國共產黨。一九四六年一月，《文藝生活》（光復版）在廣州復刊，由司馬文森和陳殘雲主編。同年六月被國民政府通緝，逃亡香港，任香港文委委員。一九四七年出任達德學院文學教授和香港文協常務理事。一九五一年一月被香港政府逮捕，獲釋後被遞解出境，返回廣州。楊益群、司馬小莘〈司馬文森生平與文學活動年表〉，楊益群、司馬小莘、陳乃剛編《司馬文森研究資料》（北京：北京十月文藝出版社，一九九八），頁一二—八一；劉智鵬《香港達德學院：中國知識份子的追求與命運》，頁七〇。

38 一九二六年加入中國共產黨。一九三八年十月來港，協助茅盾編輯《文藝陣地》，並繼茅盾之後，從一九三九年一月十六日起代理主編。一九三九年六月離港。一九四七年十一月再次來港，與周而復共同創辦《小說》月刊。一九四九年六月返回北京。樓適夷〈自傳〉，《中國當代作家自傳》第二輯，二三三—二三四。孔海珠〈樓適夷編輯生活的重要台階——樓適夷與《文藝陣地》〉，黃煒〈樓適夷革命生涯——樓適夷編年〉；這兩篇文章收錄於上海魯迅紀念館、人民文學出版社編《樓適夷同志紀念集》（北京：人民文學出版社，二〇〇五），頁二三五—二六五、三七九—三八〇。

39 戈雲〈風雨搏擊五十年——歷盡坎坷的文學之旅（代總序）〉，《文壇是非多》（香港：香江出版有限公司，一九九七），頁一—一二。戈雲原名卓戈雲，廣西人，因戰亂於一九四六來港，一九四九年返回內地，一九八一年赴美定居。曾發表小說、散文、文藝評論、政論、兒童小說、報告文學。張超主編《台港澳及海外華人作家辭典》（南京：南京大學出版社，一九九四），頁一一二—一一三。

40 據《新生日報》編者按，自強「本是香港青年，參加我遠征軍任少校繙譯官，隨軍征戰滇西各地」。自強

41 〈龍陵雨〉，《新生日報》「生趣」版，一九四六年一月三十日。他的另一篇文章是〈五月渡瀘〉，刊於《新生日報》「生趣」版，一九四六年一月十六日。

「佚名」本具姓名，但因報紙漫漶至無法辨認，不得已以「佚名」代之。佚名在這次徵文比賽裡獲第二名。第一名是李士，其文為〈黔桂路上殺敵記〉，分上下兩篇刊於《工商日報》一九四六年七月六日與七日。玉銘以〈生死的搏鬥——三南戰役片段〉得第三名，文章分上下兩篇刊於《工商日報》一九四六年七月十七日及十八日。這三篇記敘內地戰爭經驗的文章，以佚名的一篇最為樸實可信，故此入選。紅鷹的文章得第四名，寫香港一般百姓的遭遇，亦予選錄。

42 余光中根據廣義散文的功能，將之分為抒情、説理、表意、敘事、寫景、狀物六類。余光中〈不老的繆思——《提燈者序》〉，盧瑋鑾編《不老的繆思——中國現當代散文理論》（香港：天地圖書公司，一九九三），頁四二—四八。本文對散文的分類與命名均得益於余文。

43 日軍在一九四二年一月宣佈，沒有居住地址或職業的難民都要離開香港，立即執行。香港人口在一年之內減少了五十萬，到日本投降之日，香港人口已降到不足六十萬。John M. Carroll, A Concise History of Hong Kong, pp. 123.

44 盧瑋鑾〈《吞旃隨筆》是「物證」之一〉，黃繼持、盧瑋鑾、鄭樹森《追跡香港文學》，頁一三七—一三八；參考張詠梅〈「信非吾罪而棄逐兮。何日夜而忘之。」〉，《作家》二〇〇五年七月，頁一七—二二；亦可參考盧維鑾、鄭樹森主編、熊志琴編校《淪陷時期香港文學作品選：葉靈鳳、戴望舒合集》所錄資料，頁二九八—三三二。

45 此語出自鄭樹森：「鷗外鷗的成就在中國現代詩的發展上是獨一無二的」，「他在整個二十世紀中國文學中有其獨特的位置」。鄭樹森、黃繼持、盧瑋鑾〈早期香港新文學作品三人談〉，頁四一。

46 周健強《聶紺弩傳》，頁二〇四。

47 此文收入文集時，增添了一段文字。見馮明之《歷史的奇趣》（香港：上海書局，一九六一），頁一〇—一二。

48 關於「三及第」文體的界說以及三蘇的創作，見黃仲鳴《香港三及第文體流變史》（香港：香港作家協會，二〇〇二），頁四—一六、一〇三—一一二。

49 此文後來出現另一版本，行文較為簡略。戴維〈木屋之旅〉，《華商報》，一九四七年四月二十三日；收入鄭樹森、黃繼持、盧瑋鑾編《國共內戰時期香港本地與南來文人作品選（一九四五—一九四九年）》，上冊，頁八四—八六。

50 樓適夷的文章發表於一九三八年，收錄於盧瑋鑾編《香港的憂鬱——文人筆下的香港（一九二五—一九四一）》（香港：華風書局，一九八三），頁一二五—一二六。

51 John M. Carroll, A Concise History of Hong Kong, pp. 136.

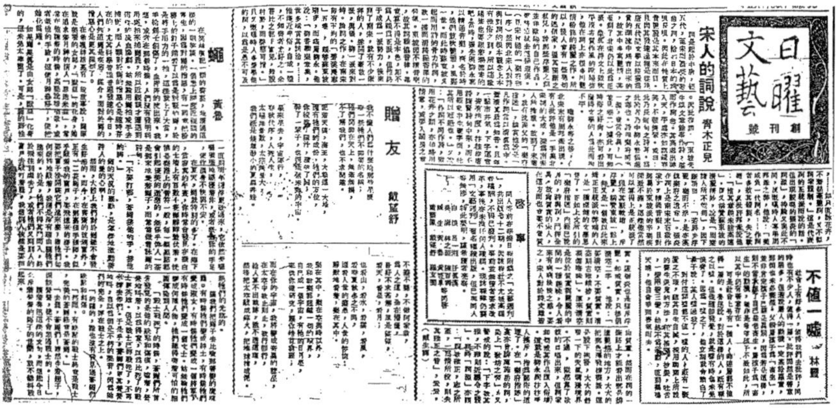

日曜文藝 創刊號

宋人的詞說 青木正兒

不值一噱 林豐

贈友 戴望舒

蠅 黃魯

啟事

廣東俗語圖解

（四）盲佬貼符 達士解 陳第繪圖

江南風味 有口皆碑
福祿壽餐室
蘇揚點心 全港第一
川廣名菜 經濟實惠
中明治通三十六號A二樓

大華飯店 新記
川・京・滬・高等酒菜麵點
地方舒適 服務週到
地址：中明治通 華人行・九階
電話：二〇四〇〇
營業時間 上午十一時至下午十時

• 《香島日報・日曜文藝》，一九四五年七月一日。

• 達士（戴望舒）〈廣東俗語圖解之（四）：盲佬貼符〉，《大眾週報》第一卷第四期（一九四三年四月二十四日）。

《新東亞》第一卷第五期（一九四二年十二月號）封面。

●〈香港島攻擊經過要圖〉，《新東亞》第一卷第五期（一九四二年十二月號）。

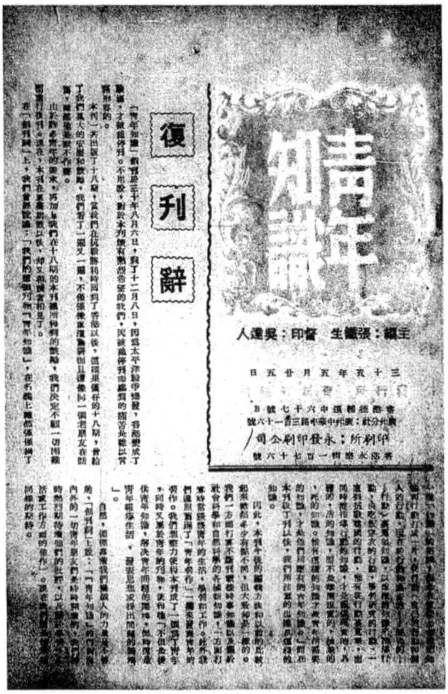

• 《星島日報・星座》，一九四六年一月二十二日。

• 《青年知識》新一期復刊辭，一九四六年五月二十五日。

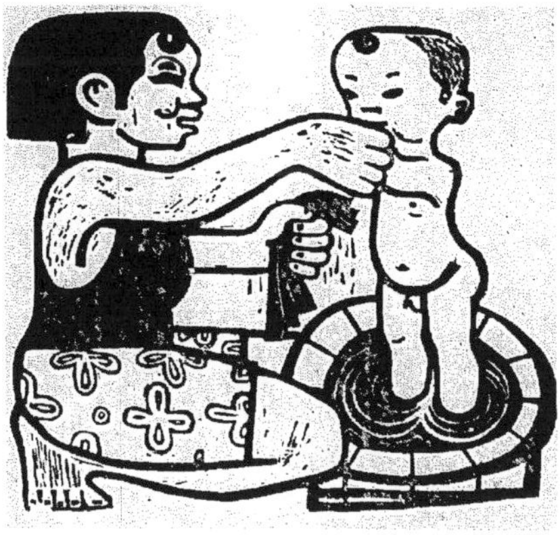

• 豐子愷〈樂不思蜀〉，《星島日報・星座》，一九四八年二月二十一日。

• 黃永玉〈浴〉，《星島日報・星座》，一九四八年三月二十七日。

• 施仁〈非眷莫問〉，《星島日報・星座》，一九四八年八月三十日。

● 吳靄帆〈飯檔〉，《星島日報・星座》，一九四八年四月二十一日。

● 吳靄帆〈騎樓底〉，《星島日報・星座》，一九四八年四月二十五日。

● 馬卡〈大減價〉，《星島日報・星座》，一九四八年十月三十日。

• 周天匝〈蕭頓球場夜色〉，《星島日報・星座》，一九四八年十月三十一日。

• 吳喬〈撤退小景〉，《星島日報・星座》，一九四八年十一月十二日。

• 杜朝儀〈啓德機場所見〉，《星島日報・星座》，一九四八年十二月四日。

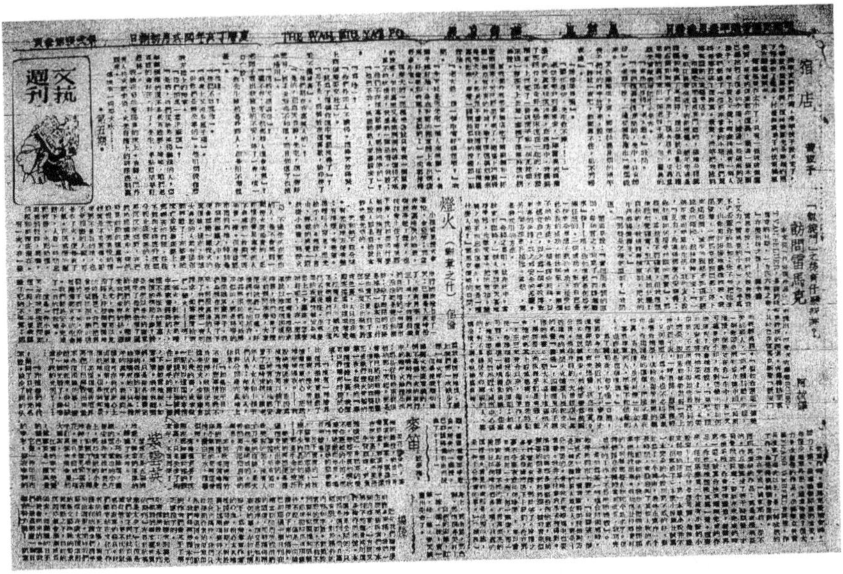

文藝週刊

宿店

訪問雷馬克

燈火

• 一九四七年三月三十日《華僑日報・文藝週刊》。

目錄

玄囿

新歲感

窗外蕭蕭瑟瑟地下着雨，這是歲暮的一個晚上。我正在挑燈夜讀之際，寒氣暗侵（　）幕，畸零的旅人，對此怎能壓得住內心的惆悵！偶然想起日昨與幾個朋友於品茗時所談及「過年」之事。他們中的一位說：「近幾年來，每逢過年的時節，非窮即病。」言下似乎有不勝感慨的樣子。其實我自己又何嘗不是遭於這相似的厄運中呢——如今計算起來，離家不覺已近六載了，唐人詩云：「每逢佳節倍思親」；但是像我一樣畸零的旅人，經已過慣了飄泊的生涯，對於家的觀念，逐漸地給外部生活磨洗得淡薄下去了。

這九年來的教書生涯，天天與純潔的青年們混在一起，他們有着光和熱，也曾給我這凄清的環境渲染得很美麗。他們愛護我，幫助我，我也愛護他們，幫助他們。在彼此互助相愛之下，使我忘記了一切飄零之苦！不獨如此，並且使我有着一種非常的祈待，這不是希望我自己能夠顯達富貴，養尊處優，而利用他們；這希望還是在這一羣純潔誠摯的青年的身上。為了這，我曾下了最大的決心，把我自己的生命，完全付託在無數的孩子的身上，犧牲小我而為大我。

「過年」，這是多麼令人興奮的一個名詞；特別的在孩子們的頭腦中，似乎有着更美麗的想像。可是對於我，畢竟是惹起了無窮的悵惘與寂寞！當這時節的來臨，我底周圍，忽然變得更加寥落起來——孩子們趁着年假都歸去了，同事們大都有家的，也得要回去叙天倫之樂事。平日與我在一起的人們，這時候都跑光了，剩下一所廓落的校舍，給我留守；好在我性愛靜，我怕太熱鬧，所以到這時候，我還是深居簡出，閉門度歲；一天到晚，在這清幽的環境裏，踱來踱去，從頂樓行落地下，從課室轉（ ）課室，或讀書，或彈琴，或靜聽外面的炮竹聲，以消磨這一段日子，等到復課後，我底生活才始恢復常態。八年來如一日，過去每一次新年佳節，都是一樣地糟蹋了，任它幻滅。在我個人而論，則「窮也非病」，於八九年來的飄泊生涯之中，年年歲歲一床書，一肩行李，兩袖清風。因此對這燈紅酒綠的新年佳節，不是討厭它而是窮於酬酢，怕與勢利周旋，這是落得孤寂的因素吧！直至去年，我在上海的家庭中，度過了一年的生活，終於覺得：「懷與安，實敗名。」又〔飄〕然南返，奔向自己的前程。只幾個月的時光，而遭逢這次的變亂，刼後餘生，好在得苟存性命，再有苦可吃，這是不不幸中之幸。

「桃符萬戶更新」，舊節的新年又去了，這與我相遇合，似乎又有着另一種不可磨滅的因素，也是和從前一樣的困頓與飄零，而且是有家歸未得；而且是無前程可奔，要滯留在悲鬱的境地裏。新歲的苦雨孤燈之夕，如何能不惹起我底惆悵呢！畸零人，我畢竟是個畸零人啊！

選自一九四二年二月二十一日香港《南華日報·前鋒》

夜談與散文

「談」是樂事，再加上一個「夜」字，就更加顯出此番談話的靜態美。古來無論中外的文人雅士，都很讚美「夜談」。他們喜歡夜談，是為着避免環境上的繁囂，抱着一種野心，要擁有整個靜靜的宇宙，而發表他們積累在腦際的美麗的意象，給二三知己欣賞，志在博得一般的共鳴。因此，就散文之勃興而論，這似乎與談天有着密切的關聯。林語堂謂：「我相信一個國家的真正優美的散文，是必須在談天一道已經發展到成為一項藝術的地步方能產生。這個情形，在中國和希臘散文之發展中最為顯明。」

其實一篇真正優美的散文之產生，的確要從靜靜的環境中，輕輕地淡淡地描寫出那種溫柔婉順的靜態美；要用纖妙之筆調去描寫。所以晚上的會晤，竟然在散文與詩詞的藝術上佔有很重要的地位；同時也作了散文與詩詞上（　）取現成的材料。

試想想看吧！唐詩中之「今夕復何夕，共剪燈燭光」與「何當共剪西窗燭，却話巴山夜雨時」。像這些詩篇的內容與結構，雖然是靜態之下的夜談藝術的描寫〔，〕其中隱寓着一段纏綿不盡的情緒。風雨之夕，無論在任何的一個季節裏面，都很可以引導人進入談天的世界；這時候，如果有知己會合，話談得投機則更好；一甌清茶，一碟花生米，儘可以於此而消遣無慮。不然，即使召集家人，漫談祖代之嘉言懿行與軼事，乘人之不覺，寓以家訓，亦是一種取寫意的家庭教育方法。上自歷史掌故，宮闈秘史，文人軼事；下至民間傳說，神話，談狐說鬼，以迄於螞蟻蒼蠅的瑣碎之事，皆可作為夜談的資料。

只要「眼前一笑皆知己，座上全無礙目人」，則「所發之言不求驚人，人亦不驚。未嘗不欲人解，而人卒亦不能解者，事在性情之際，世人多忙，未曾常聞」的（金聖嘆言）。所謂「談言微中」，那就大可舒舒服服地，將凝結了的心緒，盡情放寬，使生命安排在閒息的氛圍中，其樂正無可比擬！至於談天的地點，無論日夜，最好是隨遇而安。正如林語堂說：「在十八世紀的沙龍（即書室）中可以談關於文學或哲學的閒天；但在農家木桶的旁邊，也何嘗不可以談。或在風雨之夕的航船中，對河船上的燈光微映水波，而臥聽船夫閒談當地的一個女子怎樣被選去做皇后娘娘的故事。這類談天之所以悅人者，實在於所得的樂趣，視地點時間和談者而各不相同。我們所以能牢記不忘者，有時因為談天的時候是正在桂子飄香，秋月懸空的佳景下；有時因為是正在風雨之夕，一爐柴火之前；有時因為是正在一個高亭之上遠眺河中船隻往來，而當中有一隻船忽因潮流過激而側翻的時候，或是在清晨坐在車站待車室的時候。這種眼前之景象，常和所談的天聯繫一起，因即使我們永不能忘。」那種永不能忘的景象，便可以合作詩的材料，畫的材料（如最後的晚餐圖之類），散文的材料。所謂「事在性情之際」，一個作家的「性靈」在心底流動的時候，那種永不能忘的景象再現的時候，頭腦中有如電陣一般的攪擾，覺得非將他的觀念發洩出來不能安逸，乃將它們寫在紙上而覺如釋重負，這就是文藝的產生之經過。

推而論之，在靜態之下，時常會產生出一種高超的藝術美，這種藝術美，如果發現在一個美術家或文藝家的眼底，他自然不輕易放過它，就要去欣賞它，最後那種永不能忘的景象，便與他的性靈匯合而交流，在腦際起着如電陣一般的攪擾，藝術作家要把他這一點藝術觀念發洩出來，就產生出藝術的作品。靜靜的夜，是幽雅的背景，更有着輕鬆的談話在這靜靜的夜底雰圍中輕輕地淡淡地迴蕩着，穿插着，宛如人間文藝的仙境，其中清福，並非一天忙到晚的生意人，吃了晚飯就睡覺，鼾聲如牛者所能享受得到的了。故此有人說，這些俗人，於文化決沒有幫助的。

在一個幽美的晚上，談話，當然哪，單獨一個人就永遠不能做成談話的場面的；除非是自言自語。那麼，最低限度要有兩個人或兩個人以上，有了叙會的機緣。談天然後可以開始，在這場所中，是觸發人類靈感的最好的機會。語言是表情達意的工具，靈感觸發語言之發出，表得妙，達得妙，就是語言的藝術，這些妙言妙語，筆之於文，就是文藝，所以文藝之產生是出於偶然的，並非出於當然的。一篇傑作，能垂千古而不朽，一件好的藝術作品，能烙印在人類的腦根裏永久不會幻滅。由此，夜談一道可能成為藝術的真正優美的散文的產生地，是無可置疑的了。

選自一九四二年三月十六日至十七日香港《南華日報・前鋒》

葉靈鳳

吞旃隨筆

鳥何萃兮蘋中，罾何為兮木上，
沅有芷兮澧有蘭，思公子兮未敢言。

——屈原：九歌

伽利略的精神

凡是涉獵過藝術史的人，大約都知道義大利著名的比薩斜塔，那傾斜着突出在地面上的白帽蛋糕型的建築物，至今還不曾倒；可是很少人會知道，就在這斜傾的塔上，從一百八十尺的高處，伽利略曾經將一些重量不同的球體，同時拋下來，同時落地，證實了他的落體定律學說，打破當時物體下落的速度和牠的重量成正比例的謬見，使得一旁目睹的腐儒駭得呆了。這是中世紀科學史上的佳話。

具有這樣震駭世俗的大胆實驗精神的伽利略，晚年為了堅持他的地球運動主張而被捕下獄，正是意想中的事。據說直到今天，羅馬城裏還保存着伽利略被禁的那間屋子，釘着一塊紀念牌，寫着「一六三三年，伽利略主張地球繞日而行被禁處」

一六三三年，羅馬正是「宗教裁判」的世界，凡是不合教會口味的東西，都要被目為異端，伽利略在這樣黑暗的勢力下，公然擁護哥白尼天文學上的新學說，肯定太陽是宇宙的中心，地球和其他的行星一面自己旋轉，一面繞日而行。這學說不僅推翻了當時教會所主張的地球為宇宙不動的中心論，同時更不啻取消了在這宇宙中心的地球上，代表着神而統治人類的教會的地位，這當然使得教會無法容忍了，於是伽利略被教皇召赴羅馬，宗教裁判所開始審問伽利略的異端邪說。起先還僅是作學理上的辯難，後來就老實不客氣的用刑訊來威脅了。也許伽利略這時年紀已經太老了吧，據歷史家的記載，跪在十個紅衣主教的面前，伽利略終於被迫推翻自己的學說，撤消地球一面自轉一面繞日而行的理論，承認地球並非繞日而行，而且是不動的，可是當他自己打完自己的嘴巴，站起身來之後，却自言自語悄悄的說：

「我雖然取消了我的主張，然而地球仍是動的。」

這末後的兩句話也許是好事家的附會，可是在當時被「宗教裁判」所認為異端邪說的「天體運行論」，到了一八三五年，教會終於不得不加以承認，而從梵諦崗的禁書目錄中將牠撤消了。於是伽利略一度被辱的地方，便永遠留着一個人類愚昧的記號。

勝利的到底是知識和真理。

火綫下的「火綫下」

對於日本軍隊進攻香港的戰略，我不知道當時英軍參謀部的判斷怎樣，至於作為一個市民的我，對於日軍的攻擊方式，可說完全估計錯誤了。根據我們的推測，日軍進攻香港的重心，大多數將在西面，如果不從鴨巴甸洲着手，至少將在堅尼地城海傍一演「敵前上陸」的拿手好戲，而對於摩星嶺要塞區的爆擊，必然是猛烈的，因此全港的最安全區，該是跑馬地一帶，因為即使戰事發展到市街戰的階段也罷，等到越過中環區而進展到灣仔區時，無論如何也該成為尾聲了。根據這樣的「預測」，住在西區的我，當香港戰事爆發後，正如大多數的西區居民一樣，立即倉皇從西區避難到東區。那知戰事的演進恰和我們的預料相反，當時在跑馬地防空洞裏所領受的十幾日的交織砲火的滋味，那進退不得的狼狽的情形，現在想起來，誰都要啞然失笑吧。

遺棄在西區的家，當砲火停止以後，萬里長征似的從跑馬地步行着回來一看，叨天之幸，房屋並沒有中砲彈，物質上似乎並沒有甚麼損失，可是仔細一檢點，作為文人的我，所蒙受的意外損失可有點驚人了。

由於鄰人的好意，我的架上的書籍，「抗戰大事記」也罷，邱吉爾的言論集「汗血眼淚」也罷，凡是有點那個的，都不冀而飛了。而打開抽斗一看，從朋友往來的信件，以至個人的名片，未寫完的原稿，總之，凡是有字的東西，幾乎全都不見了。整理完竣的「讀書隨筆」原稿不見了，擱置了五年未能付印的創作集「紫丁香」不見了，更使我吃驚的是，花了一年心血才譯了一半的巴比塞的「火綫下」的原稿，每一個抽斗都找遍，也杳無影蹤了。

那裏去了呢？鄰人笑嘻嘻的說，說是恐怕有人來查問時有點那個，有些給我燒了，有些來不及燒的都扔在後邊山溝裏了。

想到開始翻譯「火綫下」時曾向書局預支過五百元法幣的稿費，後來法幣和港幣的匯率愈差愈遠，便提不〔起〕精神動筆，老闆屢次來信催稿，始終是懶懶的應着，現在率性連既成的這一半原稿也燒掉了，萬一將來有機會再見到那位書店老闆時，也許那時像「中日事變」之類這麼重大的問題早已獲得圓滿和平的解決了，而我這問題却反而不容易解決；一想到這情形，我不覺暫時忘去了眼前的一切，對着窗外覆着長長的野草的山溝，茫然起來了。

完璧的藏書票

鄰人的好意，雖然使我在這次戰爭中喪失了全部存稿和好些書籍，可是由於他這同樣的獨到的眼光，我的另一份「財產」却幸運的被保存了。這便是我所收藏的現代日本愛書家的藏書票。

據他的解釋，最能動人情感的莫過於「他鄉遇故知」，因此，對於征塵滿面的士兵們，如果有一點東西能打動他們的鄉情，最容易被他們所珍視，因此也最容易獲得他們的好感，而由於這樣的好感所產生的方便，決非在門口貼上一張「特殊家屋，立入嚴禁」之類的玩意所可比擬的。根據這樣的理由，我的鄰人善意的將我的一些原稿和書籍肅清之後，便鄭重的將我所收藏的這一份日本藏書票放在桌上，而且放在最觸目的地方，好像希望凡是走進這屋子裏來的人第一眼就見到似的。

說起這一份藏書票，歷史已相當悠久了。「一二八事變」後不久，我隻身寄住在上海北四川路的一家公寓裏，每日浸在書堆中，開始對於書籍的版本，裝幀，插畫，收藏各方面，任情的涉獵起來。偶然從中國藏書家的收藏鈐記研究到西洋藏書家所用的貼在書上的「藏書票」，不覺立時着了迷。可是關於藏書票的研究資料，中國方面固然絕對的沒有，就是西洋方面也很稀少而不易獲得，因為這是「書的樂園」的最後的三昧境，不是一般將讀書當作消閒或視作畏途的人所能理解的。後來偶然在內山書店的書架上，讀到齋藤昌三氏所編纂的內田魯庵隨筆集「紙魚繁昌記」，知道藏書票在日本已相當的流行，而且齋藤昌三先生恰是日本藏書票界的權威，著有僅有的研究藏書票的專著「藏書票之話」。

這一發現使得我很興奮，我立即托書店老闆內山完造氏寫信向日本去定購，隔了不久，回信來說這書早絕版了，祇有偶然遇着機會還可以在舊書店裏得到。這答覆當然使我很失望，可是還不是絕望，憑着愛書的熱忱，我當時就寫了一封信給這書的著者齋藤昌三先生，他那時正是「書物展望」的編輯人，詢問他可否為我這異國的書物愛好者設法，找一冊這部書，並再供給我一點關於日本方面的藏書票資料。我在信內還附寄了一張我自己所用的藏書票，證明我確實是一個有同嗜之雅的人。果然，齋藤先生接了信很高興，隨即將他自己所存的一部「藏書票之話」贈給了我，並且還寄來了一批日本藏書家所用的藏書票，以及日本藏書票的研究資料，這其中包括了大正十五年八月出版的「柳屋」第二十九號「藏書票之卷」，大正十四年第四卷第七號的朝日畫報「日本藏票會作品」圖片，以及博多明治製菓賣店所舉行的第二回藏書票展覽會的出品目錄。這些資料都是十分珍貴而且稀覯的，大大的增加了我研究和收集藏書票的興趣，正如後來齋藤先生在「書物展望」某期上所說，「中華民國上海的葉靈鳳氏，正在藏書票熱中」。由於齋藤先生這樣的鼓勵，我隨即加入了日本藏書票協會，認識了該會主持人小塚省治氏，並開始和日本的愛書家和藏書票蒐集家交換藏品。我現在還記得，遠在台灣的蒐集家緒方吾一郎氏，大連的須知善一氏，當時都不遠千里寄了藏品來交換。

由於衣食的奔波和人事的變遷，十年以來生活上雖然不再有餘裕可以供我享受恬靜的「書齋趣味」，可是我愛書的熱忱始終未替，而且不時還藉着偶然的機會為我這一份藏品增加一點資料。同時，由於我個人幾次的介紹，中國讀書界也多少知道了一點「藏書票」是甚麼東西，而且居然還有一二位同好的愛書家製一張貼在自己的書上。

紙魚蝕紙裝的「紙魚繁昌記」已經在廣州戰火中失去，「藏書票之話」則和我的其他藏書堆集在上海已經六年，也不知道情形怎樣。在這次香港戰爭中，我以為帶在身邊的這一份中國僅有的藏書票收藏怕也難免失散了，然而竟能倖免，這使我在安慰感激之餘，不得不佩欽我的那位鄰人獨具眼光，火下留情了。

多年不曾和齋藤先生通過消息，不知他近況怎樣，「書物展望」這樣的刊物不知在戰時還能繼續出版否。目前的香港還未進入「讀書的季節」，也許等到秋高氣爽，燈火可親之時，有機會將這一份歷刧倖存的藏品，整理一下，舉行一次小小的展覽會，作為一個紀念罷。

七月二十日

選自一九四二年八月香港《新東亞》創刊號

秋鐙夜讀抄

「今年的七月，甚麼地方都沒有去旅行，就在這巷中，浸在深的秋的空氣裏。」

「這也是十月底的事。曾在一處和朋友們聚會，談了一天閒天。從這樓上的紙窗的開處，在凌亂的建築物的屋頂和近處的樹木的枝梢的那邊，看見一株屹立在沉靜的街市空中的銀杏。我坐着看那葉片早經落盡了的，大的掃帚似的暗黑的榦子和枝子的全體，都逐漸包進暮色裏去。一天深似一天的秋天，在身上深切地感到了。居家的時候，也偶或在窒人呼吸似的靜的空氣裏，度過了黃昏。當這些時，家的裏面，外邊，一點起燈火來，總令人彷彿覺有住在小巷子中間一樣的心地。」

讀着魯迅所譯的島崎藤村的這段散文，不知怎麼樣，覺得簡直就像自己心裏所要想寫的似的，就信筆抄了下來。是的，「今年的七月，甚麼地方都沒有去旅行，就在這巷中，浸在深的秋的空氣裏」，回想起初夏時曾經決意要利用這近年難得有的閑暇，多讀幾部許久想讀而沒有時間和心情去讀的書，現在對着山背後湧上來的日漸明淨的白雲，聽着山溝裏愈加清脆的水聲，知道秋天已到，這計劃又成空了。

夏天讀書的計劃既不曾實現，對着這「沉靜得窒人呼吸」的秋天，我又燃起更大的雄心了。許多年不曾寫小說了，利用今年這秋天寫幾篇小說罷。我曾經在宋皇臺下住過一些時候，就將那幾位南渡君臣悲壯凄涼的末日，試寫一篇歷史小說罷。

從友人處借來了宋史，厓山集，以及關於文天祥，陸秀夫等人的資料，在燈下檢着有關的一切，從本紀以至列傳，任情的涉獵着。

這也許就是「英美思想應該從東亞驅逐出去」的原因之一罷，近幾年來，我對於西洋現代文學，古典作家，藝術史，翻閱得比甚麼都熟悉，架上僅有的幾冊線裝書，不僅沒有去動過，而且早給逐漸添置的西洋文化史，藝術史之類，擠到書架背後去了。現在翻閱着為了寫小說而搜集來的南宋末年史料，一種久已疏遠的似曾相識的情緒又甦醒了。我於是放任着自己眼和手，將一些線裝書都搬了出來，從正史讀到野史，從散文讀到韻文，每晚在燈下，將闊別了許久的舊時愛讀的許多作品，重行盡情地溫讀了一遍。

小說當然不曾寫成，可是却乘便讀了不少書，「失之東隅，收之桑榆」，這種意外的收穫，我不能不歸功於眼前這時代所給與我的啓示。

十幾年前，讀詩詞，愛讀的是唐五代詞。李後主的「憶江南」和「浪淘沙」，韋莊的「當時年少春衫薄，騎馬倚斜橋，滿樓紅袖招」，差不多開卷必讀。現在回想起來，當時的心情真有點使人臉紅。現在念着「簾外雨潺潺，春意闌珊，羅衾不耐五更寒，夢裏不知身是客，一晌貪歡。」雖覺得這仍然是一首絕妙好詞，可是像舊時那種為詞裏的意境所顛倒的心情，却怎麼也喚不起了。

在燈下展開稼軒詞。這位南宋詞人，正是我近年愛好的作家之一。在這半山區，斗室孤燈，玩味着他的蒼涼的詞意，真使人的心上感到份外沉重：

「楚天千里清秋，水隨天去秋無際，遙岑遠目，獻愁供恨，玉簪螺髻。落日樓頭，斷鴻聲裏，江南游子，把吳鉤看了，闌干拍遍，無人會登臨意。 休說鱸魚堪膾，儘西風季鷹歸未？求田問舍，怕應羞見劉郎才氣。可惜流年，憂愁風雨，樹猶如此！倩何人喚取紅巾翠袖搵英雄淚？」

還有他的另一闋「水龍吟」：

「舉頭西北浮雲，倚天萬里須長劍。人言此地，夜深長見斗牛光焰。我覺山高潭空水冷月明星淡。待燃犀下看，凭闌却怕風雷怒，魚龍慘。 峽束蒼江對起，過危樓欲飛還斂。元龍老矣，不妨高臥冰壺涼簟。千古興亡，百年悲笑，一時登覽。問何人又卸片帆，沙岸繫斜陽纜？」

這後一首，去年春天，曾拗不過一位好事者的糾纏，拿了一張斗方宣紙要我寫字，便歪歪斜斜抄了給他了。

同樣的，在詩的方面，二十歲以前只曉得讀王次回的「疑雨集」。（這次日本畫家山口蓬春氏過港時，曾特地托人領路買了一部石印的「疑雨集」帶回去）後來慢慢的知道領略李義山，黃仲則，龔定盦了。近年則一直愛讀陸放翁，尤其是他的「臨安春雨初霽」：

「世味年來薄似紗，誰令騎馬駐京華；小樓一夜聽春雨，深巷明朝賣杏花。短紙斜行閑作草，晴窗細乳試分茶；素衣莫起風塵僕，猶及清明可到家。」

老杜和李太白，則始終不曾好好的讀過。對於他們的領略，也許要留待中年以後了。

○ ○ ○

離騷誠不愧為百世辭章之祖，正如大自然，在任何時間，用任何心情去看，都有一種前所未見的新的發現。劉勰評得好：「不有屈原，豈見離騷；驚才風逸，壯志細高；山川無極，情理實勞；金相玉式，豔溢錙毫。」不讀離騷，怎麼也談不上讀過中國文學作品。

我久有一個心願。作為作家，應該為屈原寫一部可讀的同情的文學體裁的傳記（不是飣餖考據式的）。作為出版家，應該將離騷根據最完善的底本，配上蕭尺木的插畫，印一種字大悅目，可讀可藏的現代版。

又是心願，許下的心願真是太多了。夜將深，我於是攤開擱在手旁的楚辭！

「思美人兮，擥涕而竚眙。媒絕路阻兮，言不可結而詒。蹇蹇之煩冤兮，陷滯而不發。申旦以舒中情兮，志沈鬱而莫達。願寄言於浮雲兮，遇豐隆而不將；因歸鳥而致辭兮，羌迅高而難當。高辛之靈盛兮，遭玄鳥而致詒。欲變節以從俗兮，愧易初而屈志。獨歷年而離愍兮，羌憑心猶未化。寧隱閔而壽考兮，何變易之可為？知前轍之不遂兮，未改此度。車既覆而馬顛兮，蹇獨懷此異路……」

一陣山風，着帶一隻青蚱蜢從窗口撲了進來，我嚇了一跳，攤開的楚辭也被吹翻了幾頁：

「朝吾將濟於白水兮，登閬風而緤馬。忽反顧以流涕兮，哀高丘之無女。」

去年冬天，曾在一個學校裏授離騷，差不多就講到這附近，戰爭便發生了。

○　○　○

重要的南宋史料，可以補正史之不足者，有「填海錄」，「二王本末」，「南渡錄」，「平宋錄」等。後兩種，我手邊有神州國光社編印的「中國內亂外禍歷史叢書」本，翻了一遍，所記的大都是臨安失陷前後三宮北狩的事，與我所要參考的二王末年事蹟無關。最適合的該是「二王本末」

和「填海錄」，其中一定可以找到一些厓山小朝庭和秀夫沉海的資料，可惜怎樣也找不到這兩種書。

我佛山人的「痛史」，作於清末，也是以南宋末年的故事為題材，反映當時瀰漫着的種族革命思想而寫的章回小説。雖是經過渲染舖張，再用來作為寫小説的參考未免不甚可靠。可是其中有許多地方，針對着當時清朝末年的時政，倒也寫得很痛快淋漓，如寫元朝的太監們對被虜的南宋皇室情形：

「……那太監奉了旨，便到三宮住處來，大叫道：聖旨到。老蠻婆子小蠻子快點跪接。太皇太后看見全太后這般狼狽，正自凄涼，忽聽得聖旨到，又氣又惱又吃驚，正不知是何禍事，只得顫巍巍的向前跪下。全太后不知就裏，也只得帶着德祐帝跪下來。太監向全太后兜胸踢了一腳喝道：沒有你的事，滾！這一腳踢得全太后仰翻在地。那太監方才説道：皇上有旨，封老蠻婆子做壽春郡夫人，封小蠻子做瀛國公，快點謝恩。太皇太后福了一福，德祐皇帝叩了頭，太監喝道，天朝規矩，要碰響頭謝恩的。太皇太后沒奈何，低頭在地下碰了一碰。太監道：還有兩碰，太皇太后只得又碰了兩碰。太監道：説呀！太皇太后道：説甚麼？太監道：蠻子真不懂規矩，你説謝皇上天恩，快説！太皇太后沒奈何，只得説了……

「忽然外面又闖進兩個太監來，大叫道：聖旨到。太皇太后德祐帝只得仍舊跪下，低着頭，不致仰面觀看。只聽得那太監齊聲道：奉聖旨，老蠻婆子和那小蠻子仍舊住在這裏，交理藩院看管。那賤蠻婆子攆到北邊高牆裏去，只許她吃黑麵饝饝，不准給他肉吃，快點謝恩！太皇太后德祐帝只得碰了頭，說了謝皇上天恩。全太后却只呆呆的站在一旁不動。一個太監大喝道：呔！這賤蠻婆子，還不謝恩麼？全太后道：這般的處置，還謝恩麼？太監又喝道：好利嘴的賤蠻婆子，你不知咱們天朝的規矩，那怕綁到菜市口去砍腦袋，還要謝恩哩，這有你們蠻子做的詩為證，叫做『雷霆雨露盡天恩』呀。全太后沒得好說，只得也跪下碰了頭。」

亡國君臣的受辱是活該的，寫得生動如畫的倒是狐假虎威，作威作福的奴隸的嘴臉。

○　○　○

南宋末年的人物，可以寫小說的，除陸秀夫外，還有賈似道和文天祥。前者的貪污糊塗，後者的神忠耿介，都是絕好的小說資料。僅是一首正氣歌，就值得我們為他嘗試了，你看：

「天地有正氣，雜然賦流形：下則為河嶽，上則為日星；於人曰浩然，沛乎塞蒼冥。皇路當清夷，含和吐明庭；時窮節乃見，一一垂丹青。在齊太史簡，在晉董狐筆；在秦張良椎，在漢蘇武節；為嚴將軍頭，為嵇侍中血；為張睢陽齒，為顏常山舌；或為遼東帽，清操厲冰雪；或為出師表，鬼神泣壯烈；或為渡江楫，慷慨吞胡羯；或為擊賊笏，逆豎頭破裂。是氣所磅礴，凜烈萬古存；當其貫日月，生死安足論；地維賴以立，天柱賴以尊；三綱實繫命，道義為之根。嗟予遘陽九，隸也實不力；楚囚纓其冠，傳車送窮北，鼎鑊甘如飴，求之不可得。陰房闃鬼火，春院閟天黑；牛驥同一皁，鷄栖鳳凰食。一朝蒙霧露，分作溝中瘠；如此再寒暑，百沴自辟易。哀哉沮洳場，為我安樂國。豈有他謬巧，陰陽不能賊。顧此耿耿在，仰視浮雲白。哲人日以遠，典刑在夙昔；風簷展書讀，古道照顏色。」

試想，在湫塞潮濕，陰暗不見天日的牢獄中，傳出了這樣的金石之聲，這不僅是值得描寫的小說的戲劇的場面，而且也是再好不過的有聲有色的電影場面。

選自一九四二年十月香港《新東亞》第一卷第三期

鄉愁

曼余目以流觀兮，冀壹反之何時？
鳥飛反故鄉兮，狐死必首丘。
信非吾罪而棄逐兮，何日夜而忘之！

——屈原：「九章」

一

很少人知道我的家鄉是南京。

我不大提起我的家鄉，並不是因為這家鄉不值得我的懷念，而是因為我對於家鄉的事情實在知道得太少。從小以來，我就承受了父親的命運，開始離開了南京，最初是為了知識，後來是為了衣食，在長江上游和下游的幾個城市裏消磨了我的童年和少年。嚴格的說，教育我的地方是上海，而我理想的家鄉則是北平。南京對於我，實在祇是一個名義上的家鄉而已。除這以外，南京對於我疏淡的原因，並不是因為南京在我的記憶中沒有甚麼可懷念的地方，而是因為我不想向旁人去分沾她的光榮。自從南京建都以來，冠蓋京華，聽說甚麼都改變了，幾次想回鄉去瞻仰一下，可是怕親戚們誤會我是衣錦歸來，又怕滿朝新貴誤會我是來謀差事，一再躊躇，二十年來，我便不曾踏過家鄉的一寸土地。

也許是真的老了吧，近來，走在擠滿了人可是又寂寞的街上，對着始終是陌生的不斷開着花的香港春天，浮上我心頭的不再是七年來使我戀戀不忘的上海，而是模糊黯淡的家鄉景像了。

二

正如高爾基在自傳中所描寫的那樣，家鄉所給與我的第一個印象，也就是人生的第一個印象，是一種使我終身苦痛的印象：

一個夏天的深夜，在一間古老而陰沉的大屋內，煤油燈光下，躺着一個中年婦人，旁邊睡着一個五六歲的孩子。有誰將這沉睡的孩子從大床抱了出來，他醒了，靜開眼來，看見桌上有一堆的黃豆，有人正在用紅頭繩縛着這個婦人的腳。

這個小孩便是我，牀上躺着的是我的母親。母親是染了當時流行的急症突然死去的，據姊姊後來告訴我，當晚晚飯過後，母親還揹了我哄着我入睡，却不料半夜得了急症，醫生還沒有請到就斷了氣了。桌上的黃豆是救急用的，腳上縛的紅頭繩是一種迷信，預防有甚麼意外。

這陰鬱的記憶支配了我的童年生活，也影響了我的性格，更使我對於家鄉的印象染上了一層灰黯。在我的記憶中，家鄉是沒有春天的。

三

十五歲以前，隨着寄食他鄉的父親，也曾回過南京幾次。使我至今還記着的，是從下關進城，坐在馬車中所見到的沿路的垂楊。這夾道的楊柳樹，似乎在魚雷學校和日本領事館一帶，長得特別茂盛。「白門楊柳好藏鴉」，這句詩頗能恰好形容了那盛況。有一次，似乎是南京剛經過了政變不久，坐着馬車從這條路上經過，透過密茂的楊柳樹，曾見到路傍的麥田裏，仆臥着不少屍體，黑色的背上寂寞的落了好多楊柳葉。

南京另一個使我難忘的地方，是那荒涼的玄武湖。從湖上望着籠罩垂楊的雉堞，那一種烟水迷濛的景色，確是一種近於詞意的風流瀟洒的美。從坍廢的臺城故址上遙望着湖面，更可以領略到江南水村的烟景。我就曾在這地方消磨了一個無言耽想的下午。現在回想起來，二十歲以前的我，就能理解這一種逸閒趣味，倒有一點頗值得驕傲的地方。後來聽說玄武湖改成了「五洲公園」，祇要一想起這名字，我的想要再去看看的意念立刻就被打銷了。

成為政治建設中心二十年了的我的家鄉，存在我的記憶中的就是這些陰鬱灰黯，可是却又使我十分珍惜難忘的印象。我之不常向旁人提起我的家鄉，便是不想使旁人知道我的家鄉僅存在於我的幼年記憶中，而今日的南京，早已不是我記憶中的家鄉了。

據説，有些動物，在瀕死之前，本能的要將自己所經過的地方重走一遍。屈原所説的「狐死必首丘」，正是這同樣的意義。如果我近來時常想念家鄉，也是這同一預兆，則我希望就從這一篇短文上，滿足了我的動物本能罷。

選自一九四四年三月十九日香港《華僑日報・文藝週刊》

憶江南

山川

在香港住了這許多年，不知怎樣，對着每天開門就可以見到的山，祇覺得有一（　）隔閡。雖説清風明月並不要花錢買，但對着眼前這覆滿了常綠植物的黃沙土的山，總覺得牠是這裏的地主，而我不過是一個客人。我同香港的山做了這許多年的鄰居，牠始終生疏的站在窗外，從不曾來到我的几案間。

香港的山，近在眼前的簡直是街道，從遠處望過來却又成了島，决不是江南風景中的綠水青山的山。雖是滿山鬱鬱蒼蒼，却是沒有冬天，也沒有春天，剛以為不是開花的時節，却從意想不到的高聳喬木上，開出了幾乎使人不敢相信的大紅花來。

這樣的山川，這樣的草木，對於我，雖是在這裏已經住了許多年，却怎樣也是陌生的。浮動着紫氣的故鄉的紫金山，倒影蕩漾在水裏的西湖湖上諸峰，這樣的山，誠然使人一見之後怎樣也不會忘記，但特別親切的存在我的記憶裏的，却是蜿蜒在江南沿岸的那些不知名的大山。許多年以前，在鎮江的一個中學校裏念書，校舍建在西郊的一座小山頂上，從操場上望出去，東面可以見到横在天末的一線長江和那號稱天下第一江山的北固山；西面一帶，一眼望過去，是一望無盡的連綿的羣山。這些山，雖然事實上是遠在十幾里之外，但我們總覺得好像近在幾席之間似的，不僅山上的烟霧變化，我們有把握可以領會，就是藏在山坳裏的幾間白堊瓦屋，也覺得好像曾經置身其間似的。秋來了，山色漸漸的蒼老，由紫碧褐黃，漸漸的變成灰黯，灰黯得像是沉沉入睡了。終於，經過一個特別清寒寂靜的夜，一覺睡來，從操場上越過校園的牆，牆外的松林，松林下的山谷，　直到對面的大山，一眼望過去，盡是白皚皚的雪。

下雪天照例特別冷，然而這寒冷却不是無情的，從冷的裏面同時也帶來了春天的萌芽。幾次雪落雪溶之後，山色又漸漸的從沉睡中甦醒了。

江南的山，大都是黏質的黃土的，春天一到，被鑽出地面的嫩牙所掀動，土地便發出一種帶着滋潤的香氣。星期六下午，獲得了離校的許可，踏着傾斜的山路走下山去的時候，嗅着了從四週發散出的這一種土地的香氣，我們覺得自己確是也在生長着了。

從香港的黃沙泥和草根之間所散發出的潮濕的氣息，雖是在這春天，使我嗅到了也覺得皮膚發癢，同時還想像到這將使我架上的書脊發霉。也許正因為這樣，雖然在這裏過了六七個春天，我始終覺得自己仍是一個陌生人。

草木

除了香港以外，我曾到過廣州以及廣州附近的幾個著名的城市。在我所走過的地方，我從不曾見到有像江南那樣隨處可以見到的竹林和垂楊。以幽勝著名的碧江蘇氏的花園，所見到的也祇是數不清種類的仙人掌科學植物及尋丈的白蘭花而已。

沒有垂楊，沒有竹，便不易領略風，雨，日光的情趣，更不易領略水的情趣。

當然，在這草木茂盛的南方，儘有許多可愛的花木，剛直的紅棉和穠膩的薑花正可以代表了兩個不同的極端，然而除了兒女英雄之外，詩人要想寄托一種風流瀟洒，甚至輕淡的哀怨情懷，南方便沒有這樣的植物了。

西湖靈隱道士的萬桿修竹，南京城裏的夾道垂楊，置身其間的那一種輕逸的愉快，不是身受者是無法領會的。除這以外，在江南，任何一個三兩茅屋的小村落，任何一道僻靜的小河，總有一片竹林和幾樹垂楊。竹林裏滿舖落葉的地面總是輕鬆乾爽，柳陰下的河邊，若沒有一條板橋，便是兩三塊亂石，這風景，是融合了鄉村生活的中國文學藝術中的基礎風景，不僅是鄉土的，而且是歷史的。

被表現在畫面上的江南水竹風景，在水墨畫的小品裏，我相信一定有很好的逸品，但我至今還沒有眼福見過。我不喜愛鄭板橋的畫竹，正如不愛喜一般中國畫的畫蘭一樣，可說是屬於個性方面的個人的憎愛。到處可以見到的高懸在商人和暴發戶壁上的鄭板橋的畫竹，不論是真跡或是贋品，我覺得總不能傳達江南竹林的空靈瀟洒的風趣。

中國畫人畫柳則是成功的。不論是點綴着兩三點暮鴉的晚秋疏柳，染着淡淡新綠的堤畔的春柳，或是濃陰如翳，籠罩着如沸蟬聲的盛夏的垂楊，中國畫都恰能捉到了那種飄逸多變化的好處，就是攙雜了日本南畫和西洋畫方法的晚近嶺南畫風，用淡綠和水墨染成的烟柳風景，也能使我見了愛好。

在香港，偶爾也曾見到一兩株楊樹，但是迎風搖曳，拂面牽衣的垂柳，則從未見過。沒有楊柳，香港也似乎沒有了烏鴉，夕暮時我們所能見到的，便也祇是躲在大榕樹裏噪雜着的八哥和麻雀而已。至於成片的竹林，香港根本沒有，香港山間雖也有一種蘆草一樣的矮矮的細竹，人家園林裏雖也有一種幾十桿緊緊的叢生在一起的青竹，但這棕櫚一樣的東西，實在算不得竹，而且根本不成林。在這暮春三月，對着從海上襲來的濕霧和季節雨，我祇有益發想起了籠罩在烟水中的江南風景而已。

蟲魚

這幾天的天氣，正是香港一年氣候中最壞的幾天。雨季剛在開始，（　）燠的南風，挾着潮濕的霧，使得呼吸沉重，同時也使得一切東西都沁出水來。書櫥上的玻璃，給充塞在室內的濕氣蒸發得起了一層薄翳，隔着玻璃望過去，望着櫥內金碧斑駁的書脊，正如在江南的冬天，從街上隔着充滿了水蒸氣的玻璃窗，望着窗內生了紅紅的爐火，笑語如在天上的人家一樣。

清明剛過，江南也正是雨紛紛的時節，可是，沾衣欲濕杏花雨，吹面不寒楊柳風，這時候的江南雨，不是蒸鬱潮濕，而是滋潤有生意的，從路邊的小草以至藏在少女心頭的戀情，都在這種細潤如酥的小雨之下醒過來了。

一夜無聲的小雨，池塘的水都平漲了許多，在這時候，最活躍的是由蝌蚪逐漸蛻變成形的青蛙。愈是荒廢的水塘，便愈是青蛙繁殖的勝地。在江南水鄉的郊外，在這天氣，走到隨處皆是的小池塘的旁邊，從佈滿浮萍的隙間，你總可以見到初成形的拖着尾巴的小青蛙，靜靜的浮在水上不動，似乎在練習着新長成的肺，見了人來，還不知道撲的一聲鑽入水去。

香港的山溝裏，在春天，從不曾見過像在江南所見到的那種黑壓壓的數不清的蝌蚪。草間偶爾也有幾聲蛙鳴，可是除了以前曾在街市上見過幾串待價而沽的田鷄以外，我至今還不曾見過香港的蛙究竟是怎樣。十多年前，第一次避禍來香港時，寄住在九龍城宋王臺下。每當雨天，總可以聽到山脚下的草間有一種牛叫一樣的的鳴聲，襯着積水，那鳴聲汪汪然似乎特別宏大，響徹遐邇。我最初詫異香港的蛙鳴竟這樣的宏大，後來朋友告訴我，這叫着的是另一種小動物，並不是青蛙，不過究竟是怎樣的東西，叫甚麼名字，他也說不出。這次重來，住了這許多年，可是在香港這邊從不曾再聽見過那種汪汪然的鳴聲，也許九龍城那邊還是那樣吧？可是叫着的究竟是甚麼東西呢，這個謎我至今還不曾獲得解答。

香港的蟲，似乎同香港的花一樣，不分季節的亂開着，也不分季節的亂叫着。就如現在，夜深人靜，我側耳諦聽，〔雜〕着山溝裏的水聲，窗外傳來的竟有蟋蟀聲和一連串的油胡蘆鳴聲。香港的春末，倒像是江南的深秋了。

黃梅時節家家雨，青草池塘處處蛙，念着這樣的詩句，我想起了春夏之交的江南，想起了街上白糖梅子的叫賣聲，想起了故鄉這時新上市的竹筍，萵〔苣〕和閃着銀光的鰣魚。

人物

有一年的春天，利用了學校的假期，我一個悄悄的到揚州去住了幾天。消失了前代的繁華，寂靜的沉在回憶中的揚州，於殘廢之中含有一種動人憐惜的美麗，那種風趣正是我所最喜愛的一種典型。

正是這樣的暮春天氣，桑樹的葉子已經碧油油的，楊柳早已成陰，在揚州城外著名的瘦西湖裏，我同那時正住在揚州的一位朋友，僱了一葉小舟，緩緩的任着舟子將我們向平山堂划去。瘦西湖的湖面很狹，也許正因為瘦的原故。那風光與西湖又迥不相同，小舟貼近岸傍緩緩的前進，岸上的垂楊幾乎可以拂到我們的臉上，水聲與岸上行人的笑語相混，彼此祇有幾尺的距離。

突然，在湖面的彎曲處，雜樹特別茂盛的地方，從樹叢中突然有人發出了嘹亮的吟詩聲：

兩個黃鸝鳴翠柳，一行白鷺上青天；

窗含西嶺千秋雪，門泊東吳萬里船。

接着，一根竹竿從樹叢中伸了出來，竿端垂着一個白布小口袋。舟子似乎和他很有默契，划到這地方，他率性停止不划了。

這個風流的乞丐是個怎樣的人，我始終不曾見過。從那嘹喨而圓潤如玉的吟詩聲推測起來，該是一個中年人了。那聲音至今還在我的耳邊，是純粹的揚州鄉音，而且我還清晰記得所念的確是這一首詩。

詩丐之類的人物到處可見，但這一個單獨被我記憶着的原因，我想，該與當時的環境和他從這行為上所表現出的個性有關。第一，他選擇了一個使人不能拒絕一點佈施的極適宜的地點；第二，念完了詩，他始終一言不發，而且並不露面，所念的又並不是自己的詩，這態度實在謙遜而又耿介得可愛。若是所念的是「結草銜環待他生」之類的詩句，而念完之後又追着船尾不肯罷休，那恐怕就早已被我忘却了。

揚州到底不愧是一個江南文物的勝地，雖然衰落了，但那裏的人物總還保持着一個舒徐的風度。這種無論什麼時候悠然不慌張迫切的氣概，大約衹有北平人可與相比。當然，揚州也有著名的「青皮」，但若按香港的「浪仔」那樣，蝗蟲一樣的將整座樓房拆得一塊板也不剩，甚至連人家門前的電燈線電燈泡也要偷，揚州的青皮是絕對鄙夷不幹的。

選自一九四四年四月二日及九日香港《華僑日報・文藝週刊》

陶惠

去年今日——香港攻略戰身歷記

埋首沙中的鴕鳥

「意外地接到了〇〇的請帖，他按照西洋規矩在一週前發出請柬。

「晚上和妻到利舞台看『東亞之光』。散場時遇見王醫生，又和他一道再去逛嘉年華會，坐『鱆魚列車』和『飛機』，後者最為刺戟。下次還想試試。

「王醫生說我更『發福』了，他主張再打兩盒賜保命。妻也慫恿我。不過那個牌子似乎太貴了一點。

「回家時看見巴士運兵。〇〇說今日有十二艘準備撤退用的船突開往星加坡，妻的消息是九龍昨晚戒嚴。寫到這裏我又聽見轟然一聲，極似大炮。

「如果又逃難怎末辦呢？

「今日午睡一小時。」

這是去年十二月七日午夜寫的日記。在寫牠的我今日看來，這日記每個字都是舊香港滅亡的徵兆。我們在當時過着絕對個人主義的生活，沈浸在嬌奢淫逸的享受主義的泥沼中，却譏笑「日本的泥足」，滿足于片面的宣傳，像一個懶惰的魚兒企圖吃不勞而獲的餌而終于被漁者所捕一樣，我們「埋首于沙中」等待「那末一天」……

當我這個「駝鳥」還埋首於被褥中的時候，隆隆的高射炮聲，混合着嗡嗡的機聲和沈重而巨大的爆炸聲驚醒了我。那是八日上午八時左右的事情——即我看了一部「證明」日軍厭戰的影片以後的第十一小時。

是演習還是打仗？

是演習還是真的打起來了，這個問題，直到我去訪問了一位「日本通」兼國際專家以後，還不曾解決。那位專家和我一樣，也是給炮火驚醒了好夢的：「丈二和尚摸不着頭腦。」接着我打了幾個電話，最後才由一個記者口中知道「這不是演習，這是真的戰爭！」

香港人在當時真如一個美國記者所諷刺的「埋首沙中的駝鳥」。平民如此，政府當局未嘗不如此。香港在表面上雖然具備着一切現代的防禦，很可以宣傳成「金湯之固」，然而實際上比棉花還軟弱：沒有一個人真正準備用血來作代價的。日機不必轟炸，當牠向香港飛來的瞬間，香港政府的命運便決定了。

紊亂之紊亂

八日早上出外時，我便發現香港政府已失去了牠百年來的統治權。馬路上是一片紊亂之紊亂，一切法規都失去了效力。我等了半點鐘還搭不到巴士或電車。英國人的面孔變色了，背也駝了，對中國人似乎不大用鄙夷的眼光斜視了。警察們既不「警」，也不「察」，他們看着窮人們伐

「皇家」的樹木，這是當時香港的一大禁令；看着「爛仔」們搶東西。英國兵士走不到三步路便要攔住一架汽車送他到目的地；我不知這是趕時間還是根本走不動！

防空洞成了許多人的免費宿舍。有的人不但帶了細軟東西，連床、鍋、爐子、馬桶也搬了去，吃、喝、拉、撒、睡一律「防空化」——這就是香港政府訓練民間防空的成績。

商人，不用說，是「乘時而起」了。他們的價錢和日機攻擊的次數成正比例。譬如，一袋五華牌麵粉，昨天是五元，第一次空襲後便變成六元或七元了，而麵粉并不是香港人的常食。而在幾天之後，你尋遍全香港也買不到一袋麵粉。即使有店家肯賣給你，你也未必有足夠的「散紙」。五十元的「小牛」沒有一家商店肯找換，「大牛」更不待言了。

搬與買

苦力們在平時不能算作人類，但在戰時就走運了。因為身邊有一筆遷移費的人，都在尋覓一堆安全的沙，將他的腦袋深深地埋進去。他們從東搬到西，從西搬到東，從中環搬到跑馬地，而當香港政府所有徵發來的汽車停在跑馬場，給日機作了最好的目標以後，跑馬地的寓公們又要借重苦力了。

駝鳥們一面搬，一面——買。糧食自然是大買特買，即非必需的奢侈品也一樣被屯積。太太小姐們不甘落後，和老爺少爺們競爭購買，「荷里活」的化裝品，糖果，特別是「朱古力」。每人只許買一件。好的，他們有辦法：買了一件交給另一個人，再去買一件。動員家中老幼大小，男女僕人，從公司開門起，一直買到「存貨沽清」。真的「沽清」「啦嗎」？非也。「奇貨可居」「啫」。

香港政府，有關方面，一再籲請「合作」：這就是居民對這一呼籲的答覆。沒有一個人能阻止這種紊亂，因為香港是從中國人手中奪去的，英國人在一百年後便償付這筆到期的血債。中國人的不合作，寧說是宿命的。沒有一個主子能從奴隸得到合作——如果那個奴隸曾經自由。曾經自由的人不會重為奴隸。

仇英暗流高漲

這種仇英的暗流表現得最尖鋭的是在雙十字旗下「混飯吃」的「華員」，義勇軍，義勇警察，防空員。當一個華人的義勇軍向一架「番鬼老」的汽車作手勢，實行臨時「徵發」的時候，那「番鬼老」像沒看見一般筆直駛了過去。但前面又有一個士兵向「番鬼老」招手了，「老番鬼」立刻停車，因為那個兵士的膚色和他一樣。於是問題來了：那個中國人會用他的性命來保護那個「番鬼老」的性命麼？

即使是阿Q，也要説「不」吧！

每個英國人，甚至每個白種人，只要有一張身分證明書便可以在「香港大酒店」或者「聰明人」吃免費飯。但華人的防空員，義勇警察每天只有一塊錢的伙食津貼。香港政府在召募這班「幹部」的時候，為了防止「第五縱隊」的活動，專選那些殷實商人的子弟，也就是支持香港繁華最力的花花公子。公子哥兒陪英國人喝喝威斯忌是綽綽有餘的，要他們打仗，那就等於擠公牛奶了。

打雲頭的高射炮

我第一次目擊日機空襲是在銅鑼灣避風塘，那是九日上午的事情。距我身旁卅碼的廣場上放着三架高射炮。有幾架日機在九龍那邊盤旋，我和幾十個行人在一個中國人和一個英國人的防空員的命令之下，藏在灣景樓「琴齋書舍」的騎樓下。英國人的面孔原是白中泛紅的，這是變成北歐的貧血病者了。他用一條上等的印度棉紗手巾塞着口，叫我們也照樣實行預防，以免兩耳被爆音震壞。接着，日機三架向我們避難的這邊飛來，從地上看起來，飛機比匯豐銀行大門口的「英國獅」至少小三倍吧，——這就是說飛機的高度顯然在一般高射炮的射程以外，然而我身旁的高射炮却隆隆地響了起來。一團團的黑烟球，在空中浮着，日機在他們上面繼續作水平飛行，沒有一架有過企圖避開防空炮火的動作——這證明英軍的高射炮的性能，特別是炮手的技術——正如那位英國防空員的口頭禪：GOD DAMN！

日機俯衝轟炸

第二次看日機轟炸是在半山上一個友人住宅的屋頂上，也是我生平第一次親見俯衝轟炸。兩架日機飛到西南方的雲中。一兩分鐘後一架首先飛出雲外，向東北方駛去，另一架以最大速度向有無線電台和我不知道的軍事設施的昂船洲俯衝，在一個很近的距離投了上十枚炸彈，除了命中該地外，還命中了對面的（九龍）煤油庫，一股濃烟冒出來，接着是大火。

這是十一日的事情。那時炮戰也開始猛烈了。一個開小差回來的義勇警察說，如果九龍明天不失，他不姓〇。沒有一個人相信他的話。大家都以為九龍至少可以守到援軍到達時，那情形彷彿是日軍特別留着一條路讓援軍「到達」似的。這是反常識的幻想，也是英國一貫的誇大宣傳和多年的奴化的，寄生性的殖民地教育的反作用！對于日軍，這種心理的形成，正是求之不得的。

英文報的哀鳴

九龍陷落之後，英文南華早報發表了一篇題目「維持治安」（Keeping Order）的社論，一反昔日傲慢的口氣，哀鳴地承認軍事失利，而對于華人的不合作，則拉扯到「爛仔」身上，說香港最可慮的是治安。那個向來不曾為難民請命的英國代言人，現在對勞苦大眾深致同情了，主張加設公共食堂，「窮人們沒有飯吃怎不搶刼」？大主筆說。至於軍事方面，大主筆宣稱只須捱過這末一兩星期，渝軍便會來解圍，而「香港與九龍再度合而為一」。自閱英文報以來，這是我第一次看到大英帝國的代言人這末重視中國。同一報紙（包括「電聞」報）在歐戰爆發之初當陳友仁主張重慶參戰的時候，大主筆嗤之以鼻，說重慶那有資格參戰！這個沒有資格的重慶，如今却成了香港政府馨香以禱的救星了！

悲劇的楔子

我的悲劇（如果可以這末說）是從十七日午後開始的，今日想來，這個悲劇是契機于三年來的享樂生活，而以一種愚昧的「聽天安命」主義為其促因。為了清靜，「光猛」，我在中環「混飯吃」，却在北角吃飯——住家。我的一位房客在十一日就搬走了。他曾當過軍官的，對我說夜間燈火管制事實上不必要，因為香港沒有空軍，幾架飛機在開戰的五分鐘便給炸光了，日機白天喜歡炸那裏便炸那裏，不必夜襲。他又說英軍的高射炮的技術比中國至少差十倍，可是他忘記勸他的同胞之一的我早日搬走。我在前面曾非難過那些「搬」「買」家，其實我真應該效法他們。

我的寓所在七姊妹，與電燈公司和煤油庫為隣，而斜對面是一個高射炮陣地。從香港的東區到中區，如不爬山，非從我家門前經過不可。在開戰的頭幾天很安寧，附近沒有中一枚炮彈或炸彈。可是在西環大吃炮彈之後，災難便輪到我們頭上了。十七下午起，炮彈換了方向，開始向銅鑼灣以東飛來。我從鵝頸橋買一袋麵粉回去，至少有廿個炮彈從我頭上「嗖」過。經過灣景樓時，看見幾個英國兵橫在機關槍旁懶懶地抽着紙烟，狼狽得有如落水狗。戰爭已使兵士們伸不直腰幹，還談甚麼「死守」？我直覺到香港末日的迫近了。

家在火線下

當天傍晚炮聲漸稀，我到騎樓上去看看四周和街面上的情形，發現五百碼外的游泳棚，從華人會到銀行公會完全被大火吞噬了。再掉頭向另一邊看看，天啦，我們的芳鄰——煤油庫——起火了。直到這時我才覺察出我的家是在第一道火線下，如果不想死，得設法逃出火網。然而母親不主張逃，她堅持着她的炮彈有眼睛，菩薩保佑每一個善良的人們的哲學。另一方面，事實上我們已不能安全地逃出火網，由我家到灣仔或跑馬地的馬路或山上的小路，都在火網之內。於是我只好滿足於現在的命運了。第二天即十八號，大炮幾乎完全集中向我們寓所附近猛轟，從早上到下午，平均每兩分鐘必有一發，我們整天躲在樓梯下。「通——嗖——拍——或者——通掛」，「通」是九龍那邊開炮，「嗖」是炮彈破空而過的聲音，「拍」是擊中了山，「通掛」則是殃及一個住宅。每「通掛」一次。我們身旁的牆壁便像三夾板被人靠着似的那末向後彈去，（感謝鋼骨水泥！）於是石灰與玻璃碎片齊飛，而妻和兩個兒子嚇得半天合不攏嘴來。

老人家的勇敢

但母親却不怕「拍」或「通掛」。她堅執着與寓所共存亡，怎末也不肯到樓梯下躲躲。她老人家趺坐在蒲團上，念金剛經。我雖不像妻兒那樣嚇得毫無人形，每聞「嗖」的一聲之時，却也全身緊張得窒息。勇敢的是母親，六十三歲的母親。和她老人家一樣勇敢的是我們的一個本家嬸母，她幫我們作飯的。在每兩分鐘必有一炮的密集的猛轟中，她照例有條不紊地烹調食物，連鹹淡都不弄錯！

但我終於將這兩位老勇士硬拉到樓下去了。這是一幕人類的戲劇。我沒有法子說服她們，我用了最後一着：拚。我宣稱如果她們不下去，我也不下去。這一來，兩位老人家只好妥協。

廚房打了一個大洞

就在她們避入樓下的時候，一顆炮彈命中了廚房，從廚房牆壁一直打到浴室。這是偶然還是天定？刼後餘生的我，在某一意義上，寧相信是後者。我至今還不信真有神這個存在。但相信「信仰可以產生力量」這句名言。人在危急時鎮靜或恐慌，勇敢或懦怯，和個人平時的安靜與反省工夫大有關係。安靜帶來反省，反省產生信仰，而信仰在生死關頭便是鎮靜的代名詞了。兩位老人家都是信佛的，在喃喃的誦經聲中，心神得以專注，不致為外物所動。比這更重要的是她們心目中都有一個幸福的西方極樂世界：死。

我沒有這種信仰，反之，一些知識却增加了我的畏懼。武器的威力我比兩位老人家更明白，因之，飛機的急降聲或炮彈的嗖嗖聲對我便有如喪鐘了。妻是信上帝的，但她信上帝的緣故，我想，一半是為了在禮拜堂展覽她的新裝吧。（上帝在上，希望祂不要看到這篇東西！）所以她在開戰第一天便「面無人色」了。兩個兒子尚不解人事，糊糊塗塗，逍遙自在。大兒子有一次將警報聲模倣得十分到家，竟使他的母親嚇得半天才緩過氣來！

登陸了！

大約在夜間八九點鐘的時候，連珠般的炮聲漸稀，機關槍聲大作。不知怎的，我頗喜歡機關槍的「拍拍拍」之聲。如果大炮聲如獅吼之可畏——或者如河東獅吼，機關槍聲該是琵琶的美妙的樂音了。從九龍「撤退」以後，入夜便聞斷續的機槍聲。今天晚上，却響個不停。而在一陣緊密的「拍拍拍」之後，我聽見雜沓的步伐聲，繞過我們屋後通電燈公司的一條路。機槍聲越來越密。登陸了？這個觀念閃電般地浮上腦海。幾分鐘後，我們聽見吆喝聲，喊叫聲。許多年來沒有聽那包含着極多的爆發音的日本男性的日語了，但終於聽出了一個甚麼「トッタカ」，但我還不確實。妻嚇得索索發抖，我全身緊張得像扭緊的鏈條。兩位老人家緊抱着她們的孫兒合十念佛。

英軍之釜底遊魂

槍聲停了，四週靜寂得可以聽出自己的呼吸。一會，遠遠的起了一陣嗡嗡聲，像飛機那末地低沉而固執地嗡着。我們常常會將汽車引擎的爆發音誤會成飛機聲，電車頂上的「電棒」與電線的摩擦音誤會成炮彈破空而過的嗖嗖聲。這次又是一個照例的誤會。但，就在我們聽出來那是汽車時的瞬間，一陣緊促的步槍聲，突然發出，當中還夾雜着幾聲大的爆炸聲，火光從騎樓門縫射了進來，汽車立刻戛的一聲停止，接着又是萬籟俱寂。

這不是登陸是甚麼？我試開封閉在防空燈罩中的電燈，沒有了。試開水管，沒有了。這時又來了一輛汽車，在另一陣劈拍蓬中，遭受了同樣的命運。我這時已有充分理由斷定日軍不但登陸，而且完全控制了我家門前的這個東西交通的要道。汽車是從西邊開來的，沒有任何抵抗，可見車中乘者不多，從此也可推出英軍還不知道登陸成功。英軍草包到這樣的田地，在世界戰史上恐怕尋不出前例來吧！

太像中國軍

同一戲劇重演了四五次之多。接着天也發白了，我從門縫中窺見日軍在對面山腰上佈置小銅砲。兩三個人便抬了一架，很敏捷地在山上奔跑着。這是我生平第一次看日本陸軍。日軍給我的最初的印象是太像中國軍隊。火野葦平氏在他的作品中說中日軍隊在同一條路上走着，竟分不出敵我來。我當時看見這段記述還以為是「白髮三千丈」一類的「文學筆調」，現在終於由我自己的眼睛證明了。

但當時我最迫切的問題倒不是證明K＝Y，而是決定如何應付這一個未知數。從八日到現在，十一天來忍受種種痛苦都是為了苟全性命于戰時，現在如果還不肯死去，當然要繼續這一努力。我應該老實說我還不想離開這人間世，這既不是因為妻兒太可愛，也不是因為人間有甚麼特別值得留戀的東西，而是因為我被一種強烈的本能或尼采稱為「生之意志」的東西驅策着。

如何面對現實

於是全家以我為中心開始討論，我應該如何面對這一個現實。母親廣徵鄰人的意見。其中有的主張我化妝成「做粗事的人」，有的堅持我應該藏在廁所裏，有的說我最好是權充和尚，因為日本人也是信佛的。但另一個立刻反對他的意見，說我頭頂上既無和尚的表記，而光頭大有被誤認為遊擊隊的可能。總之，議論是紛紛得像每一個委員會議一樣。

但我拒絕了一切建議，甚至連西裝也不肯換成長袍。這并不是母親的固執在我血液裏起了作用，而是因為我認為任何統治者都需要與土地同樣重要的人民。我深信像我這樣的人民該是一切統治者所企圖獲得的吧。我永遠不會斫公共的樹，永遠不會從一個等候輪流的行列的後面擠到前面，永遠不占據兩個座位，沒有任何嗜好——除了抽抽香烟外，永遠照付一切帳單。我想，我似的公民，不但不應受到日軍的歧視，還應該得一個獎狀吧。所以，我決定用本來的我在這個突然作一百八十度轉變的新環境中生存下去。

英武的日憲兵

一陣皮靴沉重的步伐聲從樓下上來了。來了！妻飛機一般的衝到廚房去。接着是所有在坐的人。二兒子首先哇的一聲哭了出來。大兒子擰了他一把，叫他「勇敢一點」（。）「Open Door」，外面的人喊了。我遲疑着，難道是一個開小差的英國的勇士？這未想着。一個鄰人，即主張我應該暫時做做和尚的，生怕我開了門，死死拉住我。但敲門聲更急，門在搖晃了。我突然挺直了腰幹，像傳奇中的那些英雄一樣，大踏步走去開門。

一個至少比我高三寸的偉男子全副武裝地站在門前，右子握着一桿駁殼槍、右臂上挽着一個「憲」字的臂章。左邊是一把長劍，飯碗大的一個拳頭握着劍柄。不是英國的儒夫：這是和我同文同種的日本的勇士。

他進到屋內來環視了一下，用廣東話命令道：「統統落去」！然後一個向後轉到對面鄰家去了。

我們遵命「落去」。我一人當先，後面是這一棟房子所有的住客。從匍匐在地上準備射擊的機關槍兵的足旁，我們被領進一個印刷場的裝釘部。

戲劇化的瞬間

再怎樣呢？不知道。X還是K。一些女人們在家家私議着。門外突然發出一排機槍聲。雖然那聲音還是有點像白居易描寫的琵琶聲，但我已無心賞鑑了。我堅握着啜泣的妻的手說：「如果我死了，你改嫁吧！」但我又要求她許諾我當命運臨到她身上時，她應該以一死保持她的人格。母親和嬸母流着淚禱告，祈求慈悲菩薩搭救芸芸眾生。我也流了一兩滴淚，但硬將其餘的淚忍住了。兩個兒子哭成淚人兒一般。

時間慢得像蝸牛，天已黑得對面不見人了。我想，現在該是判決我們的命運的時候了吧。那末，我是束手以待斃呢，還是設法逃出去？在這種場合，每個人都會想到後者的。對面彷彿有一條出路，我裝着小便去看了一下。牆大約比我的身長高一倍，上面有鐵絲刺，那是為了防小偷的，然而如今卻成了我這個善良公民的墓標了。我怕我在未逃出之前便會給刺傷，而傷比死更難受！最糟的是牆外如果有一位哨兵，那末，我即使有善良公民的證明書也將百口莫辯了。比這些都重要的是，這一切只是一個猜測，我與其憑着臆斷來冒險，不如靜候命運的宣判吧。這一考慮使我重新躺在水門汀上，而且因為我已經有了死的決心，滿弦般的神經立刻鬆弛下來，所以一會便睡熟了。

感謝日本武士

不知經過了多少時間——我的一個麼凡陀游水表已經失去了，突然發出的一陣呼喊聲使我驚醒過來，看見房子的一端，滿堆着紙張的部分，熊熊火光閃着。火，火，火！大家發狂般地喊着。我為首領着家人衝出屋外，向銅鑼灣那邊逃去。在煤油庫餘火的照明下，踏着屍首，炮彈破片，折斷了的電線，蹣蹣跌跌的，奔向前去，前去到那裏，誰也沒想到。母親是小腳，真辛苦了她老人家。

當我們跑到避風塘附近的時候，一個日軍命我們站住，經過了照例的檢查，用電筒領我們到四樓的一間房子裏避難。感謝這位日本武士，如果不是他攔住了我們，我也許已經和我的家人去了「極樂世界」吧！因為前面就是第一線，而在漆黑的夜間被誤會打死，真是平凡得像踏死一隻螞蟻一般。

「一大樓」至少有五十個人避難。主人似乎是一個混血兒。我向他問我們的命運，他也不知道。他說日軍叫開他的門，領了許多難民進來，這就是事件的始末。繼我們而來的還有幾個婦孺。這時候鐘指着一點，我又安靜地睡了一覺。更正確地說，恐怕是耐力不及六十三歲的母親吧。

天剛發亮時，一個穿短衣裳的中國人上來向我們說他懂得日本話，我們願意走的跟他一道去。他只再三說他懂得日本話。誰叫他來的，他也沒有說。去甚麼地方他沒有說。有些人不願意走，但我和家人和十來個其他的難民接受了他的建議。到大門口，他向我們這一行人說，銅鑼灣那一方面不能去，北角這一邊却可以去得的。這位翻譯先生的「傳話」工夫並不高明，我們這些聽者直到這時才明白他的意思是叫我們逃生，而不是叫我送死，一顆心才放了下來。我想，中日交涉如果不經「翻譯」之手，事實也許不會有吧！

侵略者的償還血債

我們決定就近去○○街，一個友人那裏避難。到了電氣道我才敢向四周張望一下。一眼看見九龍天空上懸着一個汽球，繫着一面幡幟，上面寫着日軍佔領香港的字樣。走到清風街口，看見一個白髮的老英國人死在一架嶄新的摩利斯小轎車的車門上，一隻腳擱在地上，頭斜靠着半開的車門。雖然英國是中華民族的一個老敵人，但我對這位儀表不凡的老紳士却生了憐憫之情。他的服裝説明他是一個防空員，該是一個甚麼公司的大班，一個英帝國最好的公民吧。他的祖先曾將同一命運安排在中國人的身上，現在，由中國人同種的日本人索還血債了。這個死者沒有功罪，他只是償付先人的血債而已……

接着又看見了幾個英國兵士和無辜的印度兵士的屍身。煤油庫還在燃燒，我們住的那一排房屋還在燃燒。這是意料中的，所以雖眼看着火焰從自己的廚房的彈洞中吐出來，并不傷心。只是默念着完了，一切都完了，這一句話而已。……

火線上叉麻將

到了○○街，看見樂天的同胞們在街上口講指劃的情形，聽到劈劈拍拍的牌聲，我真不相信我的眼睛和耳朵。戰爭并不曾影響這個老民族絲毫。我不知這是超人的能耐還是——壓根兒神經麻木。這裏不是沒有受到損害，一家商店的後牆給打了一個大洞。附近是一個堡壘，流彈是不免的。然而這條街的人們能夠在火藥與血腥氣中打八圈！

我應該説我懷着一種近乎憤怒的感情走進了友家。這是友人的家啊，不是我的家，我已沒有家了！我已失去了卅五年來「念茲在茲」，不借全力以支持之的家了！

雖然朋友再三嘆惜我的損失，我亟于要到手的是一頓早餐。已經有一天一夜沒吃東西了。在死亡線上掙扎着生存的慾望控制了一切，一點也不覺得饑餓，甚至連最小的香生也不叫餓。現在，一經置身于離死亡較遠的地方，饑腸便如大炮般怒吼起來。

英美色情文化的俘虜

我一氣吃了四大碗，還想吃，但母親和妻向我遞眼色了。大兒子不弱于我：五小碗。沒有我愛吃的炒腰花，沒有我太太下廚弄的油爆蝦；只是一碟腐乳，一碗山水弄的醬油「神仙湯」而已。如果戰爭給了我許多壞處，牠至少給了一個好處，使我得到一個反省的機會，而從這一反省中我發現自己全是英美色情文化的俘虜，和所謂物質文明的奴隸。

我一向是非彈簧床不睡的。但在十九日夜睡了半夜水門汀，半夜地板之後，今晚躺在板床上，雖然給擠得沒有動彈身體的餘地，却有登天之感了。阿拉伯的一個古詩人説人類的天堂之一是躺在女人胸脯上，不，人類的唯一天堂是在死中得生之後躺在板床一角，一面餵臭蟲一面酣睡：像我現在這樣。

第二天在牌聲中過去，雖然間或也聽到彈丸的爆音，在這一天曾和日軍接觸過幾次，那又是一個永不能磨滅的記憶，但應該在另一篇文章寫出來，因為這篇東西已經給拉得很長了。第三天，我們聽見說我們住的那排房子并未完全燒光，只有一棟房子遭遇了回祿的命運。這真是一件天大的喜事，我想馬上去看看，然而這一天起炮聲又密了，且有英軍打來的流彈。但這個家完好無恙的消息的確是一個不能忍耐的誘惑，我們一家老少六口終于總動員。

黃種人第一次看到的奇蹟

我穿着一件借來的棉袍子（這時我已被迫同意穿長袍了），于思滿面，駝着背一顛一拐的走着。妻臉上是媒烟子，頭髮（那原是她從電影上學來的 Up-and-Down 型！）散披着，我看見却有東施之感。兩個孩子一面走一面捉身上的臭蟲——香港的僅次于「爛仔」與鼠的名產。路上很多彈穴，柏油路面從油光變成了灰暗，到處是彈丸的破片，火藥與血腥氣。迎面來了一個行列，兩個日軍領着一大羣吃得飽飽的，甚至還將面孔剃得光光的英國人。最後是兩個日軍殿隊。這是一個我們黃種人第一次看到的奇蹟。我的背脊骨立刻挺直了一點，雖然我神經過敏地恐懼着這當中會有一個我以前跟他做個小書記的大班，而他向我「哈囉」一聲時所可能引起的誤會。

我家門口躺着兩個英國兵或印度兵的被燒得只剩腦袋殼的骸骨，旁邊不遠還有幾具完全的屍首。在母親和嬸母的「阿彌陀佛」聲中，我們跨過了牠們，一腳踏上了有血跡的石階，便彷彿進了唐僧被妖精蒸食時的那個蒸籠了。熱得真難受，但家太可愛，我們怎末也得去看看我們的家。

小鷄與大炮

果如那報信人說的，全家完好如故。門像我們走時那末開着，兩個小鷄子還在咕咕地叫。騎樓的一個門給燒倒了，但牠後面的書架却沒有着火，母親說這是她的菩薩威靈顯聖。糟糕的是房子熱得像蒸籠，又時有流彈光顧，我們顯然不能冒險來住。於是決定搬一點食物，再去叨擾友人。我們雖有六個人，十二隻手，但只有我一個人可以做做小苦力，拿這末二三十斤東西。在平時，一個「小牛」，可以雇幾十個廉價的苦力，現在時過景遷，苦力們都準備做富翁了，我們只好向那藏在內衣領邊的「小牛」嘆氣。妻和我用出吃奶氣力算是搬了半袋麵粉，二十斤米，孩子們替我拿「文明的食糧」——香烟，茶葉，火柴。母親捧了她的菩薩，嬸姆抱了她的經書，一行六人在歡送一般的炮聲中凱旋〇〇街。走了一半路的時候，妻忽然記起小鷄子已經有好幾天沒吃飯了，得回去餵餵。我怕背一個殘忍的惡名，不敢駁他。但——謝謝上帝或菩薩，就在這時候，一顆炮彈在我們身後不遠的地方爆炸，每個人都幾乎跌壞了手中的東西，小鷄子的存亡問題不復為太太關心了。

現實的教訓

現在，我們有了家，有了食，我可以吃第五大碗，二兒可以吃第六小碗了。然而，這只是這末說說而已。第二天，在暴力下便失去隨身所有的東西。第三天再回去時，發現家中雜物除書報和笨重的傢具外，掃數被刼，我們安慰自己道：「當牠是燒掉的吧。」這雖是阿Q的論理學，却也是人在無可奈何時聊以自慰的唯一良法。

我的家，失而復得，得而復失，真令人興四大皆空，甚至空亦為空之感。但我并不打算遁入空門，相反的，我要更深入到人世裏邊。給我最大的鼓勵的是日軍。我羨慕那小小的石子怎樣在短短的時間長成巨大的岩石；我羨慕那結實的身體，那寬肩膀，那粗胳膊，那黑黑的方面孔。他們每個人不是都和我一樣有着一個美滿的家嗎？為甚麼他們能捨棄一己的安樂，獻身于事業？我和他們是一樣的圓頂方踵的人，我為甚麼不能效法他們？

從迷夢中覺醒

一月廿八日我回到那個殘破的家，寫了下面這樣的日記：

「現在我又坐在我的寫字台前了，雖然所有抽屜都給人家拿去。從八日到今天，特別是從十九日到今天，我的遭遇真是像章回小說上描寫的『公子落難』似的，缺乏的是俠客……

「三年來慘淡經營的事業和家庭，瞬間燬于砲火中。但我并不灰心。我已預見到這個巨變的終極，將是真正幸福的開始，如果我能像躺在對面的那位日本戰士那末勇敢。

「橫在前面的是兩條路。一條是從反省中獲得信念與決心，從克己中獲得自我訓練，以敢死隊的精神和惡勢力作最後的決鬥，這條路看來是很長，很苦，但他的終點却是失去的樂園。

「另一條路是繼續英美個人主義的享樂生活。這似乎是一個幸福捷徑，然而終局却是入地獄。

「勇敢的，遠見的毅然走那條遼遠而崎嶇，但最後證明是一條生路的路。他們盡了他們的義務，却也得了他們的權利。懦弱的或短視的走那條似乎安樂其實是死路的路，得到暫時的神經末梢的滿足，却失去了他的一切所有。

「只有這兩條路。這之間沒有中庸，沒有妥協。

「你走那一條路？」

選自一九四二年十二月香港《新東亞》第一卷第五期

易玲

香港新年雜景

一、花市燈如畫

在一百年之歷史中，雖然是幾經人事，但若果從歷史之一貫行程來回顧，又是何其短而速。我已經留連過香港之若干次除夕與新年，我對於為除夕與新年特有之風光景物，實在尋覓不出與故鄉比較差異之新奇，一年一年運替了，這印象也如夢如烟幻滅。

這真是一個東方的城市，或許遠從大西洋，角城來的鐵蹄會給市城的臉目踏破，然而，在傷疤和淚光血跡之下，在那僻居的角落，正流着亞細亜傳習的神采之江河呵。我流浪到島上的第一個除夕，那印象就是花市，那設在高士打道一角之花市，不，那簡直是砌結於人海上的花市了。

我也無暇去研究人們為甚麼特別愛好花，但如歲晚那特設的高士打花市熱鬧繁雜的情形，委實可以給每一個老於香港的人去回憶。過去香港有一百五十多萬人，如果廿個人之中有一個是那裏的主顧的話，已可以顯見其交易之盛了。不知道從那個年頭起始，政府佔有了花市的支配權，在每年歲晚，大概是我們農曆十二月十五日左右，長長的高士打道被間格成了若干個攤位，做買賣的出高價去投承，最高的達百餘元，最低限度也要三四十元。於是政府平白多了一筆進款，而在三數日之間，高士打道已成為另外一個世界。在二十世紀高峙之洋房脚下，出現了接比的茅舍，這是被稱作柵或棚廠之攤位。攤位的主人多般設計了門面裝飾，用五光十色的電燈或是光亮十足的汽燈，也有特別裝上「八仙賀壽」，「天姬送子」等能夠自動的箱畫，更為打起鑼鼓來。賣花的，有盆栽，有散枝，有生花，有紙花，有蠟花。花的品種，如水仙，吊鐘，桃，梅，茶花，桔，菊，鳳仙……等應有盡有，不下百數十種。做買賣的雖不能算是專門，但大都是慣於經營此種生意的。有遠到福建或廣州灣去選擇名花菓樹，即如吊鐘一類，十之八九是來自本港以外的地方。所以，設一個攤位，每每需要數百元資本，獲利亦以數百計。餘外有賣買古董的，食品的，洋貨的，年紅紙料的，年宵玩具的，樂具的，亦不下二十餘種。普通稱為「賣年貨」或「賣年宵」。最熱鬧的時間多在晚上，特別是除夕一夜，那些紳士淑女們，如遊龍一般的往來道上，連絡不絕。他們或許不盡是為買物而來，是遊玩而來罷，似亦不盡是，大抵年深月久，逛「花市」，趁「年宵」已成為一種習慣，並且被作為體面的舉止了。

而元旦的日中每家特設的「桌圍」，那盆景花瓶，香菓，以及那香烟飄繞銀屏佈置，許多許多名貴而特別染上珠光豔紅的東西，則是多半來自花市上。

如高士打道一樣，但規模較小的花市，在九龍半島油蔴地附近尚有一個，這裏的市民們，真是有點「年宵」熱罷！

二、除夕之話

我們中國人過新年的熱鬧，那高潮不但在元旦，而且在除夕及上元節上湧出。香港是一個萬商雲集的地方，自然減少如「家家紅蠟待春光」一樣的情調，但商場除夕的氣象，也夠我們尋味了。除夕本來是新年前夕，有如十二月二十五日前夕一樣，大家都該喜氣滿臉，如準備聖誕禮物一般來佈置元旦景象的。其實，事實並不如此，商場中的除夕，往往就是一個「難關」，或是競爭最後的一日。所謂難關者，原因我國商場老例，一年的債務，多在除夕結算。每逢這一天，商店的老板們真是忙得不可開交，或是煩惱得不成樣的。如果是收賬款的，一日之中他要打上好幾十次電話，或出入幾十次門檻。

「喂！最遲到五點鐘，請你老先生預備，…………」

欠人錢的接到這樣的電話，真是不知如何打算，除了「唔！唔！」的答應下來之外，可沒有別的辦法了。如果籌不出款來，只好深深避居在別的地方。然而，店中和家裏也忙着要辦「年宵」了，孩子們要新衣服，親戚朋友也要打點禮物，伙計們趕着要薪水……，這些都是頭痛的問題，望着時鐘，年紅管快又要燦爛向人笑了，他却過不得年。

除夕又是商店僱員們的難關，俗語說：「半夜定去留，明晨送君別。」這是特為這難關而說的。原來商店下年度僱員們的留任與否，老板多在除夕半夜決定。手指打着算盤，肚子也打着算盤，一年的盈餘計算了，每個僱員也從頭檢討過了，下年新伙伴的名單，早在肚子裏。一到除夕，僱員們便眼巴巴望着天光大白，如果老板只給自己一個月薪水多少「紅利」或「出店」，則「喃嘸阿彌陀佛」，下年度還是伙伴，如果老板特別客氣，除了「紅利」或「出店」之外，尚多送了兩個月薪水，那就嗚呼哀哉了！職業將與除夕一同逝去。所以我說除夕是個難關。誠然，不少人懷着幸福與愉快的心情去度歲，他們從身上，家中或各種事事物物上打算，正如教徒們佈置恭祝聖誕一樣的去佈置一個理想的，充滿珠光豔紅的新年景象，來為自己，及自己的親人，愛人們祝福。但是，在珠光黯紅的背後，確實有着不少人在瑟縮地度着一秒一分的時光，即使是不為難關壓迫的，但最低限度也得張羅一筆度歲的使用，假如是一家大小，更加是六親俱在的，這筆使用實在不少。誠為這一家的主人開一張支銷單罷，起碼有三四十項必要的用途。窮人們每每會咒罵除夕，也有不少人嘆道：「人家過年我過月。」這真是一幅凄涼景況的寫照。

東方式的城市，人們恒年就在這難關中渡來，而又渡去。

除夕尚有兩種令人永不會忘記的特殊現象，雖然這都是屬於商業範圍的，但這正尖銳地表示了人們是如何希望延長刹那的時間，那種向難關掙扎的姿態。

除夕商店夜市，通常在十一時左右便告結束，一年的經營，即止於此。就是高士打道花市，充其量也只是延至十二時而已。但竟有營業通宵達旦，至第二年元旦早晨的，是理髮店和當押店。我國人有一種習慣，就是每逢節日大多數必定剪髮，如五月節端陽，七月節七夕，八月中秋節等。市民們多正正經經到理髮店剪髮，除非是真個窮漢，或在思想與生活上已非純粹中國市民的人是例外。過年當更不在話下，即使是窮漢，或是半西洋化中國市民，似乎也不能例外了。有些因為職務與工作關係，如商店的僱員們，非到除夕十二時後是沒有閒暇的，就算在十二時候，還是要剪髮，所以除夕理髮店特別生意好，而且是一直營業到天明。在街上爆竹聲響的時候，理髮師手上的器械，尚要在黑髮草原上耕耘呢。

這也是我國人過新年習俗之一，這種習俗非常普遍，但從來未見有人十分注意。我曾經檢閱過許多古籍，關於新年的形形相相，差不多也有記述，但却少了這一點。是故我國人剪髮過新年的用意，我不能知道，如我這樣的人，相信亦不會少數。大抵這可以與過節剪髮相齊並論。這種事實在我國的鄉村尤見普遍。據我的推測，或者與我國人之所謂「轉運」有關。節日在中國每稱為小運，年節稱為大運，清人紫陽山人筆記云「閩廣以冬節大於年，冬為四時更始之末，天運之基也。」又見年節是大運。當然人人都希望「今年比去年好的」，過年什麼都新，剪去頭髮，以示脫舊運，亦未嘗不有點意思。所以，理髮一節，不啻為我國人某種心理之反映。而略帶有民族與歷史的色彩也。

至於當押店在除夕營業通宵達旦，則是古已有之，又見於前人筆記中。大抵此是應一般貧苦人家之需求而設，或是起於當押店老板之生意熱。除夕是一年中最後的一夜，過去一年中之事事物物，要在這一夜中結束，未來一年中的事業，亦要在這一夜中有個定算。更是那些窮苦市民，一方面要應付臨門債主，好歹要結算多少舊債，要不然，今後是難望再有交易了。一方面要張羅過年使用，假使一切應酬都免除了，但起碼三四日之糧食及其他食品，新年必備之年紅紙料等，則是不能缺少的。然而，一輩子鬧窮的朋友，去那裏張羅這筆使用？如果有職業的，應有多少薪水收入已經決定了，否則去借債，這個時候人人都不會放債的。結果，就拿着僅有之棉被或大衣去押了，換來幾塊高利貸錢罷。所以，除夕押物的人特別多，當押店的先生往往有應接不暇之勢，而除夕又是人們押物機會最多的時候，當押店的老板多是看清楚這個時間，所以當押店也和理髮店一樣鬧起通宵達旦的營業來了。那些肩頭滿荷着東西，走入當押店的人，出來時雖然是必定兩手空空，但好像也無暇去傷悼這些被囚的東西了，還是匆匆忙忙的加緊了脚步。這一夜或許是以後的夜，便有如落寞的詩人一樣，瑟縮於新歲之嚴寒下做夢了。

除夕夜後一時，黑漆漆的天空下該是空寂的，人們正好去休息一歲之重負與疲勞，但新的熱鬧則接踵而起，那是家家戶戶的爆竹聲，人聲，就在一片鬧哄的聲音中，元旦來到了人間，來到了海島之街市。

三、元旦備忘

這雖然是回憶的情景，但百數十年之後，這種情景恐怕還要為未來的人作一貫的同樣的回憶罷！居在這裏的人，特別是我們的中國人，對於過新年不但要懂禮法，同時也要有「常識」，這兒我想告訴讀者的，是元旦備忘之東西罷。

在元旦與人見面，大家慣說「恭喜多賀」，「生意興隆」，「橫財順利」這類的話，那是必要的，原因大家都希望今年比去年好，而且要好得多多。簡言之是大家說吉利話，即使仇人見面，也多笑臉迎人。

由家裏或商店出門時，許多人要從「吉書」上選擇一個「好時辰」，因為這是一年之始，生怕遇有甚麼相忌之事。即使懶得擇時辰，回家時也一定要到市場逛逛，買些如「生菜」，「生魚」，「猪肉」這類東西，以象徵「生」及「吉利」。而最重要是不能亂購東西，譬如買一雙木屐，買一個木盆或其他木做的器具，有「常識」的人都是不幹的。因為棺是木做的，而死人才購棺。推而論之，買木與購棺有連帶關係。象徵死或不吉利。普通是多買糖菓或紅瓜子之類的東西，取其甜蜜與豔紅之意。

商店廚房伙計，即俗稱之「伙頭」，元旦燒飯有一鐵則，就是寧可燒生飯，但決不可燒焦飯。因為焦飯大多緊貼着鑊底，使人容易想起「起底」。在廣東人看來，「起底」云者，等於商店拆本或甚至「關門大吉」，拉倒之意。但生飯則不然，普通作為象徵「生意興隆」解。

諸如此類的忌諱，盛行於一般市民之習慣中。元旦日我們不妨稱之為「忌諱」之日。因為一行一動，似乎都要考慮和選擇，極力使之與吉利好兆頭接近。

我國人一年三百六十日都是忙着，從沒有休息。這恐怕是世界所無者。只有元旦例外。大家都閒着，商店關起門來，伙伴可以盡情玩去。這也可以顯見人們是如何盡情快樂，來享受這難得的一天。同時，元旦之飲食都特別豐富，往往擺設了豐富的酒席，大家狂飲大醉而止。

元旦過後第二天，俗稱年初二，又名曰「開年」。而至上元節，其間都是充滿元日新氣節的日子。雖然是平凡不過的日子，但慣於作着樸素及原始之古典情調回憶的我們中國人，將那些日子一一回味過來，未嘗不可以得到一點苦澀的餘味。

選自一九四三年一月香港《新東亞》第二卷第一期

戴望舒

鹽倉土地

我們每天吃下肚裏的東西，必有百分之幾是鹽的成份，以前「朝魚晚肉」的時候，吃的鹽比較少，現在大家「篤麵豉」，吃的鹽比較多，所以我們對於鹽，至少知道對於我們有什麼需要，不必詳細解釋，如果你仍然有點「牛皮燈籠」不大明白的時候，你可以唸唸「柴米酒鹽醬醋茶」這句話，便懂得這是「開門七件事」之一，而清楚地認識牠的重要了。

倉是倉棧，倉庫，那遠近馳名的「九龍倉」誰不懂得？這也是跟鹽一樣，無須乎再下註解的。我不是鹽小賣店的小夥計，不曾進過鹽倉，但可料想到鹽倉裏面的土地上，必然是鹹而且濕的。因為鹽這東西是拿海水曝曬而成，當牠乾爽的時候，當然不會濕，但如果遇着「南風天」，一切土地牆壁，已然潮濕，鹽倉裏的土地，就更不在話下。又因載鹽是用蓆包，鹽粒常常從蓆包上網狀的孔漏到地上，因之，鹽倉的土地如果逢着「北風天」則已，假使是「回南」，便鹹而且濕矣。

廣東人形容一切骯髒的東西，都可以廣泛地用一個「鹹」字，而對於一切性的行為，又都看作十分骯髒的，譬如，「索油」，「勾脂粉」，「親嘴」，「上下其手」，以至夫婦……，都無一而非「污糟躐蹋」，無一而非骯髒，亦卽無一而非「鹹」，又無一而非「濕」。以故，你要「索油」，就是「鹹濕」，你要親嘴，也是「鹹濕」，你要「上下其手」就更是「鹹濕」。

若果被稱為「鹽倉土地」的時候，其人固然是「鹹夾濕」，而且是條「鹹濕伯父」。原因「土地」二字又可以轉作「門官土地」的「土地」，據說，「土地」這位神，是十分正直的，凡是十分正直的人，必然上了年紀，所以「土地」就是一個老人。用「土地」來指老人，而又以「鹽倉」冠於其上，可知此為一條「鹹濕伯父」，或稱「鹹濕老坑」，毫無疑義。

本來，人一上年紀，就要「正正經經」的為人表率才對，所以俗語說的「為老不尊，教壞子孫。」就是老人們的座右銘，就是老人們的修身寶訓，何以既老猶鹹，而被奉「鹽倉土地」呢？

我想，他們並不是要「恃老賣老」，實在是「人老心不老」，「雖老猶有童心」，所以上了「聞見棺材香」的年紀，還要跟「後生仔」爭一日之短長，「後生仔」去「索」女招待，他們也「照扮煮碗」，「後生仔」要去「打貓」，他們也當仁不讓，而仍然「唔信鏡」也。

不過，那些不正當的女人，要的是「銀紙」，老不老倒沒甚相干，況且，「後生仔靠唔住」，「伯爺公好心事」這兩句名言，她們早經奉為圭臬，以故這些伯爺公猶得在這些地方大展身手，英雄不愁無用武之地。

註：（一）「篤麵豉」之「篤」，借用，是拿箸刺下麵豉裏蘸一下隨即提起而非夾取的意思。

（二）「聞見棺材香」的「聞」字，是「嗅」的意思。

署名達士，選自一九四三年八月二十八日香港《大眾週報》第一卷第二十三期

記瑪德里的書市

無匹的散文家阿索林，曾經在一篇短文中，將法國的書店和西班牙的書店，作了一個比較。他說：

「在法蘭西，差不多一切書店都可以自由地進去，行人可以披覽書籍而並不引起書賈的不安；書賈很明白，書籍的愛好者不必常常要購買，而他之走進書店去，也並不目的是為了買書；可是，在翻閱之下，偶然有一部書引起了他的興趣，他就買了牠去。在西班牙呢，那些書店都是像神聖的聖體龕子那樣嚴封密閉着的，而一個陌生人走進書店裏去，摩娑書籍，翻閱一會兒，然後又從來路而去這等的事，那簡直是荒誕不經，聞所未聞的。」

阿索林對於他本國書店的批評，未免過份嚴格一點。法國的書店也儘有嚴封密閉着，而西班牙的書店，可以進出無人過問，翻看隨你的，却也不在少數。如果阿索林先生願意，我是很可以列舉出巴黎和瑪德里的書店的字號來作證的。

公正地說，法國的書賈對於顧客的心理研究得更深切一點。他們知道，常常來翻翻看看的人，臨了總會買一兩本回去的；如果這次不買，也許是因為他對於那本書的作者還陌生，也許他覺得版本不夠好，也許他身邊沒有帶夠錢，也許是他根本衹是到書店來銷磨一刹空閑的時間。而對於這些人，最好的辦法是不理不睬，由他去翻看一個飽。如果慇懃招待，問長問短，那就反而招致他們的麻煩，因而以後就不敢常常來了。

的確，我們走進一家書店去，並不像那些學期開始時抄好書單的學生一樣，先有了成見便買什麼書的。我們看看某個或某個作家是不是有新書出版；我們看看那已在報上刊出廣告來的某一本書，內容是否和書評符合；我們把某一部書的版本，和我們已有的同一部書的版本作一比較；或僅僅是我們約了一位朋友在三點鐘會面，而現在祇是兩點半。走進一家書店去，在我們就像別的人們踏進一家咖啡店一樣，其目的並不在喝一杯苦水也。因此我們最怕主人的慇懃。第一，他分散了你的注意力，使你不得不想出話去應付他；其次，他會使你警悟到一種歉意，覺得這樣非買一部書不可。這樣，你全部的閑情逸致就給他們一掃而盡了。你感到受人注意着，監視着，感到担着一重義務，負着一筆必須償付的債了。

西班牙的書店之所以受阿索林的責備，其原因是不明顧客的心理。他們大都是過份慇懃討好。他們的態度是絕對沒有惡意的，然而對於顧客所發生的效果，却適得其反。記得一九三四年在瑪德里的時候，一天閑着沒事，到最大的愛斯巴沙加爾貝書店去瀏覽，一進門就受到慇懃的店員招待，陪着走來走去，問長問短，介紹這部，推薦那部，不但不給一點空閑，連自由也不及有了。自然不好意思不買，結果選購了一本廉價的奧爾德加伊加賽德的小書，滿身不舒服地辭了出來。自此以後，就不敢再踏進門檻去了。

在「文藝復興書店」也遇到類似的情形，可是那次却是硬着頭皮一本也不買走出來的。而在瑪德里我買書最多的地方，却反而是對於主顧並不慇懃招待的聖倍拿陀大街的迦爾西亞書店，王子街的倍爾特朗書店，特別是「書市」。

「書市」是在農工商部對面的小路沿牆一帶。從太陽門出發，經過加雷達思街，沿着阿多恰街走過去，走到南火車站附近，在左面，我們碰到了那農工商部，而在這黑黝黝的建築的對面小路口，我們就看到了幾個黑墨寫着的字：LA FERIA DE LOS LIBROS，那意思就是書市。在往時，據說這傳統書市是在農工商部對面的那一條寬闊的林蔭道上的，而我在瑪德里的時候，牠卻的確移到小路上去了。

這傳統的書市是在每年的九月下旬開始，十月底結束的。在這些秋高氣爽的日子，到書市中去漫走一下，尋尋，翻翻，看看那些古舊的書，褪了色的版畫，各色各樣的印刷品，大概也可以算是人生的一樂吧。書市的規模並不大，一列木板蓋搭的，骯髒，雜亂的小屋，一共有十來間。其中也有一兩家兼賣古董的，但倒底賣書的還是佔着極大的多數。而使人更感到可愛的，便是我們可以隨便翻着那些書籍而不必負起任何購買的義務。

新出版的詩文集和小說是和羊皮或小牛皮封面的古本雜放在一起。當你看見聖女戴蕾沙的「居室」和共產主義詩人阿爾倍諦的詩集對立着，古代法典「七部」和「馬德里賣淫業調查」並排着的時候，你一定會失笑吧。然而那迷人之處，却正存在於這種雜亂和不倫不類之處。把書籍分門別類，排列得整整齊齊，是會使人不敢隨便地看的，為的是怕搗亂了人家固有的秩序；如果本來就這樣亂七八糟，我們就毫無顧忌了。再說，如果你能夠從這一大堆的混亂之中發現出一部正是你所踏破鐵鞋無覓處的書來，那是怎樣大的喜悅啊！這裏，我們就彷彿置身於巴黎賽納河岸了。

書價便宜是那裏最大的長處。書店要賣七個至十個貝色達的新書，那裏兩三個貝色達就可以買到。我的阿耶拉全集，阿索林，烏拿英諾，巴羅哈，瓦列英克朗，米羅等現代作家的小說和散文集，洛爾迦，阿爾倍諦，季蘭，沙里拿思等當代詩人的詩集，都是從那裏陸續買得的。我現在也還記得那第三間木舍的被人叫做華尼多大叔的鬚眉皆白的店主。我記得他，因為他的書籍的豐富，他的態度的和易，特別是因為那個在書城中，張大了青色憂悒的眼睛望着遠方的雲樹的，他的美麗的孫女兒。

我在瑪德里的大部分閑暇的時間，甚至在發生革命，街頭鎗聲四起的時間，都是在書市的故紙堆裏消磨了的。在傍晚，聽着南火車站的汽笛聲，踏着疲倦的步子，臂間挾着厚厚的已絕版的賽哈道的「賽房德思辭典」或是薄薄的阿爾多拉季雷的簽字本詩集，慢慢地踱回寓所去，這種樂趣恐怕是很少有人能夠領略的吧。

然而十月在不知不覺之中快流盡了。樹葉子開始凋零，夾衣在風中也感到微寒了。瑪德里的殘秋是憂鬱的，有幾天簡直不想閑逛了。接着，有一天你打疊起精神，再踱到書市去，想看看有什麼合意的書，或僅僅看看那青色的憂悒的眼睛。可是，出乎意外地，那些木屋都已緊閉着了。小路顯得更寬敞，更清冷，而在路上，凋零的殘葉夾雜着紙片書頁，給冷冷的風吹了過來，又吹了過去。

選自一九四五年三月十一日香港《華僑日報．文藝週刊》

山居雜綴

山風

窗外，隔着夜的帲幪，迷茫的山嵐大概已把整個峰巒籠罩住了吧。冷冷的風從山上吹下來，帶着潮濕，帶着太陽的氣味，或是帶着幾點從山澗中飛濺出來的水，來叩我的玻璃窗了。

敬禮啊，山風！我敞開窗門歡迎你，我敞開衣襟歡迎你。

撫過雲的邊緣，撫過崖邊的小花，撫過有野獸躺過的岩石，撫過緘默的泥土，撫過歌唱的泉流，你現在來輕輕地撫我了。說啊，山風，你是否從我胸頭感到了雲的飄忽，花的寂寥，岩石的堅實，泥土的沉鬱，泉流的活潑？你會不會說：這是一個奇異的生物！

雨

雨停止了，簷溜還是叮叮地響着，給夢拍着柔和的拍子，好像在江南的一隻烏蓬船中一樣。「春水碧如天，畫船聽雨眠」，韋莊的詞句又浮到腦中來了。奇蹟也許突然發生了吧，也許我已被魔法移到苕溪或是西湖的小船中了吧……

然而突然，香港的傾盆大雨又降下來了。

樹

路上的列樹已斬伐盡了，疎疎朗朗地殘留着可憐的樹根。路頭得寬闊了一點，短了一點，天和人的距離似乎更接近了。太陽直射到頭頂上，雨直淋到身上……是的，我們需要陽光，但是我們也需要陰蔭啊。早晨鳥雀的啁啾聲沒有了，傍晚舒徐的散步沒有了。空虛的路，寂寞的路！

離門前不遠的地方，本來有一棵合歡樹。去年秋天，我也還採過那長長的莢果給我的女兒玩的。牠曾經娉婷地站立在那裏，高高地張開牠的青翠的華蓋一般的葉子，寄托了我們的夢想，又給我們以清陰。而現在，我們却祇能在虛空之中，在浮着雲片的天空的背景上，徒然地描着牠的青翠之姿了。像現在這樣的夏天的早晨，牠的鮮綠的葉子和火紅照眼的花，會給我們怎樣的一種清新之感啊！牠的濃蔭之中藏着雛鳥的小小的啼聲，會給我們怎樣的一種喜悅啊！想想吧，牠的消失對於我是怎樣地可悲啊。

抱着幼小的孩子，我又走到那棵合歡樹的樹根邊來了。鋸痕已由淡黃變成黝黑了，然而年輪却還是清清楚楚的，並沒有給苔蘚或是芝菌侵蝕去。我無聊地數着這一圈圈的年輪，四十二圈！正是我的年齡。牠和我過度了同樣的歲月，這可憐的合歡樹！

樹啊，誰更不幸一點，是你呢，還是我？

失去的園子

跋涉的罣慮使我失去了眼界的遼闊和餘暇的寄托。我的意思是說，自從我怕走漫漫的長途而移居到這中區的最高一條街以來，我便〔不〕再能天天望見大海，不再擁有一個小圃了。屋子後面是高樓，前面是更高的山，門臨街路，一點隙地也沒有。從此，我便對山面壁而居，而最使我悵惘的，特別是舊居中的那一片小小的園子，那一片由我親手拓荒，耕耘，施肥，播種，灌溉，收穫過的貧瘠的土地。那園子臨着海，四週是蒼翠的松樹，每當耕倦了，拋下鋤頭，坐到松樹下面去，迎着從遠處漁帆上吹來的風，望着遼闊的海，就已經使人心醉了。何況牠又按着季節，給我們以意外豐富的收穫呢。

可是搬到這裏來以後，一切都改變了。載在火車上和書籍一同搬來的耕具：鋤頭，鐵鈀，鏟子，尖鋤，除草鈀，移植鏟，灌溉壺等等，都冷落地被拋棄在天台上，而且生了銹。這些可憐的東西！牠們應該像我一樣地寂寞吧。

好像是本能地，我不時想着：「現在是種番茄的時候了」，或是「現在玉蜀黍可以收穫了」，或是「要是我能從家鄉弄到一點蠶豆種就好了！」我把這種思想告訴了妻，於是她就提議說：「我們要不要像鄰居那樣，叫人挑泥到天台上去，在那裏闢一個園地？」可是我立刻反對，因為天台是那麼小，而且陽光也那麼少，給四面的高樓遮住了。於是這計劃打消了，而舊園的夢想却仍舊繼續着。

大概看到我常常為這種思想困惱着吧，妻在偷偷的活動着。於是，有一天，她高高興興地來對我說了：「你可以有一個真真的園子了。你不看見我們對鄰有一片空地嗎？他們人少，種不了許多地，我已和他們商量好，劃一部份地給我們種，水也很方便。現在，你說甚麼時候開始吧。」

她一定以為會給我一個意外的喜悅的，可是我却含糊地應着，心裏想：「那不是我的園地，我要我自己的園地。」可是，為了要不使妻太難堪，我期期地回答她：「你不是勸我不要太疲勞嗎？你的話是對的，我需要休息。我們把這種地的計劃打消了吧。」

選自一九四五年七月八日香港《香島日報・日曜文藝》

寄友人

「誰從貧女求新錦，肯向朱門理舊絃，吳市簫聲燕市筑，一般凄斷有誰憐？」

——黃仲則

五月的風雨又滿香江了。

風從何處來，雨從何處來，株守燈前，聽隱隱如雷的車聲經過窗下，轔轔的輾着路軌彷佛向我耳語：我又來了，我又去了。

來去的渺茫使人想起就沉默，像朝着蒼穹呆想。近來我愛看樓欄之下的匆忙行人，看着他們莫名地來，莫名地去，好比迎風開啓了窗，眺望遠山遠雲，像安慰，也像哀愁。

能夠把星辰明月裝飾自己的窗，把玩着入夢，那真是有福了。好幾年來我曾經尋如此的心境，結果徒然發覺自己裝飾了別人的夢，於是賸下了悲哀。悲哀也並非不可愛的，可怕的是悲哀往往也屬于別人。

我的說話玄之又玄嗎？我今日的心情就是如此不可解。記得少時往往好尋夢，抱着破布（　），老是當它遊仙枕，彷彿真有壺中天地；黃粱也好，拿着斧柯看下棋也好，醒來把玩，餘味不盡。現在想來雖然可笑，但連這小小的自欺的安慰也沒了，好比連敝帚之珍都給了人，真有說不出的寂寞。

如今是午夜了，酒後支頤默坐，鄰家的女郎又吹起她的洞簫，幽怨至於悲涼。仲則詩云：「怪煞鄰娃戀長夜，坐調絃柱到三更。」怕不是這樣的境界的。我只想起那一個乞食於吳市的伍員，當時大概拿着一管簫，徘徊于市上，襤襤褸褸，張望顧盼而不得予以一飯之人。街上行人來來去去，誰曾加以憐惜之一眼，這個他日懸目東門的失路英雄，大抵不免狠狽氣沮而狂吹他的簫吧。這叫我又想起那個乘龍客，憑一管簫享盡榮華，列登仙籍；恐怕伍員就因不能作簫聲，衹合流浪街頭了。

你不是曾經給我寫過兩句詩嗎？「世事匆匆如同一覺大夢，一個煩憂的日子過了又快樂。」近來我不大愛煩憂，雖然我常常做的衹是短夢，詩人說：「短夢生雲絮有情。」那是愛夢者的說話；我的心緒往往淡如水，無非憑着：「曲突徙薪無恩澤，焦頭爛額為上客」這一份感情，聊以自娛，聊以自娛於第一根自落的白髮。

風雨又敲窗，孤燈之下，回頭茫茫，真有乘風歸去之想。天上的宮闕今夕又何年了？瓊樓玉宇不勝寒，我却並無此念。我無非想學學古人的小園，草廬茅舍，寂寞人外，聊以蔽風霜，如是而已。休笑我結束鉛華，摒除絲竹，故作中年；我不敢學人登樓作賦，或寫長門之怨藉博酒錢，既然夢也無聊，醒也無聊，自然再無求夢的殷切了。

有人自比看羊的老頭兒，有人自訴所以不死的緣因；這些都是可以自慰的事情。可是我既無文集可改，也沒有顧盼生姿的夫人，祇好看看山，看看海，看着來去有若情的過往行雲。雖然有人說過：「我站在橋頭看風景，有人在窗前看我。」不能把明月星辰擺在自己案頭，就任由裝點人家的夢吧。

夏日時晴時雨，說夏日可畏不如說討厭，冥坐室內，幻想千里外此時為雨為風？依稀有所牽繫，想到兩畝敝廬，幾行疏柳，又不禁悠然神往。至於寫在扎前的半截詩，那是偶然想起，一無深意的了。

署名堯若，選自一九四五年七月八日香港《華僑日報・文藝週刊》

學子

關於北京人的種種

北京人至少有三個意義。

第一是曹禺所作的劇本「北京人。」這劇最近由「四一劇社」在北京西長安街長安大戲院出演的，「四一劇社」在北京來扮演「北京人，」頗受一般人的歡迎。

北京的猿人

第二所謂「北京人，」就是北京房山縣周口店所發現的原始猿人。這發現的起源是民國十一年瑞典安特生博士在周口店所發現的猿人大牙。那時候因為只有一個大牙，雖然安特生博士家，自信其為原始猿人的遺骸，但一般的考古學家，如法國的德日進神父，對此却抱着懷疑的態度。然而自從民國十九年步達生教授在周口店發現差不多完整的猿人頭蓋骨後，這打破考古學和人類學記錄的大發現就哄動了全世界，而德日進神父也就不再懷疑這二十萬年前（有人謂四十萬年甚至於五六十萬年前）所遺留下來猿人的遺骸了。這個貴重的學術的發現物一向是由步達生教授保存在協和醫學院人類學研究室的倉庫裏。隨着大東亞戰爭的爆發而封閉協和醫學院的時候，日本東大長谷部言人博士曾抱了一腔熱誠想去參觀而保管這北京人的頭蓋骨，然而他却發現這頭骨已經不翼而飛，只有模型存在。於是，這「北京人」的踪跡又成為一個難於解答的謎了。

據一般人的猜測，這「北京人」仍是藏匿在中國境內。因為據調查，知道當時羅氏基金委員會的秘書喜羅希柏克氏雖然確有將此頭蓋骨運往美國的企圖，然而沒有成功。喜氏曾於民國三十年十月下旬親到協和人類學研究室把這些骸骨裝入兩個木箱，搬入協和的地下儲藏室。那一年的十一月下旬又由協和醫學院事務長把這木箱移至東交民巷美國兵營。後來美兵奉命撤退，北京美國兵營的阿休斯脱大佐就指揮美兵把子彈被服等物運往天津和秦皇島，而由天津某洋行經手轉運。大東亞戰爭總算是把美兵的歸路斷絕了。然而遍查美國兵營和天津某洋行却並沒有這「北京人」。開戰以來，由滬出洋的輪船只有開往馬尼剌的舍利遜號和兩艘交換船。前者業經日方扣留，而後者也曾經過詳細的檢查。然而「北京人」仍無下落。不過照這情形看來，沒有出境是最可能的事。

文人的性格

第三就是生長在北京的北京人了。不過這北京人的解説也很難確定，因為許多住在北京的人的於從外地搬來的，可是，大體説起來，北京人確是可以成為一個單位的。因為一般在北京住久的人都具有一種特殊的性格。這性格是到過北京的人沒有不體會出來的，用一個奇怪的字來説，北京人是「文化人」。文化其實是文飾。你只要一到北京，就可以覺出這些「文化人」是怎末樣的慢吞吞，怎末樣的文縐縐，不但是宦門貴顯，就是販夫走卒甚至於洋車夫都是那末樣的謙恭有禮，而且說起話來，都是那末樣的合式。這裏的叫化子看見一個洋服革履的青年，就會說：「先生，好心，將來會當校長！」（這是我前些時候親耳聽見的）這裏的飯館走堂對於盡興而退的顧客會行一個九十度的鞠躬。就是在困苦的時節也不會失去這種丰度，比方說，倒斃在路旁的人，其中有的居然在手中還緊握着他的鳥籠。

洋車夫的喜劇

比方說，前些日子有一個年青的太太晚上出外歸家，因為家住在邊僻的地方，到了人靜的處所，拉她的洋車夫就忽然對她打劫起來。然而這打劫的行為却是非常謙恭，有禮的。車忽然停下來了。撲赤一聲，洋車夫就跪在地下，說：「太太！我活不了，請你幫忙！」女人帶着戰慄的聲音回答：「你拿着去吧！」洋車夫拿過鈔票，數了一數，又是謙恭有禮的說：「太多了，這是二百塊錢還給你，我拿一百塊錢就夠！」這實在是別開生面的打劫法，無怪乎當這位太太把車夫的號數報告給警察的時候，這警察就對她說：「是你願意給他錢，他還送還你二百塊，那算劫？」然而這種打劫法也只有北京人做得出，而且在北京却是普遍的現象，因為我們還可以聽見其他同類的故事，我的朋友就告訴我一個比這更為斯文的把戲。演戲的主角又是一個太太和洋車夫。時間和地點雖不同，情形却一樣，車夫放下車的時候，也是一樣的說：「請你幫忙！」接着也是帶着戰慄的女人聲音：「你拿着去吧！」不過，這一次却並沒有數，也沒有還。洋車夫接過了錢就出奇的問她：「太太你還要到那兒去？這些地方不大安靜，我陪着你，再拉你回去好了！下一次晚上真不要一個人出門！」說完也居然不慌不忙的送了這位太太一程。

另外，東四牌樓的搶食，也是同樣的作風。手中拿着的食品，一不留心，就有人從身邊給你搶去。搶了之後，却就不慌不忙的盪來盪去昂着頭大嚼起來，有時候，更有趣的，搶來的東西還可以當街售賣，甚至於可以賣給被搶的人，而且還可以有一段「商業談判」，成交不成交，還要看談判的結果如何。這被搶的人也就很願意的笑着和他講價。路上的行人也來幫着交涉，甚至於維持治安的警察也站在外圍用着他冷眼在靜靜的觀察這幕喜劇的扮演。

選自一九四三年十月二十三日香港《大眾周報》第二卷第五號

陳君葆

談女人

前幾天和一個朋友閒談，他告訴我，據他所知，在香港辦報，若果不談女人，那末銷路便很成問題了，言下大有不勝其感慨的樣子。我當時的感覺是這樣：談女人，這不應該覺得是怎樣可怪異的事啊！上帝創造了天地，跟着便又造了兩個男女，我們既然決心要啟發宇宙的秘奧，那末當然不能略兩性的問題而不談了。現在主持新聞事業，寫文章，一般地可以說是都在男性的手中，因此，他們對于「異性」——這近來已是有了特殊魔力的兩個字！——偶然來一些輕描淡寫，原也是很自然的事，而縱然有時不免近于「大放厥辭」一些，也不〔過〕（ ）露了男人的擴展性而已，無論如何，想不至於要擔負那「言不及義」的罪名的！

并且，不談女人，又談些什麼呢？那時候我剛要這樣問我的朋友，可是話却為一個走過來的客人打斷了。

躺在床上，站着在暮雨的窗前，在月亮底下，當春風從你的臉邊吹過的時候，或是在嗅到玫瑰花的香氣的當兒，不曉得甚麼道理，你是終於會想到「女人」這個問題上頭來的。

我想，在男人的立點看來，女人始終是一個謎，雖然她是從他自己的身上取出來的。女人究竟是什麼？如果說她是從男人的身上取出來的一條肋骨，這現在是更難於證明了，雖然若果能夠證實，倒可以使這問題簡單了許多。現在男女既被承認是平等了，那末，這一說是無論如何不容存在的了。而且不特如此，連像叔本華那樣的見解，也不免要被擯棄的。叔本華說：

「女人是直接地適宜做我們在童稚時期的保姆和教師的，這可從她們自己是稚氣的，輕佻的以及眼光短小的一點事實看出；總括一句講，她們終其生只不過是長大了的小孩子罷了——這是介乎童稚與成人兩者之間的一種中間階段的人格而已。」

無疑地，這一說是在動搖了，雖然你可以說，叔本華在寫他的「悲觀論集」時，是有所激而發的。

「女人嗎？那只是着裙子的男人！」這又是一個看法。

「統通都是男人——女人和所有其他！」

「可是，這是真的麼？」仍然有人這樣地問。

「在這一點上頭，人們近來更覺異樣的關心了。但這也只是徒然。真正有意思的女人也許不是那聰明伶俐的，雖然她們也具有智力。固然，女權主義者一定不同情這見解，可是相信兩性的分別只不過在生理上的差異如此外更沒有別的人們，你還能夠說什麼呢？一個聰明的男人，絕對不會把他對于他所鍾愛的女人所觀察得來的各點，完全說給她知道的。并且不止這樣，他愈是喜歡她，便對她愈加緘默起來。「算了罷」，他好像是在帶微笑的對自己說。因此，一方面把她高高地放到石像的位子上去來對她頂禮，他方面却又內心裏不免輕視她（。）然而有時候，或者在某一種情態之下，她也許會央求她的愛人把他對于她的觀察，的批判，在他們的濃情蜜語當中，老實不客氣地對她講個透切。可是，若果他真的依了她的話坦懷地講了出來，那末，她是永遠不會忘記的，她會把他的話放在她心裏最深處，而有一天她是終不會放過他的，她總有一天是要他在「老娘」的手裏受點苦，上十字架去試一試她的厲害！然而，你受的痛苦愈多，她愛你也愈深愈切。你的觀察也許十分精確，十分切當，可是同時也不免是盲目的。

固然男人也一樣地強於記憶的；可是不同的地方是，男人每把他們的觀察所得，作為繪成一幅畫圖的資料——對着這來供自己的玩賞也似的……而女人則把記憶累積起來，待時間一到，她像火山般向你噴發，鬧個天翻地覆，使得你無地自容！男性與女性的人們，在相互間有根本不大見容的地方存在，這便是說，大家看着總有些不大順眼的地方。可是在個別的男女呢，這又不同了。真摯到極點的愛，正如在升漲的潮水一般，它不但把舊日的破舟的殘骸遮蓋了，同時要將（　）（　）在心靈裏作為示警的礁石也淹沒起來。

女人慕虛榮；可是男人又何嘗不一樣地虛榮心重？不過倒有這一點足注意的，女人喜歡諛詞，喜歡人們奉承，喜歡愛慕她，追求她的人多；像滾雪球般的愈滾愈大，她稟賦的最內裏的需求正這樣。妄自尊大固然也不限于女人，可是男人的自大心可以說是他要伸張威力的一種不害羞的姿（　），而女人的自大心却是極隱匿的。

兩性的問題要得到最終極的解釋想是不可能的，因為「男人是坭做的而女人是水做的」。在一切情愛當中，都有嫉妒的細菌生息着，這一點我們不要忽略。一個男人也許是缺乏果斷的，可是當他在熱戀的時候，他整個像發狂一樣和一個女人（　）結在一起。因之你可以說，平日也許個極端多妻主義者的他，在某一個時間，却真正是一個一妻主義者。在另一方面看，一個女人在戀愛的時候，也許會真正熱烈地愛着，可是同時她却仍然不肯捨棄那別的男子們對她的傾倒愛慕所給予她的愉快。她又知道，取得這愉快，常常不能不靠她自己的一種消極的或無形的暗中鼓勵，才能成功的。司馬相如的琴聲難道是憑空而來的嗎？只有當愛情在達到最高點時是完全交互的，才不致有猜疑的發生，可是這是不常遇到的事，而縱或遇到了，成為一時佳話，又能夠維持多久呢？

女子每每喜歡愛她的男子對她自己表示有點妒忌，可是只是剛達到某種程度的嫉妒，目的在仍能保持他的愛而不失為止，——過於此則絕對不可以了——但是這一種事情是不可為之預定規範的。因此，男人們所感到的亦每是嫉妒的積極一方面，這便是說由於嫉妒所生的赤熱的沈着的苦痛，而女人每所感到的是嫉妒的消極一方面，那是由於無根據的猜忌所生的神經分裂的狀態。女人對于因襲，對于習俗的畏懼心，怕說閒話，和她對于男性畏忌，這二者揉雜在一起，每每當着事情已經到了不能不和盤託出的時候，反而使她噤口若寒蟬。固然啦，欲望是注定了矛盾的，這一點沒有比女人知得更清楚，更透切的了。

要嘗嘗人生的滋味，可是同時又不願付出它的代價，這無疑地是極端女性的，而在那一類情況之下也許是極合理的。就許多女人說，感情衝動每每替代了真摯的情，因此她們常在一種變易無常的神態當中感受痛苦。當她們答應了你一件事情時，你不能說她們是沒有誠意的，她們其實是心口如一的，——可是你不要忘記，一切諾言都是為着將來的啊！如果結果她們不履行諾言的話，那也不能說她們失信，是她們食言，是她們已改變了。其實，她們並沒有改變，改變的只是你自己罷了，而且，這是當然的啦！

並且，有一種女人是永遠不會錯的，這你不能不承認罷！

選自一九四四年九月十日香港《華僑日報．文藝週刊》

上下

這「無以名之」的東西，有人叫它作「宇宙」，有人叫它做「時空」，據說是有邊而無際的。但同時也不妨是無邊又無際的，不過那是更難于想像了。

在它的大流的那一邊，我懸想當然也有人，像我們一樣地站在一顆環繞着太陽而走動的小塵粒上面，不住地仰首注視天空罷。「天之蒼蒼，其正色耶？其遠而無所至極耶？」也許他們會一樣地發問。不過也許不是「蒼蒼」的顏色。

火星上的人們？不！全沒有涉想到他們，自己也不曉得什麼緣故，對火星上的人們總仍不免抱着偏見！

我所想着的當然是更遠，更遠的人們；天體中最遠的角落那邊，也許活着像我們一樣的人們。他們在整個漫漫的長夜，永久地對着佈滿了繁星的太空，說不定會對于我們這個在他們眼裏只是一點微茫的太陽感到興趣，說不定會來細細推究它的行動。他們儘會知道環繞着這太陽旋轉的有好幾個行星，而這些倒像一個漁夫撒下的網，在太空中撈取什麼也似的。他們也儘知道在行星中的一個，上面住着和他們一樣的東西，有着同樣的問題，抱着同樣的憂懼，感着同樣的權樂！不，也許他們會指着那小塵粒這樣地說：「看！那是超升了的飛仙住的地方！因為那裏只有『真』的存在，只有『美』的花朵兒開着！也許他們想像着以為我們這裏所呼吸的，全是和平與秩序的空氣；而他們那邊啊，却只是永遠無間斷的戰爭！」

「其自下視上，亦若是而已矣！」

選自一九四五年八月二十六日香港《華僑日報．文藝週刊》

詹言

我早應該承認自己是一個個人主義者（，）可是不曉得怎的，自己從不肯大胆地這樣相信，說是「不肯相信」，那顯然最低限度在有一個期間，內心裏曾進行過一度懷疑的鬥爭了。究竟什麼才是「真正的我」？就記憶所及，似乎在白天裏熙熙攘攘的生活當中，很少有發生這樣的問題的機會。唯一可能發生這樣問題的機會，是在清夜自思或是廻想的當兒。在處理人類關係的日常事件當中，雖然會偶然間發現了真正的自我，可是那每每僅像電火的一閃，一眨眼便老遠地到縹緲無何有之鄉去了。只有在夜深了萬籟俱寂的當兒，在清澈或微寒的月光底下，在深山裏鳥啼猿嘯當中，或在一夢醒來的一剎那，也許你會發現了真正的自己，發現了自己的可愛，但也許是自己的可憎，發現了自己的美和醜；發現了自己幾乎與上帝相等，但同時也可能和禽獸相去只一髮之間。

我不曉得是否每一個人都有過這樣發現「真正的自己」的經驗，不過我相信每一個人都有這樣發現自己的可能。

當你忽然間發現到自己幾乎和上帝一樣，那一種愉快感覺到足以自傲的心情，自不必說了，可是當你發現了自己和撒旦差不多，或只不過是具體而微的撒旦的時候，你會不會下大決心想着來把自己的身軀整個投諸地獄之火來焚化呢，會作這樣的想頭麼？會決心這樣想麼？倒是疑問！

像在上面說過，我應該承認自己是個個人主義者，然而有時自己會不肯這樣相信，當你發現了自己的時候，也許你會發出一身冷汗，但也許你會感覺比發現了和大陸或一顆星球為更無上的光榮，不過不論怎的，總會因這一發現而使你感到一種心靈上的自由，記不起是誰說弗洛德的呵，「為着要求得自由，他倒使自己成為一個孤另的人了」。自由只能在孤另的條件底下取得，這不啻為「孤立主義」者張目了，我不禁又這樣想着。

然而這話只得夠對那整夜望着星兒呆想的人去說！

那棲棲皇皇汲汲不可終日的孔家店老闆在路上遇見了騎青牛的老人，給他搶白了兩句，心上怪不快樂也似的，但一時也找不出適當的話來回他。他莫名其妙地懷疑起來了，到了後來他又說出「知我」和「罪我」的話，但這是否他對於曾否發現了自己的最終答案，仍無從據定。他說，他希望多活幾年，好來終得讀易；他似乎不大看得起史書，而在這一點上，他和那騎青牛的有很大的分別，但也許這便是那騎牛的比他聰明的地方。

選自一九四五年十月十四日香港《華僑日報・文藝週刊》

閒空

似乎比較以前無論那一個期間，近來更能感到閒空的可貴，更深切地了解「得閒」的真意義。「因病得閒」固然不壞，可是那是不足深羡的人們。當中當然不會有那一個是願意或希望藉害病來做達到閒暇的境界的階梯的，不過可憐得很，就許多人來說，這倒成了達那目的底唯一可能手段。「閒」這個字，辭典中也許列着各種解說；這些且不去管它。大概來講，所謂有閒空的便是指那一種了無牽掛，無干無碍的境界，換句話說，便是喜歡做什麼纔做甚麼的自由。

無疑地，這很不容易。

早些時曾聽見過這樣的一個故事：天上的玉皇到了人間來，他問一個行善之家說：「你喜歡什麼呢？什麼樣的人間幸福我都可以給你。」那人說：「我不要別的；能夠衣食無缺，得遨遊天下的山水便足了。」天帝說：「這恕我不能給你；你知道嗎？這是天上的清福，神仙們有時也不能夠全享啊！」

我常常這樣地想：能夠到海邊的巖石去坐一會兒，由日出看到月落，眺望着浮雲的卷舒，守候着潮水的漲落，任風來吹，任雨來打，或者到絕澗的懸崖峭壁底下，倒臥在亂草中等待翠鳥在斜照中的輕輕掠水飛過，只那剎那間的光景便會在你的心靈刻畫下一個不可磨滅的印象，只要有些閒空能夠這樣地隨意去做，只要能夠享有這樣的自由，倒不枉為呼息於天地間的動物了。縱不然，在菊花盛開時，到園裏去狂嗅一天，對着黃色，白色，紫色，綠色的花朵去出一回神，或者在靜夜中細細地數着松子落的多少，也許可以使你暫時忘掉生活只是一個騙局這種想念的壓迫。「消遣世慮」：我倒願意人類用不着這樣說。

我不知道世界上有多少人是有餘閒的；不過有餘閒的總佔很少數，那大概也不用說了。大多數只是「日出而作，日入而息」，那更自有史以來已是如此了。并且，終歲勤勞，手足胼胝而仍不得一飽，又成了普遍的事實，更何從去找得閒空哩？「消閒」這話原只為某一部份人說的；它只能在有閒階級的詞彙裏才〔找〕得到。然而一個「農夫多收兩斗米，便想易妻」，在他原不過因為現在稍覺有些餘閒了，便不妨也跟着有閒階級的人們幹些玩女人的勾當，可是不曉得怎的，在達官貴人們看來，這便有些刺眼了，於是乎便起了些「此風不可長」的微詞。無論如何，一個農夫總應該享有消他自己的「餘閒」的權利啊。然而達官貴人們倒不同情這種看法。

許多麻煩許多爭執都起於不同的看法。我所不明白的是；為什麼閒空不能像空氣一樣地使人們大家都共同享用呢？而現在假如我告訴你說，歷史上的戰爭是起於「餘閒」的都奪，我想像當不會以為這是妄誕不經罷。

選自一九四五年十一月二十五日香港《華僑日報・文藝週刊》

黃魯

門

一

早年跟隨着外祖母到廣州城的時候，首先給我以難忘的印象的就是「門」，它們是那樣的高，在我幼少的眼睛裏看來，就彷彿是童話裏的巨人一般，偉岸地竚立在我面前，而且，它們總是塗上黑到發光的油漆，更令人生肅穆之感，同時，在門的兩面，往往貼上兩個兇神惡煞的門神畫象，它們的眼睛就好像永遠以淩厲的目光注視着每一個在門外的人。……就在這個時候起，我開始對門發生了神秘的意念，我常這樣想：「門是作為人類的木匠所造成的，可是，木匠却也未必曾洞悉門的神秘罷！」

二

誠然，許多世紀以來，人們的生活就和門有了不可分開的關係，人們生活在門內，也生活在門外。直到現在，每一個人對於門的開關總會懷着一片慎重的心情的罷。

當我們無意地在市街上閑步的時候，就往往會見到有人在神秘地半開着門，從門內探出了頭來若有其事地張望着，也許是生活在門內太久的緣故，他們這樣的張望着當然是為了知道門外的世界，現在變到了怎樣的程度。

有時候，我却很愛從人家閉着的門縫裏望進去，這當然是一種好奇心的催使。其實，這樣的舉動也太徒勞了，因為我永遠不曾發見到門內有些什麼新奇的事物。門內的世界，永遠是一片晦冥的闇黑。

三

開門是一種蘊含着極大的魅力（　）（　）（　），尤其是推開那一扇陌生的門的時候，我們心中總會發生許多希望和幻想。無論這些希望和幻想是喜悅的或者是悲哀的，但開門之際心中總另有一種愉快的風味。把門推開了，我們就會重逢多年離別的情人，或者我們將會見着那病重的朋友和他作一次最後的絮語亦未可料，這樣的事情，是常常在我們把門推開了以後所發生的。勿論你是懷着惶恐，抑或期待的心情去開門，而當你把手按放在門上時，你就會有很沉重的感覺罷！

在今日，門的種類也委實太多了，但是我又懂得太少了。自然，門的種類姑勿論怎樣子，而每一個人只要知道怎樣推開他自己「希望」的門就夠了。

四

有一個朋友曾經為了某一種緣故被關進牢裏，事後，他對我説，當第一次聽見砰然的牢門關閉了的聲音，心臟就好像馬上停止了跳動，而且發出了生平從未有過的可怖的幻想。如果神經衰弱的人，他將會立即昏厥，因為這一重門的關閉將使一個人在生活上所應享受的自由完全失去。這是多末可怖的「門」啊！

我相信，在這世界上，就有不少人是不自覺地被關閉在這樣的一扇愁慘的門內，雖然外表似乎與平常人一般，可是他們却被這一扇無形的門所羈牢了。

五

現在已經是很深沉的午夜了。

我獨自倚在露台上，俯望着對面的人家，戶戶都已緊密的關上門了，街上滲透了靜寞，雖然偶爾從某一家的門裏瀉出一兩聲囈語般的聲音，但是却又輕微得無法聽見。我知道，人們全都在陰暗的門內做着生命的夢。

「神秘的門啊，」我悽然地吁喟起來了。

選自一九四四年十二月二十四日香港《華僑日報·文藝週刊》

斷想五則

一

天空陰暗得使人生出「歲聿雲暮」的感覺、而且更加上那點滴在瓦簷上的凄凉的雨聲，這恍惚是有人在輕輕地嘆着氣：「啊，逝去了的時光，逝去了的青春！」一種迷惘的生的悲哀，在我們心中洶湧着可怕的暗潮。記不起是那一個人說過的感慨的話：「耳聞西北風在黃葉林中嘆息，目覩一年告終是最悶人的事情。」然而這鬱悶的心情只有歲晚，或者是除夕的時候才發生的，包含着一種新的輕愁的情調。在過去你或者會有過這樣的經驗，當你聽着街外遠遠近近的除夕的爆竹聲，以及妻子默默地喃着祝福你明年的運程的禱語的時候，你便生出一種肅穆的宗教的感情，你的精神完全聚集於過去了的十二個月的生活回憶裏。在當時，你或者會是很辛苦地挨過每一個日子，回憶起來，時光的過去却又是何等倥傯。你便開始覺得時光的價值，你會一邊惋惜着，一邊立下心願：「今後將不使時光空虛從身邊溜過。」於是生活的希望就漸漸的在你心中燃燒起來，而且，你更會在回憶中編織着美麗的幻夢。

二

我常常把「年」譬如是人生數十年中的一個驛站，我們就是騎在時間的馬背上的旅人。當我們走到某一個驛站的時候，總得稍稍休息一下，或者到驛站附近的酒店裏吃一盃酒，如果有火爐的話，也不妨把我們在寒風中冷僵了的手烤焙取暖，而且還可以跟旁邊的幾個駐足的路人瑣談着大家的經歷，我們實在不必急忙趕路，因為人生的路到死的時節方才完盡。

三

昨天我很偶然的從一個墓園旁邊經過，却看見圍牆裏面的桃樹正開放着一朵朵桃花。我想，這墓園裏不是躺着已經死亡了的人們麼？然而春天却在這死亡的園地上開花啊！這似乎是對死接近天國和樂園的一種解釋，或者天國的風景會比這開着春天的花底墓園更美麗罷？一個在學校裏唸哲學的老朋友時常跟我談着：「一般人在三十歲以前大抵都不想到死，也不願意去想到死的事情，當他們生活得更久的時候，就會明白，死並不是一件怎樣可怕或可痛苦的事情。其實，生着的人，每一天都是朝死的路上走去，越靠近死，也就是越靠近安息的天國，那末死的天國究竟是怎麼樣的呢？在生着的你和我總都不會明白，最好是向已經死了的幽靈垂問。但是當我看見這開着花的墓園的時候，就恍然獲得了一種啓示：「死就是生的春天」。

四

約莫是十年前，學校裏的老師給我們說了一個故事，鄉下裏一個農夫養了一頭小山羊，把這小山羊栓在牢柵裏，每天都飼着很豐美的食料。但是，小山羊却不滿足，牠時常冥想着外面的世界，牠很希望到後山去溜溜，自由地呼吸一下。雖然，牠已經知道後山有一隻貪婪的野狼，終於，小羊找到機會逃到後山去了。牠開始噏吃着嫩的鮮草，飲着清新的流泉，在矮林中跳着，在陽光下睡着午覺，心中充滿快樂。快樂的時光並不長久，暮色漸次來臨，牠開始感到一陣恐怖，因為夜晚一到來，野狼便會出現。再回到牢柵去嗎？然而，對於這美麗的後山又太留戀，夜晚的星星佈滿天上，野狼終於出現，小山羊便開始用牠的角和野狼搏鬥，牠明白無望戰勝，然而，牠必要支持到黎明，因為在黎明的薄光（中）逝去是光榮的。……聽着這故事，最初我覺得這世界太殘酷了。現在，我知道這故事是出自都德的「栖甘先生的山羊」那短篇裏的。當我重複地讀着的時候，却又覺得這小山羊太天真了。但是，惟有天真方有死在黎明中的勇氣，把自己的血呈獻在新生的陽光下的確太光榮了。以前，我也曾有過這樣的一股氣而現在却完全冷淡了。不過，在這廣闊的世上，實在有很多很多像「栖甘先生的山羊」一樣的勇氣的人，他們也許正在與野狼相持，在這樣深沉的晚上，讓我默默地向他們祝福。

五

我記得詩人勃洛克的一個故事，在一個凄涼的雪夜裏，他在寒冷的彼得格勒的街頭遇見了一個發抖的私娼，他把她帶到一所旅店裏，憂鬱地讓她坐在自己的膝上，就這樣沉（默）地渡過這一個晚上。到翌日黎明，他還是一聲不響，把自己身邊所有的錢幣都交給了她，同時他就帶着一顆沉重而陰暗的心離開了那一所旅店。從這一個故事裏，我深深地感覺到勃洛克是多麼慷慨地把人間的愛施予給一個發（抖）的娼妓，而他的這一種愛的施予又包含着怎樣深厚的悲哀，我們不難想像當時勃洛克憂鬱的心情在矛盾的情緒中衝撞着，甚至，他會覺悟到所給與這妓娼的愛是一份很卑微的禮物。然而，在當時的妓娼或者現在的我們看來，它是多末值得我們去珍重。高爾基在回憶契訶夫一文裏說：「我們都餓於人間愛，在〔餓〕着的時候，雖然烤得壞麵包也是美味的。」可是在我們生活着的世界，連那縱然是烤得壞的麵包也難以獲得啊！在今日，又有誰能夠像勃洛克這樣慷慨的把「人間的愛」施予給一個陌生的賣笑婦人呢！縱使是怎樣豪爽的人，他們也往往對於「人間的愛的」施予却又是那末地吝嗇，能夠在自己飢餓着人間愛的時候，却毫不惜地把偉大的人間愛賜（ ）眾人，〔這〕大概只有不朽的聖人才做得到的行為罷！

選自一九四五年二月八日香港《香港日報・香港藝文》

死的默想

一

無底的沉靜的深夜。

我的眼睛幾乎要完全閉上了，却無端地給附近的一片哭聲嘈擾得張開來。

妻對我說：「剛才鄰家的女人死了丈夫啊！」她說時，眼睛露出惋惜，可憐以及同情的神色。

「既然丈夫死了，却何必哭呢，而且還打擾了鄰人的清夢。」這樣的説着，一半是在回答妻，一半是申訴着自己的不平。

想不到這樣的話竟使妻呶着嘴巴恨恨的説：「你這人真沒有同情心，人家死了良人，你還責難人家的悲哀。」

因為知道妻是如此心腸軟的女人，我立意要向她捉弄一次，於是便説：「那麼，將來我死了你是否像這女人一般地哭着我？要知道，我是不願聽見這麼淒厲的哭泣的呀！……」沒有待我説完，妻就搶白着：「你這樣的人，死掉了也沒有誰會可惜的。」我知道，妻是非常不值得而且非常恨我對她的捉弄，她馬上攢進床上去獨自睡覺，而我却有意無意的格格的笑起來，我的笑聲就和鄰舍的年青的女人的哭聲混合在一塊。

二

安靜的心已經不能安靜下去。

安靜的深夜却變成笑和哭的深夜。

我很懊悔一刹那間之前對妻的捉弄，而且很懊悔那有意無意的笑聲，就連自己也不明白，是譏笑着別人的哭泣呢，還是譏笑着愚昧的生呢？

在許久以前，我讀到了路吉亞諾思的那一篇「論居喪」的文章，他是怎樣嚴正地指責着那些為死亡了的親友而哭泣的人呀，他理智地指出這些都是無聊的悲哀。人的死，佛家稱為「圓寂」，是生的解脱，至於人死是否有一種快樂的感覺或竟沒有感覺，這是無須研究的，總之人之死是生的結局，是永恒的安息。

「誰也別用眼淚向我敬禮

或是圍着我的棺架哭泣。」

這是羅馬人恩尼烏斯説的，他認為死是不值得哀悼的一件尋常的事。然而世間生着的人往往是非常愚昧的，他們以為對死人的哀悼哭泣是一種親愛或敬意的表示，然而却殊不知他們所發出的悲哀的悽惻的情感是完全的浪費了，死去的人是無法接受的啊！

最近，從一些很轉接的消息裏知道一個朋友在遠方死去了，好像一朵生在山澗旁的野花凋落一般，沒有人會記起它，也沒有人願意記起它。我常覺得這是莫大的幸福。現在，我連那朋友的名字也不願意寫在紙上，為了我要忘却，忘却一個人的生死，忘却所有人的生死。

三

鄰舍的女人的哭聲漸漸的弱下去了。一切都回復了平靜，沒有生的感觸，也沒有死的感觸，我是如此安然地躺臥着。「但願今夜無夢入眠！」我靜靜地為自己祝着。

選自一九四五年五月二十七日香港《華僑日報・文藝週刊》

一個人的紀念

他的膚色是黝黑的，鼻子和兩顴很高，頭髮天然地曲着，眼白有點黃濁，但是，瞳人却烏黑得發亮，顯示着他的機警的性格。他自己說：父親是南美洲的智利人，母親是西班牙和中國的混血種，所以，他雖然不是中國人，而脈胳裡滾流着的血液却有一部份是屬於中國民族的。

他出生在南美洲，在未懂事的稚年便隨着母親的姊姊來到中國沿海一帶城市過活。因此，他對於他的祖國——智利——是完全陌生的。他的確是一個驚人的語言的天才，他會說智利話，西班牙話和英語，同時，中國的國語也說得非常流暢，他更會說好幾個地方的方言，如上海話，廈門話，廣州話，潮汕話，也都全懂。而且，他還能唱着悅耳的京戲和粵曲。總之，他完全熟習於中國人的生活，冷天他愛穿〔濶〕落而溫暖的棉袍，熱天則愛穿一褶爽朗的黑膠綢，可是，無論他生活得怎樣中國化，而他的模樣却令人一望而知是個外國人。

他的名字叫做——杜文。

我和杜文的相識是很偶然的。那是在日本人攻陷香港不久的時候，市面上的情形很混亂，黑暗，恐怖，尤其是夜晚，誰也不敢出門半步。所以每個晚上，我們幾個朋友便常常聚集在半山的一所小房子裏，閒談或聽留聲唱片，以消磨陰森寂寞的長夜。有時候，住在山脚下的朋友也會到我們的地方過一個晚上，時和頁便是最常來的兩個，有時他們還帶來一疊新買到的舊唱片給大家享受，總之，那時候，我們在用着各種方式來麻醉眼前的痛苦。

有一天，將入黑之前，時和頁又來了，跟在他們尾後還有一個生客，大家踏進房子裡，他們便把這個生客介紹給我說：「這位是杜文先生，我們的新朋友，因為他也愛聽聽唱片，而且對音樂的素養很好，所以我們特地請他上來跟大家玩玩。」……我就是這樣的跟杜文做起朋友來，不過，只是很尋常的交往而已。

時和頁跟杜文的交誼也很淺，他們只知道，杜文在戰爭中曾參加過義勇軍，他的職守是火頭軍，他是隸屬於山頂的一小隊的，後來，英軍守不住香港了，許多戰鬥員都變成俘虜，而杜文却僥倖的避過了。同時，因為他是第〔三〕國人，日本人一時間還不至於對他有什麼不利。在這情形下，他開始做生意，販賣故衣雜物，本來他就一無所有，他所賣的貨物一部份是朋友托他變賣的，有一部份則是他離開軍隊時從山頂區的無人住宅裡搬出來的，湊巧得很，杜文擺設的舊貨攤正好在時住家的門前，這樣，他們便認識了，由於談話投契，大家居然做成朋友來。

杜文有一張會說話的嘴，也有一套做買賣的好本領，所以他的舊貨攤的生意比別人好，那時候，他的確弄到點錢，他便把賺來的錢開了一間咖啡舖。但是他並不希罕賺來的錢，他常說：「袋裡這樣多的軍票，存着是沒有用的，還是把它花光罷。」他用錢很慷慨，而且近於濫用，他是十足的左手來右手去的周日清。

和杜文認識日久，接近的機會也較多，我們不時到他的咖啡館閑談，或者跟他到塘西的酒館去買醉。當時，杜文的咖啡館生意並不好，經營不久便關門了。

他用錢用得很利害。每一次茶敘和晚飯他總爭着付賬。「他那裡來這許多錢花用呢？」許些朋友都不免對杜文生出這樣的疑心來。杜文是個聰明人，他知道人們的疑心，便解釋似地說：「我的咖啡舖虧了本（，）可是，那有什麼關係呢，我另外還有許多黑市生意可做，比如糖呀，米呀，我却可以用平價從一些走私的水手那裡買過來，然後以高價放出去，至少可以賺到十倍以上的利錢；是的，我認識不少水手，從前我就當過水手，到過西沙羣島那一帶去挖鳥糞，做黑市買賣，這是要秘密的呀，不過老朋友說說也無妨。」

漸漸的，我們都覺得杜文生活得有點神秘，而且，他越來越飄忽，彷彿是幽靈似的。有時三數個星期沒有見到他，有時他却深夜敲門找朋友。有一晚，已經很夜了，杜文來找我，手裡挽着一瓶燒酒，和一包鹵味燒肉之類，他說：「今晚我在一個俱樂部裡贏了錢呢，大家（喝）一杯罷。」于是，大家的話題便由賭博談起，繼而我們又談到語言問題。我說：「杜文，你會說這許多地方的話，你可懂得說日本話麼？」他顯得不很高興的回答：「日本話是全世界最難聽的話，而且這種語言不會在世界上存在多少年了，我又不需要跟日本人打交道，我何必去懂得它呢，總之提到日本就令人掃興的。」杜文就往往避開日本的事情不談。

大約有半年以上的光景，朋友間沒有誰見到過杜文，於是，大家都以為他離開香港了。但是，忽然之間，他又出現在我們面前。當我們再見的時候，便這樣問他：「你離開過香港嗎？」他笑着回答：「我那裡會離開香港呢，我是第三國人，領取離港証是多麼困難，我一直在這裡，只不過混在另一個生活圈裡罷，因為很忙，便沒有辦法抽身來看你們。」我又問：「那麼你在幹着什麼？」他却不願意告訴我，拉扯着到酒館裡去吃酒，避開這問題不談。

現在杜文和我們再見後幾天，一種很壞的消息傳來，杜文因為有間諜嫌疑給日本憲兵抓去了。接着不久，又有更壞的消息，時也因為杜文的間諜案被牽連，給抓到憲兵隊裡。於是，幾個認識杜文的人都戰兢兢的，完全被包圍在恐怖的氛圍裡。杜文是間諜嗎？當時我們曾經這樣想，他可能是的，因為他有十足的間諜條件。時被日本憲兵抓去了四十五天打得半死的放出來。他曾經顫顫地對我說：「杜文承認了一切，他原來替盟軍在這裡計算日本人的船隻⋯在牢裡他給打斷腰骨，大概不會有希望了⋯。」

杜文是犧牲了，他的血是為了正義和自由而流着，然而，除了幾個還沒有死的杜文的朋友之外，誰會知道世界上曾經生存過杜文這一個人呢！

署名黎明起，選自一九四九年二月十九日香港《星島日報・星座》

三蘇

直版論

最近馬師曾回港，廣告上刊出他的榮銜是：直版愛國藝人。直版兩字，可圈可點，虧廣告主任想得出，似應傳令嘉獎也，直版云者，非殘鈔也，未經摸摺也，可以刺得鬚之謂也。新新鮮之謂也。直版愛國者，意即由頭到尾抗戰，決不瓜代也，且此名詞一出，當然使一般曾經摺皺之次新藝人，以及殘鈔藝人，為之色變，愛國既然「摺皺」，自難熨得其直，即使地下藝人，恐亦瞠乎直版之後矣。

然何以名「直版」（？）謂由頭到尾居于內地從事抗戰工作，即直版愛國，則普天之下，所有淪陷區之數萬萬人民無一而非直版愛國也，何矜貴之有，有補鞋佬自內地歸於港上，重張故業，亦未嘗見渠掛起「直版補鞋佬」，或「直版愛國鞋匠」之名也，張發奎將軍轉戰數千里，殺敵無算，勝利歸來，亦未見有譽為「直版愛國將軍」也，然則何以獨名「直版愛國藝人？」

或者，直版愛國藝人云者，謂藝人之中，次新固多，殘鈔更不少，是以為直版矣。惟是藝人之中，又何嘗無決不瓜代之愛國者。若上海遷渝桂之電影界中人，粵劇界中之新靚就等，何莫不然？何以不聞蔡楚生為直版愛國導演也？抑港中劇人，亦何嘗無遠避敵禍，輾轉內地之輩，即老馬之搭檔顏思德之類，亦澈頭澈尾之在內地伶人也，何以不名「直版愛國花旦」？

因此大惑不解，窮思兩夜，終無結果。

友人遇我而詢知其情，曰：「此廣告耳！」一言驚醒，恍然大悟。吾始知其所以謂「直版」也者，告白耳。

選自一九四五年十二月二十四日香港《新生晚報·新趣》

實迫處此論

近來碰到好幾個從前開口不離「皇軍」，閉口不離「大東亞」的人物，相談之下，少不免這幾位老人家又大發表他的「建國偉論」，並強調「日本必敗」的意見。結論必定牽到他的過去，然後說：「身在楚而心在漢，實在我暗中常跟他作對，不過不走也者，實迫處此而已。」

暗中作對，等于地下工作，天曉得。姑名具論。但實迫處此則非常冠冕。差點他們不說：「塘沽協定也是實迫處此呀！七七抗戰也是實迫處此呀！」

時勢迫來，不由不作，如人窮作賊，再嫁存孤之類，都歸入實迫處此項下。似乎既然「實迫」而「處此」，就非出自本心。哀莫大於心死，然既身在楚而心在漢，則一片丹心，可昭日月。雖然曾經高唱協力大東亞共榮，雖然捐助過皇軍購機獻金，雖然曾經封過倉，引過皇軍登陸，也可歸入「處于敵人鐵蹄之下」類，無可奈何，并非存心如此！不過「實迫處此」，那就無所謂了。

目前在廣州喧赫一時之大人物，除了表示「附逆作僞」無非「實迫處此」之外，就是不住在廣州而住到香港也有，一條光光明明正正大大的「實迫處此」理由，他們的「受迫」據説并非因為檢舉得嚴厲藏不得身，「我會有甚麼事呀！我作過甚麼事，大可任人檢查，無愧于心，而且，我這些芝蔴綠荳，幾時才檢到我呀，正正當當的檢舉我可不怕，我可不要離開，」他們堂而皇説得一清二百，那末為甚麼要來香港呢？「敲竹槓的太多呀，這些不法之徒，恐嚇威迫，才難應付。遷來香港。真實迫處此的事。」

真是如何輕鬆爽脆的話！實迫處此！自然該網開一面呀！可惜他們忘了為甚麼會有人敲竹槓。實迫處此將成為許多人唯一的護身符。糧盡援絕，所以李陵才投降，實屬實迫處此。本乎此義，秦檜賣國通敵，無非也為了顧全大局，實迫處此呀。

偉大哉！實迫處此。

選自一九四五年十二月三十日香港《新生晚報・新趣》

恭喜平安論

新年俗例，開口恭喜，自古已然，但從來只有恭喜發財，向無恭喜平安之理，然則恭喜平安亦有說乎？誠然，試一論之。

恭喜發財僅適用於舊曆年，君不見新曆年有恭喜發財之聲者乎。是以恭喜發財只好留待遲一個月用，此其一，新曆年既無升官圖之擲，又無狀元籌以至打雞之博，財何處發？抑者發財二字，既不革命，又不建國，不甚時髦，尤其有財可發者不欲人知其發財，無財可發者又動輒疑人挖苦，徒使受賀者不安。此其二。近年世景不佳，發財之輩非藉國難以發財，即藉勝利以發財，捨此殆無財可發，是以恭喜人家發財，等於當面謂人屯積居奇，甚至打家刼舍，殊背恭維美意，此其三。是以萬萬不可恭喜人發財也。

至于平安，則饒有深意。平安二字值千金，照論理學說來恭喜平安即恭喜發財之代表名詞，又幽默，又風雅。此又其一。比年飛機大炮，幾瓜者屢；苟存性命于今日，已屬大步跳過之至。平安滋味，無人不知。今者戰亂既已，但打打殺殺之聲，仍然不絕於耳。今日又話泗水空襲，明日又話土爾其示威，國共軍隊，依然未鳴金收兵，生當此日，仍大有瓜得可能。何況吉普之車，既橫衝而直撞；雙蒸之樽，時刻可以落頭，瓜得之成數，非常之高。是以平平安安，極為要緊，此又其二。恭喜無非祝頌，但求恭敬。客途秋恨有云：「嬌呀！但得你平安願，我願天邊明月向別人圓。」平安之祝頌，何其深切！何其恭敬！此又其三。再者，起居於香港，出門未必不遇曾落水之人，崩口人忌崩口碗，若開口恭喜發財，未免攞景。倘若恭喜其平安，則平淡之中，足示關懷。當渠現正胆震未完，思思縮縮之際，但得平安了事，退地叩頭矣。此時晉以恭喜平安，既安慰又大方，必受！又何其醒目而熟性哉！

起承轉合，歸結起來，三蘇奉勸諸君，今年出行，碰頭但說「恭喜平安」！可矣。

選自一九四六年一月三日香港《新生晚報・新趣》

鷄變鴨論

話説俗語有云：「鷄同鴨講」。鷄同鴨講者，鷄講鷄話，鴨講鴨話，講來講去講不通。不知所謂。大抵考據起來，鷄鴨固然不會講外國語，鷄籠鴨籠之中，並無鷄語學校或鴨語學校之設，想講通實在毫無辦法。這是鷄鴨的不幸，也足以證明鷄鴨不及人。但是，鷄同鴨講雖然講不通，但鷄同〔鷄〕講，鴨同鴨講，固未嘗不講得通者也。

人則不然，人為萬物之靈。雖然人有中外之分，有紅棕白黑黃之別，一如鷄鴨焉，而未嘗不能講得通也。香港鷄鴨同籠，百年以來如此。過去三年論，鴨子分籠，代以鷄鵝共處，于是乎鷄同鵝講。為鷄者深感講不通，于是有又不少鷄學講鵝話，學得快而流利焉。足見香港鷄之聰明，洎乎今日，鵝又分籠，鴨子重來與鷄共處，于是鷄講鴨話又重見於今日。

鷄講鴨話原是好事，可以溝通鷄鴨文化。但是只鷄講鴨話，鴨不講鷄話已屬不平等，這且算了。恨不生為鴨，奈誰何。殊不知鷄同鴨講，固然講鴨話，鷄同鷄講，亦講鴨話，是真豈有此理。

何以鷄不講鷄話而講鴨話？無非表示：「我是鴨子」而已，鴨子矜貴乎？矜貴過鷄乎？最可笑者鷄講鴨話往往講得半通不通，而仍要講。本來可以講得通的鷄話却放棄不講。似乎能講鴨話二成也勝於講鷄話十足，真匪夷所思矣。

鷄同雞講也講不通，這一個奇蹟。其意在乎「我是鴨銜而你是鷄！」力爭為鴨。不特此也，所有行為態度，無一而不效颦鴨子。希望成為鴨，其中有些聰明的鷄，果然變了鴨，有些就始終是鴨型鷄身，不倫不類。

鷄變了鴨，其本身是很得意的。不幸只能夠自己得意，因為在鴨的眼中看來，鷄畢竟是鷄；在鷄羣中看來，鷄亦畢竟是鷄，縱然會游水，縱然身上有鴨（臭），而趾中無膜，咀尖不扁，看來看去還是鷄，最多覺得是鷄鴨同床的產兒，怪物而已。

但鷄始終扮鴨，據説是力爭上游。恭維它一句：「你是鴨子」，它真引你為知己，因為它覺得自己真的變做鴨了。

選自一九四六年一月五日香港《新生晚報．新趣》

施蟄存

栗和柿

南寨是長汀郊外的一個大樹林，但自從大學遷到這裏來之後，牠便成為一個公園了。我們很不容易使僻陋的山城裏所有的一切變成為都會裏所有的。例如油燈，不可能改成電燈，條櫈不可能改做沙發。但把一個樹林改成公園却是最容易的事。雖說如此，這公園裏還沒有一個長椅足以供給我們閒坐。因為此地原來有兩個用　國父及　總裁的名字為題名的公園，那裏倒儘有幾個長椅，甚至還有亭子，但我們寧願喜歡這個沒有坐處的樹林。我們每天下午，當然是說晴和的日子，總到那裏去散步。既説是散步，長椅就不在我們的希望中了。何況，倘若真需要坐下來的話，草地上固然也使得，向鄉下人家借一個條櫈也並不為難。

我到這個小城裏的第三天，就成為日常到那裏去散步的許多人中間之一了。也許，現在我已成為去得最勤的一個了。這個季節，應當是最適宜於我們去散步的季節了，雖然在冬尾春初或許將更適宜些。因為這是一個綿延四五里，橫亘一二里的柿栗梅三種樹的果樹林。那裏的樹，差不多可以説祇有這三種，若說有第四種樹木的話，那是指的少許幾株桐子樹，而還是稀少得往往被人們所忽畧的。

栗與柿是同一個季節的果木，秋風一起，牠們的果實就開始碩大起來了。栗子成熟得早一些，柿子的成熟期却可以參差到兩個月以上，因此，由於他們的合作，使我們整個秋季的散步不覺得太寂寞了。當我最初看見樹上一團團毛茸茸的栗球，不禁想起了杭州西湖的滿覺隴，那是以桂花與栗子著名的一個山谷。是的，桂花也是秋季的植物，牠給與我們的愉快是那些金黃色的，有酒味的花。不知誰有那麼值得讚美的理想，在那山谷中栽滿了這兩種植物，使我們同時享受色香味三種官能的幸福。從這一方面想起來，我感到第一個栽種栗柿而遺忘了桂樹的長汀人，確是比較的低能了。

栗子成熟的時候，牠即長滿了剛鬣的外皮自己會得裂的。但牠的主人却不等到這時候，就把牠取下來了。那是怕鳥雀和松鼠會趁牠破裂的時候偷吃去。人們取栗子的方法是先用長竹竿打牠下地，然後用一個長柄的竹鉗子夾起來扔進一個大竹籮裏去。這樣，牠雖然有可怕的刺毛，也無法逃免牠的末刦了。我每天看見老婦人在仰面亂打那些結滿了果實的樹枝，而許多小孩子在抓着一個與他們的身子一樣長的竹鉗子奔走揀拾的時候，又不禁會憶起古詩「八月撲栗」的句子，這個撲字，真是體物會心而搜索出來的。

這幾天，樹上的栗子差不多完了，但市上却適在一批一批的出來。這是因為近年來外銷不暢，而這又是一種可以久藏的乾果。但是，抱歉得很，除了把牠買來煮猪肉當菜吃之外，我却不很喜歡吃栗子。至於柿子呢，雖然從前也很不喜歡牠，而現在却非常欣賞牠了。我發現我對於萬物的嗜好，是與她的顏色或香味有關係的。栗子就因為特別乏於這兩個條件，所以始終被我擯斥了。這裏，你也許會問我：柿子並不是近來才變成美麗的紅色的，何以你到如今才嗜愛牠呢？是的，這必須待我申述理由。原來我對於柿樹的趣味，確是新近才濃厚起來的。記得幼小的時候，在我家的門前有一個荒廢了的花園。那園裏有一個小池塘，池塘旁邊有一株大柿樹。這是我所記得的平生看到的第一株柿樹。不幸那柿樹每年總結不到幾十個果實，雖然葉子長得很濃密。當柿葉落盡的時候，樹上再也看不見有甚麼柿實，於是在我的智識中，向來以為秋深的柿樹，也像其他早凋的樹木一樣，光光的祇賸了空枝。

現在，我才知道不然。柿樹原來是秋天最美的樹。因為柿實殷紅的時候，柿葉就開始被西風吹落了。當柿葉落盡的時候，掛滿在樹枝的柿實就顯露出牠們的美艷來了。而且，這裏的柿樹的生殖力又那麼強，在每一株樹上，我們至少可以數到三百個柿實，倘若我們真有這股猷勁，願意仔細去數一數的話。於是，你試想，每一株樹上掛着三百盞朱紅的小紗燈，而這樹是緜延四五里不斷的，在秋天的斜陽裏，這該是多麼美麗的風景啊！我承認，我現在開始愛吃柿子了。

但其理由並不是因為我發現了牠有甚麼美味——事實上，曾經有許多柿子欺騙了我，使我的舌頭澀了好久，——而是因為我常常高興在把玩牠的時候憧憬着那秋風中萬盞紅燈的光景。俞平伯先生有過一聯詩句，曰：

遙燈出樹明如柿，

倦槳投波蜜似餳；

這上句我從前曾覺得有意思，但祇是因為他把遙燈比做柿一般的明而已。至於「出樹」這兩個字的意思，却直到現在才捉摸到。可是一捉摸到之後，就覺得他把燈比之為柿，不如讓我們把柿比之為燈更有些風趣了。

當這成千累萬的小紅紗燈在秋風中一盞一盞地熄滅掉，直到最後一盞也消逝了的時候，人們也許會停止到那裏去散步了。於是天天刮着北風，雨季侵襲我們了。在整天的寒雨中，那些梅樹會得首先感覺到春意，綻放一朵朵小小的白花了。我懷疑梅花開的時候，是應能使我覺得這個公園比柿子結實的時候更為美麗？因為我彷彿覺得梅樹是栽得最少的一種。但一個已在這公園中散步了三年的同事告訴我，並且給我担保，梅樹的確比栗樹和柿樹更多。他說：「當梅花盛開的時候，你不會看見柿樹了，正如你在此刻不看見梅樹一樣。至於栗樹呢，即使當牠結實的時候，也惟有從山上，或最好是飛機上，才看得出來。」

既然人人都説這公園裏的梅花是一個大觀，當然我應該被説服了。好在距離梅花的季節也不遠了，關於那時候景色，我必須等親自經驗過後才敢描寫。不過，使我奇怪的是，本地人彷彿並不看重他們的梅花。他們的觀念跟我們不同。我們在一提起梅樹的時候，首先就想到梅花，或者更從「疏影橫斜水清淺」這詩句，連想到林和靖，孤山，放鶴亭，等等；而他們所想到的却是梅子。我們直覺地把栗與柿當作果樹，而把梅當作花樹。他們却把這三者一例看待。我想，即使柿與栗都能長出美艷的花來，也不至於改變了他們的觀念。因為花與他們的生活沒有關係。一個摘柿子的婦人曾經對我説，明年是梅子的熟年。市上將有很好的糖霜梅和鹽梅。她並且邀我明年去買她的梅子，但是她始終沒有邀我在新年裏去看梅花。多麼現實的老百姓啊！

選自一九四六年一月四日香港《新生日報・生趣》

夏果

喜悅的尋覓

一個掛譽的事業家，他應是一個喜悅的尋覓者，如同一個喜悅的人物，他該是一個事業的創造家。

你的處世哲學在從前只是咬着烟斗吐吐烟圈，或者揮着手杖逛逛市街，上上茶館子便算把日子混過了，這樣的應世不就如一碟火腿蛋或則一杯紅茶一樣的簡單麼？可是你的處世哲學漸漸的轉變過來了，一九四六年的人生觀應冶喜悅，幽默，淘氣，愛玩於一身的，要是缺乏了這些做為一個紳士的基本條件，那麼，他才是一個麻木而又暴戾之徒。

愛淘氣是你對太太的行為，而太太有的是撒嬌，撒嬌和淘氣，是家庭間一切喜劇的原素，假如一個家庭的治家格言是刻板的和過份的〔嚴〕厲，那麼，連一條狗都哭喪着臉，你就無需硬要貼上「家和萬事興」這喜悅的年紅了。要知道你底家庭並非集中營，而是一所快樂窩呵，世界多少名人的成就，都是來自這快樂窩的，所以一個喜悅的家庭的建立，則全視你對家庭的觀感為轉移，你瞧，一個掛譽的事業家，他應是一個喜悅的尋覓者，假如你有着一個家庭，而這家庭又是充溢着孩子的喜悅，夫人的喜悅和一切起居的喜悅的，你不妨像孩子一樣，跟太太淘淘氣也是不為過的，反正這是喜悅的尋覓呵！

一個喜悅的尋覓者既是一個成功的事業家，你還年青，對於喜悅的尋覓決不會自認衰老而告退的，否則，就等如自己對於事業都沒有興感。一個喜悅的人物總是朝氣蓬勃的，那麼，在二十世紀的「花花世界」裡就完全否定了這些死板的訓例了。

缺乏幽默感的人是世界上最為笨拙的人了。你不要看輕這些，多少惡感的事件會從一句幽默的對話或一次幽默的動作中了結的。情趣的是差利卓別靈從一些幽默的動作中去告訴你一個有味的人生。所以幽默是一種智慧的表現。如果你缺乏了幽默感，在交際社會上總是大煞風景，一個口角風生的人物他能夠操縱着四座的感情，而且人們也總喜歡去親近這樣的人物，沒有一個呆滯的人能夠交遊更為廣闊的了。

愛玩原是先生的本性，身為爸爸即使身為祖父也沒有理由把這種自然的本性壓抑的。晚上你拖兒帶女逛百貨公司的時候，但你無論如何非到玩具部一溜不可的，你底孩子雖是第一個堅決提議的人，你呢，自然贊成喇，年輕的爸爸的你，對於玩具能不無動於中乎？所以一個愛玩的爸爸總是家庭之福，而孩子也最為厭惡一個板起臉孔的嚴父了。為了孩子的更大光明的前途，你應該天真一些，給孩子以自由的影響，而你從旁可以參與己見，一個民主的父親要能夠這樣的做，決不能板起嚴厲的面孔去執行父親的威權。

一九四六年的人生觀既冶喜悅，幽默，淘氣，愛玩於一身的，你應是一個天真，活潑，而又慈愛的人，雖則戲謔一些也不為過的，當你理解到「浮生若夢」的時候，你便知道「為歡幾何」

了。你終天煩憂着外匯高漲和市價低跌，埋首於案頭一年復一年的盤算着，為的是什麼呢？

我已經說過，一個掛譽的事業家，他應是一個喜悅的尋覓者，如同一個喜悅的人物，他該是一個事業的創造家，而你再會煩憂着一切的麼，那你便是一個外行於喜悅的人，這樣，你已經在喜悅的尋覓的路上迷失了去向。但你今天尋覓的並不是惡感而是一切的喜悅。

選自一九四六年一月十日香港《星島日報・星座》

香港・船的城

譬如船是海上流動的島，那麼，島便是一艘靜止於海上的船了。船的城的仙人島，船的城的處女島，船的城的失魂島，船的城的維多利亞島，船的城池是永遠浮於海面的，在地球經緯上它是一艘「船的城」。如同地球繞日而行一樣，「船的城」也是繞日而行的。

多彩的船的城的名字，那嵌在船頭的閃〔爍〕着的是「Viotoria」號，船舷的甲板的市街，船艙的走廊的市街，風趣的是中國人翻譯的名字：鴨巴甸街，堅尼地城，馬加仙山峽道，桃李台，德忌利士巷，而穿街過巷的也是三年多以前的搭客，那如阿拉伯花蛇一樣的女人。

船的城以前是疾症的發源地，服飾的發源地，是盜匪和間諜的發源地，是國際政治經濟的角力場，故有人說，船的城是一座鍍金的城，肺病的城，盜賊的城，是間諜之都，是角力場，至今天它也沒有例外。

昨夜，船的城從黑霧包圍中又航向光明了，它的搭客是備受了三年多的黑霧包圍跟着船的城尋不着航綫而迷失於海，今天它又航向光明了。船的城的船長是歐羅巴人，船的城的水手是有着美麗膚色的印度人，船的城的搭客呢？多是有錢的猶太人和有錢的中國人。

武裝的船的城回復了昔日金屬和水門汀的重建，船長知道海賊再無法招搖了，於是下令全船搭客重復點燃起每盞燈光，安詳的搭客吃過公價麵包和公價牛油沿着堤岸的甲板散步去了。船的城今夜大放光明，原來城上的遊藝節目在今晚正瘋狂舉行。

船的城底遊藝項目是豐饒的，你看金融市場那邊的魔術師再要着千變萬化的法寶，貿易市場那邊的百咪賽跑家凖在招貼 Sale 這複賽之下拼命了，而倒塌了的政治舞臺那邊發國難財的舊貴們和發勝利財的新貴們跟着逃避國法的奸僞們一塊扮演着小丑跳樑，不過，在正義的「褐色轟炸機」祖路易的重級拳擊之下將有着他們伏誅的一天。

春天，船的城的馬肥了，春季的搭客是多幻想的，他們知道會從馬的身上（大）搖彩，幻想有一天獲得這城上最富豪的紳士的頭銜，雖則他們知道這是幸運的賜與，但他們既為船的城的一員搭客，這些富有誘惑性的節目多是不肯放過的，而那些二三等艙位的搭客又誰不想意外地攀上頭等呢？

船的城是熱鬧的，「加蘭總統」號不久前離它去了，它的姊妹船又快將航來，船的城的搭客在盼望能夠在海面更多的見到別的外來的船隻。因為他們知道，從別的船隻上將有麵粉，罐頭，金山蘋果，影片，化妝品，衣料……等起卸轉船。

今夜，船的城在搖曳的聲浪中有點醉意了，它將航向地球經緯以外去了。

選自一九四六年一月二十二日香港《星島日報・星座》

香港風景畫

渡海輪情趣

身在香港，而看不到香港這幅全面的風景畫，最好的方法，還是搭船滑到海中，回過頭來，看個究竟，這是搭渡海輪過海的每個搭客有意無意的欣賞着香港這幅令人陶醉的風景畫的。但搭客中都各懷有心事，唯獨看風景的心情則一，因為擺在目前的正是一幅美麗的作品。而渡海輪的功能，使得每一個搭客都是藝術的欣賞者，為了看風景而來的亦復不少了。

渡海輪在香港這幅風景畫裏，它是屬於作品的一部份，即是説它也是屬於風景之一，少了它，香港這幅風景畫也會因而減去價值的，一幅風景畫的條件是少不了山、水、人物、樹木和船隻的，渡海輪既屬於風景之一，這麼，我們每天渡海的人大都是各奔前程的人，也許無暇去欣賞，這還是讓自己在晚飯後搭上一次來回，你不也忝屬這風景畫裏的一員麼？而且也是晚上納涼的一個好節目。

我前面説過，搭客原是要搭渡海輪回過頭來看看香港的全部風景的，但他們天天來回的把香港這幅作品看得膩了，他們會轉移目標的看看你們這羣香港風景畫裏的人物了，況且作為一幅畫是少不了女人的點綴其間的，而看畫的人也需要畫中有美顏如玉也。

當你在晚上感到無聊，而市街又繁囂的時候，你還是去欣賞海中風景好，而且所費不大，每一次都有半小時的享受，來回就有着一小時的消磨了。住在香港的人大都曉得這個享受，不過他們仍未決心在每天晚上去執行，而搭渡海輪的也多是僕僕風塵的人物，他們為的是什麼呢？這是一個不會接受生活享受的人底損失，這一損失是非常重大的。即使習習清風與乎賞心悦目的風情對你都不能起什甚麼作用，那還有甚麼生之意趣呢？

堅道素描

從渡海輪欣賞過香港的風景畫，堅道就是這風景畫〔裏〕面的一條美麗的街道。這條街道是用粉綠和赭石畫成的。

堅道，有人説是廣州的西關，其實這只在住宅區一面而言，以堅道的美麗來説，西關實在是望塵莫及，堅道是有着南歐風味，而西關則是有着中國舊式封建的風味，兩者是以此為最大的分水嶺。

戰前，堅道是一條車水馬龍的貴族之家的馬路，在半山區牠是享有着盛名的，戰後，堅道有些荒涼了，或者是世情不景而影響到這些貴族之家漸形破落吧？但堅道昔日的風情如昨，形成堅道風情的事物，不全屬於那些大戶人家，蓬門碧玉們不正是堅道的中堅人物麼？

有人說堅道是專為那些晚上散步的人而築的路，當你行得疲乏了的時候，小食物店可以為你佇足，合一堂澄澈的晚禱鐘，可以為你洗滌那被生活侵蝕了一整天的昏頭昏腦。而且燈光也暗淡得可以，這是適宜於戀伴們細訴衷腸的，堅道的迂迴曲折，不也象徵着男女愛戀的山路崎嶇麼？

堅道是由香港工務局築成，但堅道的風情是由恨堅道過短的男女們完成的，在這條短短的半山路上，一到晚上是旖旎無限的，使得堅道從漸形破落中重又穿上風情的新衣，使得堅道為了復得風情重又掛譽起來，堅道的這個街道名稱，不但代表了貴族與財富，而且還代表了全香港最為風情的旖旎之路。

灣仔即景

從香港的風景畫裏，灣仔就佔了這幅畫的一隅。

如果說皇后道是洋場集散地，那麼，灣仔可以說是東方化的墟市了，一個久居洋場而玩厭了的人，你可以到灣仔跑跑，在灣仔你可以隨意的無拘無束的蹓躂，不必擺着紳士的架子，終天要擺着紳士架子是多苦的事情，惟獨灣仔可以使你得到解放。

灣仔，雖然也是香港的一員，但灣仔沒有拘束，它不比顏色鮮艷的皇后道，它是這幅風景裏色彩樸素的一面，它之所以受市民歡迎，就是因為它對市民親切，秋天，灣仔的市民都趨向海邊去了，他們在夜色涼如水的堤壩上，在專心致志的釣魚，從他們的喜悅的捕獵中，他們會告訴你，他們在享受着一種樂事。灣仔海都像中國漁區東沙羣島一樣，這是香港的漁區，這兒是海產最多的地帶，香港的「漁民」一到魚季，都趨向灣仔海堤來了，他們想用自己的釣絲和餌，去釣一尾石斑去佐晚膳，這比去市場購買得的還馨香些，這是灣仔所獨有的樂事。

但你可問一問自己，你還有着另一目的在，這另一目的，你也是以「漁夫」的資格去執行的，身為「漁夫」，當然要幹的捕獵的生活。在灣仔海堤，當你吹着一聲口哨，這有着和你用餌去釣石斑一樣的功效的口哨，那些花花綠綠的魚類自然會游向你的身邊來了，當你的釣絲仍未舉起，她們會自動的撲上你的鈎子了，她們是願被你捕獲的。但你是生物保育會會員，你當然愛惜着生物的，你會馬上把她帶到你的旅邸，她不是一尾石斑，你當然不能以之佐膳，但她底秀色可餐，那麼，對於你底胃口不佳症，總可以調節調節吧？

你說過你是生物保育會的會員，你還有着放生的善舉，當夜深無人的時候，或則太陽仍未昇起的黎明，你不是要把她放生了麼？你不過不是把她放進海裏，而是把她放進入海裏吧了，她又載沉載浮的準備在明天晚上又撲向別的吹着口哨的「漁夫」的身上了。她知道他們大都是在晚上到灣仔旅行而兼「捕魚」的漁夫。不過，漁夫是有兩個大類別，一是向海裏求魚的，一是在陸上緣木而求魚的，她既身為與海裏的石斑為同類，她們是歡迎被釣上的，如果否認這點，她們將失去了做魚的身分，海裏的石斑，不是在怨恨着每一個漁夫，為甚麼他們愚蠢得連一尾都釣不起來，使得牠們能夠上岸看看香港風景呢？而你，一個灣仔的女人，不是也願去看看人間世界麼？所以你在灣仔游來游去。

香港的風景畫，不但有山水人物，也有着鳥獸蟲魚，它的色彩是絢爛奪目，五色繽紛的。

選自一九四六年九月二十五日香港《工商日報·市聲》

自強

龍陵雨

作者本是香港青年，參加我遠征軍任少校繙譯官，隨軍爭戰滇西各地，強渡怒江，克龍陵，芒市，遮放，畹町而入緬甸，茲篇所述，與日前本報所載「五月渡瀘」一文，俱為作者親身經歷之紀述。

記得在前年六月初至十月中旬，這長長的四個多月的時光裏，我恍忽是在海底下過活着。

滇西有一首世代傳誦的民謠，説是「拉猛山，龍陵雨，象達姑娘，芒市米」。這雖是極其簡單地不詩不歌的四句，却是千真萬確的地理的寫真，也同時包含着鼓勵鄉人子弟向外發展，苦盡甘來的意思，原來這民謠裏所述的拉猛，龍陵，象達，芒市，四處都是怒江西岸的大墟市，為入緬古道所經的站頭，拉猛街位於高黎貢山之巔，海拔達一萬呎，地勢高峭，山道崎嶇，向為行旅之苦，而龍陵地處高黎貢山脈西麓的斜坡，所以在雨季的時候，暴風雨自緬甸向東北方吹來，低雲層到此有無法飛渡這世界的屋脊之嘆的，都聚在高黎貢山脈的西麓，積成厚密烏黑的一團，暴雨便像大瀑布般傾倒下來，龍陵附近首當其衝，情景着實狂暴可怕，但是再往西南行而至象達，芒市，那兒地勢較低，夷女多情，農產豐富，却又是另一番新鮮景象了。我師於五月中旬敵前強渡怒江成功，方縱橫戰鬥于高黎貢脈諸峰，歷嘗攀高山，越大嶺之苦，既而雨季來臨，我們又奉命為龍陵地區攻擊部隊，和當地著名的「雨夜叉」硬結不解之緣，那時雖則意料到前頭有的是等待着我們的象達姑娘和芒市香米，但當時這班饕餮客們的胃口，已給這兒連綿四月的雨水冲淡不少了。

這時我們部隊已離開了張家寨進駐三家村，師長忽地接到軍部命令本師担任攻佔龍陵任務，于是我們又馬上移師指向這座淪陷了二年餘的滇西古城，翻過那緜亘無盡的山嶺，冒雨作四天的急行軍，到達了一處萬嶺叢中的小山谷——蚌渺，這兒風景秀麗，還有南方的水田，和熱帶的植物，東距龍陵六十華里，敵駐兵一中隊在我們到達的那天凌晨和我歐陽團前鋒抗拒數小時後，便慌忙遁去，于是我們進駐敵人盤據了二年餘的營房，還在溫泉內洗了一個澡，四天行軍的疲乏，已隨着那刺鼻的硫磺味兒，升散九霄雲外去了。

大雨在一天二十四小時下個不停，間或在清晨和黃昏的時候會稍歇一下子，晨早醒來，耳際聽不到屋瓦的滴滴雨聲，（　）（　）（　）今天不要下雨了，推窗外望，遠山隱隱，一片迷濛景色，樹林內濃烟繚繞，陣風吹來異鳥的鳴聲，山崗上一堆堆不規則地突出的亂石，就像是在雲霧裏披上雪白的輕紗亭亭玉立着的倩影，看濃厚的烟雲忽地在山谷中冉冉上升，風勢轉急，不一會竟籠罩了眼前一切的景物，但覺頓時寒氣襲人，雲霧入室，恍如置身渾沌大空，有飄飄欲仙之感。既而天際密雲下墜，跟着天昏地暗，像一羣一羣的大鷲鳥，在伸展着黑色的大翅膀向着地面俯衝，我把手伸出窗外，竟便抓着了雲頭，掌上滿沾潮濕的水氣，那時恨不得向天打它一鎗，好讓洪水可以馬上從破洞口痛痛快快地傾瀉下來，以解決這悶人的晦暗。

雨來了，先是姆指般大的雨點，打在瓦面上像一排（）（）（）輕機鎗聲，隨即跟着連珠的榴彈炮，不到幾分鐘，但聽金鼓齊鳴，聲震天地，若千軍萬馬，奔山奪野而來，我簡直給這聲音嘈得發昏，只覺地殼在劇烈地搖撼着，天上的水流不斷地像大瀑布衝下來，粗大的竹樹幹和一些熱帶的矮林都給打得彎着軀幹，當風搖擺着，屋頂和泥壁在漏水，地面的泥土在慢慢地鬆浮開來，混着從地底湧出的水變成黃黃的泥漿，渾身濕着毛的大耗子從它們那灌滿了雨水的洞穴裏跑出來到處倉惶地奔竄着，我感覺到意外的悲慘和寒冷，看着窗外的野玫瑰，才知道在昏暗的大海底下，那些海藻植物在魚類的目光裏究竟是怎麼樣的東西？我想我將來不會打算在家裏擺設金魚缸或是熱帶魚的水族箱，因為恐怕當我看到這些在水中過活着的小動物，便會令我追憶起滇西的雨季，而這些魚類的處景，正像是若干年前在龍陵大雨中作戰時狼狽的我呢？

在這山地的雨季中，也不是沒有美麗的景色，有幾天的黃昏在微雨中看見西方的落日，遠遠的天邊那五彩燦爛的晚霞在閃耀着她底光華，好一幅「道是無晴還有晴」的含意深長的圖畫！這難得的景象賜給離家萬里外，遠征絕塞中的我不少的自解和安慰！還有幾天傍晚雨停了，靜靜的龍川江上斜跨着一條五色的虹橋，帶來這白骨纍纍的今戰場上一片的溫柔和寧靜，彩虹的變幻很覺偉觀，嘗見成一大圓形平臥在天頂，有幾次則是兩條五彩的平衡排着，從怒江岸而迄緬甸境，前橫亘空際成兩個半圓形，像是地球的挽手，可稱奇觀！惡劣的天氣增加了作戰上極端的困難，前線的戰壕和散兵坑內都淤積了過膝的雨水，士兵們找些枯枝或小樹幹架在積水的高度上面，蹲着身軀在守望，或者說他們整天在那兒蹲着身軀在做一個士兵所應做的事，吃飯，解手，打鎗，睡覺，殺人，或被殺……，在同一個洞裏曾經戰死了好幾個英勇的弟兄，但是他的屍體馬上便被拖出來，另一個活潑的身軀又馬上蹲進去，代守他那為國犧牲了的戰友的崗位了。大雨在日夜不斷地下着，這世界的屋背已沒有一坯乾潔的泥土，也找不着一個乾爽的人類，我們雖都已穿上了雨衣，載着雨帽，但是既然是生活在這大瀑布的狂流底下，又有誰能不做這一羣水底泥中的一個呢？

天晴的機會既是這麼少之又少，戰鬥機自然不能對敵出擊，就是靠以維繫這地區幾萬戰鬥部隊底生命的運輸機也不宜飛來投擲食物和供應品，我們跟後方兵站的無線電聯絡也因為天候和地勢的影響而非常困難，我們要遣派輸送兵和騾馬隊到六十里外的臨時前進兵站領取軍糧補給，這一來一回的路程需時三日，大雨苦寒，山徑崎嶇，人馬病倒損耗甚重，輸送量也不很多，曾經有一短時期內軍糧補給不及全師官兵自師長以下只得每天吃一頓乾飯，一頓稀飯，伙夫們遍山上找芭蕉樹和桄榔樹的包莖，雜着野山芋，苦麥喬，罌粟葉等野菜煮湯，再加一味紅椒粉，便給草草吃下去充饑，美軍聯絡組的洋人們也是一視同仁，跟中國弟兄一起捱這餐粥餐飯，幸虧這最惡劣的情勢只持續了一個多星期，後來供應路線改好，運輸機也盡可能範圍來投擲補給，困難便一天比一天減少了。

因為天氣的關係，戰役初期我敵兩方除了較密的山炮射擊，兩方都沒有作大規模的進攻，只各堅守原佔領的陣地，但也往往因與敵爭持一個扼要的據點，黑夜裏冒雨戰鬥，得失數次或十數次，仍在務求必得，當時攻戰的慘烈，我軍士氣之旺盛，便可想而知了。陣地上堆積我敵戰死者的屍體，原是臨時用泥土掩埋的，却都被日夜不停的大雨沖瀉，骨肉外露，滿山屍臭，中人欲嘔，直至後來我師攻佔了龍陵城，雨季已近結束，這滇西戰役中最艱苦的階段已成過去，但是隨後我師同志每談到龍陵的雨，也無不為之談虎色變，猶有餘怖呢。

選自一九四六年一月三十日香港《新生日報・生趣》

李綉

職業太太

如要長居於香港，單身漢不可不知。

世界有所謂職業外交家，也有所謂職業教育家，我們中國晚近提倡男女平等，主張婦女到社會去，於是又有所謂職業婦女。這次我跑到香港來，首先發明了職業太太。我想：一個單身漢，如果冒冒失失流浪到這山城海市的香港來，什麼都感到有些特殊。同時又會感到有許多不方便之處，要是身邊沒有一點現欵，作起事來就諸多阻滯，老不痛快。但有時候雖然錢也有了，可不見得是通行無阻罷。譬如「住」這個問題，確是不容易解決的了。第一固然香港戰後房屋毀壞很多，同時地方狹小，人口增加，要找一間空房子，相等於找一份職業那麼困難。第二呢，香港包租婆權威很大，對住客的苛細是無微不至，何況在「非眷莫問」的擋駕之下，孤男寡女，休得過問。那麼住酒店住旅館不是更舒服更方便麼？但在經濟能力上恐怕不是一般人所容易辦到，而且我此次回到香港來，依然光蛋一個，靠筆桿找飯吃，既不妄想馬票獨得，又非發了一筆勝利之財，如何當得起這樣龐大開消！我想：勿論如何，總得要想個解決辦法，縱使朋友家裏冷巷可以勉強開張帆布床，終非久居之計，尤以包租婆的面色永遠像是深秋天時那麼陰沉可怕，閒來言三語四，看樣子逐客令快要頒佈下來的了。

於是我經過一番苦思熟慮之後，決定到外邊去找房子，一連幾天，都沒有合意的，最後在灣仔軒尼詩道找到了一間單邊騎樓的光大尾房，環境相當清靜，房租每月三十塊錢算來也不太貴。我馬上便從袋口裏掏出十塊錢來作定銀。但那位包租婆並不立刻接受，她開始像審訊罪犯般的問話：有沒有家眷？多少孩子？做什麼職業？一連串滔滔不絕，倒使我有點不耐煩。然而還得要妥為應付，對答如流，雙方認為滿意，至是始微笑鞠躬而退。當我走出這間樓宇，慢步在馬路上的時候，心理是快慰的而又是煩憂的。一方因為找到了房子，今後儘有歸宿，不至流離浪蕩了，一方則因自己本來是個單身漢，剛才在包租婆面前却認作是有太太的人物，如今從哪裡去找一位太太呢？這確是難題！

難題麼？在沒有更好的設法中，我又妙想天開了，打算大胆地做一次平生最得意的傑作，希望打破了這個難題，解決了「住」的難關。於是我跑到朋友家裡裏去，遽然提出一個嚴重的交涉，要求借用女僕，權充太太，定期五天，代價儘可商量。我的朋友聽到了這樣新奇的要求，倒狂笑起來，說：「這個我做不得主，你還是直接和她談判好了！」結果，我的朋友出力斡旋，召開了一個圓桌會議。據女僕的意思是沒有多大問題，祇提出三個條件：一、五天內我要絕對服從她的命令，不得有非禮舉動。二、晚上睡覺床上要劃分楚河漢界，男左女右，如有越界侵犯或挑釁行為，則大聲疾呼非禮，並對包租婆宣佈內幕，促其立下逐客令。三、五天的代價暫定二十元，洗衫煮飯在內，期滿如迫於環境關係，必須延長期間時，然後從新另訂之。這三個條件雖然是喪盡男權，尚未至於辱滅己身。當然，我是不能不接納的，亦是不得不接納的，三面言明，無從反悔——女僕遂成為我的職業太太了。

翌日，我偕同我的職業太太赴新居入伙了，包租婆堆着笑臉開門迎入，很客氣的招呼，而且讚美我這位職業太太的美麗，舉止又如何的大方等等，一片諛詞，倒把我氣得七竅生烟，祇有唯唯諾諾而已。

晚上，我和我的職業太太都僥倖能夠互相遵守條約，不至引起發生不幸的事件，雖然大家有說有笑，那不過是發乎情止乎禮呀！

五日期滿，我的職業太太藉口返鄉省親，包租婆依依不捨，還送了一包隆厚的禮物，叮囑早點回來，其實我的職業太太又回到朋友家裏旋任女僕去了。此後，我雖解決了「住」的問題，外表上似乎是有家，依然過着單身漢的生活。每當包租婆抱着誠意向我慰問：「你的太太好麼，有信來麼，大概幾時回來呢？」在無可奈何中，我祇這樣回答，我說：「她不久就要回來，要是弄妥了鄉間的家事之後！」包租婆「呵」的一聲就沒有下文。漸漸也不再提及我這位職業太太的事了。

於是我泰然安居無事，不至見逐於「非眷莫問」。

選自一九四六年五月十四日香港《工商日報・市聲》

緊急疏散——香港學校風光

俗語有云：「唔窮唔教學。」教書先生的窮，好像命運注定的了。那麼教書先生豈不是個個都是窮光蛋麼？這句話也有未必盡然之處。在香港更有意想不到的特殊情形。

事情是這樣——我此次到香港來，並沒有打算從事於教書生活，因為窮的緣故，結果「雖執鞭之士吾亦為之。」乃用盡了九牛二虎之力，托朋友介紹，藉人事扳援，寅緣結識了某校長，經過一度嚴密的磋商與談判後，什麼都認為滿意了，衹有一個不能解決的問題，就是我沒有在香港教育司註過冊，無疑是否定了我在香港教書的資格。這麼一來，什麼都完了。正在沒有辦法可想之際，終於由某校長替我想出了一個據說既萬全又週密的（　）法，使我無法拒納而甘於接受的「頂包」政策。如何「頂包」呢？其條件與辦法有下列兩項：（一）假借曾經在香港教育司註冊，而目前不在香港教書之某先生的名字，權宜行事。（二）月薪打個七折，以三成交付某先生之家眷，作為「頂包」酬謝費。

談判總算圓滿解決了。第二天我便走馬上任，為人師表，當我腳踏入課室的時候，倒使我吃了一驚，原來這個密不通風的小小課室，竟然容納百多名學生。我想：這樣「濟濟一堂」，教書的先生固然吃力，讀書的學生也不見得是自在罷。此時忽見某校長匆匆走來，指示學生立刻「緊急疏散」，據說視學官要來了。於是某校長又匆匆拔腳而去，逐個課室宣佈「緊急疏散」命令。說也奇怪，這些學生在「緊急疏散」命令下，都很有經驗似的，或從天台潛伏，或從樓階溜走，秩序甚好，不覺有絲毫紛亂，直到疏散完了，某校長才輕舒了一口氣，涎着笑面對我説：「教書眞不容易啊，香港規例每個課室不能超過四十名學額的。」這樣我才明白剛才「緊急疏散」的緣故，同時我也發覺了某校長辦學的手段的確高明，堪稱「生財有道」。可不是麼！招收學生不妨學學韓信將兵，多多益善，黑市超過了四十名學額的規例也不要緊，祇要隨時留心，「緊急疏散」，視學官來了，也難於找着破綻的。如此這般，教學不一定是沒有發達的，何況以低廉的代價，敦聘那些落難的讀書人來充任教書先生，既可以救濟，薪水又可打個七折，尤合乎化算，某校長眞不愧為「萬般皆下品，惟有讀書高」啊！

選自一九四六年七月二日香港《工商日報・市聲》

黃秋耘

門外愛談——青年生活諸問題之一

我不懂得愛情。我所經歷的，我知道，不是一個充份的例子。但，我也曾想過觀察過我周圍的幸福的姻緣是那麼難得，我不能不相信，至少在此時此地，愛情將是一罈痛苦的美酒，而不是一罐甜蜜的糖漿。

「這還是人類的老脾氣，給他一個樂園，他當時便失掉了，給他一個心，他就傲慢起來，給他一雙手，他用以打人，一座花園，弄成滿地泥濘；一個夢，變成夢魘；一個預言者，卻把他打死」，一個伴侶，他偏要以失戀和分離的悲劇來作收場。

苦酒是怎樣釀成的呢？

有人説：愛是投降，愛是征服。這兒只有一個主人，一個奴隸，或者兩個同時都是奴隸。這些違反天性的人們，只能把兩個意志中間的一個摧殘了，甚至兩個都一齊摧殘了，才能把他們勉強結合在一起。可憐這兩個犧牲者將永遠被束縛在溫柔的桎梏上，耕耘着沒有收獲的土地。

憑力量，憑思想，憑美麗的肉體，憑物質的誘惑而戰勝了對方，使對方成為了自己的俘虜，這不是把整個身心去愛，而只是把自己一部分表面去愛罷了。愛情將在心靈的吝嗇病裏死於窒息，剩下來的只有卑鄙的自私的佔有的慾望。

作為一個「配得上人的名稱」的人，作為一個「不甘於靈魂的平庸」的人，決不肯作別人的奴隸，也不願別人來作他的奴隸，不僅在物質方面如此，在精神方面亦復如此。如其一定要用「征服」或「投降」才能獲得愛情，他寧願一輩子孤獨，是的，孤獨一生也無妨。

談戀愛，我很贊成。可是不能因此而屈辱了彼此的獨立的人格和情操。人格和情操本來是人類的美德，然而在那些非「征服」就要「投降」的人看來，却變成了累贅了。

又有人說，戀愛是盲目的事情。於是，由於一時的熱情奔放，由於一方面的熱烈追求，為了獸性的愚昧需要，為了孤獨的恐慌，為了希求廉價的慰藉，他（她）安排一個異性在自己的身邊，他們稱這個為戀愛、為結婚，他們說他們的結合是命中注定的。短促的瘋狂鑄成了長期間的苦難。正如尼采所說：「無論何處，我看到小心翼翼的購買者，大家張着狡獪的眼睛。但是最狡獪的購買者，也是盲目地購買他的妻（或她的丈夫——引用者）。」

一見鍾情，固然是好事！可惜他（她）所尋求到的只是一個幻影，一個軀殼。幻影消逝，軀殼萎縮，他（她）眼中看見的對方不過是一匹雌鵝，一個市儈。結果是雙重的懊悔和不滿。為什麼不能夠「慎之於始」呢？

人與人間的關係，不能像一件衣服，高興的時候穿在身上，不高興的時候就脫下來。就算是衣服罷，盲目地選擇一件衣服，也未免是近於愚蠢的遊戲。

「鐵向吸鐵石如是說：『我最恨你，你吸我，卻又不夠強烈得使我附着於你。』」（尼采：「查拉杜斯屈拉如是說」）

心不是蘋果，不是可以隨便分割的。人生再沒有比愛情的三翻四覆更令人苦惱。但，人的情操是那麼變幻無常，很少人能夠把最初一次的戀愛作為最末一次的戀愛。戀愛免不了要失敗，而正當戀愛熱烈的時候，又誰都不會作失敗的打算。惟其如此，當一朝發現愛人的不被愛，被愛的不愛人的時候，縱然這分離的意念起自一方，也不能不使雙方都感受痛苦。

即使是愛而又被愛罷，卻也遲早有彼此分離的一天。為貧窮，為辛酸的家累，為強迫的勞役，為爭取光明而受着痛苦，兩顆互相熱愛着的靈魂時常不能在一塊兒生活，學習，工作，偏偏免不了死別生離，甚至連給他（她）在患難中的另一半靈魂以慰藉的機會也沒有。「塵世中的苦難是一個人幾乎永遠沒有一個伴侶……當他有運氣認識了一顆友愛的心，嘗到了無限制的完全的親蜜，嘗到了最神聖的歡樂，這是很少人所能享受的歡樂……但這樁幸福是那麼美妙，以致一個人一旦把它失掉了時簡直不能再活下去。它在不知不覺中充滿了人生，它一走人生就空虛了。那時所喪失的不單是所愛的人，並且是一切愛的意義，一切曾經愛的意義……」（羅曼羅蘭）

因此，就是最好的愛情之杯中也盛着苦酒。對於一般溫柔而又怯弱的靈魂，最不幸的莫如嘗到一次最大的幸福，當他嘗到幸福的時候，就已經支付出失去它的代價了。

在這個使人感到窒息的世界裏，崇高的愛情多半是痛苦的，但，只要有一雙忠實的眼睛和我們一同哭泣的時候，那麼我們的受苦毋寧是值得欣幸而毫無可悲傷的事情了罷。

最後，必須瞭解，失掉了愛情並不等於失去了一切。「人間的愛情，只有真理的愛情不三翻四覆，唯一的持久的幸福就是耐下心熱烈地追求真理……」（羅曼羅蘭）有一天，你會愛到你們自己以外去，你會愛人而不求被愛，世人拒絕給你愛情，而你卻自己創造愛情，好給與世人。你會願意生活在大多數人的心中，而不願意生活在一個人的懷抱裏。那時，你就會真正懂得愛的意義，而你的偉大的人類愛也將會在絕望的人世間得到永生吧！

署名秋雲，選自一九四六年六月十日香港《青年知識》新二號

皮球、坦克和小螺絲釘——青年生活諸問題之二

「做人難，不在水，不在山，只在人情反覆間。」詩人白居易也曾寫過這樣的句子。做人委實是艱難的，為了生存和溫飽，時常免不了欺騙別人，更時常免不了屈辱自己。當今的世界，是一個可怕的世界。詩、藝術、愛情、個性與及人類一切崇高的美德已毫無保留地給私有制度的機械輪齒所輾碎了。剩下來的只有自私的，貪婪的巧取豪奪的慾望。人與人之間，不僅是隔着一堵牢不可破的高牆，而且存在着一種爾虞我詐的仇恨和敵愾。

當一個少年人離開了家庭的哺育，第一次踏進了社會的門檻的時候，他將在所遇到的許多陌生的眼睛裡發現了那種他從來不曾見過的可怕的光芒。他們想吞噬了他，俘虜了他，融解了他，要使他的人性墮落為獸性，要給他的生命蒙上一層污穢的色彩，好讓他變成他們當中的一個，又

以同樣的圈套投給後來者。

我們常常聽到有些自命為深通世故的聰明人勸告青年人說：人生在世，應該做一個堅韌的皮球。面面俱圓，頭頭是道，挨打挨踢，全不在乎。遇到石頭，可以跳過去；遇到荊棘，可以滾過去；遇到水流，可以浮過去。碰來碰去，總不至於頭破血流，於人無「損」，於己有「益」。這就是說，做人並不難，第一要圓滑，第二要容忍，就無往而不利了。這種「皮球人生觀」，在中產階級的知識青年羣中，是有很大的影響的。尤其在「萬方多難，生活迫人凶」的今天，它更容易毒害青年的心靈，腐蝕青年的意志。而一切投機主義，市儈主義和投降主義（對舊社會和惡勢力投降）的產生，也就是這種「皮球人生觀」發展的後果。所謂「於人無損」，只是一句漂亮話而已。

我們又常常聽到一些身居高位的大人先生勗勉青年（多半是他們的子弟或是很有關係的親友）說：人生在世，應該做一輛強有力的坦克。不管一切，拚命的向上爬。壓死了人，你不妨當他是螞蟻；壓塌了屋，你不妨當牠是土堆。反正世界就是那麼一回事：你不壓迫人，人家就要壓迫你；你不剝削人，人家就要剝削你；你不損害人，人家就要損害你。說甚麼「正義感」「同情心」，都不過是「書生之見，婦人之仁」罷了。這種「坦克人生觀」充份代表一種法西斯主義的思想，就是要鼓勵青年人努力爬，爬到奴隸總管的地位，以鳴鞭為唯一偉業，把人民大眾踐踏在腳下，來維持少數特權階級的統治。

上述這兩種人生觀的產生都不是偶然。中國原是不「把人當作人」的地方，至少可以說，不把要人，猛人，闊人以外的人當作人。雖然馮玉祥將軍也曾說：「做『人』最可貴」。但我們在芸芸眾生中，所能發現的真正的人却是那麼稀少，有權利做人的人多半不願意做人，願意做人的人却消失了做人的權利。古語說，「君子為猿鶴，小人作蟲沙」，想不到時至今日，却是「強者為坦克，弱者作皮球」了。

○ ○ ○

「皮球」和「坦克」都算不得是人，不願意做「皮球」和「坦克」的青年人總還會有的罷。那麼，我希望他們决心去做「小螺絲釘」。

甚麼是「小螺絲釘」呢？在這裏，所謂「小螺絲釘」就是指那些埋頭苦幹，切實地為民主和平而奮鬥，為人民服務，不把個人的功名利祿放在心上的人。他不像「皮球」，他不是跳動無常，可左可右，而是堅决執着，「鍥而不舍」的。他不像「坦克」，他不會向上爬，只會向下鑽，愈受壓力，則鑽得愈深，愈受打擊，則鑽得愈牢。不但「皮球」不能誘惑到他，就是「坦克」對於他也毫無辦法。因為他不露鋒芒，韌性地戰鬥，深入地工作，决不是一些外來的影響所能動搖的。

史大林也曾在莫斯科勝利檢閱者的宴席上對於這些「小螺絲釘」們推崇備致：

「……我要舉杯祝那些下級沒有醒目頭銜的人們健康。祝那些在偉大國家機構中被視為『小螺絲釘』的人們健康。沒有他們，我們大家——元帥和前綫軍隊指揮官——不客氣地說，就毫無價值了。一些『小螺絲釘』壞了，整個事情也就糟了。我舉杯祝福樸素平凡謙遜的人們，祝福那些在科學經濟軍事各部門中維持我們偉大的國家生產的『小螺絲釘』，他們有千千萬萬，他們都是謙遜的人們，沒有人記述他們。他們沒有頭銜，他們的職位很低。然而他們是支持我們正如地基支持屋頂一樣的人們，我舉杯祝賀這些人們，我們應當尊敬他們在愛國戰爭中曾貢獻了偉大的力量。」

當然，在我們的國度裏，『小螺絲釘』是絕對不會得到這樣崇高的評價的。它們發着霉，長着銹，甚至給某些憎恨它們的人拔出來扔在垃圾堆裡，扔在死水裡。但，唯其如此，我們——決心為真理而獻身的青年更要耐下心去做「小螺絲釘」，鑽到地下去，鑽到人民裏面去。這種「小螺絲釘」愈多則新社會的創設基礎愈鞏固，而高高的在上的寶座也愈快動搖了。

「讓陽光照耀着別人罷，在我們陰黯的生活中，自有着我們自己的幸福和驕傲」。（屠格涅夫：「前夜」）只有甘願做「小螺絲釘」的人，才能體味到這句話的深意的。

署名秋雲，選自一九四六年七月十日香港《青年知識》新四號

「香港頭」的改造——青年生活諸問題之三

每逢到了夏季，許多愛好游泳的青年朋友都很容易患上一種叫做「香港脚」（Hong Kong foot）的皮膚病。這種皮膚病的細菌非常頑強。常常綿延幾個月都治不好，凡是患過這種毛病的人，沒有一個不「談虎色變」的。

「香港腳」固然可怕，但是我覺得「香港頭」比它更可怕。「香港腳」只令人受到一時的痛苦，「香港頭」却使人受到終身的拖累。

什麼是「香港頭」呢？很難下一個明確的定義。簡單的説，就是殖民地社會的生活和教育所培育出來的思想意識。這裏，作者得聲明一句，以免香港的青年以為我故意挖苦他們，事實上「香港頭」這種流行病，正如「香港腳」一樣，並不是為香港人所獨有的，它已傳佈到華僑社會的每一個角落，如果我們不設法預防它，恐怕千百萬的華僑子弟都將會變成它的犧牲品了。

先説病源。

華僑青年本來是中國人，但生長在殖民地社會裏。他們一方面背負着封建意識因襲的重担，另一方面又受着外族統治者奴化教育的薰陶。他們既否定了中國士大夫階層的固有道德（如信義，節操，廉恥之類），認為迂闊而不合時宜，但又接受不了歐美資本主義的民主精神（縱使是舊式的民主），連吸呼一下自由平等空氣的機會也沒有（因為這些只是主子們的專利品）。同時，如所週知，殖民地社會是一個生存鬥爭激烈到極點的地方，為了尋求自己的溫飽和享受，就往往免不了要欺騙別人，損害別人，把別人的痛苦舖成走向自己幸福的道路。人與人之間，只有對立，沒有互助，只有利害的結合，沒有道義的友誼。這樣的社會環境，正是培育「香港頭」細菌的最好塲所。

再談病徵。

「香港頭」的第一種病徵就是極端的市儈主義。市儈主義的唯一信條就是利己。只要對自己有利的，就什麼都做，反之，只要對自己不利的，就什麼都不做。說句笑話，這種人真是楊朱先生的信徒，就是「拔一毛而利天下」也不肯答應的，為了達到利己的目的，當然不擇手段，對有錢有勢的權貴不惜脅肩諂笑，奴顏婢膝，對比自己低下的人就馬上作威作福，怒目橫眉，有時候，他們甚至帶上慈善、人道等假面具，來進行狗苟蠅營的勾當，並且還以「聰明人」自居，絲毫不感到羞愧。從他們看來，甚麼「同情心」、「正義感」、「反抗強暴」、「哀憐弱小」，都不過是傻子字典中特有的名詞。人生在世，「無毒不丈夫」，「見死不救」，是理所當然，如果有便宜可佔，更不妨「落井下石」了。

「香港頭」的第二種病徵是狹隘無聊的生活圈子。除了個人（至多加上直系的親屬）的吃喝享樂之外，他們簡直對世界上任何事物都漠不關心。我們只要接近一下那些地道的有閑階級，就可以知道看電影買不到票，喝下午茶定不到座，搓麻將時三缺一，對于他們是多麼嚴重的問題了。甚至作為知識青年的男女學生，他（她）們燙髮時少捲一個波，穿西裝時少結一條領帶，就看得比祖國發生內戰還要傷心。雖然在報紙上，他們也會偶然看到，在山的那邊，海的那邊，爆炸和流血是日常的節目，千萬人走向死亡（其中或許也有他們的親戚和朋友）……但，這一切都好像是另一個世界傳來的神話似的，他們根本很少想到而加以溫情的懷念。莊子說：「哀莫大於心死」，他們的心實際上早已經死去了。

「香港頭」的第三個病徵是儇薄輕浮的卑下情操。正如尼采所說：「女人是我們的一面鏡子」，要看這些「洋場惡少」的嘴臉，只消看看他們對待女人的態度就無所遁形了。記得有一次，我坐公共汽車到郊外旅行，同車的是一羣二十歲上下的青年學生。汽車在一個中途站停了幾分鐘，忽然來了一個乞婦沿着車窗求乞。這羣小夥子找到開玩笑的對象，可樂開了。他們猥褻地嘲笑每一個同伴，說這個乞婦看中了他。幾乎用盡了一切淫蕩的名詞來暗示着描畫着男女間的關係。我並不怪異於他們的粗鄙（這對於僞善的知識份子，毋寧是一種坦白的表現）。却怪異於他們為甚麼這樣缺乏人性？後來我和這些「惡少」們接觸得多了，才發現這倒是他們典型的一貫的作風，無論對女招待，對舞女，以至對自己的女同事和女朋友，都沒有甚麼不同，至多在表現的方式上，有時也許會隨着對方身份的差異而變些花樣罷了。

清代詩人龔定庵曾寫過：「偶逢錦瑟佳人問，便說尋春為汝歸。」被王國維罵他「儇薄無行，形諸紙筆」，用近代語來說，就是罵他缺乏深厚的崇高的感情，以玩弄女性欺騙女性為有趣。如若王老先生看到今天一般都市慘綠少年的行為，他可不知道憤恨到甚麼程度了。

「香港頭」的第四種病徵是民族自尊心的喪失。即使在日常生活裏面，這一點也表現得特別顯著。例如他們非西餐不高興吃，非洋歌不高興唱，非歐美的片子不高興看，非外國的雜誌不高興讀，甚至和朋友談話也非插入幾句洋涇濱英文不可，似乎恨不得生生世世，都生作美國的子民。魯迅先生曾把這種人的嘴臉稱為「西崽相」。這種人的特點大概是這樣的：「第一，他們是常以了解西洋人自誇，西洋人待他們也很客氣。第二，他們往往贊成西洋人（也就是他們的東家）統治中國，因為中國人是豬玀。第三，他們最反對中國人懷恨西洋人，抱不平，從他們看來，這是危險思想。」（見「論花邊文學」）

「香港頭」的患者包括着各式各樣的人物——洋場惡少，文壇流氓，買辦走卒，媚外官僚……他們散佈在社會的各個角落，政界，商界，學界，以至三教九流每一處都有他們的足跡。他們的行徑可以用四句話來概括：恃洋人勢，發投機財，吃白相飯，講游擊愛。

「香港頭」的細菌和「香港腳」的細菌一樣的頑強，因此，要消滅它們，可不是一件輕而易舉的工作。醫治「香港腳」的方法只有用加波力酸或灰錳養的溶液來慢慢的浸它，同樣地，醫治「香港頭」也只有用「慢慢浸」的辦法。

如果你有一個朋友患了「香港頭」的時候，你疾言厲色批評他是不會發生效力的，搬理論來壓倒他也不會發生效力的。最好還是先投其所好，和他討論一些切身問題（如戀愛問題，職業問題，家庭問題，娛樂問題等），幫助他處理日常生活，恢復他的「人性」，壓抑他的「魔道」。他要佔便宜的時候不妨讓他佔點小便宜，但事後却必須很技巧地教育他説服他，使他感到慚愧，可是不要給他過份丟臉。

這樣的教育必須有耐性，有恒心，千萬不要操之過急。你不能希望一個永遠以個人為中心的人，念頭一轉，就會把他的喜樂和哀愁完全寄托在大眾的命運之上。一切都要為他設身處地打算，向他指出做人的道理應該是自己要活，也要讓別人活，如果自己要活，不讓別人活，結果就連自己也活不成的。至於國家民族等大問題，初時還是少提為妙，不然一下子嚇走了他，他就會永遠對你「敬而遠之」了。

此外，在技術的學習上（如打字，駕駛汽車，説英語之類），這些「香港頭」多半是有點兒小聰明。那麼，你就不妨稱讚他的優點和特長，鼓勵他對正當事業發生興趣，減小他投機取巧的野心。

一位英國詩人說：「如果在一生當中，我曾經捧過一匹墮地的雛鳥回巢，我就不枉此生了。」何況改造一個「香港頭」（拯救一個墮落的靈魂），其功德之大，自非捧一匹雛鳥回巢可比。我們祈望着每一個自覺的進步的華僑青年，都以「香港頭」的醫生自居。

署名秋雲，選自一九四六年九月二十五日香港《青年知識》新九號

穆何之

談吃蛇貓之類——北方人聽了毛骨悚然

北方人是不吃蛙蛇狗貓等奇奇怪怪的東西的，前時住在北方聽說廣東人以蛇貓為珍品，以蛙狗為通食，過了幾天都有毛骨悚然的不舒服之感。

由於日本的炮火，逼我步步南移，於今留居廣東轉眼即將十載了，以前聽了當做神仙故事的怪事，如今都得以實地目睹了，尤其是吃貓蛇之類，已經是不覺以為怪了，雖然我依舊不敢嘗試。

港陷前我在某機關任職，每屆涼秋假日，同事們便以醵資迎神似的熱情，計劃着請廚師，租廳房，購蛇買貓，大辦「劏蛇」，我自然也要參與一份的，可是始終不敢舉箸。

港陷後，逃難內地，在南路一帶任教，初至化縣服務某校時，校長請「吃蛇」，我照舊望望然，不敢試。那知那所中學校校長是饕餮家，專門研究吃，因之三日一劏狗，五日一劏貓，那裏是鄉間地方，隨時有鄉人捉來山貓、野狸、蟒蛇、甲魚來求售，每次總是校長買下一快朵頤。

對於我這個方外人，既不敢嘗試，又不領受他們的盛情美意，他們總認為是最掃興的事，幾次的暗試，鼓勵，說服，至終無效。我認為在吃食上更需要民主，強迫不得的，尤當對吃某種東西先要養成習慣。就如對於那些奇奇怪怪的東西若老鼠、貓、蟒蛇……沒有胆量又沒有習慣的人，是絕難有勇氣吞下口的，有許多廣東人吃的東西實在令人看了可怕，一次在化縣鄉下看見學生們買了﹝體﹞白而胖圓的大蟲子，一隻隻地用滾水浸過後，而炒來吃，據稱這叫「肥仔蟲」，味道最香，這在北方人的眼裏簡直是不能相信。

一次打死了一隻老鼠，我吩咐校工在野地中挖坑埋了，那知校工很快就走回來，我迫問他，他說：「拿去劏了，做羹吃！」我許久不敢嚥下口中的唾液。

吃法之奇的莫如一次我親眼看見一個同事，剛同鄉人辦好了交易，付了錢買了蛇，於是就用瓦片，在吊着蛇的下部割了一條細縫，就津津有味地用口吸吮起來，據說吸蛇的血比吃肉更「有補」，不過有人警告說：「小心，不要吮出尿來！」

有許多奇奇怪怪的吃，吃炒蜂子，炒蠶蛹，還有一位同事專買羊胎貓胎吃，說這最有補。有許多時候，我看了真要閉上眼睛。

我是連蛙也不敢吃的，有一次朋友請吃飯，預先也沒有說明菜中有蛙，等到吃完後，才告訴我，沒有法子，只得將他所請的嘉餚旨酒，一股腦嘔出還他。其實講到吃蛙，北方人也有吃的，若是論其來源之古，也是頗有淵源的，按東方朔諫武帝除上林苑書文有句：「南山天下之阻也，其地從汧隴以東，商雒以西，厥壤肥饒，土宜薑芋，水多䵷魚。」注䵷即蛙字，可見以蛙為魚而食用之，北方人也是有的。韓文公答柳柳州食蝦蟆詩云：「余初不下喉，近亦能稍稍，常懼染蠻夷，失平生好樂，而君復何為，甘食比豢豹，獵較務從俗，全身斯為孝」，可見北方人吃蛙，雖是由來已古，可是後來還是中絕，韓柳南謫才稍稍吃用，但已經視為了不得的大事了。

當年荒歲饉的時候，飢民吃了絕不能夠吃的如觀音粉、樹皮、馬糞、石粉之類，那理由很簡單，為的是苟延活命。至於平時，為甚麼人們愛吃這些奇物呢，理由也不難找出來，尤其是在廣東人之間，唯一的原因是要「補」。例如廣東人嗜於飲的三蛇酒，就是正是這個理由的兑現，三種蛇中有一種蛇可以在樹梢飛行的，一種是可以在半空間直立的，更有一種善於在地面上爬行的，這三種蛇各有它的特能，因之人們相信善於在樹梢飛行的蛇一定有頭力，可以補腦，能空中直立的蛇，一定有腰力，因之可以補腰、背、腎，善於地面馳走的蛇，一定有力，可以補腿脚，所以用這三種蛇釀成的酒，一定大補全身，這是廣東人補的哲學，是支配廣東人專門吃奇類怪物的原動力。北方人不講究補，所以對於奇類怪物，總是拒絕避免的，南北之不同，這又是一個分明的特點。

選自一九四六年六月十八日香港《工商日報・市聲》

衝鋒章

如果說世界的和平靠原子彈，中華建國靠坦克，那麼我們香港的交通就靠衝鋒了。

這真是動人心絃的一幕，當天星小輪尚在海心的時候，乘客們早就起了騷動，這是衝鋒的前奏，——擠。這裏沒有所謂客氣、高雅、謙遜、退讓，誰客氣，誰倒霉，誰謙讓，誰吃虧，這是存在每個男女搭客心中的一句金言：「讓客氣的人永遠站在馬路上！」若是你不想如此的話，只有也磨拳擦掌地向輪渡的門口投進去，擠進去，佔一個「橋頭陣地！」

衝鋒的景象洵屬奇觀，輪渡的橋還沒有放穩，男女好漢便一擁而出，毛腿與玉腿齊飛，大漢與嬌娘同搶，這是女權不讓人，蛾眉爭顏色的大平等相，泰山崩於前，疾雷破柱也沒有這個場景的動人心魄。我真佩服那些紳士嬌娘們起步迅速，衝刺的有力，這若不是出自美國春田大學徑賽名師的指導，就該歸之於甚麼殺人王的矮仔用鞭子訓練出來的，我希望港府長此好意地繼續訓練下去，將來世界的百米紀錄不難由我「香港仔」、「香港女」創造出來，謹先馨香禱祝。

衝出碼頭的下一個行動，就是巴士下的肉搏，玉臂、粉頸、嬌軀、筍指，到此一概貶值，粗毛手可以抓上玉搔頭，臭汗肩可以和櫻唇吻。衝、擠、推、搶……各樣戰術齊來，爭奇鬥勝，各人用盡八寶，結果勝者上車，敗者留在站台上望車興嘆！達爾文氏的「優勝劣敗物競天擇說」若不是在一百年前發明了，老穆如今不也是物種由來的名學者了嗎？在這殺氣騰騰的千軍萬馬中有人傑焉，那就是拿竇子當門用，抄了小路的黑膠綢好漢，他們總是各個場境中的撈家，當你用盡了衝、撥、推、擠的戰術，戰出重圍，殺出核心，滾進巴士的時候，可是那些撈家早已安踞頭排，坐滿長凳，這時也不必灰心，「比上不足，比下有餘」，看了車外作肉搏死鬥的男女們，（ ）作一團，勝負不分，嬌的喘，粗的喊，這時掏出手巾拭拭血跡——臭汗，反倒有些悠然之感。也許有個世故頗深的鄰居，搖搖頭長嘆一聲：「這不是坐車，這是做戰！」聽的人們只是笑一笑，點點頭，表示：「我們是幸運兒，無論如何我們搶上了車，讓那些可憐的弱者們留在馬路上罷！」

上車如此，下車也要如此，上車時是和下車的人們搶，下車時却是和上車的新客爭。衝鋒雖暫時不用，可是前時的擠、撥、推、搶、照舊需要，否則就被塞在新客中，原車送回碼頭，這種晦氣是不下於出嫁姑娘原轎送回娘家的！於是只有出盡死力——擠。

我勝利後初到香港時體重一百十二磅，如今雖然吃了五個多月的公價米麵、牛肉、羊腸，可是體重却減了六磅多，也見過醫生，據檢查也沒有甚麼不妥，我狐疑了許多天：「何以體重總是減下去呢？」有一次早晨，在我搭車去香港上班費盡九牛之力，殺出重圍，滾上巴士的時候，悠然自慶之餘，我感到全身疲累，目眩耳鳴，四肢無力，於此我察到了體重日減的原因（。）我每天早晚來去總須衝鋒六次，我頗懷疑若是天天如此衝下去，小命也就算交代了。

一個住在穗市的友人想嘗試省城記者的雅興，要拜訪港市，我回覆他的信是這樣寫的：「港島雖可遊，但須練就一副足球隊前鋒之身手，銅頭鐵臂、飛毛腿，否則於搶船搶車之衝鋒肉搏中不免有掛彩敗下陣來之悲，吾兄如攜備比劍鬥拳用之護胸、護膝、腿甲、皮手套等，則大佳矣。」那個友人接了我的信後，連回信的勇氣都消失了，他那裏有「觀光上國」的資格！

我倒還可聊以自慰：「我仍是每天六次衝鋒的英雄！」

選自一九四六年七月二十九日香港《工商日報・市聲》

北平的胡同

北平古城確是個好地方，凡是住過古城的人，就算他是冷心腸的人，也不會忘懷了這塊瑰麗古香古色的大都，北平有四季開不完的花朵，有成年不褪色的藍天，有你總看不盡的笑臉，又有總走不完的胡同，提起古城的胡同，我真有些悠悠然了。

古城街道的方向，大都是方方正正，經緯交縱，十分整齊，初到此地的人，決不會有迷失方向之苦，這是古城的特色，同時古城在街道之外，還有叫做「胡同」的一種玩意，這又是古城所獨具的。

古城的胡同，確是另有天地，通常胡同都是較僻靜的去處，路面既窄狹，門口又多，那正是人口龐雜的地方，可是古城的胡同，却一點也找不出它的雜亂狹隘，侷促的地方來，反而每一條胡同，每一個門口裏，都是別具天地的小世界，「柳桃、涼棚兒、金魚缸」這是胡同裏家家所不能少的點綴，至於小庭珠簾，青苔掩徑，綠柳倒垂，芳草迷人，這又全然是一幅宋人的有村野風味的深閨圖，北平的胡同就是具備了這兩種情味，一是村野味，一是華貴，這兩者本不能相容的，但在古城的胡同中，却融為一幅極調和的畫圖，這也正是古城人的生活啊。

你聽過有這樣的街道名麼？臊達子胡同、褲子胡同、猪尾巴胡同、胳膊胡同、魚眼兒胡同、燒餅胡同、耳朵眼胡同、……真是鳥獸蟲魚，花草，身體，五官甚麼都搜集來了，古城胡同的取名，真可算是三教九流，牛馬鬼神，無一不備了。

如果翻翻歷史，再逛逛這些名目離奇的胡同，更會叫你忘寢忘食，例如庚子崇信義和拳的大學士徐桐，他就在東交民巷左近，他是仇視洋人的，因之在他的院子裏有這樣的楹聯：「望洋興嘆，與鬼為鄰。」又在民初謀復辟的張大辮子就是住在永康胡同，清代大劇作家李笠翁住在弓弦胡同，民初，段祺瑞的執政府，在雞爪胡同，禍國的軍閥張宗昌住過石老娘胡同……你真可以一面逛着胡同，一面溫習近百年來的歷史。

古城裏雅士多，關心世道人心的書生們，看了這些牛馬鬼神的名字，真有些不舒服，於是大手筆來了，牛馬鬼神的名字，一經潤飾，也倒變成了古香古色，就如魚眼兒胡同改成魚雁胡同，張禿子胡同，改為長圖治胡同，苦水井改為福綏境，褲子改為庫司，狗尾巴改為高義伯，悶葫蘆罐兒胡同改為蒙福祿館胡同，燒餅胡同改為壽瓶胡同……古城的雅士們倒有閒心情。

不過，古城的胡同也有極富於詩意的，就如八大埠中的「寒葭潭」，正陽門外的「蘆草園」，西直門裏的「百花深處」，古城的文化街「楊梅竹斜街」「櫻桃斜街」，德勝門內的「什剎海」等，都是字面華美，又別具詩意的好名字，寫到這裏，憶起前時在古城時候，朋友間總好講的一句話：「老穆！走啊，逛胡同去！」什麼時候再享此清靜悠然之福呢？

選自一九四七年八月二十九日香港《工商日報·市聲》

故都的酒肆

古城不止是詩人雅士之樂土，也是醉人的天堂，喝酒的好地方。

當住在北平的時候，常好約了三五友人，走到本地人所謂「大酒缸」的舖子，就坐在酒缸的周圍，以酒缸為食桌，上面擺好碗筷、酒碗、酒菜，慢慢靜飲，這些賣酒的舖子，都是臨街的，一面賣酒，另外還有下酒的鹹蛋、花生、核桃、蜜棗、山查鴨蛋、酥魚之類，在此靜飲，確有身在鬧市而心在江湖之樂。

假如找僻靜去處，傍水臨池，一塵不染的小飲處，在古城更是既容易而又風雅的事，像我住在德由口袋胡同時候，我總好到後門大街有一個名叫做「楊小樓」的小酒館去獨自靜飲，那個小樓正是靠近什剎海，樓就建在海子傍，四面有窗子，扶窗下望，綠波鱗鱗，游萍點點，荷香柳影，至足撩人，酒盌在手，真不知身在人海。

古城居民特別講究喝茶，但他們對於酒的趣味也不下於品茶的，就以賣酒的酒肆而言，就按品分類的有三種，一種是叫做「南酒店」的，顧名思義這是帶有南方情趣的飲酒去處，所賣的酒都是南方產的女貞、花雕、紹興、茅台、竹葉青之類，同時賣酒的舖子也就備有下酒的肴品，像火腿、糟魚、燻魚、松花、蜜糕之屬，這類的酒肆，陳設都很雅致，可以說是較為講究的飲酒去處。

再有一種是山東人開設的「京酒莊」，專賣雪酒、洓酒、木瓜、乾榨之類的北國酒品，所謂乾榨是出自良鄉的一種酒，衹能在冬月釀造，一入春就變酸，煮了之後就成乾榨，這類的酒莊，也備有下酒物的，像肉乾、鹹蛋、五香花生、核桃、榛仁、山查、蜜棗、鴨蛋、酥魚等，都可按值取索，在夏天，這樣酒莊特別備有應時的酒菜，那就是鮮蓮藕、菱角、杏仁、核桃，用冰拌起來，本地人叫做「冰盌」，確是特具風味的一種佐酒物。

另有一種藥酒店，專售用花菓之類蒸成的燒酒，製品名目極多，像玫瑰露、茵陳露、蘋果露、山查露、葡萄露、五加皮、蓮花白之類，他們的手法極好，幾乎凡是花菓都可以取來蒸酒，這樣的舖子純以售酒為業，並不備有肴品，所以愛飲這一類花菓酒的，只好買來之後另找去處慢酌。

在京酒莊的規矩是以盌為單位，有的是以杯為單位，盌的容量大約有四兩，杯的容量約有二兩，一跨進了酒莊衹消喊一聲：「夥計，來一個！」於是香氣醉人的酒便陳在眼前了。

我常想在這個亂世，何處去尋羲皇上人？只有古城的京酒莊裏，或是北平的水湄塘邊的舊式小酒樓上，在那裏，總可以找到富貴浮雲，忘世忘我的無憂客！我還記得一間小酒樓的楹聯：「四座了無塵事在，八窓都為酒人開。」呵，在這亂世，能悠然飲上三五杯的人是有福了！我想念故都的酒缸！

選自一九四七年八月三十日香港《工商日報・市聲》

佚名

南京屠殺漏網記——「戰時的驚險遭遇」當選徵文第二篇

下面的記述，在我已有隔世之感了。

我是南京日軍殺人競賽慘劇的漏網者之一，我身受過大屠殺的威脅；並且目覩屠殺的進行。還被強迫把被殺害者的屍體拋進池塘裏去。

中華民國二十六年十二月十二日南京失陷，當天我從城北的民生旅店遷到新住宅區大方巷一間忘記了門牌的煤炭店內。我原是一個後勤工作的軍人，部隊在雨花台作戰，師司令部的首腦已經渡江，後勤人員得到撤退的命令已太遲，結果被〔困〕在城裏。十三日清晨，第一輛乘脚踏車的日軍到了大方巷口，跟着就佈下崗位。老百姓當初是關門不敢外出，後來胆子壯了一點就半開門伸出半個頭來張望，看看沒有動靜就走出來。我也更換了便服走出來，民眾觀看展覽品似的去看站崗的日本兵，因為那個兵樣貌並不兇惡。那個兵也向民眾開玩笑，他舉起上了刺刀的槍瞄準羣眾，羣眾就四處狂跑，但他並不射擊。這一天上午很平安地過去，晚上，零亂的槍聲終夜不停，在屋裏的人不知道外面出了什麼事，但到後來，輪到左鄰右里的親朋領受這種槍聲的滋味時才感到恐怖。原來是日軍在分區執行屠殺我無辜的民眾，日軍把一切成年的壯丁，都當作不穩份子。南京的及齡壯丁，是受過國民兵的訓練的，日軍把國民兵都當作將殺的對象。自然，有不少也免受殘殺，那就算是他們的幸運。

十四日上午八時，大方巷整條街的住戶〔都〕被哭聲震撼着，日軍叫開了各家的門，把每一家的男子都拖出去。我自然不能避免。自份必死，也想不起要留下什麼遺囑；一出門口，看見大方巷面前的一片菜地上已集合了幾百個被拖出來的男子，而他們的家人們則被日兵用槍刺指着，不許越過馬路。我被趕到了這一羣待刑的人羣之中，我迴顧各家門口擠滿了婦孺。他們哭着鬧着，也有和日兵爭執的，也有跪地叩頭求饒釋放她們的親人的。我又迴顧我的同伴們，他們多數是老百姓，少數一眼就看出是軍人，他們化妝的太倉促，換了長衫却不曾換褲子，有的換了衣褲又不曾換鞋子，我自己的棉袍太寬，棉褲不曾紮腳帶，內衣是西式襯衫、口音又不是本地人，還不合該槍斃嗎？知道必死，也就一切坦然。婦人們的哭聲攪亂了我的心，有一兩個孩子竟從日軍的刺刀下（　）過來依傍他們的爸爸，這尤叫人心痛，我寧願早點死掉，也不願看這種悲慘殘酷的景象。

一輛軍車駛到了，跳下來十幾個士兵，參加進來監視我們。一個軍官站出來，指揮着士兵叫我們排好隊，然後他就嘰嘰咕咕講了一番話，有個日兵用普通中國話叫道：

「支那軍人的站出來！快快的！」

我們大家面面相覷。誰肯站出來？沒有一個。日兵們互相又嘰咕了一陣，然後其中一個大聲喊了一個口令：「立正！」

幾乎有一半以上的人都立正了。我不高興受這樣的可恥的指揮，死就死是了，立什麼他娘的正！

幾十個日兵就走過來，把那些立正的人轉過背，背部統統對着日兵，而那些不立正的人就一律叫出來，趕我們離開隊伍。我不曉得他們要怎麼幹。突然，那個日軍軍官的指揮刀一揮，幾十個日兵舉起了他們的步槍，指着那些背朝日兵的民眾開槍了！

槍聲，再次扳機上膛聲、哭聲、叫喊聲混成一片，我完全給驚呆了。對面的人（　）在持續的槍聲中，狼狽倒下來，有的企圖逃走，結果還是倒下來。屍體橫躺斜斜倒滿了一地，隔街的婦孺們幾乎統統跪下來了。

日軍官又嘰咕着，我心裏想：這回該輪到我們這一批了。我們的一羣人裏面，就有不少是軍官和士兵。一羣日兵握着上了刺刀的步槍，跑到我們的面前來，我想：好啦，時候到了！他們亂吼亂嚷，却不開槍，許久許久，我們才弄清楚日兵的意思，他們把我們驅到那堆死屍的旁邊，叫我們把屍首拖開，拋到前面的池塘裏去。這兩口池塘，是大方巷一帶老百姓洗菜洗馬桶的地方，家裏沒有廁所的人，就經常上這兒拉矢。現在，變成葬屍場了。我們被強迫着一人握屍腳，一人握屍手，搖兩搖就拋到池心去。大概半小時的時光，這工作才弄完畢。日軍然後又上車，到別的區域去了。這樣恐怖的集體屠殺，繼續了十天。

我那天疲倦地回來洗清了身手的血跡，永不能忘記的血跡，這是我們無辜的同胞們的血跡，這筆血債，一定要償還的！

大概一個月以後，兩口池塘的屍體陸續浮了上來。晚上，飢民們用竹竿把屍體〔鉤〕上岸，解開他們的衣服，把他們身上的金器，〔襪統〕裏包紮的紙幣瓜分了；然後，再湊錢買些紙錢燒化給他們。……祝他們的靈魂安息！

選自一九四六年七月八日香港《工商日報．市聲》

紅鷹

「強制歸鄉」歷險記——「戰時的驚險遭遇」當選徵文第四篇

一九四五年的初期，當日寇盤據香港的時候，曾一度實施「強制歸鄉運動」，每日由朝至晚，出動大幫警察，逢人便捉。有時，來得更厲害，出動那些大貨車，開到人多的地方，便停下來，把那處的人，亂推上車去了。

有一天，我因為有些要事，要跑到一位朋友那邊去，正在馬路上，剛巧那車來了，那時我想逃避，卻被那警察手急眼快，一手把我推上車去，待車載滿了，然後開行，直向西面進發，駛到了赤柱的難民收容所，方才停車，所有的人，被趕到那裏去，那夜，每人派了一個飯團。入夜，忽然來了四條大漢，下令各人高舉雙手，將各人身內搜索一遍，所有錢銀、文件等一物不留。

明日，就在那裏下船，下的一隻，是那時最通行的機動帆船，船開動了，我那裏曉得水路，自然不知船往那裏去，而在船裏的人，十分之九是在號咷大哭，我那時心裏，突起驚慌，面色變灰。到午後，就到一處荒地，聽説就是大嶼山，全船的人，都被趕上岸去，然後那帆船悠然地開走了。

那處沒有人跡，四周都是荒地，間有殘枯骨；在岸的人，有認識路徑的，就逃亡去了，不識路的，就坐在岸上號咷大哭，而我又什麼都不會，驚慌得只是發抖，冷汗不絕流着，自料此次不為猛獸所噬，一定就要餓斃的了，總之，是與此處之枯骨，同一命運，不要再想回到香港了。那時我全無知覺的，只在海邊四處游行，等待死期的來臨。

約過一時左右，忽見有一小艇到這裏來，我見了，腦裏頓時清醒了，連忙問他到香港港要多少錢，但他回答：「不到香港，因為我的船不能到香港的，我現在回到東莞去，你去不去？軍票二千元。」

那時候，我身裏一文錢也沒有，怎能去呢？忽然想起了東莞有一個舅父，到那邊後，可以求他的幫忙，於是就乘小艇出發。行至中途，遠望見一隻日本軍用的小船，迎面而來，那人見了大驚失色，叫了一聲「搜船了」。講完之後，連忙拿了一套漁人的衣服出來，叫我扮作漁人，又交一魚網給我，叫我在水裏捕魚，我問他為什麼，他不答。我不禁有點驚慌起來，不一刻，那船到了，一日人手執長槍，跳上船來，向四周搜了一下，復開了艙門，用刺刀向下亂刺一頓，然後走了去，我想：「假如那人叫我藏在那裏，今回變了肉塊了，眞險！」後來那人歎了一口氣，對我說「那個是來搜查偷渡的，如果搜着，你我也不得了，大家都要殺頭的。」我聽了，不禁冷汗重流，面色又變了。

幾日後，到了東莞，叫舅父替我付了〔船費〕，就在東莞裏住着，直到勝利。

選自一九四六年七月十一日香港《工商日報・市聲》

黃藥眠

海的懷念

你也曾在海邊聽過嗎？海，你一定是喜歡牠的，不是嗎？不知怎的，因為這幾年我老是在山國裏呆着，我越來越懷念牠了。

海，牠不像山一般這樣突兀不平，這樣紆迴曲折，這樣一層高一層君臨在人們的頭上，牠是平坦的，廣闊而自由的，牠單純，同時又美麗。

但你如果說牠是單調，那是錯了。牠的變幻才多呢。牠一時沉靜得像處女一樣，但一時發起怒來，却又像千軍萬馬般在奔騰在咆哮，連山都要為牠戰慄；一時牠懶起來，用霧蒙着臉，不願見人，但一時高興，牠又在燦爛的陽光裡跳起舞來了。

你如果是在海濱長大的，你一定也有過這樣的經驗罷：在夕陽西下的時候，潮水才退，海和天都漲紅着臉醉了，那時候，你的母親，或者哥哥和姐姐挽着籮筐在海濱捕捉魚蝦，而你却在海邊撿拾着貝殼，玩弄奇形怪狀的，五顏六色的小石塊。有時你看見海波在沙灘上舔着舔着，喃喃自語的神氣，你就會覺得牠活像一個懨懨欲睡的老太婆在說着夢話，於是你用手去撩牠，去拍打牠，但牠一點也不生氣，反而嘩啦嘩啦地笑了。但天慢慢的黑起來，海也漸漸變得可怕。於是你牽着母親的衣裙回去。在家爐火熒熒，窗子已被關閉起來了，家裏的人一面說着剛才拾來的魚蝦，喝着一杯二杯黃酒，一面談着許多許多海的故事。當你漸漸感到疲倦，而伏在祖母或母親的膝上朦朧朧的似睡非睡的時候，你的耳邊，時常是那一股遼遠而隱約的海潮的聲音，間雜着家裏的人説着故事的聲音。然而不久你也就在這糢糢糊糊的聲音中睡着了。等到後來，二十年三十年，你再回到你的老家，祖母和母親是去世了，廬舍也給風雨剝蝕得更灰黯了，可是室內的熒熒的爐火還是和過去一樣，一盞燈寂寞地照在四壁；在這時候，你回想到兒童時候的情景，聽着那遠處的海潮呼嘯的聲音，你就會彷彿覺得，那敘述着海的故事的人，不是你的祖母或是母親，而正是海自己啊！正是牠，在喃喃的重複着牠自己的經歷和故事呀！

自然，在海邊生長的孩子，到了長大以後，也是海把他送到遠方去的。海，把我和我所熟知的或不熟知的地方隔遠了，然而海，常常又召喚着我對於遠方的憧憬和懷念。

所以當我在外面飄泊的時候，只要有機會，我就喜歡到海邊去逛。我喜歡面對着海沉思。我凝視着一艘艘的船，漸漸駛到遠處，漸漸變成海天盡處一個灰色的小點，一直到最後甚麼也看不見；於是我心裡會想，那些船是到什麼地方去的呢？但不一會在那甚麼也看不見的海天的裂縫中間，我又看見一點什麼東西了，慢慢的這些東西擴大起來，漸漸的變成一條船，漸漸的走近岸邊使我看得見那些船上的人物的來往，於是我心裡想，這些船是從什麼地方來的呢？可不是嗎？海簡直像魔鬼的鏡子，一切東西可以從牠裡面隱沒，又可以從牠裏面出來。那是多麼神秘啊！

你也許有過同樣的經驗吧，當你坐在海濱的時候，你看見一輪快要落下去的紅日，或看到孤懸在水平線上的一朵瑪瑙色的雲，或看到刺破了一重紅霧的銀色的小星，你一定會依着方向的指示，遙想到那銀色的小星下的情人或所歡，遙想到那輪紅日下面的舊遊勝地，或連想到那從來也沒有去過，而只在圖書上看見過的什麼遠方的奇異而又美麗的去處。可不是嗎？海是多情的，牠最喜歡把你的情思，你的想像牽引到最遼遠的地方。

我又記起我和海相會的最後一晚了。那是在香港的淺水灣。正如我要去會一個情人，所以我是一個人悄悄地去的。

我走到麗都浴場的樓上。樂壇上天鵝絨的黑幕沉重地垂着，彈奏的人似乎也因人少而感到疲倦了。每一張小桌上都垂着紅綢的小燈，只有幾對情人在燈前細語，那時屋外海風相當大，銀色的月亮迷住了星星的視綫。我諦視着室內周圍牆上畫的銀色的人魚，那風捲起來的浪花，還有許多睡在浪花裡面，或舞弄地跳躍在浪花裡面的少女，和她們飄在海波上的頭髮。於是我自己也就彷彿戲弄在這海潮風沫中間了。樂壇上的音樂正是人魚的夜歌。

但過了一會，一切聲音又都停止了。我只聽見一片海潮的聲音。那聲音是何等複雜而渺茫啊！我好像聽見海邊許多魚蝦嗑水的聲音，飛魚展開翅膀，從這個浪尖飛到那個浪尖的聲音，聽見遠方棕櫚樹下土人們唱着情歌的聲音，聽見那永遠沉沒在海底下的水手們的埋怨的聲音，聽見什麼遠方海岸上思婦們為着遙遠的愛而歎息的聲音，聽見印度洋甲板上開着夜宴時，士女們衣裳磨擦的聲音；但最後我又好像重新聽見老人們在訴説着海的故事。我面前的咖啡的蒸汽正慢慢上騰，而我也好像在夢裏面傾聽着宇宙的最悠久的語言。

最後，樂壇上的彈奏人收場了，台上的燈光熄滅了。連那鄰座的叮嚀細語的最後一對情人也已走了。僕歐們收拾盤的響聲使我驚醒。這時壁上畫的銀色的人魚，和海波都被隱在暗處，但屋外的月色却照得格外通明。我向海招着手，歎息一聲走出了咖啡室。我覺得海是我所懷念、所戀慕、所憧憬的象徵，我恨不得把我心裡所感到的一切痛苦、酸辛、懊惱和悔恨，以至於快樂和歡欣都一齊向牠傾訴。——那次回到家裏，我還發了一次同海一樣寥闊和荒唐的夢想，但是自從那一次和牠相別以後，我就足足四年沒有看見海了；不過我相信牠還和以前一樣年輕吧，不是嗎？當我面向着小山夜望的時候，我這樣懷念。

選自一九四六年九月二十五日香港《青年知識》新九號

沒有眼淚的城市

這裏是一個美麗的城市。特別是在夜裏。假如你是從海上來的，老遠老遠你就望見那橫列在那水平線上，一顆顆連綴着的珠光。那是珍珠之城呀，人們會這樣説。假如你是乘飛機來的，一眼望下去，你會看見那廣闊無邊的海正在擁抱着珍珠結成的燦爛的花朵，一艘艘的船，像是黑色的魚，口裏啣着一顆顆的珍珠，向這裏朝拜。

如果上岸來一看，誰也不能否認，牠是富足的，雖然戰爭停止才不過短短的一年，但櫥窗裏已塞滿了貨了。印度的絲綢，澳洲的毛絨，裝璜美麗的英國香烟，燜耀的金屬器皿，透明的玻璃製品，各種新出的化妝品。還〔有〕美麗的模特兒向行人俯首微笑，驕傲着自己身上披的時裝。

一到下午，那些貴婦們，那些舞女，那些神秘女郎，那些專門做出口生意的女子，那些導遊，那些浴室的女伴〔，〕餐館的女侍，全都從沉甜的夜生活中醒來，她們穿着時裝麗服，爭奇鬥艷，在大街上遊來遊去，有些是舉止華貴，披着偽裝，有些是眼睛時時斜睞，全身噴溢着異香。誰是貴婦，誰是賣笑女郎，簡直就難分別清楚。她們從到頭腳，從外到裏，除了她們的軀殼還殘存着中國出品為記號以外，真可說是全部接收了「西洋文明」。至於男子呢，除了那些苦力不算，所有的人都是紳士，頭髮梳得光光的，皮鞋擦得亮亮的，衣領洗得白白的，領帶打得挺挺的，說話的時候，唔唔然，還模倣着外國人說話的鼻音，只要你會說幾句外國話，你的骨頭馬上就會加重三斤，你面上的毫毛都要增加五分光彩。

誰也不能否認，這裏是一個富足的，美麗的城市。但是假如你在這裏住過一二個星期那麼就會漸漸覺得寂寞起來，這裏的嘈雜的聲音漸漸使你疲倦，這裏的班駁的顏色漸漸使你厭煩，這裏的單調的生活漸漸使你不耐。這裏的人，貧苦的，已貧窮到喘不過氣來，貧窮到把日子懸垂在沒有希望的空中，而有錢的人又似乎都缺乏文化的修養。抽鴉片，打麻將，玩女人，似乎是最好的消遣，而看賽馬，看打足球，到舞場裏去跳舞則又是洋化了的紳士們的生平最值得驕傲的事件。他們沒有崇高的理想，沒有偉大的志願，沒有豪邁的氣概，更沒有智慧底企求，英雄底愛慕，在他們看起來賽馬場的騎士乃是了不起的英雄，球場上的選手乃是出色的豪傑，如果有賽狗，那賽狗場上的狗，乃是了不起的動物，甚至也許比人類還要偉大。

這裏是資本主義的社會，這裏沒有甚麼等級，但有錢的是站在一邊，無錢的又是站在另一邊，這裏有着無形的界限。一切都是商品，一切都是買賣。女人們之所以打扮得這樣如花似錦，不是為了真的要美，而是打扮美麗些，然後能夠做得更好的買賣——比方能夠找到更好的顧客，更有錢的未婚夫，更慷慨的店主之類。

如果你看見一對青年男女，或在樓頭並肩地倚着欄杆，或在花園裏攜手散步，或在海濱石凳上喁喁私語，你們一定以為他們都是沉醉在愛的幸福裏，感覺到羨慕。然而假如你有機會去竊聽一下，那你就立即會失望，因為他們當中十之七八，不是在談論着月亮，星星，美麗的黃昏和繆塞的詩，而是在那裏商討條件，或者各運用着巧妙的語言，試探着對方關於交易誠意。

這裏一切都是現實的，沒有感情的。一個人笑，那並不是表示他心裏面的歡快，那只是一種禮貌或者為獲得對方高興的一種手段或者是一種誘惑，使對方變得更加慷慨，即是說為了在交易上獲得更有利條件的一種姿態。一個人發怒，那也並不是說他心裏真的生氣，那只是對對方的一種威脅，對對方的一種壓力，對對方表示我實在有足夠力量來抵抗，以此來獲得力上量的均衡，來做一次比較有利的買賣。

一切都是商品，一切商品都是在市場上平等的，越能夠賣錢的就越有價值，於是天才的智慧，不如舞女們的腳趾，更不如賣淫婦的微笑。

對誰都是機會均等的，只要你有錢，（不管你的錢是怎樣來的，不管你是一個無賴漢）你便立即可以走入華貴的飯廳裏，沒有人敢於向你攔阻。相反的，人們會向你有禮貌地鞠躬，女侍會向你微笑，香檳酒會為你而開，音樂會為你而奏，燦爛的陽光，美麗的花朵亦都為你而存在。只要你口唇輕輕地動一動，立即就有許多人的手脚為你的幸福而忙亂，只要電話上一個吩咐，立即就可以完成宮殿華麗的設備給你安寢。即使你破口說出粗野的語言，人們亦會洗耳恭聽，把他紀錄下來當成綸音聖諭。

至於那些善良的小職員們，整天都爬在公事桌上拿着定量的薪水過着單調的生活。在年輕的時候，滿腦子閃爍着虛無的希望和幻想，一天過一天在無聊的小圈子裏打轉，等到年紀逐漸大了，負擔一天天加重而收入則老是差不多一樣，天天所看見的是那一間狹小的公事房，那幾張辦公桌，那幾個熟面孔，那幾副打字機，到了月底，還是那幾張爛鈔票。年數大了世故越經越多，一切希望都幻滅了，一切創造的熱情都被壓碎了，於是漸漸變得頹唐，變得無聊和沒有生氣，有些是到酒館裏去找尋強烈的刺激，有些是到戲院裏去找尋愚蠢的笑料，有些是回到家裏唉聲歎氣毆打妻子，但是也有些性格比較強悍的人，他們從投機賭博，冒險中，找到刺激並企圖從這裏面找到出路，找到幸福。誰不要錢呢？有了錢就有了一切。於是土匪，強盜，擄人勒索的流氓惡漢，就到處潛生暗長，統治着警察視綫以外的世界。

你千萬不要為那些高大的建築華麗的陳設所嚇倒啦，不要以為住在這裏面的人都是很高貴的，不，這些耀燦的燈光，綠玉的牆壁，潔白的磁磚，鴨絨的帷幔，正是給這些過着腐爛，發霉，癡呆，愚鈍，瘋狂，卑鄙的生活的人們以一種諷刺。

當夏天，每個窗戶都敞開來的時候，你如果肯留心去窺探一下你就更容易看見這城市的五臟六腑了。每個窗子裏面都住着奇形怪狀的人。有一間是一個傴僂的老婦，獨自一個人，在光滑的地板上堆起了破布堆，不知找尋什麼。有一間是五六個人半裸着身，圍着桌子打麻將，額上掛着黃豆般大的汗；有一間是一對青年男女，穿着畢挺的西裝，口中會唸唸有辭，跪拜在塗着紅臉孔的女神像下面；有一間是五六個塗脂抹粉的婦人，坐在牆角裏，而其中一個則幾乎全裸着，張開兩手，挺起乳峰面對着電風扇，吹得非常得意；有一間則房子裏全套簇新的沙發，但中間一張古老的木炕上，兩個瘦得像骷髏般的男人在吸食着鴉片；有一間是一張小鐵床上伸出一雙慘白到像醃肉般的腳，而一個很摩登的少婦則仆在床頭好像哭泣。是的，你如果揭開這都市的彩色的帷幔，你就會即可以發現裏面的腐爛內景。

我說這城市缺少文化也是完全有證據的。當酒館，茶樓，化妝品店，雜貨店，擠着滿坑滿谷的嚐嚐嗡嗡的時候，書店裏却寂寞得有如古廟。當你步入書店雜誌社裏去的時候，你常常看得見那櫃台上的夥計無精打采，好像半閉着眼睛打瞌睡，連額上一隻大大的紅頭蒼蠅都沒有精神舉一舉手，去把他揮走。

一切都靠着市場，但市場又好像是不可捉摸的神秘的東西。照目前的情形來看，不景氣底暗雲正照垂在地平綫上，大家心裏面都有着恐怖的陰影；恐慌底魔鬼似乎是又快要發瘋了。中國的內戰正是在無情地毀壞着市場。你瞧千箱萬箱的貨，從輪船的肚子裏挖了出來，堆到貨倉裏去，貨是越堆越多，貨倉的牆都要爆裂了，可是買貨的人却一天一天少。餓死的人正睡在米倉的牆下。一向都豪奢而慷慨的有錢商人，現在也不得不關起門躲起來，目的是在避債；工廠老板搖着頭歎息，說：「這樣，不做這門生意倒還可以過舒服的日子！」於是悲劇在看不見聽不到的地方，不斷的大量發生着，雖然報紙上也偶然透露一些消息。

當你在馬路上走，耽看着馬路奇景的時候，你突然會想起那在報紙常常登載的，有人會從高大的洋房子的樓上，驀地跳下樓來自殺。你想想看，一個好好的人，突然會跌下來，慘死在大街上，腦漿和血流得滿地：這是多麼野蠻！一想這裏，你也許會仰頭看看兩邊樓上的窗子，心裏覺得有點戰慄。

但是在這個城市裏，最不值錢的要算是眼淚了。你流眼淚，那就是證明你是無能的弱者，無能的弱者照理是應該受人擯棄的，於是你的商品價值也就低落了。所以你如果受了什麼打擊，什麼冤曲，你千萬不要流眼淚，就縱使你要流眼淚，也應該躲在沒有人的地方去偷偷流，而表面上總還是要裝着微笑的姿態。當你受了打擊和冤曲還能夠不哭，還能夠微笑，那就證明你有力量，你有自信，你還是強者，強者自然就應該受人尊敬。

而且你想用眼淚去換得同情嗎？那是休想。如果一個人死了，他就一定會認為既然死了，那就一定是應該死的了。每到夜裏你瞧，那街邊地上睡着多少無家可歸的人，又冷又潮濕，人呢，就是稻草在那裏放久了也會發霉，何況是有血有肉的人呢！但人們在街邊走過，就很少人曾經設想到這都是我們的同類。如果夜裏你乘坐着洋車在比較偏僻的地方走過，有時你會給嚇得一跳，六七隻求乞的手，從黑暗中伸了出來，那時，你一定心裏會充滿着同情。但是一轉念間，你又會覺得就是把手中的錢通通給他們你就能夠救得活他們嗎？還是沒有用的。於是久而久之，你也就心腸變硬，覺得同情，不過是感情的浪費了。

是的，在這裏人是無情的。人與人之間的關係都是交易，交易完了，各走各的，有些人在交易裏賺錢，有些人在交易裏傾家蕩產。最先是人把一切的東西變成商品，後來連人自己也變成了商品，在市場上浮來蕩去，讓盲目的市場為自己安排着命運。

是的，在這個城市裏，如果久混下去，不懷抱着另外的一種理想的話，那是一定會深深感到：這是多麼寂寞的地方呀！

選自一九四六年十二月香港《文藝叢刊》第二輯

沉思

這幾天，恐怖的氣氛是更加嚴重起來了，每個人走路都要小心提防着後面有穿黑膠綢短裝的人在跟着。空氣裏好像含有什麼特別的質素，使人難於呼吸。朋友們見面也不像以前那樣許多話說或是討論什麼問題，發表什麼意見，大家見面以後，只交換着幾句短語，就默然相對。

這天，也許是下雨罷，一天都沒有朋友來。吃完晚飯以後，同居的張君夫婦有事出去了，天正下着微雨，雖然才是夏末，但一下起雨來却有幾分涼意。我面對着電燈不想讀書，也不想寫文章，也不感到恐怖，但一陣寂寞和悲苦的心情浸滿着我的靈魂。

我回到廣州才半年多呢，我眼看着許多朋友從遠處回來嘴邊帶着勝利的微笑，接着又看見許多據點一個個建立起來，朋友們越聚越多，大家熱烘烘的；可是現在，由於情況的逆轉，好些朋友都先先後後悄悄地溜走了。只剩下我們幾個人在苦撐着。本來大家都是很忙的，現在一下子鬆下來怎麼能夠不感到寂寞呢？何况眼看着我們自己花了好大氣力所創立的許多事業許多據點和文化機構都被搗毀了，被解散了，有些是經濟週轉不來自動地停了，有些機關雖然存在，而人都不能立足，只好走了。又是一次被打垮了，我自己想。

一輛汽車從巷門口沙沙地飛泥激水走過去，接着又是一片沉寂。我走出洋台上望了一望，雨點從白楊樹上一滴滴地落下來，夜是漆黑的。前幾天夜裏那佈滿在天上亮得發藍的玲瓏的一粒粒小星，都被黑暗吞沒了，我悵望了一下，回到房子裏還是對着那盞慘白的電燈枯坐着。

李公樸聞一多是被殺了，這兩位先生我是認得的，李是一個長鬍子舉動活潑的人，聞完全是一個樸實的長者。但現在都死在特務們的魔掌之下。這時我又突然想起三天前一位同鄉跑來告訴我的話。「你的名字列在黑名單上的第二名，而且旁邊還加上四個紅圈子，歸第三小組管。你還不走！小心和聞一多一樣啊！……」當時我只給他一陣冷寞的微笑，黑名單之類的話實在是聽多了。我又想起了巴比塞的話，死是不恐怖的，但對於死的觀念是恐怖的。

雜遝的皮鞋聲「格即格即」地從遠處走來，唔，也許是來了罷，我想。我如果看見他們，我一定用我早就想好了的一句話從容地對他們說：「老朋友，我又會着你了，不必忙！讓我穿好皮鞋同你一道走罷！」但那一陣腳步聲從巷門口經過，又走遠了。夜還是如止水般沉靜。

我想起了十多年前，我在上海的事情。

那時正是秋天，十一點了，我還坐在那裏看書，忽然聽見嗒嗒地叩門的聲音。他叩得這樣輕，就像一位常來我那裏的那位小姐。我很自然地起來開門，但門剛一打開，四五個穿西裝的大漢一擁而入，他們用手槍指着我，口裏喝着「不要動！」一面傾箱倒篋，經過了半個鐘頭的檢查，然後一邊一個人脅着我，一個人緊緊抓住我的衣領，一個人後面用手槍指着，把我連拖帶拉的抓了出去。三個星期之後，我就關在密不通風的囚車裏，用八支盒子砲押到南京。

也許這次，是再來重演一次上海的事情罷。我傾聽着那用手指輕輕地彈着門戶的聲音，然而等着等着，終於沒有到來。

也許這次是神經攻勢罷。於是我又想起了五年前在桂林的事情。

那時正是在冬末春初，到處傳播着謠言，一時說這個人被捕，一時又說那個人被捕，黑名單的名字時常從甚麼機關，或朋友處傳出。同住的青年朋友們，因為沒有經過事變，都是心神不定，常常是眼睛交換着驚惶的神色，耳語着什麼不好的消息。有些朋友倉倉皇皇的跑了進來，向某一個同事耳語幾句，於是坐也不坐的，掉轉腳跟，趕快跑了。

這時，在我們的辦公處門口永遠坐着兩個皮鞋匠，但他們的手是永遠沒有動手做什麼的，有時門口放着一輛黃包車，但那個黃包車也是永遠不拉客人的，你如果叫他拉，他反而瞪起眼睛注視你一下，這個注視，不自然而然的使人感到一股戰慄。還有，在窗外的短牆上，時時露出一個人頭在向我們窺探，當我們一點也不怕的看着他的時候，他又縮回去了，但不一會又伸了出來，這使得我們腦筋裡永遠好像在那牆外有魔鬼的影子在那裏監視着，而感到精神不寧。由於這種精神的威脅，和經濟的封鎖，結果我們的團體終於無法維持下去，而最後垮台。也許今天他們所用的戰略，就是這種神經攻勢罷，我想。

真的，也許是因經歷多而麻木了，我一點也不感到恐怖，我只感到寂寞和憂愁。

這十多年來，死的朋友真多呢，有些是被牽到海灘上，用刺刀活生生地戳死，有些是被活埋在坑裏，有些是病死在獄，有些是背上插了一隻牌子正式被綁赴刑場。尤其慘的是，一個初中一年級的小孩子，當他離開了同學回家的時候，碰見同村的人告訴他：「你不要再回去啦，你幹的事，縣府的長官全知道了，他們正派人來抓你呢，你不要回去啦！」那小孩子給他一嚇不敢回去，而袋子裏又沒有錢，不知投奔那裏好，一急之下，他就在半路的茶亭裏上吊自殺了。這些人，一想起來，他們的聲音，容貌，舉動，和表情都還歷歷在目。而有些，則還留下有孤兒寡婦，龍鍾的老人，他們在這樣困難和悲慘的日子裏，只好吞聲飲泣。特務的統治，只有愈來愈殘酷，死者的沉冤未伸。

死的朋友，真的太多了，而我又還活着。在他們看來，我是早就應該死的了，在我自己看來，也的確早就有許多機會死的了，但現在還是沒有死。但既然朋友們都可以死，難道我就不可以死嗎？多活十年八年還不是一樣死嗎？只要覺得死是很平常的事情，那麼甚麼恐怖的事情也就變成不恐怖了。

夜還是那麼沉靜，電燈一閃閃的，好像病人的心在怔忡地跳着，真是「長夜漫漫」啊！我自己在微微地歎息着。還要死多少人，才能看得見光明呢！

雨越下越大，雨滴從窗隙裏濺進來，但同住的那對夫婦還沒有回來，我的思路又漸漸地轉過方向，為他們的安全而急起來了。

不過另一種聲音又在我耳邊響着：現在算是吃了一次小敗仗，但是我們還是要起來的。

選自黃藥眠《抒情小品》，香港：文生出版社，一九四八年二月

野店

為了要使乘車方便，我搬到離貴陽市區約三公里的小客棧裏去。

雨在濕淋淋地下，馬路上全是泥漿，驢馬的腳在這路上很難地在跋踄着，洋車伕的腳在這路上艱難地跋涉着，泥土都給這些笨重的腳踩爛了，有時正在馬車很吃力上坡的時候，汽車大模大樣橫衝直撞的拖了過來，泥水飛濺，輪底下立即印下了二三寸深的溝，而輪子兩邊則凸起來，像一條條的山脈。但人們如果一腳向牠踏去，則「那爵」一聲，腳板的全部卻會被陷落到泥漿裏去。

雨實在是下得太久了，一眼望去，地面上全是白濛濛的，好像大地都發了霉，至於這周圍的景物，更是衰敗淒涼。路旁那些黃土築成的牆，破爛到幾乎使人相信，牠們馬上會還原到原來的泥土。那屋頂上的草蓋得是那麼稀薄，牠的掩蔽風雨的作用，幾乎只是有一點象徵的意義，門前的屋簷低到只有一隻鵝能夠伸長着頸昂走進去。屋裏面昏沉沉的光線裏，只看見一些慘白或焦黃的面孔和幾塊破布在那裏搖幌。屋側旁，用竹籬笆編成的牆，面上的一層泥是全剝了，中間一個大洞口，鷄、貓和狗在那裏自由地出出進進。一時一股烟從那洞口裏冒了出來，這是貧民窟，我心裏在想，生活真苦呀！可憐的同胞！

經過了這一段路，車子漸漸一顛一擺的走到郊外來了。這是多麼荒涼的郊野啊！幾枝枯柳，像一些被人侮辱過的婦人垂着長長的頭髮在那裏掩泣。幾枝枯老拳屈的樹，令人很容易想起，在嚴冬中，年老的乞丐向路旁人伸出他的僵硬的手。至於遠處，一起一伏的小丘，長着長長的衰草；零零落落的墓地，有些是碑，已倒下去了，只剩一個個窟窿，有些碑石，則東倒西歪，像是老者們缺落的牙齒。

到了客店門前，店主人頭大面大，翹起一隻腳坐在椅子上。他一看見我停在門口，就粗聲粗氣的說「要房子嗎？請進！」說完，他照舊端起酒杯喝自己的酒，店主婦打扮得像一個泥塑的美人，手裏一面打着毛衣，嘴裏喊着「阿福，你們都死了麼？出來啦，客人來了！」

一個十六七歲的青年人倉皇地從裏面鑽了出來。

「替我把行李提到樓上去罷！」我說。

店裏面的泥地也是爛糟糟的不見得比店外的路好到多少。一走過那由內進去的門，屋頂上就漏着一個大洞，雨水落下來，自然而然就在那樓梯下面聚成一個水潭。走到樓上，你得學會輕手輕腳的舉動，因為只要你稍稍用力一頓，整個房樓就都震搖起來，好像就要倒塌下去，柱頭和木板的接縫處，都吱吱喳喳的哭了起來，那屋樑是用手都摸得到的。屋頂上樹葉的莎莎聲，樹枝摩擦的咭咭皋皋聲都聽得很清楚。這房子，就從裏面也看得很明白，牠是向右傾斜的，每一塊樓板都是十分活動，因為牠有充份的餘隙可以左右游移。唉，這真像是一個鳥巢啊。

那青年人替我開了一間房子，那房門，事實上不過略略具有房門的形式的幾塊木板湊攏來的。木板上下兩端都沒有鋸齊，其實倒不如說是柵欄還要像些，房子裏很暗，因此很清楚的可以朝外看見壁板的縫隙裏，漏進來的光線，房子裏模糊地有幾件東西陳設在靠左的板壁旁邊，「這房子要一百五十元一天！」那青年告訴我說；說時，頗帶有警告的神氣，他是在預防我嫌他太貴。

「好囉，好囉，但太暗一些兒！」

「這裏有窗子，先生！」說完，他就走到那邊摸了好半天，才把窗門向外撐了開來。這一會我把那房子的內部看清楚，一張木板床，上面安放着一張蓆子，從那露在蓆子外面的床板的形狀看起來，我很懷疑他是用棺材蓋改造的，一想到這裏，我不覺渾身打了一個戰慄。至於那個窗子橫直有一尺左右，成四方形，中間還零零落落的釘下幾條竹片構成了幾個方格，看起來實在有點像囚窗，我就不知道為什麼要釘這些竹片上去，是不是要增加旅客們的安全之感。

我從窗口望出去，對面兩間矮茅屋，門是掩着，雨在他們門前寂寞地下。屋簷下一條繩子掛着一排藍花的，紫黃的尿布，再上面是用繩子串着一串串紅的辣椒，好像是一種裝飾。當我正在凝神外望的當兒。我忽然聽見從左邊路上有人吆喝之聲，接着八個人抬着一口棺材走來了，棺材頂上有一隻雄鷄，歛着翅膀，縮着頭，好像是垂死的囚犯。棺材過去了，對面靠右的一間茅屋打開來，蹲着一個又瘦又弱的小孩子在大門口拉尿，一隻花白的瘦狗，扯起了尖尖的尾巴，在舐食那小孩子拉出來的鮮黃而帶着泡沫的東西，看了他，不禁喉嚨發生出了一種膩痰黏着的感覺。我吐了一次口水。

我摸索地走下樓，小心地避開那樓梯下的水潭，走出前廳，店門板已關起來了，店主人還在喝酒，眼睛都喝紅了。

「老板，生意好？」

「喀，靠這個店吃飯，連房租伙食撈不回來呢……如果不是在外兼做些事情！」

「那麼，老板，你在那個機關公幹？」

「我？我什麼鬼沒有做過，連長，特務長，警察巡官，唉，但現在我什麼都不幹啦！不撈些外水罷，是吃不飽，要去撈外水罷，又說是貪污，所以我寧可坐在家裏，同街坊上鄰舍往來往來。今年夏天，黃老發要我出來做個鄉長，我說同大家幫幫忙是可以的，至於說鄉長，唔，真是，有官不做，要來做這個起碼的……」說到這裏，他又把一大塊肉塞進嘴裏去，使到他那個起碼「的」終於沒有「的」出來。至於那個粉蝶樣的老板娘則在櫃台裏面大聲呵責着，叱罵着，然後突然用拳頭猛烈的搥在那小丫頭的背脊上，好像擂鼓一般。

當我吃完晚飯回來的時候，老板早就呼盧呼盧的鼾聲大作地睡着了。老板娘坐在櫃台前算賬。我爬上樓，點起了桌上的油燈，這時我才發現我房子對面有一個老太太住着，她在向那個青年人要火盆烤火。但那個青年嘴裏說着「沒有火了，沒有火了，」就跑下樓去了。

「老太太，你是那裏來的？」

「我是獨山來的，下雨車又沒有蓬，甚麼都打濕了。」果然我看見她坐在床沿上發抖，活像是站在樹枝頭給雨淋濕了的烏鴉。

沒有事情做，無聊得很，站在房子中央，四面都好像有風自由地來來去去，凡是燭光所能接觸到的稜角，都在黑暗中浮起來，搖搖幌幌的，如果你側耳細聽，你更可以聽見一陣風吹過縫隙時候發出來的「非非」的聲音，你可以聽見風吹在破紙上「颯臘颯臘」的聲音，和甚麼人吹着吹火筒發出來的「洪洪」的聲。嗄，真是八音齊奏啊，我自己不禁大笑起來。

翻開那張蓆子來檢查一下，一股骯髒的陳舊的氣息，一直鑽進到我的鼻梁上，臭蟲倒還沒有發見，大概他們怕冷，還在縫隙裏安睡。至於那張棉褥，與其說是棉胎，倒不如說是棉胎的剩下來的零碎部分，東一塊西一塊貼在床板上略事點綴。

我不管三七二十一，倒在床上，但是一時又睡不下去。瘦得像一雙骷髏的手般的屋梁，橫在我的眼前，靠屋脊那邊，顯然是漏了一個大洞，一團稻草塞在那裏，很像一個客人嘴裏給土匪用一把草塞住。那稻草七零八落一根根的垂下來，水就沿着那稻草溜下，因此每根稻草的尖端都凝着圓圓的水滴，閃着耀目的光輝。那間房門，因為我關的時候不小心，一下子就脫了筍，原來那個承接門外的木托已歪倒下來，顯出一副尷尬的樣子，周圍的板壁上也不曉得是為了掩飾骯髒和破敗，還是為了裝飾，千重萬重的糊了許多報紙，有的是正貼，有的是歪斜地貼，有的是倒翻轉來貼，有新貼的，有舊貼的，有些是白，有些是黃，層層疊疊，還有水漬的黃及發霉的黑點，雜以原來的黑色的鉛字，於是一片糢糊，斑駁陸離，造成了許多像雲煙般。像牛頭般，像魔鬼般的畫像。有些紙是被人從上面撕下了一半，倒懸在那裏，迎風招展，於是我恍然大悟，知道了剛才那一陣颯臘颯臘之聲之所從來。唉，這真夠蕭條和衰敗啊！

我躲在那裏慢慢的幻想起來，我想到貴陽十字街頭張着口看着電影廣告出神的摩登女士：什麼「巴黎之夜」呀，「璇宮艷舞」呀之類的五彩電影把他們的注意吸住了。他們大概都盼望着有一天，他們也能夠到那裏的大飯店大跳舞廳去參加宴會吧，想到這裏，我自又不免回想到過去的快樂的日子，那個時候，年紀輕輕的，在那些大酒店裏，也的確頗有點少年英俊，志氣如虹的意思呢，但現在想起來實在也有點可笑，自己國家的生產這樣落後，拿中國人的錢到外國去享福，還有甚麼好驕傲的！真還有點慚愧呢！這幾年老是在貧窮和下等生活裏混，現在不知不覺已混得慣了，倒反而覺得這樣才比較安適，更能夠和那些樸素的靈魂接近些。而且其實，倫敦巴黎紐約，也不是所有的地方都同電影裏的大飯店大跳舞廳這樣好呀，正有不少的地方，比狄更司筆下所描寫的倫敦貧民窟，左拉筆下所描寫的巴黎貧民窟好不到多少啊！漢堡旅店裏的臭蟲，我是嘗過滋味的，即那個肥胖的德國老板娘的臃腫的腳，我至今都還想得起來。

想到這裏，那個老太太的房子裏忽然「普東」一聲，不知甚麼東西掉了下來，震動得整個樓房都發抖，我桌上放的茶杯茶壺互相撞擊，發着了啷啷的清脆的聲響。這可把我的思路打斷了。我聽見樓下店老板大聲咒詛着。但那個老太太的房子裏卻一些也沒有回響。過了一會，屋內一切又都寂然了。

這時我才注意到屋頂上沙沙的聲音，最先我以為這是風吹樹葉，但後來仔細一聽，我知道那又是雨點打着屋瓦發出來的。雨越下越大了，接着我聽見簷溜上的雨滴打在地下，發出來的「的打的打」的聲音，雨滴打在樓梯口的水潭裏發出來的「的丁的丁」的聲音，雨滴打在樓板上「東的東的」的聲音，而且那個時候，實際上雨已從板壁的隙處侵入到我的床上來了。

我心裏在發愁：下這樣大雨，沒有蓬的車，明天怎能走得了啊！隨手我從枕頭下面摸了兩個臭蟲。但不久，我也竟睡着了。

選自黃藥眠《抒情小品》，香港：文生出版社，一九四八年二月

聶紺弩

毛澤東先生與魚肝油丸

抗戰第二年春，我跟幾個朋友從臨汾撤退，唉唉！朋友之一的蕭紅，現在竟已死去三年多了！我們是到民族革命大學教書的，剛到不久，還未正式上過一次課，却不得不撤退回來！到了潼關，本打算回武漢，因為交通關係，反而到了西安。不知怎麼一來，十八集團軍辦事處知道我們在西安，便邀我們到延安去看看。反正閒着沒事，我們也就無可無不可地去了。

到延安第二天早晨，丁玲來告訴我，這天陝公行開學式，有毛澤東的講話，問我去不去參加。我不會參觀，尤其不會和人接見，本打算隨便看看，不必會什麼人，雖然對毛澤東先生頗想瞻仰瞻仰。既然不用交談就可看見他，當然去。

到會場的時候，大概是午後一兩點鐘，講台上已有人在講話了，會場是在一個廣場上。不必介紹，我已知道那講話的就是毛先生。以前曾看到過他的照片，招待所的牆上也貼着他的大幅畫相的。對於他的儀表，恕我隨便亂說，不免有點失望。我喜歡人有着高大的身材，凸出的胸，略略有點長的臉，毛先生卻身材不高，背不直，臉不長，臉上還有點虛胖，顏色也並不怎麼健康，光着頭，穿着一件褪了色的灰布棉軍裝，上面顯然有些各種各樣的污痕，風紀扣也不扣，不用說，這身衣著，沒有把他裝扮得一表非凡。

但是千數以上的聽眾們，却在太陽底下揮着汗，（雖然是春天，那天卻很熱，）目不轉睛地望着他，每隔一兩句話，就情不自禁地發生一陣哄笑，不但聽眾笑，他自己也笑，每將到有趣之處，話還未講出，他的笑容就先露出來了。他說：「以前有六個君子，都被關起來過，既然是君子，為甚麼還要關起來呢？」說到「既然是君子」，他笑，聽眾也都笑。他說：「國民黨如果有不對處，我們要批評。從前也批評的，用機關槍；現在呢，用筆桿和嘴巴。」說到「用機關槍」，他笑，聽眾也都笑。他又說：「日寇會佔領我們的許多地方，會比剩下的大得多。日寇佔大塊，我們佔小塊。怎麼辦呢？幾百年前，王羲之（其實是李白）就告訴我們了：「大塊假我以文章」。我們不要光在「小塊」上做文章，要到「大塊」上做文章——到敵後打游擊！」說到「大塊上做文章」，他笑，聽眾也都笑。諸如此類，使他自己和聽眾愉快的機會，簡直多得很。聲音不高，可是大家都聽得見；一點激昂，慷慨的氣沒有，一點也不像在台上講演，一點也不像在講着抗戰的大道理；倒像和你促膝地談着一些無關緊要的家常瑣事。話面沒有難懂的名詞術語或深奧的理論，似乎無論甚麼深奧的東西，他都能用極淺近乃至極陳舊的話表達出來。我沒有聽見他對農民們講話，但相信他一定能夠講得每句話都讓他們懂得而且覺得有趣。

但是我却覺得聽他的講話，需要相當的耐性。他講得非常慢，甚至字和字之間的距離都相當遠。他講一句話的時間，別人準可以講好幾句。換言之，聽他一句話所花的時間，就可以聽別人講好幾句。不過，這也許正是他的長處：講得慢，聽的人不必趕忙，一個個字聽得準確，不致對他的話發生誤會。但此外，還有一件頗不舒適的事，就是講話的時候，他常常咳嗽，幾乎每句話中間必夾着幾聲：「王羲之，唷唷！大塊上，唷唷！做文章，唷唷！……」一種輕微的乾咳。我以為他講話慢，與他的咳嗽有關。

散會後，我夾在許多人中回招待所，中途，聽見後面有人喊我。回頭一看，是丁玲，而跟丁玲走在一路的却是毛先生。丁玲給我介紹，我只好走攏去和他見禮，談話。我們就一直談到了招待所。談了一些什麼，現在一句也不記得，似乎有一段，是與語文問題有關的，從和他談話得來的印象與聽講的印象很統一：他不威脅人，不使人拘謹，不使人覺得自己藐小；他自己不矜持，也不謙虛，沒有很多應酬話，卻又並不冷淡。初次見面，談起來了就像老朋友一樣。似乎真把你當作一個朋友，似乎真在聽你講，而自己又很坦率地發表意見。

這自然是小事，與毛澤東之所以為毛澤東的關係恐很少，但魯迅講過中國人的美德：「一闊臉就變」。假如把闊字稍為廣義一點解釋，幾乎無往而不適。我曾在狹巷裏碰見過某司令，一個幾年前同在一張桌上上課的同學，戴着將官的領章，披着黑斗篷，後面跟着四個衛士，和我交臂而過，却裝着沒有看見或不認識。又曾到另一同學的公館門口去求見，我知道他正一個人在家，他的大門像牢門一樣，關得緊緊地，門上開一個小牕，司閽就從那窗口露出臉的幾分之幾來問話。好容易接過名片，遞進去後若干分鐘，却又把名片退回，說是正在開會云云。這些黨政軍界的天之驕子們或者不值一談，而文藝界的十多年的老友，甚至還共過患難的，一旦有了一點點所謂地位也者，馬上就在自己面前起造一道矮簷，使人不卑躬屈節，就不能走近他，一走近他，就覺得他渾身的每一根毫毛都帶着文豪、權威、重鎮氣，不到三秒鐘，那些毫毛刺在人背上，非趕快逃走不可，老友尚且如此，不相識的天之驕子或權威重鎮們，你還有去識荊的勇氣麼？生活在這樣的人間生活在一些無聊瑣事都忘記不了的國度，毛先生的態度，作算并不全部真誠，也未嘗不藹然可親，不用說，我之所以有這種感覺，是先就以為他有着他的地位。

他談話的時候跟講演的時候一樣，也愛夾些笑話，也愛笑，講得也慢，也夾着幾聲咳嗽，不過都比在講台上的時候要少得多。那咳嗽雖然少吧，也仍然使我不舒適。他抽香烟幾乎不知道間斷，又聽說總是夜晚工作，上午起不來。這種生活，於咳嗽是不很適宜的。

我是個連自己也不怎麼關心的人，對別人的生活和健康，幾乎從來不曾留心過，尤其沒有別人的某種不健康現象曾使我不舒適，除了極親近的以外。但對於毛先生，却不但當時，就是以後偶然聽見提到他的名字，也不覺彷彿看見了那有些虛胖的笑臉，同時還聽見了那輕微的乾咳嗽聲，而不舒適起來，雖然我願意他的咳嗽只是一時的現象。

不看見他，已經七年多了。這回他來到重慶，正是大家都歡欣鼓舞的時候，我也一時忘記了他的健康問題。但報載，有人捐錢替他買魚肝油丸，莫非他真有什麼不健康處麼？我這樣懷念着，一直到在街頭看見他的在重慶照的結實的身體的相片的時候。

一九四五。九。三。渝通遠樓

署名紺弩，選自一九四六年十一月香港《野草》新二號

論時局

一隻鳥在這邊山腰的高樹上叫：「啾啾！」另外一隻在那邊山腰的高樹上照樣叫：「啾啾！」這邊的鳥叫：「啾啾啾！」那邊也同樣：「啾啾啾！」從這邊山腰到那邊山腰，要經過一個低的山谷，山勢險峻，山路崎嶇而蜿蜒，相隔不下十里；但山腰與山腰的參差的樹列，隔谷相望，却宛如鄰舍，要是有一道長橋凌空而過，恐怕不過一二百步，這一二百步的距離，在鳥們看來，尤其密邇，一呼一應，竟似田夫野老隔隴絮談。鳥聲清脆而悠遠，好像還有回聲在山谷間迴旋。然而山谷間鳥聲正多：斑鳩，竹雀，黃鶯，啄木鳥，以及許多不知名的鳥聲。喜鵲像長舌婦，三五相聚，說短道長，不知休止。老鴉啞啞成羣，毫無忌憚；聲音並不悅耳，然山谷間却闃無居人，偶然有一兩個過客暫時逗留，而勢孤力單，也沒有誰敢以聲色相報；縱有，而彼此相隔太遠，力不能及，也無可奈何！一時羣鳥爭鳴，或遠或近，或高或低，煩囂而龐雜；蟬蟲之類，又戛然參湊其間，更顯得十分熱鬧。

山路旁邊有一座古墳，約有五六尺高；墳頂及其周圍，雜草和灌木恣生怒長，與山陵同為葱蘢色。一朵喇叭花，本在這山野土生土長，却搽胭抹粉，刻意摹仿城裏的貴婦或賤婦的打扮，誰知越學却越顯得村俗；擁擠於眾卉之中，常為眾卉所挪弄；但她究竟是山谷間少有的姿色，故搔首弄姿，顧影自憐，並不為輿論所左右。這古墳既為草木所盤據，已不可辨識；其所以使人能看出它是什麼，則靠墳前丈把高的石碑，而石碑自己也太衰老，頭頂脫落，凹凸傾斜，與其它邊緣部分，同如地圖上屈曲的海岸線。寸多厚或乾或濕，或黑或白的鳥糞掩蓋頭上，好像是它戴的帽子。身上久為風雨侵蝕，鮮苔斑爛；又有蝸牛之類留下縱橫的脚印，若青若紫，若灰若黃，但都暗淡得沒有一點清新的味兒。這副模樣，不免令人想到：窮苦兒童或老年乞丐，積年累月的塵垢裏在身上，疥瘡膿泡時發時好，膿水的痕跡，抓搔過的爪印，都清楚可見；惟原有膚色則不知從何年何月起就消失到哪裏去了！至於碑上字跡，不但為風雨所蝕，苔痕所掩，而高樹的濃陰，使它的面目在這白天裏也顯得有些陰森，以致難於覓認。

我翻過南山而來，將要翻過北山而去。在這樣的山谷中上上下下，已忘記若干時日，我的身體不算不強健，也不是不會走路，但最怕爬山。在上山的路上走得一兩百步，就心跳氣喘，面紅耳赤，渾身汗水淋漓，兩腿像各綁着一塊磨石，拖也拖不動。但山不會因我的困苦而減低，路也不會因此而縮短；走了一步，還有無數步；上了一級，還有無數級；越走越遠，越上越高，幾乎疑心要走到天上去了！抬頭一望，幾丈遠以外的路，不知隱沒在什麼地方；心裏想，走完這段路，總該快到山頂；及至到了那地方，却有更長更峭的山坡，一道梯子似地豎在面前！眼看到一個山凹就在面前，空狹的山路正從那坳處蜿蜒過去，以為那邊一定是下山路了；但是越走那山凹越是不見，反而一架先前不曾看見過的新山，突然從斜刺裏閃出來擋住去路！好容易走完了南山的上坡，只差幾步就是真正的下坡路了；滿懷熱望：這回可該在下坡之後，讓我走幾里平坦大道吧！及至走到高處，向下一望：哦！我幾乎暈過去了！原來這邊是一個深谷，四面都是重重疊疊的高山，只有一條小路或隱或現，彎彎曲曲地通到對面山上，那山，顯然是跟剛才上完的這架山；至少，同樣地高而且陡！我馬上想到：曹孟德從赤壁大敗而逃，路上受了無數的驚險，逃出的人馬已被屢次的埋伏殺得七零八落，走到華容道上，正在慶幸脱了虎口的時候，誰知一聲礮響，面前却閃出手執青龍偃月的關雲長和五百校刀手來！我口裏不禁暗暗叫道：「這回可真完了！」

我覺得整個山都活動起來了，而且正似乎在打着擺子，渾身因為奇冷而不住地抖索。烈日當空，藍天和白雲也發着炫耀的光，好像那光是它們自己發出來的。我覺得它們都似乎發着昏眩，有點搖搖晃晃，使我立不住脚，該死的路，真是他媽的狹促鬼，故意和一個疲憊的旅行人開玩笑：自己在太陽底下曬得火樣滾了，專門燙人的脚，難道不知道我的草鞋穿了麼！一道看不出的樹根，無緣無故門坎似地橫在路當中，使我的脚踢在上面，幾乎絆了一交！石頭縫裏，盡是一塊塊的青苔，在這樣熱的天氣裏，竟然濕滋滋的，一踏就是一滑；小石子們更是不跟人合作，一踏到它們，就骨碌骨碌地滾下山去，恨不得也把我一齊帶走；路邊的樹都伸出肐膊來想擋住我的去路，刺條又以為我是一條魚，從空釣下，幾乎把我釣去了！……世上為什麼要這麼多的山呢？山路為什麼又這麼難走？人生為什麼總難免上山下山？人類在山路上上下下了千年萬年，為什麼還沒有把它一齊改成坦道呢？——我一面踢踢碰碰，一面怨天尤人，帶着在渾身傾瀉的汗水和兩脚的水泡，如醉如癡地走下了山，一碰到古墳邊的樹列，就什麼也不管，坐在墳邊，並且立刻頹然倒在草茵上了！

「起來，趕路的人！」我自己喊我自己。我知道我應該走，我知道走完了這些山路就平坦了，我知道如果不走，將永困於這萬山之中；然而我也知道這樣的山，在我的路上，會還多得很，不知什麼時候才能走完！而它又使我如此地疲乏，使我如此屢次失望，把我的身體和感情都折磨夠了！恕我狹隘，恕我感情衝動，我恨這些山，詛咒這些山！我要在羣山之前高歌：

「轟！轟！轟！……」

署名紺弩，選自一九四七年一月香港《野草》新三號

怎樣做母親

只看見怎樣做父親的文章，却沒有人寫怎樣做母親，好像母親本來天生會做，毫無問題似的。其然？豈其然乎，蓋男性以其事不干己，新女性又恐怕早薄良母而不為，女孩子之流，則尤病其羞人答答，於是談者稀耳。

然而問題是存在的。

我的母親於不知什麼時候死去了。說幾句與題無涉的話，她的死，是與抗戰有關的。故鄉淪陷，老人們天天要爬山越谷，躲避鬼子，衣食住一切問題都無法解決；六七十歲，向來就叫做風燭殘年，燭本將盡，風又太猛，飄颻了幾下，終於滅了。

我聽見了這消息，奇怪不，沒有哭，並且沒有想哭，簡直像聽隔壁三家的事情似的。這很不

對，但我本來就不是孝子。其實這淡漠，早在母親的意料之中，她曾對我說：「將來你長大了，一定什麼好處都不記得，只記得打你的事情」。知子莫若母，誠哉！

十年前，我已二十多歲，正在南京做官，人做了官，就要坐辦公廳，開會，赴宴會的，有一回在一個很儼乎其然的會議上，偷看一本小孩子看的書，記得是中華書局出版，黎錦暉之流所著，書名彷彿是「十姊妹」什麼的。那會議也是與抗戰有關的，一位先生站起來演說了半天，說得十分激昂，末了說，我們的國運實在是很怎麼的，座中已經有人在流淚了。他指的是我，全場的人也都向我回過臉兒來，嚇得我連忙收起了「十姊妹」，原來我看書看得不覺流出淚來了。

「十姊妹」之類，並不算好的兒童讀物，也決不能感動那時候的我。但是文字寫得很有趣，很有些孩子話，使我想到，這書，本是應該在小時候看的，而我小時候沒有看見；於是又想到我的小時候，那是如何的一截黑暗的生活喲！大概就這樣想着想着，不覺竟流淚了。

其實所謂「黑暗」，也沒有別的，不過常常挨打而已。打手常常是我的母親——說常常者，是說打我的人除了母親之外，還有父親和我的親愛的老師們也。

中國許多婦女的日常生活，簡直單純得像沙漠上的景物，一生一世，永久只有那樣幾件事做來做去。有幾位朋友的太太，幾乎天天打牌，幾乎像是為打牌而生。然而也難怪，不打牌也沒有別的事可作，她們也似乎作不出比打牌更好的事。我本來覺得她們太無出息，這樣一想，却反而同情她們了。

我的母親也是打牌黨之一。她一拿起牌，就不能再惹她；一惹，她就頭也不回，反手一耳光。輸了錢，自然正好出氣；奇怪的是，就是贏了也是這樣。據説，一吵，就會輸下去的。不幸的是，她幾乎天天打牌。

然而打牌也有打牌的好處，就是打牌時，她沒有工夫管我，凡事，只要她來一管，我就不免有些糟糕的，父親先是常常不在家，後來是死掉了，別人隔得遠，屋裏除了她和我，就只有丫頭老媽之流，沒有說話的資格，也根本說不出什麼話，這場合，無論她要把我怎樣，你想，我有什麼辦法呢？

有一次我大概還只有六七歲，一天中午，正獨自在廳屋裏玩——我小時候常常獨自玩的，忽然聽見母親在堂屋裏喊我。我雖然小，但一聽母親的聲音，就會知道她的喜怒，我覺得這回的聲音是含着無限的撫愛的，好像急迫地需要抱我，親我，吻我的樣子。我從來未受過撫愛，從來未聽過這樣撫愛的聲音，至少我的記憶如此。孔子曰：「唯女子與小人為難養也，近之則不遜，遠之則怨」。我大概是天生的小人，小人得寵，就難免驕矜，難免不遜，正所謂得意忘形的，當時不知怎麼一想，竟和母親躲起迷藏來了。我躲在廂房的門角落裏，任母親怎麼喊也不答應，母親接着喊，甚至連乖乖寶貝都喊出來了。聲音是那樣柔軟，那樣溫和，彷彿現在還在我的耳邊，是我在童年所聽到的唯一的撫愛的聲音，越是這樣，我就以為她要跟我玩兒，我也越要逗她玩兒，越是躲着不做聲，聲音漸漸近了，從堂屋喊到廳屋，打廂房門口過的時候，還把頭伸進去探索了一回，可是沒有看見我在裏頭，我和她只隔一層薄木板呀。我竭力地忍住笑，不做聲，她就喊着喊着，到大門口去了。母親今天跟我玩兒，我高興極了；母親走在我身邊，却沒有找着，多麼有趣呀，我高興極了。我實在掩藏不住我的歡喜，實在忍不住笑，就哈哈大笑地從門角裏跳出來，在母親的背後很遠的地方喊：

「我在這裏呀，哈哈，我在這裏呀！」

一面喊，一面還笑着跳着。可是，她扭轉身來，一看見她的臉，我就知道糟了，她的臉，完全被殺氣，不，應該說是「打氣」所充滿着。然而想再躲在門角落裏不做聲，已經不可能了！

她一轉來，就扯住我的耳朵，幾乎把我提着似地扯到堂屋裏，要我跪着，她自己則拿着雞毛帚。

「趕快說，你把錢偷到那裏去了！」

原來她房裏桌上有一個，至多也不過兩個銅板不見了。我本沒有偷，只有說沒有偷，可是她不信，最大的理由是，沒有偷，為什麼躲起來呢？要是現在，我一定可以分辨清楚；但那時候，自己也不能理解為什麼要躲起來，尤其說不出為什麼要躲起來，我是在城裏長大的孩子，十多歲的時候，常常到衙門裏去看審案。我覺得坐在堂上的青天大老爺總是口若懸河，能說會道；跪在下面口稱「小的小的」的傢伙却很少理直氣壯的時候。並非真沒有理由，不過不會說，說不出。有時候，恨不得跑出去替他說一番。我同情這樣的人，因為自己就飽有跪在母親面前，目瞪口呆的經驗。把話說回轉去，我既無法分辨，就只有聳起腦袋，背梁和屁股挨打，母親也真是一個青天大老爺，她從來不含糊地打一頓了事，一定要打得「水落石出」。偷錢該打，不算；撒謊該打，也不算；一直打得我承認是我偷了，並且說是買什麼東西吃了，頭穿底落，這才罷休，不用說，這都是完全的謊話。

記得很清楚，從那次起，我知道了兩件事：一、錢是可以偷的，二、人是可以撒謊的。

在孩子們的記憶中，過年常常是印象最深刻的。過年，穿新衣服，吃好東西，提燈籠，放炮仗，拜年，得壓歲錢等等，和平常生活是那樣不同，那樣合胃口，人要一年到頭都過年才好玩咧。差不多一進十月，就搬起指頭算，還有八十天，還有六十五天，還有二十四天……這樣地盼望年的到來。

過年，只有一樣事情不好，就是有許多禁忌，死不能說，鬼不能說，窮，病，背時，倒霉，和尚，道士，棺材，打官司，坐牢，殺，砍，……也不能說，尤其是在「敬灶」，「出天方」的時候。已經在神櫃上貼着「百無禁忌」，「童言無忌」了，豈不好像可以隨便了麼？可是還不能說。不能說，自然更不能做出任何類似，象徵那些字樣所表示的意義的事情，乃至多少有些損失，災害的事情，比如，打破碗，扯破衣服，跌破頭等等，而一個總的禁忌，就是惹大人生氣，撩大人的打罵。據說，臘月三十或者正月初一，如果撩大人打了，那就一年到頭都會挨打的，雖然那兩天吃了好東西，並不一年到頭都有好東西吃。

十歲或者十一歲的一個除夕，已經過了半夜去了。母親燒好了年飯，預備好了團年酒，躺在床上燒鴉片烟給父親吸。我呢，自然無事忙，一時跑到街上，看看通街的紅燈籠，紅春聯，熱心地欣賞那些「生意興隆通四海」之類的詞句；有時候又跑進屋裏和小丫頭講講故事，看各個房裏的燈火是不是燃着，平常，沒有人住的房裏是不點燈的，甚至於還敢於挨近母親正和父親橫躺着的床邊，聽他們談談下一年的生活打算之類。父親是個讀書人，他的那時代，大概是讀書人倒霉的時代，至少他自己就倒霉了一生：滿清時候沒有考到秀才，祖上傳下的一點產業，坐吃山空，只剩下一幢房子了——這房子一直留到抗戰後才被日本強盜炸光；很早就吸上一付烟癮，不能遠走高飛；在地方上做過幾回事，也都因為吸烟被人家告發而被撤職了。這時候，已經一連好幾年沒有職業，家景實在一天不如一天，母親平常就常常和他吵架的。在無可奈何的時候，就盼望着奇蹟，盼望神靈或祖先的保祐，而把希望寄托在未來的日子裏。比如說，無災無病地戒掉烟癮，外面忽然有人請他出去做官，地方上的事忽然非他出來不行等等。這希望既然等於奇蹟，要倚仗着不可知的力量，而又在未來的日子裏，所以父親雖然是個讀書人，其迷信的程度，也就和略識之無的母親差不多，尤其是在過年的時候。

「XX！」母親叫我：「你去到各個房裏上上油，添點燈草，把燈都點得亮亮地，菩薩保祐明年一年順順遂遂。要小心，不要把油潑了。」

我一手拿着清油壺，一手握着一把燈草，到每一間裏小心翼翼地作了所作的事，回來把油壺放在原來的地方，放好了，走了幾步還回頭去看了一回。

「油都上了吧？」母親問。

「上了！」

「沒有做壞麼？」

「沒有！」

「還好，」父親在旁邊說，「聽聲音蠻透澈的」。

但是到了天快亮了，父親的癮過足了，起來準備「敬神」的時候，母親到放油壺的地方一看，油壺却躺在油灘裏！什麼原故呢，我到現在還不明白，大概不是小丫頭故意害我，就是老鼠先生和我過不去。母親是最講禁忌的，父親又希望這一夜有個好的兆頭，潑油本來又代表輸錢，虧本，損財這些意義的。這樣一來，以下的不必說，總之，正在別人家「出天方」，滿街的炮仗亂響的時候，母親為首，父親幫忙，把我撳在椅子上，打得像殺豬樣地叫。我的腿被打破了，以致第二天還不能到親戚人家裏去拜年。

又是過年，可是不是除夕，大概是初三或者初五，我們過年是過半個月的。

伯父的靈屋子供在堂屋裏，他死了一年多，夜晚，父親不知從誰家裏吃了春酒回來，感覺得身上不舒服，父親常常身上不舒服的。母親說：

「XX，你在你伯伯靈前燒燒香，磕幾個頭，叫伯伯保祐爹清吉平安。」

「我不！」我說。

「為什麼不呢？」母親和父親都很詫異。

我已經十一二歲了，高小一年級已讀過，年過完，就要進二年級。那時的高小，學生都很大，我在班上算是最小的，因之，某方面的程度，也比後來同級的學生要高。我在學校裏是高材生，這時候，已經知道人死了還有魂魄什麼的，不過是句謊話。因之，伯父的靈位也者，其實，不過是一張紙上寫的幾個字，決不會有什麼力量，能夠保祐父親的病好。就算伯父真有魂魄什麼的吧，那魂魄也不過和他活着的時候一樣；他活着的時候，既然不見有什麼了不得，為什麼一死，就神通廣大，能夠作威作福了呢？父親的病，明明是體質和保養的問題，決不是鬼神所能為力；如果死生有命，疾病在天，伯父縱然有靈，也未必能逆命回天；如果能逆命回天，伯父既然是愛父親的，那就不必燒香磕頭，也會保祐父親好。我還記得清清楚楚，那時候的確是這樣想的。

但是等「為什麼不呢？」問到頭上的時候，我却無話可答。我還沒有把心裏想的源源本本，有頭有緒地說出來的能力。理由，向來只寫在文章上，口頭上沒有說過一回，在母親的積威之下，也沒有申述理由的習慣，雖然我相信，假如我能夠說出來，甚至于母親都會饒恕我的。我說不出，說出的簡直不成其為理由。我急了，爽性低着頭，撅着嘴，樣子大概很難看的。

「說呀，」父親說：「不說，就照媽說的做。」

我還是沒有說。心裏非常想說，却被不知什麼東西堵住了口。我仍舊低着頭，撅着嘴，動也沒有動。

「你看你多沒有良心！」母親厲聲地說：「燒香磕頭，是你伯伯受了，被保祐病好的是你的爹，事情又這樣容易，你都不做，是什麼意思呢？還不趕快燒香，還要我動手請你麼？」

我聽了這話，為了受到威脅與冤屈，又明知一頓皮肉的痛楚馬上會來，簡直不覺掉下淚來了。我小時候性情很倔強，寧可挨一頓打，不願意做聲明了不做的事。結果不問可知，母親手上折斷了一根鷄毛帚，我的背和屁股上添了許多青的紫的傷痕。父親沒有說話，也沒有幫忙。要幫忙則因為身體不濟，要勸阻却又惱怒我沒有良心。

母親打我的時候，從來不啞打。一面打，一面一定罵：「砍頭的！」「殺腦殼的！」「充軍的！」「短陽壽的！」母親雖不能說是大家閨秀，却也不出身於什麼低微的人家，不知為什麼知道那們多的罵人的話。現在我在編一個報屁股，接到的文章，常有罵人的，這裏的「罵」就是直接了當的破口大罵，與魯迅的文章常被人稱為罵的罵不同，比如說，罵銀行行員是豪奴甚至是巴兒狗之類；別的刊物上，有時也有同樣的罵，「野草」上就有人罵人是「準……」。拿筆寫文章的人，想不到竟如此專制，蠻橫。然而也未足怪，也許他們也有一個像我的母親一樣的母親，他們實在比我還要像我的母親的兒子。

其次，母親打我的時候，從來不許我的脚手動一下。她有一句術語，叫做：「動哪裏打哪。」兒子也很難餵的像綿羊，動一下，跳一下，一面固然是心裏受了許多冤屈，無可伸訴，一面也只是一種簡單的生理的反映，但這却多費了母親的許多力，也使父母的遺體多吃了許多苦。

母親在我做了官的時候還稱功說：「不打不成人，打了成官人，要不是我從前打你，你怎會有今天？」為了證明她的話之不正確，我有時真想自暴自棄一點才好。

有一齣戲叫做「甘露寺」，是劉備在東吳被相親的故事。某年，我也演過甘露寺，結果不大佳，據相親者觀察我是沒有受過家庭教育的。大概因為我不善周旋應對，對人傲慢少禮等等。我也實在沒有受過什麼家庭教育，也不知道中國有沒有家庭教育，至於身受的，簡單得很，就是母親的一根鷄毛帚。我從小就很孤僻，不愛和人來往，在熱鬧塲中過不慣。這是鷄毛帚教育的結果。我小時候總以為別人都是有母親疼愛的孩子，他們不了解我的苦楚：我也不願意鑽進他們幸福者羣的圈子裏去。縱然有時鑽進，快樂了一陣之後，接着是母親的充滿了「打氣」的臉和他手中的鷄毛帚那實物，馬上就想到我和別人是如此地不同。「歡喜歡喜，討根棍子搬起」這是一句俗話，意思是快樂之後會挨打，也就是樂極生悲。一回樂極生悲，兩回樂極生悲，久而久之，就像樂與悲有着必然的因果關係，為了避免悲，就看見樂也怕了，孩子們有一件很奇怪的事，一塊兒玩來玩去，不知怎麼一來，就會起衝突。在這樣場合，別人有一個最好的制服我的法子：「告訴你的媽媽去！」我幾乎現在聽見這句話了還怕，在消化不良的夜晚，有時還作這樣的怪夢，不用提在當時給我心靈上的打擊。

鷄毛帚教育的另一結果，是我無論對於什麼人都缺乏熱情，也缺乏對於熱情的感受力。早年，我對人生抱着強烈的悲觀，感得人與人之間，總是冷酷的，連母親對於兒子也只有一根鷄毛帚，何況別人。許多朋友，起初都對我很好，大概因為我沒有同等的友誼回答，終於疏遠了。許多朋友，在一塊兒的時候，未嘗不如兄如弟，什至超過兄弟的感情，但分手之後，就幾乎把他們忘掉了，不但對於朋友，對於事業也是這樣。對人生既抱悲觀，對事業就當然也缺乏堅信與毅力。也就是缺乏一種熱情。我不知道小時的遭遇為什麼給人的影響這麼大，許多年來，曾作過種種的努力，想把我的缺點改過來；無如「少成若天性」，一直到現在，還是不能完全消除。

此外，鷄毛帚教育的結果，是我的怯懦，畏縮，自我否定。從小我就覺得人生天地之間，不過是一個罪犯，隨時都會有懲戒落在頭上。中國的社會也真怪，書本上雖然有許多齊家治國平天下的大道理，説得天花亂墜；但實際上，家是靠母親的雞毛帚齊的，學校是靠老師的板子辦的。「國」或「天下」的治平，恐怕也靠着擴而充之的雞毛帚和板子。人生在這樣的社會裏頭，就會一天到晚，「如臨深淵，如履薄冰」；壞事或者真不敢作，好事也不免不敢擅動，這不敢作，怕雞毛帚；那不敢動，怕板子；終會有一天會自己問自己：「我究竟能作什麼呢？」孔子曰：「四十五十而無聞焉，斯亦不足畏也已」。我已經快四十歲了，東不成，西不就，實在「不足畏也已」。曾經有過許多事業的機會，都由於我的孤僻，無助，怯懦而失掉了。自己無出息不在話下，不也有許多是母親的雞毛帚的功勞麼？

喜歡打孩子的，決不僅我的母親一個，我之所以想起寫這篇文章，也就是因為隔壁有一個常常打孩子的母親。在街上走的時候，類似母親的人物，拿起一根雞毛帚什麼的，打着正在鬼哭神嚎的孩子的事也常碰到。我有一個牢不可拔的偏見：無論為了什麼，打孩子，總是不應該的，而錯誤總是在大人一邊。

我不是教育家，也不是心理學家，不知道所謂家庭教育，究竟應該是些什麼；我只相信，無論是什麼，却決不能是打。家庭教育給人的身心的影響究有多麼大，我也不知道；但我相信：打給與孩子的影響，決不會是好的。

既稱家庭教育，當然也包括父親對兒女的施教，但帶孩子，管孩子，常常和孩子在一塊兒的却是母親。俗話説：「父嚴母慈」，我的經驗却是相反的。父親不大打太小的兒女：比較理智，能夠一片一片的大道理説，許多場合都君子似地動口不動手，兒女有理由，也比較容易説清。就今天的一般情形而論，父親的知識水準往往高些，活動範圍廣些，眼光遠大些，不大專注兒女的一些小事情，許多父親又坐在家裏的時候少。所以我以為父嚴倒不要緊，母嚴才是一件最倒霉的事，男主外，女主內，是老例，母親的權威，在家庭裏，有時比父親的還大，而且更無微不至。

也許有人說，母親應該管教孩子。天下往往有溺愛不明的母親，對於孩子百般驕縱，使得孩子從小就無所不為。那樣的母親是值得反對的。不錯。不過這裏應該注意的是，這種母親之應反對，是在她對於兒女沒有教，却不在於沒有打。

「扑作教刑」，老例是以打為教，寓教於打，打教合一的。其實兩者却勢不兩立。打是一件最方便最容易的事情，只須用手就行；教則要方法，必需麻煩更尊貴的東西：腦；而有些人的腦又是根本不合用的。人都有一種惰性，喜歡避重就輕，避難就易；既然用手可以解決，何必驚動腦呢？腦是個用則靈，不用則鈍的東西，不用過久，就會變成猪油，縱然本有教的方法也會消失，更不要希望它會產生新方法來。何況人都喜歡任性，打是件任性的事，習慣又會變成自然，打成習慣了，想改掉也很難。扑作教刑，結果就一定只有打而沒有教了。

倘肯首先停止打，就算一時沒有教的方法，只要肯用腦，總會想出，學會的。

然而中國受專制思想的影響太久，中國的人性往往對強暴者是馴羊，對柔弱者却是暴君。俗話說：「十年媳婦十年磨，再過十年做婆婆！」意思是做媳婦時，無論受怎樣的磨折，都應一聲不響，終有一天，會「一朝權在手，便把令來行」的。至於對柔弱者的同情，似乎向來就不發達，中國的婦女受的壓迫太厲害，生活太枯燥，活動範圍太狹窄，知識水準太低。這都會使人變成度量窄小，急於找尋發洩鬱悶的對象的。而這對象，在家庭裏，除了鍋盤碗盞，雞犬牛羊之外，也實在只有孩子們了。

像這樣說來，怎樣做母親，倒是個大問題；叫母親不打孩子，不但不是探本之論，或者反而有些不近人情。好在我的文章，不會被每個母親都看見。中國現在無數的母親，恐怕也沒有看文章的能力，習慣，乃至自由，反正不會有大影響。我的本意也不過在向有志於做母親者以及有志於勸人做母親者說說，使一兩個小朋友或可因此而少挨一兩次打而已。

怎樣做母親呢？讓別人去講大道理吧，我却只有兩個字：不打。

一九四〇、一二、六、桂林

選自聶紺弩《二鴉雜文》，香港：求實出版社，一九四九年八月

蘇海

電車社會

我的小孩子，在到香港的第一天，當船還沒有靠碼頭，她就指着岸上，驚奇的叫出來了：

「媽，那是甚麼車？這樣高的！」

「電車。」母親回答她，以後，她就記着這樣的一種車子：「有樓梯的，屋子，在街上走，叫做電車！」小孩子的天真，引起了我的回憶，當我第一次到上海去，在黃浦江邊，自由神的面前，跑上碼頭，我也是驚奇着那「有樓梯」的「高架巴士」的。時間過得好快啊！那時候驚奇着「有樓梯的車子」的孩子，如今已做了父親，也有了一個會驚奇着「有樓梯的車子」的孩子了。想到這裏，這實在有着太多的感慨！

可是，香港之有「有樓梯」的電車，却不知始於何年何月了。也許，這些「有樓梯的電車」已經看見了不少為它而驚奇的孩子無言地生下來又無言地死去了呢！這就是人生，人生本來就有着太多使人難懂的事的。

隨後，這奇怪的電車，又引起了孩子的第二個疑問：

「媽，怎麼電車樓上叫頭等，樓下叫三等？」

母親沒有回答她，她却問得更出奇了：

「媽，電車怎麼沒有二等？」

啊！香港人和他們的生活，在這裏，給這天真無邪的孩子，一句話說穿了。於是，我搶着回答孩子：

「香港是沒有二等的！」

「為甚麼？」孩子不懂，其實我又何嘗懂呢？

我和妻和孩子，常常在跨上電車前的一剎那，腦海裏一定發生這樣一個問題：到樓上的頭等去，還是就在樓下的三等？這確是一個難題，三十多年來我都很難為自己解答的。論生活水準，我們是水準以下的。父親沒有給我留下一份享用不盡的遺產，而自己却又偏選了這一門文化事業來做職業，衣冠固非整齊不可，身份和面子也得要稍為撐持一下，然而，事實上是失業的時候比有職業的時候多，賣文所得也常常不能糊一家之口。本質上類似一個毫無生活辦法的叫化，而別人却把你看成三頭六臂的斯文人，難就難在這裏了。如果按照自己的意思，三等也嫌太高，可是，這社會却偏要迫你上頭等去。所以，每一次，差不多如有一隻毛手在後面推擁着：「上頭等去，上頭等去。」

站在樓上，瞰視路上行走的人，確有點自我陶醉，可是，當掏腰包拿四毫子出來買兩張票，便有點痛心疾首，一頓飯的菜錢。就這樣被逼着拿出來了。這時候我真想大聲的學孩子樣的問：「為甚麼沒有二等？」

不過，往深處想的時候，我倒心安理得的以為沒有二等也是好的。這社會，就是卡在中間的這一種「二等」人最為苦惱。沒有二等，就逼使不是到頭等去做紳士們的尾巴，就自甘與三等客為伍，於是，很多時候，我下了最大決心不上樓梯，寧願擠逼一點，也留在樓下的三等，和一些穿着得很髒的人擠在一起，心裏也是快活的。

後來，我這想法漸漸行不通了，因為，香港有個規矩，警察是可以拿鞭子打三等的越額搭客的。近來，因為預防電車發生慘劇，所以執行得很嚴。第一天，我一個人為了點事情搭電車去上環，却遇了一件麻煩事。車過「鐸也」船塢碰到放工，許多工人擠了上來，電車上就像湘桂撤退時的疏散列車，到處都掛滿了人。忽然，一個西人幫辦，領了兩個華警，手裏拿着棍子，攔着了車子，舉棍就亂打。這時候車還沒有停定，掛在車子旁邊的就紛紛跳車逃生，有些跌倒了，有些給拋得很遠，但更多的是挨了棍子。我，也算是湊上了數，給用力推了一下。自此以後，我便改變了最初的想法，即使家裏沒得吃的，到外邊來還是得做「頭等客」，坐三等車實在是不合算的，一個人畢竟不能挨幾下棍子啊！

於是，我勉強把自己做成一個「頭等客」了。

悲〔劇〕彷彿老追隨着我，即使上了樓梯，搭上了「頭等」，無妄之災還是要來的。有一天，又碰着了一隊專捉逾額搭客的警察，我因為是沒有座位的「頭等客」，結果也被客氣的「請」去了警署。我無言的拿出了我最後的一張十元紙，然後恢復了自由。

以後，我簡直不敢搭車了，想做「頭等客」需隨時準備十元罰金，要坐三等就要準備挨棍子，我想還是走路這辦法最好。

選自一九四六年十一月十二日香港《星島日報·星座》

易水

木屋旅行記

這所木房子只有一丈丁方面積，如同我們在街頭所看見的木房子一樣，是一邊全開了門來做生意的，這樣的房子我們看得太多了，差不多一出門就得看見。

這房子起先造好的時候似乎很新淨，但原來都是舊木料改成的。半年前，一個中年漢子在江門埠用一個小籐書包裝了一把髮剪，一把剪刀，兩把破梳子和幾把刷子的東西來到香港，投奔他底一個族叔。那個人在他的族叔家裏的騎樓住了一個禮拜，已經弄得三百來塊錢資本。另外也碰上了一個也是撈這一行的師傅願意和他「精誠合作」，於是他便開始物色木頭造一間最簡單的舖位了。

木料雖然是舊木板，但刨過了以後，也覺得滿新淨的。為了省錢，木板一律不油色，造好那天，只用三個人就扛到靠近海邊的一條馬路的轉角處，當然，他那間木屋之能如此順利放在那裏，也許還化了一點在「會計項目」上找尋不到的費用也說不定。

那個人買了兩張舊椅子，兩把缺邊的舊鏡子和一些零碎的東西，便和那個搭擋伙伴正式開始營業了。

不知道他的理髮店是屬於那一等的，但從經常的顧客看來，它是最起碼的理髮店了，但是生意滿好。

當這木屋快要靠那兩把髮剪賺回那一筆開辦費的時候，有一家較為高等的理髮店願意請那兩個人去合作，那個人表示要放棄了這間木屋。當然，他放棄它並非完全為了另有高就，而是這木屋需要應付太多的麻煩事情，譬如吧，有時他得無故付出一筆名目叫做「飲茶」的錢，若問為什麼要有這筆開支呢？答案十分簡單：這是出來撈呀！

於是，這木房子換了主人。還是三個人扛着它走了一里路光景，擺在菜市塲附近一條冷巷口，但這時候，原是新淨的木板已遍佈肥皂，胡髭，頭髮和鼻涕一類的骯髒東西了。

這個人是賣熟食的，主要的出品是什麼魚餃麵和牛腩河粉。他把窗子擴大了，現在正吊着幾條黃色的魚餃和一些燒熟了的牛腩，一隻炭爐放在屋子裏，滾着一桶冒烟的湯水。

這木房子為那人賺了不少錢。當木房子四周給炭火薰得焦黑，板上到處抹着油跡的時候，再也不能安然放在那巷口營業了。不知道是什麼原因——事實上也無須乎知道是什麼原因，總之是有人叫它搬走的。起先那人還沒有馬上就搬，但是當別人把隔鄰的木房子拆得七零八落的時候，為了保護那間木房子的完好，他動員了幾個伙記把它移動到對面那一列洋房背後，那裏可以說是都市的背面，難得有人走動的。

木房子在那裏寂寞地停留了幾天，又落在一個以炒故衣為業的人手裏。這一次它移動得很遠，在大馬路上旅行了差不多一個鐘頭，到達一個街口，靠牆邊停放下來。

那個人用水把內部的板壁大事洗刷了一會，用一些舊西報裱了起來。第三天，一塊寫着「買賣故衣」的招牌掛在木屋簷下，故衣連屋門口也掛滿了。

這木房子的遭遇實在太壞，過不了十天，這街邊所有的木房子都風聲鶴唳了起來，看樣子，又一次旅行在等待着它了。

那一天早上他挑了一擔故衣來開檔，發覺木房子的屋頂給揭去了幾塊木板，門上有了破壞的痕跡。旁邊那間賣臘味飯的房子也遭遇着同樣的事情，這已經是很明顯的告訴他這是什麼一回事了，而且他還知道，將要發生的是什麼事情。

就在這時候起，那人起了另一個念頭：還是擺擺地攤算了。這樣，第二天起他就回到荷李活道去擺地攤。

不久，那木房子又從新拆散為零件，作為舊木板被人收買去了，買主把它另外造一件房子呢還是把它當柴燒呢？沒有人知道。

選自一九四六年十一月二十九日香港《星島日報·星座》

鷗外鷗

愛我的夏娃（們）

愛是大人們的事，但是早熟的我很早就懂得了。

八歲的時候，我已經中了，盲目的丘比特的第一枝的暗矢。丘比特的矢，無論何人都射的，你們長大了要當心啊！丘比特是誰呢？他是一個盲目的頑童，專門向男人和女人的心，射放戀愛的矢的射手。我中了他的矢，我純真地暗中愛上了一個十八歲的少女。這少女是常臨我家的佳賓，和我出入一雙一對的。不久，這少女結婚去了。

這是最初的一次的悲哀：也是後來我的一生的命運遭遇的開始。

到了十歲，我又愛了一個年紀和我一樣的，伊朗的女兒。伊朗，位在西亞細亞大高原的一個山國。雖說山國，北面有一個裏海，南面有一個出印度洋的波斯灣。是亞洲和歐洲的橋。很接近我們的西部。本名叫做波斯。基督紀元前六世紀，那時的波斯，西起馬其頓東抵印度，是一個頗為隆盛的大帝國。波斯的織品，流佈頗廣。現在已經是一個破落戶的衰微了的國家。國內出產煤油，這東西對於波斯簡直是禍水；可以燃着的禍水，引誘了一羣工業化的帝國主義，終日包圍在門前吵吵鬧鬧。大家都爭着要愛波斯！

我，我也愛着了波斯呢！我，我雖然并非帝國主義。我愛波斯，並非愛波斯的煤油。我愛波斯的熱烈有如煤油的女兒而已！

我所愛的波斯的女兒，她的國家既是我國的鄰舍了。她的家呢，也近在我家的隔壁。有一條走廊可以相通，屋內的腹部也有可以往來的門戶。就因為了如此如此這般這般；我們成就了這一段秦晉之喜，中國的我波斯的她之愛。否則一個生於西亞細亞大高原的她，和一個生於南中國海岸的我，豈非真正難於高扳了嗎？她的父母不遠萬里，從波斯到香港來，在領事館做書記官，也經營些綢緞絲織物汽油的生意；所以住在我家的隔壁的。

這個微黑的大眼的波斯女兒，還有一支高原人特有的又直又高的鼻子，真是上帝的傑作。肌肉好像一個烘焦了的麵包，即是樱黑色的。美麗，美麗，真夠美麗！

我們的家——她的家和我的家，門戶既相通，所以無分彼此，就叫做我們的家吧！走廊很僻靜。祇有我們兩個人。祇有兩個人的地方，就是戀人的世界了！

最初，我們各人用各人的國語說。我聽不懂她的，她也聽不懂我的。用口說的雖然聽不懂，但我們還可以看得懂用手說話呢。後來，我們都進步了一些，可以用她的話加上我的話，可以用我的話減去她的話；因為有些話彼此還懂不透。祇有用加減乘除的辦法！最後，最後，我變成了可以全部說波斯話的中國人，她變成了可以全部說中國話的波斯人了。於是我們兩「國」文化大為溝通，我兩人的邦交敦睦。感情的交流，更不在話下了。有時她送給我以絲織的波斯洋囡囡，有時我送給她以土造的中國大頭佛。有時她把計算錯了的數給我改正，有時我畫給她眼睛大得像地球的畫像。有時我偷了母親的唇膏管送給她，有時她偷了她爸爸的紙捲煙送給我。

在祇有我們兩個的走廊裏，她把我母親的唇膏，塗紅了口唇，香噴噴的。我把她爸爸的捲煙，燃着了猛吸，弄到大咳一頓。

我們的家與家之間的認識，往來；都是由於我們兩人的認識，友愛的緣故。我的母親和她的母親，她的父親和我的父親，都因為了我們的認識而認識，為了我們的相好而相好。而我們兩個，也經過了一個時期擔任了他們的外交往來的翻譯官。直到了他們能夠不用翻譯也可以通話為止。這樣的翻譯官，是祇有工作沒有薪水的。但我們何樂不為！我們樂得做他們的翻譯官呢。

他們結交之後，也常常互相餽贈飲食用品，後來甚至互相接收祝賀生日的禮物。

如是者一年，兩年。

有一天，她的母親忽然告訴了我的母親，以一個不愉快的消息。那消息真是不愉快了：說她的父親奉調回國工作，要離開我們了。日期也指定了，還有一個星期居留的時間。我們都知道了，這一個星期之間，我們相見都很鬱鬱不歡，沒有了往日的高興和熱烈了。由於我們的心裏都依依不捨。

我問她：「波斯在那裏？」

她告訴我說：「波斯？波斯在波斯那裏。」「很遠麼？」「不知道，也許很遠吧？由跑馬地到西環還要去呢！不過也不遠的，不遠的。」

「坐船去呢？坐車去呢？」

她說：「坐船，坐船，一路坐船，到了波斯坐車。於是到了卡山（Kashin），卡山，我們的家鄉，生我的地方。」

「卡山？和你的名字相同的卡山。」

她說：「對啦，我生於卡山；所以我叫作卡山。」

現在我念念不忘，我的卡山（Kashin）。然而我當時不知道要她的照片，她也不知道把照片給我吧。我現在不能見到她了，祇有在我的案上一本世界地圖中，看到了卡山，這個地方離波斯的首都德黑蘭不遠，裏海直通波斯灣的鐵道貫通着這個地方。這個地方界於一面是沙漠，一面是湖泊之間，風景幽麗。

卡山是一個好地方呵！卡山她是一個好女郎。

她去了以後，房屋空着。寂寞的走廊，我不敢再到了，我怕它太寂寞了！我在寂寞中，變換了遊樂之地，因此也變換了生活；常常跑到街上去。街上有一羣頗有組織的頑童，這班人由一個葡萄牙人的父親和中國人的母親混合生的小雜種率領，這小雜種很兇，恃着他的父親是警察的頭目吧，常常欺負其他的小孩們。和他打架的小孩，被他壓服的，成了他的黨羽。不屈服的，又成了一派。我失去了卡山之後，却做了這一派的孩子們的領袖，率領着他們和那小雜種的惡黨打鬥，稱霸街頭巷尾，雄據一方。那處，就是跑馬地的耀華街了，五年前，我再到香港工作時；還獨自一人，乘車到這條二十六年前舊居之巷，徘徊一番，街上也有不少頑童。但已非昔日共同奮鬥的故舊了，這些頑童也許是我往日的部屬們的子女吧。街的入口，本來有石砌的階級的，已經盪平了，鵝頸橋下的深溝，已經填了變或了大道。人事雖然滄桑，境物雖則變幻；然而童年往事，仍歷歷不忘。

自從和卡山童年之戀以後，直至長成，我的故事裏，還有寫不盡的悲喜交集的角色，和題材。

但我從左右着生與死的愛的疾病中，搏鬥而覺醒：「一個偉大的男子，應該死於事業的成敗，不該死於戀愛的得失。」一生為男子漢的我，我的生命有着更重大的意義，不應作為戀愛的雄蜂，應該作為需要工作的工蜂，當時的我舉起了壯麗的腳步，離開了戀愛的病院，踏入一個新觀念的宇宙，我從事於社會改革的工作，和文學的工作。都由於當時理智的覺醒。

我不相信命運決定着人，但我相信意志的強弱可以決定一個人的前途。我的意志力是特強的！我可以憑了我的意志放棄我所愛的，我更可以憑了我的意志把握到我所希望的。

我曾經以我的特強的意志，拋去戀愛；我曾經以我的特強的志，把握到我的事業了！

選自一九四六年十二月十六日香港《新兒童》第十三卷第二期

當我寫作的時候

我的書案上有一隻三磅重的，厚玻璃的烟灰缸，有一罐美國烟草，或土耳其煙草。我擦着了火柴，燃着了我的煙斗中之一個煙斗。你知道汽船和火車將要動身的時候，必定燒好了他們的煙斗，從他們的鼻子的煙窻裏，吐着濃煙的。

我的頭腦，準備去思想之前；也是這個樣子呢。煙斗燃着之後，我於是聚精會神的去思想了。我睜大着兩個眼睛，看着身旁的書架，一本本擠得緊緊的書，看着煙灰缸，煙草罐，看着墨水瓶，墨硯，看着我喝咖啡的杯子，我拿起了杯子喝一口咖啡，看看膠水瓶，看看袖手胸前站在案上的拿破倫；祇有三寸高的石像。我看着諸如此類的案上的陳設，甚至看着一個馬蟻，在檯上走過，一匹蒼蠅，在墨硯上降落。我聽着案上的座鐘「切切不要啜手指！」的響着。我的煙斗，熄了火，我又擦火柴，把它燃着；燃着之後，又再熄，又再燃着……

我嚴肅而沉着的，忍耐的等候着：思想之門的打開。

我既不容許，他人打擾我，也不容許自己打擾自己——譬如分心去想與寫作無關的事。我寫作的時候，我不願有臨門的賓客，我不願見家裏任何一人，尤其是不要坐近我的左右，離開我，離開我，總之離開我，愈遠愈好。不要和我談話，問東問西，不要到我的檯上，拿任何一件物件。不要擔心我會寂寞。吃飯的時間到了，不用請我吃飯。睡眠的時間晚了，也用不着告訴我知。我不會感激你的好意的。

如果我的工作室的門，可以下鎖；我會把自己關閉在裏面。任何人最好不要叩門。否則，你會碰着一個黑口黑面的包龍圖。

我的思路一通，往往應接不暇；感覺祇有一個右手執筆太不夠，怨恨左手為什麼這樣笨拙。因為我的腦，每每一想出了一件，跟着便第二件，或者第三第四都同時想出，我的筆便趕不及寫下來；而第五第六，第七第八的又接踵而至，結果祇有十之七八，有些地方想到了也就失去了。

思想真是奇妙，想不通的時候，好像鐵和石，想通了，却像一羣出籠的小鳥，東也有，西也有，上上下下左左右右都捉個不住了。捉得不夠敏捷不夠快手，便會飛走。

我知道我的聯想力相當的強，然而不滿足於祇有一個可以執筆的右手。

我想：我們應該有一副打字機——和外國的作家一樣。應該有一副便利又快捷的打字機。

聽說美國的作家辛克來，他著作的時候，有許多的秘書繞坐在他的四圍，他咬着煙斗，在工作室裏，或行，或立，或起，或坐，或俯，或仰的自言自語，用口說着話，秘書們便接着打字機，把他說的話寫下來。最後把每人記錄的原稿，給他自己整理好，便可以送出發表。這是一個最好的辦法，想得週到，產量多，又夠舒適。

但我們能否這樣想呢？我們敝國，做作家的收入，吃不飽，穿不暖。自己養自己，尚且不夠。那裏能夠僱用許多秘書呢？

我寫作的時間，多在深夜。家人都熟睡了；打着鼻鼾。或者一早起床，吃了咖啡。我吃咖啡很兇，一壺之後又一壺，晚上也一樣。咖啡對我的睡眠，毫無影響。

我寫詩和寫文章不同，寫詩，沒有時間的限制，也沒有選擇一定的地方。喧鬧的環境亦無妨。在家裏可以寫，在電單，汽車，汽船，尤其是最喧鬧的火車，也可以寫。

我的詩，多數是寫於船和車之旅行當中的。我不大喜歡，第一次便用原稿紙。我的初稿，多數是寫在一些不三不四的紙頭，草紙，或已經印過了文字的紙背後，或者是收到的信封後面。我寫了之後，會不時的增加，或減少，其中一句，一個字。到了最後完成了，才把它抄到原稿紙上。

我思想的時候，坐在椅子裏也想，在街上跑着也想，在船上車上也想，一面吃一面想，睡在床上也想，半夜睡醒了也想。所以我身邊常常帶着紙和筆，一本小活葉簿。一想到便立刻要寫了才可以安心。否則便一夜失眠。我思想的時候，一夜起床幾次，在鄉村居住的時候，沒有電燈，有時甚至電手燈也沒有；我可以盲目的把字寫到紙上，最初一兩次頗糊塗，但後來却大為順利，黑夜中寫了早上看看，每個字每一行，都很清楚了。

因為晚上在床上寫作的不便，我想到應該發明一種有燐質的螢光墨水，黑暗中寫到紙上可以發光筆劃分明，這是多麼便利的呢。

前年讀報紙，看到一段新聞，說美國派克筆廠，發明一種派克 53 號的筆，筆尖發光可以夜間書寫。等候了一年多了，還未見中國市面有這種筆出賣，不知道這消息是否無稽的傳說。不管怎樣，我認為筆尖能夠發光，夠不上發明一種可以發光的墨水，更切實用吧。

俄國的盲詩人愛羅先珂君，他是天生的一個盲眼的瞎子。然而他也能夠寫詩；也能夠為孩子們寫「魚的悲哀」，寫「桃色的雲」，寫「幸福的船」，寫這許多孩子們讀了暗暗地流淚的童話。

他不曾見過太陽的光；月的光，星的光，火的光。他一生出來的人類的世界，就是黑暗的世界。這黑暗的人類的世界，尚且無妨礙他理想的光明。他瞎了的眼尚且看得清清楚楚！

我的眼睛不是瞎子的眼睛呀，在黑暗中，當然也該看清楚，也可以寫呀。

選自一九四七年十一月一日香港《新兒童》第十六卷第五期

一個人的長成

霧很大。

船窗外面的燈火，都模糊不清。

來送行的父親，外父，外母，弟妹們，薄暮的時候都再三再四的說着叮囑的話；依依惜別的回去了。

如果這一天，母親還在生，她會如何的高興了呢，她會緊緊的握住了我外母的手，談笑甚歡了吧。如果她見到了她第一個兒子的結婚旅行。然而她不能看見了。不能看見了。

我這樣的想着，有點黯然。江上寂靜得很。小舟的櫓聲，也沒有。我們的船，却突然的響着雄壯的汽笛。甲板上聽見船員的雜沓的脚步在起錨呢。在深夜中，我們的船從廣州開去上海了。

這一天，是一九三五年（我二十六歲）的初春。寒冬還未去盡。我和我的夫人結婚旅行了呢。

一個孩子，未長成，當然不會結婚。長成了，便需要結婚了。

一株樹如果尚未長成，它不會開花，不會結果。當它能夠開花，能夠結果，它是已經長成了。為什麼，長成了的樹，要開花，結果呢？它不開花，結果；不可以嗎？

這是生命的意義呵！自然的責任。

凡是有生命的，自然都給予它們以這個責任。除非，沒有生命。除非，是殘廢的。

我們想一想，這參天的喬木，這樣偉大的一株樹，本來不過是一棵果實裡面的一粒小小的種子而已。如果它們父的樹母的樹長成了，不開花，不結果。又怎樣會有這樣偉大的一株樹，頂天立地的生存着呢。

倘若長成了的樹，都不開花，不結果的，以後的世界，恐怕都沒有樹了！甚至小草，也沒有一根了。

生命的意義，就是要有生生不息的後繼的生命。凡是有生命的，都需要負起要完成這個責任。以前，我還是一個未長成的孩子。而這一天以後呢，我不是一個孩子了，我已經長成了一個成人。

我們的船，在海上航行了三天。

每次將近一個島嶼，一個口岸，白鷗繞着我們的船上下紛飛，有時像飛機護航一樣，在船的上空，或左或右或前或後的，護送幾十哩。

我的夫人便笑指着說：「它們都是你的兄弟，你的家族，你的同類吧。」

白鷗，的確是海洋動物中，最可愛的水鳥啦。它自由，獨立，合羣，冒險，奮鬥。永遠不知道疲倦的生活着。外國許多的大詩人，都讚美過白鷗的。

一匹白鷗，不是比一個一個疲倦了的中國人，更值得讚美嗎！

在海上三日，我們遇見了許多，在我們的海上來來往往的英國戰艦，美國戰艦。尤其是最多的是鄰人日本的戰艦和漁船。而我們的戰艦却不曾遇見過一艘。

英國的詩人華滋華斯在他的一篇「獻給自由的十四行詩」，他叫出含有真理的話：

「有兩種聲音：
一種是海的，一種是山的；
每一種都是巨大的聲音：
一代又一代地你歡享在這兩種聲音裡，
它們是你所選擇的音樂，自由！」

事實如此，海是使英國偉大的力量，海教育了英國如何偉大，正如亞爾帕山對於愛自由的瑞士人一樣。我們在香港看電映，閉幕的時候，每次銀幕映出英皇的肖像和飄揚的英國旗，襯托的背景都是一幅無邊無際怒濤澎湃的海。他們真知道海的偉大了，真是一個愛海的民族了，海對於英國人總是偉大的自由的象徵。

我們的鄰人的日本，也由於愛海而興起，愛海而隆盛。他們的詩人讚美海，他們的政治家讚美海。

我們衹知道穿山越嶺的築一道世界最長最大也最偏狹的圍牆——萬里長城。而不知道海的偉大，海的寶貴，海的可愛。反將我們最大的門戶的海，門禁大開。自己不能夠出這最大的門一步，却讓他們闖進來橫行，這樣的愚笨言之痛心。

英國詩人湯姆斯·加佩爾在他的一篇傑作「你們英吉利水手」裡，他狂呼怒號的唱着對祖國的英吉利水手的讚歌：

「你英吉利的水手們！
防禦着我們故土的海；
她的國旗已有一千年，
雄視在戰爭與微風裡！
你的光榮的旗子又在揚起
對着另一個敵人進軍！
衝破深深的海，
當暴風在狂吹；
當戰爭轟然地爆發，
那暴風在狂吹。」
「英吉利無需堡壘，
無需尖塔與城垣；
她的進軍是在山一樣的波濤，
她的家是在深深的海上。
她壓服着下面的波浪，
當波浪洶湧在岸上，
當暴風在狂吹；

當戰爭轟然地爆發，
那暴風在狂吹。」

孩子們，我們也有着廣大無邊的海的中國的孩子們，聽了這歌聲，當明白了海對於國家的意義了。

我們讚美我們中國的水手吧，我們也去負起做一個中國水手的責任吧。

我的夫人姓林，名字叫做林巒。她是生於中國最南的海岸，和安南祇隔一道橋的地方。而我自己也是生長於中國沿海一帶。我們都是海的兒女，海的國民。我們生於海，長大於海，受海的薰陶，受海的教養。我們都是愛海。即使陸地怎樣的大吧，還是不及海的廣闊，不及海的自由。我們對於有限的陸地感覺狹隘和拘促，所以我們到無邊際的海去結婚的。

我們聽着海的怒濤澎湃，又看着海的平波萬里。我們感覺自然的海的偉大，我們才感覺到航行在海上的人類的更偉大。我們的婚禮於是在海上舉行了。

船經過了汕頭，廈門，台灣。第三日的晚上一時開入了揚子江口。黑夜中的上海，燈火燦然。登了岸，汽車送我們到北四川路新亞酒店。一個守門的印度人，很敏捷的跑前來，替我們開了車門。燈光下望他的兩鬢，髮已經白了，那一天他才可以回到他們的印度去呢，心裡正突然的浮起這問題。他却用英語向我們說「晚安！」。

第二天良友圖書公司的李青，馬國亮知道我們到了，都很高興，到酒店來看我們。分別的通知其他的朋友。

作家的趙家璧，葉靈鳳，穆時英，詩人的戴望舒，徐遲都來過訪。他們分別的訂下了日期宴請我們。和我們看戲，看電映，到舞場。我們也在上海最有名的廣東菜館新雅歡宴他們一番。

他們都是我們結婚時的良友，常常和我們一塊遊樂。尤其是李青，他每天必到酒店。陪我們外出，和我們一塊吃飯。晚上和我們吃咖啡吃酒，閒談至深夜才去。

他是一個深於友情的人呵！許多朋友都稱道他的友誼。他對人豪爽，無論大事小事都幫助他人。這是他的美德。

後來，香港陷落，我到桂林，手上拮據得很，他却常常問我要不要錢用，自動的把錢借給我。他的友情，是愛己及人的。

朋友之道，當然不盡是通財之義。然而把錢看得比友誼更寶貴的，缺乏了同情心的，那種友誼也有限了吧！世間還有什麼使人困苦無告的呢？除了錢之外。一錢使人哭，一錢使人笑！有一個可以使朋友笑的錢，都吝嗇着不肯幫忙，那還有什麼可以幫忙朋友困難的事呢？

孩子們，我們倘有可使人笑的錢，應該豪爽的使人笑呀。眼看着別人的哭而自己笑的，是一種自私的罪惡！

在上海居住了一個月，帶來使人笑的錢，也差不多用完。我們也收到家裡盼望回去的電報了。而且結了婚以後，我們也有我們獨立的家了，我們需要自己去生活了。

我們怎樣自己去生活呢，我們要向社會做工作，從工作中取得生活必需的錢。一個人的長成，好像一個離了樹的果子，以後出芽生長成為別一株樹，都靠自己生出的根去尋覓自己生活所需的土地。

於是我們結束了旅行，買了船票，又開始航向人生的海了。

選自一九四七年十二月一日香港《新兒童》第十七卷第一期

與北園克衛的友誼

國與國間，有邦交。

人與人間，有友誼。男與女間，有戀愛。

如果有人問我，三者之間，誰重，誰輕，何種可貴，何種不足取。我將這樣回答他們：三者皆重要，三者皆可貴，三者皆足取。

在乎彼此之間的；國與國，人與人，男與女，相處之際，能否正心誠意而已。

打開了人類的歷史，古今中外，國與國間相處，都是你虞我詐，強凌弱，眾暴寡的。

男與女間的戀愛，亦靡不有始，鮮克有終。

無他，彼此之間的相處，沒有誠意罷了！

本來，為着人類的幸福，人類的文明；國與國間的平和相處，當然是很重要的，而且很需要。不能和平相處的國際戰爭，不絕的發生，終有一天，彼此同歸於盡，把人類的生命，文化，財富都毀滅無存的。

我生三十多歲，已經身歷兩次，人類互相毀滅的世界大戰。這兩次的大戰，不是毀滅了許多不必死而死去的生靈了嗎，不是毀滅了許多，經過千萬年來我們人類的祖先，竭智盡忠累積得來的文物財富了嗎。

所以，國與國間的和平相處；是很重要，而且很需要。而男與女，人與人的相處，都是國與國和平相處的基本呢。

當中日邦交尚未決裂之前。

我和日本詩人北園克衛氏訂交。

北園氏，係日本著名的超現實派詩人。曾留學法蘭西。他第一本著名的詩集叫作「白色的照像冊」。我就因為讀了這一部「白色的照像冊」，而引起了要和他做朋友的。

我很喜愛他的詩呢；所以向他伸出了友誼的手了。在我們兩個世仇的國與國之間，我們互握了我們的手，做了朋友。

看來似乎很滑稽很矛盾的吧？

然而像郭沫若先生的有着日本的妻子：「小黑子」胡明樹的有着日本的愛人。豈不是更滑稽矛盾了嗎？

人類的世界，正是這樣滑稽，這樣矛盾的哪！歷史上這樣的滑稽，這樣的矛盾多得很了。愛了敵人的女兒，是什麼道理呢。這完全出於人性本善的，本性。這種出自本性的行為，是很天真的。兩仇敵的關係，不過是人事問題，相處得沒有方法而已。

兩個敵對國的男女相愛，人民的相友善；而不能泯滅人類愛的本性。看來似乎很滑稽很矛盾了，實在是人類文明的悲哀呢！

我和北園很友好。

我們交換過照片，互相餽贈書籍和詩集。他是「VOU」雜誌的編輯，這本雜誌，編輯印刷都很精彩雅緻，內容有詩，有繪畫，有音樂，有散文。寫作的翻譯的都是知名的作家，出版的年代已經頗悠久。每一期他都送一份給我。

他曾要我送一套「詩經」給他，我們中國最古代的一部民間詩集。他要讀這本詩集，很有意思的。我買了一套用連史紙珂羅版精印的送給他。他高興極呢。

他把他的詩寫了一軸條幅送給我。這條幅掛在我廣州的住所的壁爐上，直至廣州淪陷了，和所有的家具都散失了。

因為我嗜好蒐集火柴匣封面，我蒐集了好幾個國家的。而日本的火柴匣封面，最藝術，最講究，為全世界之冠。日本人，尤其是日本的中小學生，都愛好蒐集火柴匣封面的。他們像蒐集郵票一樣，興趣濃厚，分門別類，把封面紙用開水浸脱曬乾了，貼入蒐集冊裏互相珍藏。日本的火柴，多數不用花錢得來。理髮店，有理髮店的火柴。飲食店，有飲食店的火柴，書店，有書店的火柴。百貨店，有百貨店的火柴。甚至消防所，也有「小心火燭」的火柴。政黨競選，也有把候選人的姓名印在匣子上的。凡百行業，都把火柴免費贈送。形式大小厚薄都不一致，封面構圖都出自畫家設計。五光十色，別出心裁，令人不忍釋手。

北園氏知道我喜歡蒐集，竟然為我陸續蒐集。每次郵寄我一個小包，一百幾十張；累積到幾千種。而最難能的，每次寄來的都不會重複。寄了幾千種來，沒有一種是相同的，用不着的。

由此可見他對友人，是怎樣親切週到了。把別人的事，視同自己的事。蒐集火柴匣封面，本來小事而已，但他不以事小而輕忽之。而他又能夠抽出時間，隨時隨地留意把空了的匣子收拾，收拾了又不讓它有重複的。替朋友做事，而不怕麻煩至此的。真是難能可貴的友誼了吧。

孟子主張的：「親吾親以及人之親，老吾老以及人之老，幼吾幼以及人之幼。」是提倡人與人間相處之道，推己愛以及人之愛；然後人類才可以和平相處。然後世界才可以大同。

朋友之道的可貴，亦在乎這樣的；推己及人而已。怎樣才能夠，推己及人呢，祇要我們正心誠意，以待人接物。與朋友相處，誠懇而親切。

北園氏的友情的誠懇親切之處，使我為之感動欽敬，每一念及懷想不置的呢。

後來蘆溝橋事變將近，他還把最新出版的詩集「鯤」一本寄贈給我，他的詩集很多，而這一本的風格已入沖淡之境，與昔年的「白色的照像冊」年少氣盛的時代，大大不同了。

收到了這本「鯤」之後，也收到一大包的火柴匣封面和信。當時我感覺到；我們的友誼，恐怕會暫止於此了！面臨着兩國的積怨，兩民族的深讎，已屆清算的日子。我們兩人而已的友好，微乎其微，無補時艱，徒感唏噓罷了。

卒之，在砲火的隔膜中，我們音訊斷絕直至於今日。本來現在郵路復通，總可以執筆問訊的。但經過了八年來的鄰里相殘，心情總覺得有點怏怏；好像兩個細胞裏的染色體一樣，形格勢禁不能相近的樣子。這簡直是人類的下意識作祟了。

但姑勿論怎樣說，北園的為人，心裏總會想起的。

如果他在炸彈的狂風暴雨下，倖而健在，大概已經五十上下年紀白髮蒼蒼了吧。

選自一九四八年一月十六日香港《新兒童》第十七卷第四期

夏衍

超負荷論

超負荷（overload）是一個工學上的名詞，負荷就是負担，超負荷就是加於某一種器械（appanatus）担負超過了製造這個器械的時候所規定的負担限度的事情。

天生的萬物，或者人造的萬物，它所可以負担的能力，總有一個一定的限度，為了容易説明起見，我們先説人造的器械。

譬如我們走公路，稍稍近代一點的公路上橋樑旁邊總有一塊木牌指示：「載重不得超過若干噸」，這個若干噸就是這條橋所能負荷的重量的限度。再如坐卡車，每一輛車子也總有一個規定：本車載重三噸或者五噸，這個三噸或者五噸也就是這輛汽車所能負荷的限度。推而廣之，任何一件東西，不管有否明文注定，它都有一個一定的負荷限度，譬如一輛單車，載重不得超過若干磅，一個電燈泡，它的燭光不得超過若干支，乃至一根銅絲，一根紗綫，儘管沒有注明，但它的「張力」也都有一個規定的限度，載三噸的車載了五噸六噸，這輛車的鋼板會斷，輪胎會炸，規定二燭光的燈泡通過超出限定的電力，那麼這個燈泡的鎢絲就燒毀。

在工學上，研究每一種物質的負荷限度，是一種叫做「材料強弱學」的專門功課，學工程或者學器械製造的人一定要先經過這一門的功課，研究和測定每一種材料的強弱，換言之就是先要知道這一種材料所能負荷的限度。譬如說對於一塊鐵，一塊銅，或者一塊橡皮加以壓力，超過了這些材料所能負荷的限度之後，這塊鐵、銅、或者橡皮就會發生變形而再不能恢復原狀，這拿一根銅絲做的彈簧來做例子就是很容易看得出的，兩手用力拉一條彈簧，彈簧可以伸長，兩手一放，彈簧就縮短到原來的長短，這表示兩手所用的力，還在這條彈簧所能負担的限度之內，假如超過這個限度，繼續拉長，那麼久之久之，這條彈簧就會因為受到超過它所能負荷限度的張力，發生變形，即使你兩手放了，它也再不會回復原來的長度了。在材料學上，這一個限度點叫做屈服點（yielding point），材料被外力所壓倒了，它不能不開始屈服，假如超過了屈服點而繼續拉長呢，那麼憑常識可以想像，這個彈簧就會斷了。

在工業製造的時候，先測定了某一種材料強弱之後，就容易設計出這一個器械的負荷量來，規定這座橋載重五噸，意思就是說任何壓力超過五噸，那麼這條橋就會因為「過勞」（strain）而不再能恢復原狀來繼續負担五噸的壓力，今後再有五噸以上的壓力加諸這條橋上，那就很危險了。但是，現代工業是以安全為主要目標的，所以設計的時候，任何一種材料的設計就並不規定得這麼明確肯定，換言之，為了安全，設計的時候就先留下一個也許偶然會超過負荷之危險的餘裕。譬如實際上要加壓到七噸八噸才會「過勞」的橋樑，明文規定的「負荷限度」只是五噸，這樣，偶不經心而超過一點，一時也不致於立即發生危險，規定載五噸的車子載了六噸可以不生問題，其理由在此。這是為了安全，這種更謹慎地把「負荷限度」規定在實際可能負担的限度以內，工學上叫做「餘裕」（clearance）。餘裕愈多，安全率愈高，餘裕愈小，安全上危險性愈大，這是一想就可以知道的常識。

不知為了什麼，我近來常常想到這個超負荷的問題。在抗戰中抗戰後所看到的一切，我覺得中國真是一個超負荷的國家，中國人真是一個超負荷的民族，而中國的暴君統治，就完全是一種建立在超負荷之上的統治。

打個比方說，一輛單車，它的負荷限度大概不會超過兩三百磅吧，可是在逃難中，我們有過坐「單車尾」的經驗，那不是一輛單車上坐上兩個人再加一箱一包的行李麼？普通的公共汽車載重限度不可能超過三噸半吧，那麼重慶到成都的長途汽車，車廂裏塞滿了六七十個乘客，車頂上乃至車窗外載滿掛滿了貨物行李鋪蓋，這種行車的方法不是完全忽視了乘客的生命安全，而以僅有的一點「餘裕」在作無限制的冒險麼？「中國人有辦法」，這是一句抗戰中常聽到的成語，我們不僅坐過超負荷很遠的汽車單車，輪船火車，甚至汽車的鋼板斷了縛一條竹扁担上去繼續趕路的冒險也不止做過一次，外國人講安全，中國人講拚命，外國人人命第一，中國人人命不在考慮的範圍之內，於是外國人認為不可能的事情中國可以做，外國人認為不可受的情況中國人可以安之若素，於是外國人伸着大姆指說中國人「頂好」，而中國人就此也以這種超負荷的冒險認為永遠可靠的「有辦法」了。

器械如此，我們人的身體也是一樣，大自然的設計師比我們的科學家更加考慮到人生的安全，所以人身可能超負荷的「餘裕」更大，替我們準備了的「安全率」更高而已。外國人兵士講營養，一個健全的人每天的營養最少要有若干加羅里，有的分得仔細一點，講一個人每天所需要的維他命，如一個成人每天最低限度需要的維他命A是四〇〇國際單位，維他命D是四〇〇國際單位，維他命B是一milli-gram之類，這在營養上，已經是「最低的每日需要量」（M. D. R.）了，少於這數目就是「營養不足」，有礙健康，可是請問我們中國人的營養——特別要以打仗的兵士和種田的農民為例子，那一個人夠得上這標準？外國人的說法是夠不上這標準就「營養不足」，不能「勝任」過勞的工作了，而中國人的說法却是「我們三天不吃飯也照樣打仗呢」，外國的想法是要在一定的營養水準健康狀況之下繼續工作，中國人的想法是祇要不倒下去就一定還可以「拖一拖」。拖，就是利用大自然給我們留下那一點「餘裕」來使之忍受一切「過勞」，不恤讓他超過生理上的yielding point而至于死亡的意思，所以對於「使用人力」之點，也同樣的是外國人的辦法是保持一定負荷繼續在良好的情形之下使用，而中國人的辦法却是無限制無保留的加以負荷，超過負荷量，破壞他生理上的健康狀態而拖到死亡的一種「絕體絕命」的方式。照常理，使用器械或人力，總是限定於一定限度之內，一定要使它用了之後還能恢復原狀而往後還可以繼續使用，而中國人的想法是一下子就把它用壞用爛用到死掉為止。我看見過中國軍隊裏的兵士和伕子每天吃兩頓稀飯，一直瘦到和照片上看到的納粹集中營裏的皮包骨的俘虜相仿，可是依然背着槍挑着担子在打仗在行軍的情景，這一切，中國的帶兵官和新聞記者都把它當作中國人能「吃苦耐勞」的美德，當作能捨命報國美談而宣揚出去的，那麼這些美德和美談背後，不是由無可計數的生命和枯骨建立起來的麼？我們直到今天還沒有一個正確的數字，可以說明這次戰爭士兵死於直接殺傷者和死於凍餒疾病營養不良者之間的比例，可是我想像後者的數字一定大得驚人。在中國人命不值錢，特別以無錢無勢者為然，所以類似此種問題也許根本不曾有人想到過，可是對於器械，美國人倒是替我們計數過的，我曾在一本雜誌上看見過一篇美國公路專家講到滇緬交通的文章，說外國可以行駛若干里持續使用若干時的汽車，在這條公路上因為使用管理不得法，濫用濫載，以致損壞率太大，平均使用期間不及規定可用時期的幾分之幾云云，鐵做的機器尚且不堪「過勞」短命而死，一想到血肉做成的人的運命不就值得使人戰慄了麼？

中國人的勤苦耐勞，能夠在較低的生活水準和不可想像的惡劣條件下生存，這些話已經成為宣傳中國人特性的口頭語了。耐勞，就是能夠長期的超負荷下生活，較低的生活水準和惡劣的工作條件就是中國人永遠生存在超負荷的情況之下。古人說：「食不飽，力不足，才美不外見」，我們現在已經談不到要求才美，而衹是把人當作破汽車一般的用破用爛用到不可收拾而已。由於中國人有這種「民族的美德」，於是帝國主義者可以「無限制地」剝削，統治者可以「無限制地」壓榨。有一次在戰地我和一位帶兵官談話，問到士兵的營養如此惡劣為什麼繼續作戰，在外國，在這樣情形之下，不就會叛變了麼？那位軍官笑了笑說：「中國的事情是不能照常理講的」，照常理，照生理學上的常理，照物理學上的常理，照社會學上的常理，這種狀況繼續下去是一定崩壞的了，可是我們還是可以「拖」下去的。我們這個國家，這個民族，這個社會完全是生存在早已超負荷了的破壞點上，而站在這可怕的一點指揮號令的人物，却悠然地說：「不要緊，中國人是有辦法，中國的事情是不能照常理講的。」

我想，人既然生活在物質的基礎之上，人既然和機械一樣的是一種有一定負荷限度的生物，那麼，結果還是要受常理之支配的。中國人大概可以說是最富於彈性的民族吧，但，彈性也終於有一個限度，以為彈性大而可以無限度的使用壓折，結局還是非依照常理而得到一個必然的結論不可，崩壞而已。

四六年十二月，香港北望樓。

選自一九四七年一月香港《野草》新三號

坐電車跑野馬

關於物理學上的所謂惰性和慣性，我們在唸初中教科書時就知道了，急行中的車輛突然停下來的時候車上的人會向前踵，靜止中的車輛突然開的時候車上的人會往後倒，在實生活中，這種物理現象早已經成了最普通的常識，遇到這種情形誰也不願去想一想了。

我幾乎每天出門都得坐電車或者巴士，在車上也幾乎每天都可以看到車中人在停車開車時，的那種前踵或後倒的現象，為什麼明知有這種物理現象而不先有一點準備呢？于是我發覺了祇有經常工作在車上的賣票員，才職業性的經常有這種準備，才身心合一地理會到如何才能避免這種慣性現象的訣竅。車要開的時候他上身向前，車要停的時候他上身仰後，乃至車要急轉彎的時候他把身體作若干度的傾靠，在「車上人」，這一切似乎都已經成了職業性的必要措置，生理的動作之前不再需要心理的思考和判斷，換言之，將自己的身體適應着車子的運動而運動，這也已經成為一種很自然的慣性了。

當然，作為普通的搭客，對於這種突如其來的衝擊和方向改變，就不會有售票員一樣的熟練了，儘管像我們這樣幾乎天天搭車，但是急停或者急轉的時候，搖擺踵跌，乃至碰傷跌痛的事情，依舊不一定可以避免。那麼，在車上的人要怎樣才能完全不受慣性的影響而保持穩定呢？我依舊從物理學的法則找到了回答：物體的安定度（stalility）是與物體接觸的面積成正比例的；雞蛋和地面祇有一點接觸所以最不穩定，而一個上小下大的瓶子或者罐子，因為底部有一大塊面積和地面接觸，所以放在地上儘管動盪也可以保持它的安定。人坐在車上比站在車上穩定就是這個原故，于是推而廣之，乘車的時候假如有地位可以讓你四肢平伏地睡在車板上，車停車開的時候就決不會受慣性的現象而搖擺了。

從這些事，我偶然聯想到近來常聽朋友們談起的所謂思想上轉得過來和轉不過來的問題。有人說：「形勢變了，政策變了，但是這變化來得太快，我們在思想上轉不過來，」這是頭腦清醒而值得同情的說話，因為講這話的人已經承認了「形勢變了」的前提。用前面的比喻來說，不預先提防到路線的急變而碰傷了肌膚，於是怨路太壞，怨司機的技術不佳，怨售票員的沒有預先關照，這都有值得同情的地方，但反過來說，路不是每一條都平坦而一直線地可以通到羅馬，不預先意識到必然會有的路途的曲折和速度的快慢而惰性地鬆弛了應有的注意和警戒，那就不能不歸之於乘車者自己的責任了。

假如以時代為車而以人為搭客，假如以社會為車而以人為搭客，那麼當時代和社會的車子有突如其來的變化使個別的人受到衝擊，乃至遭到損害，這幾乎是屬於不可拒抗的事象，在此而假如要儘可能的減少動盪的程度，儘可能的避免由于轉不過來而發生的傷害，那麼如上面所說的那個安定度的例子，最基本的辦法，應該是這個人和這個時代與社會保持最大可能的接觸！人在時代和社會裏假如像一個鷄蛋豎在桌面上似的祇有一點的接觸，那是不需要有激烈的動盪，祇要稍有一點微動，也就會倒下來吧，反過來說，假如一個人能夠做到把全個身心緊貼着時代，緊貼着社會，正像一個搭客四肢平伏地緊貼在車，那麼不管這車子如何的驟停急轉，這樣的搭客總可以保持安定，總可以避免傷害了吧。

事實上，我以為假如一個人而能夠真真意識到自己是時代和社會這車子裏的搭客，那麼車子方向激轉或者速度激變的時候，摔倒也好，碰傷也好，一時氣忿不過而罵幾句司機也好，祇要人在車上，結果山迴路轉，他也還是終於要被帶着轉過來的，這年代最可憐也是最愚蠢的，却是明明自己是置身在激變的大時代中，而自以為可以超然物外，可以不理會這激變的人物。身在車中，心馳物外，實際生活已經被疾行的時代列車帶着向前或者轉彎去了，而和實生活游離的精神狀態却還跟着過去的慣性惰性進行，不是閉着眼睛緬懷過去的那些美妙的日子，就是一成不變的想用過去了的時代的尺度來衡量已經變化了的事象，滑脱了軌道的星球憑着物理的慣性拋射出去，其結果祇有是殞落之一途，而人的思想一旦脱離了實生活的軌道，憑着思想上的惰性，堅持着想用和要用過去的做法和想法來衡量已經變化了的現象，其結果也必然的是在現實問題上碰壁，而損傷了自己。

由于物理上的惰性而遭受的激盪，我們憑生理的感覺就可以很快的察覺而加以必要的適應，可是由于思想上的惰性而不知不覺地脫離了現實生活的軌道，就很難在短時期內察覺而「轉得過來」。怪前面的視野不清，路線的急轉不容易察覺麼？怪司機的不拉汽笛不揿喇叭而使搭客們不能有及時的準備麼？路是崎嶇的，霧是濃重的，但司機的汽笛却已經不止響過一次了。「第二次世界大戰結束以後，世界情勢又發生了變化」，這是一個明確的宣告，一方面，「戰後美國的資本主義獨佔者為了保持他們過去的那種高度水準的利潤」，全盤接受了希特勒的反蘇反共反人民的政策，西歐的社會民主黨同惡相濟，為了保持舊社會體制的反人民的特權，毫不遲疑的參加了戈培爾留下來的反蘇進行曲的合唱，而在另一方面，日益強大的蘇聯堅持着全世界各國人民應有其自由選擇其政制的立場，勇敢地擔負了反對美帝國主義者建立世界霸權的任務，而同時，東歐一大羣眾法西斯奴役下解放出來的國家，已經推翻了資產階級和大地主的政權，短時期內實現了資產階級民主政治所不能實行的那種民主進步，于是在世界範圍，兩條戰線已經劃分得清清楚楚，自從十餘年前蘇聯參加國聯以來一直努力爭取過來的與西歐「民主」國家締結同盟反對德日意法西斯的這統一戰線，已經因為形勢的變化和革命對象的轉變，而實質的改變了性質了。這樣，在美帝國主義者瘋狂地進行着建立世界霸權和製造着三次大戰的時候，依舊將美國定義為一個「民主」國家，依舊將美國衡量為一個可爭取可轉變的對象，這觀念無疑的已經是惰性的延續，已經是滑脫了時代的軌道了。在中國，自從國民黨統治集團撕毀了政協決議，發動了全國內戰，製造了偽憲，徹底關閉了和平協商的門戶之後，在反人民的一面是徹底出賣國權，全盤倒入美國懷抱，決心把中國成為美帝國的附庸，而在人民的一面，堅決的反對美國侵略，堅決主張剷除國民黨統治集團的老根，進一步而放手的實行平分土地，幫助貧民的農民翻身，因此在中國的範疇，人民與反人民，兩條戰線也已經劃分得清清楚楚，自從九一八以來十餘年間一直努力爭取過來的與蔣介石統治集團和資產階級地主們結成反日反法西斯的統一戰線，也因為形勢的變化，而實質的改變了性質了。這樣，在蔣介石集團依靠着美帝國主義的援助而大舉討伐人民，放手實行獨裁的時候，依舊幻想美國的改變對華政策，依舊緬懷着一九四五年式的政協圓桌會議，依舊期待着一種與蔣介石和平共處的「不流血革命」，這觀念無疑的也已經是惰性的延續，早已經是滑脫了時代的軌道了。

時代變了，世界變了，全世界人民力量與反動力量的對比變了，過去要求的爭取的祇是若干分之一的否決權，過去要求的爭取的祇是溫和而安份的交租交息和減租減息，但是，當反動派連一點起碼的要求也吝嗇而不與的時候，當反動派決心要置幾萬萬人民於死地的時候，於是時代變了，世界變了，歷史的列車急速度地轉了一個大彎，以驚天動地的速度和力量向前猛進，於是，一年前還是那麼橫暴那麼吝嗇的統治階級的好日子，就像白駒過隙，永遠地一去而不復返了。這是歷史的軌道，這是時代的殘酷。變得太快了思想轉不過來嗎？我想，祇要觀念不脫離軀體，不跟着惰性拋射出去，那麼即使暫時衝擊一下而遭受一點損傷，結果依舊還是要被迫着「轉過來」的。

野馬跑得太遠了，就此打住。讓我再說一句，在時代列車急行中，還是儘可能的緊貼在車上吧。

選自一九四八年一月香港《野草》新七號

侶倫

燈火

小孩看見燈火會喜悅，會發笑；而當在夜裏啼哭的時候，突然亮起了燈火，也往往會止住了啼哭靜下來，恍如獲得什麼無形的撫慰。因此有人說人類是自始就本能地愛光明的。光和熱不能分開，有光的地方便有熱；有溫暖，有希望。黑暗叫人窒息，而光給予人的是解脫，自由，輕鬆的感覺。縱然微小得像一顆燈火。

不過生活在都市的人，是不會感到一顆燈火底珍貴的，正如慣於豐足享受的人不會感到一枚銅元底珍貴一樣。但是從都市回到內地，特別是在窮鄉僻壤之中，你便會認識一顆燈火的真價值。現在，我想大多數的人都有過這類經驗了：在悠長的流亡或逃難底路上，那艱苦的行程，往往不能因太陽底升沉而分起止底段落的：在黑沉沉的郊野，在茫然地摸索底中，突然發見前頭的遠處有一點燈光，那喜悅的情緒真是不可言傳。即使那不是目的地，也不是相識的人家，可是有了火，便是有了生氣。在這感應的慰藉下，人會一時間忘記疲勞，忘記恐懼，而感到鼓舞，興奮，信賴和保障底潛在。

有一次，在一條步行的旅途上走了一天：已經是入夜時份了，沒有月亮，還有三十里，才能趕到我們目的地的一個墟市，沿途都是荒山和樹林：除了腳踏的石路是模糊一點灰白，什麼也看不見。到了連那一點灰白也融和於夜色裏，人只能在無際底漆黑中摸索着走。扛着女人的轎伕却不肯繼續前行了，他們不敢保證，在那麼黑的夜裏能夠安全地走上二十里路。怎麼辦好呢？在一面摸索，一面商量地懇求還就以推延這困境的時候，我們發見了燈火前頭閃亮着，大家便突然舒一口氣，好像趕到那光的所在，便什麼困難都可能解決似的。那是路旁的幾間破落底房子，我們全體在那裏停了下來。那屋裏邊的人拒絕了我們投宿一宵的請求，却答應借給我們一個火——呵，一個火，對於在黑暗中摸索着趕路的人，這不是崇高的恩惠，無價的幫助了麼？於是我以最大的謝意接受了他們燃着了遞給我們的火把，繼續走我們未完的路。憑了火光，我們可以見沿路上好些圍着園地的破籬笆，我們把那曾受過雨淋日曬的破裂竹子折下來，沿路延續着那火光的生命。我們終於安全完成了一日的行程地。

這是一件小事，可是在我記憶底深刻這一點上，却使我認識了它的不尋常：因為我是這麼地想：假如我們那一次缺少了那一個火呢？……

但是使我深切地感到火光底意義的，倒不是那一次的夜行，和那時在內地鄉村中的幾年火油燈生活；而是從戰爭來到眼前的那一天起。那是香港已陷於戰時狀態，遭了日寇的空襲而正式行燈火管制的第一夜。從我的「回憶錄」裏，我還可以找尋那時候的心境：

「沒有一種境界比這種滋味更難耐了；寒夜，燈火管制，懷着沉重的心，茫然地坐着過夜。——我說坐着過夜，是因為沒有地方可以躺下身子，所有的隙地都安置了臨時床舖，讓老年人，女人和小孩子們佔有；年青的人，只好分頭坐在靠椅上休息。

「如是在平日，不論什麼事情使我不能安靜，我隨便可以捻亮燈火，去閱讀自己心愛的書，或者做一點可以遣悶的事情。而現在，好像被縛住一雙手的瞎子一樣，不能如意地做，如意地看。我所能聽到的，只是從各處發出來的低低的鼾聲；所能接觸到的，只是椅子的靠手，我感到一種東西在我的身心上面壓迫着，沉重地，漠然地。但是我却知道，要從這痛苦境界裏把自己解脫出來並不是很困難的事；歸結地說起來，我只缺少一個光罷了，誰奪去了我的光呢？……

「在這樣的時代，拋開了口號和名詞不說，每一個缺少了光的人類，僅僅為着要爭取自己所失的一盞燈，已經值得為自由而流血了。……」

選自一九四七年三月三十日香港《華僑日報・文藝週刊》

書與我

沒有書的生活便等於死的生活。有過一個時期，我深深感到這句話的意義。

我常常慶幸自己是個文人，憑着自然成長的一點智慧，我能夠去發掘一個無盡的寶藏：那是書的世界。它是那麼無私，那麼富於理性又富於感情地，委身於每一個熱中於它的人。如宗教之於修士一樣，對於書的熱中是我精神至高的慰藉，人生至高的滿足。十多年來書籍和我締結了深厚的感情。我也許會懊悔在人事中所虛耗了的許多精力，然而我決不會懊悔在書本上所消磨了每一分時間。當我從青年人習慣會經歷的一個個色彩豐富的夢醒過來以後，我深切地認識了只有書是我唯一的知己！在消沉時候它使我興奮，過份興奮時它使我平靜。它告訴我生命是什麼東西，一個人活下來就該怎樣活下去。它永遠是啟示光明的沉默的伴侶！

我有過一間小小的書室，我曾經叫它作「靈魂底避難所」的，在那裏，我有着幾百本大半經自己親手裝飾過的書籍，沿住牆壁排成曲折的長列，當我在無聊中，或是心境陷於某種無可申訴無可排遣的苦悶的時候，它們便成為我最信賴的良友，伴着它們，我可以整天不踏出門檻一步，在它們身上，我可以忘記一切，甚至忘記了自己。

自從日寇的魔手伸展到這島上來，摧毀着物質與精神的宮殿。即使是一個人無可奈何地為靈魂底安適劃下來的圈子，也不能繼續存在。在暴敵的兇燄與無恥的魔氣瀰漫之下，設個小小的書室不能庇護我的生命，我也不能庇護它的尊嚴。為了個人的安全設想，我不能不忍痛離開它，讓它還落在記憶中了。

對於被污辱的小島，我是沒有依戀的，使我牽心的東西只是我的書籍。我們是相依地度過那麼悠長的可追懷的年月，在遠行的時候我却不能把它們帶在身邊。為了減輕別人的負累，我把大部份的書廉價賣去了，賸下一小部份，裝進箱子放在一間屋子裏。我知道要保持它，比把一箱珍寶埋進海底更渺茫。然而要決然地把這僅有的部份捨棄，我却沒有支持那種刺激的能力。我像一個殘忍的母親丟下她無助的兒女一般，決絕地踏上流亡的路。

在我滯留下來的那個屬於自由區的地方，據說從前也有繁盛的日子，因為它是位置於一條交通幹線的旁邊。可是自從公路隨了抗戰的展開而破壞，鄰近的地方也成為敵人騷擾的範圍以後，這小市就冷落下去。人們只好做夢一樣地追憶往昔的榮華。現在，除了山和一條水，就不能再多看到一些什麼，如果不是隔日有個郵差把報紙帶來，簡直不知道人是活在怎樣的世界裏，而這世界現在是變化到怎樣。雖然有個墟市，三日一度的熱潮却溫暖不了這頻於破落的小社會。這小社會是連一家店子也幾乎營養不起的，還能希望營養一家書店麼？而我便在這樣的環境下度過了差不多四年。

在那個期間，雖然間中也從遠地的朋友那裏接到一些新書給我的沉悶生活以若干興奮，然而多變的戰局却常常打斷了這一點幸福：朋友行踪的流動和郵政的窒碍，都常常使彼此失去聯絡。而我便大半陷於「死的生活」之中。這就使我不時想起那記憶中的一間小小書室，想起那一箱給我遺落了的書籍，它們有它們的寂寞，而我也有我的悲哀！

戰事結束了。當我懷着患得患失的心情回來這島上的時候，我看見四年內許多人事的變遷，我從前在那裏生活着的舊地完全改變了面目。日寇為了展築飛機場，我的小小的書室也因為故居的拆毀而不存在了！但是出乎意料的，却是一箱子書籍仍然無恙，它蒙了灰塵被放在一間屋子的角落裏，寂寂的過了四年。聽說在過去的黑暗日子，這屋子很常遭着暴敵的騷擾；搜查的時候；甚至地面的磚子也給挖起來〔，〕可是那一箱書籍却始終不曾驚動。它冷靜地看見一個民族的囂揚，也看見他們的衰落！這彷彿是上帝對於一個一無所有的人底眷顧所顯示的奇蹟！

記得幾年前在一篇文章裏，我寫過這樣的幾句話：

「動亂時代的人需要一個輕便的身子，而書就成為人的贅瘤了。要希望人與物都共同度過一個血的年代，大概是渺茫的罷，那麼，我怎能給我的書寄以渺茫的祝福呢？」

如今呢，看見自己的通過了戰爭還存在着的幾本舊書，好像「田園寥落干戈後」的農人，發見自己還有一片完整的耕土，我有着浩劫之後重逢了故人的同樣的歡樂。雖然已經沒有了那一間安置它們的小小書室，但是仍然應該祝福的：因為人與物都共同度過一個血的年代了！

三月，改寫

選自一九四七年四月二十七日香港《華僑日報．文藝週刊》

人參

鄉間的春夜是靜靜的，毛雨把天氣渲染得分外寒冷。室內的爐火却燒得熊熊。在這個晚上，我們的心却感着超乎平日圍爐的溫暖和躍動，我們是讀着剛剛由墟市傳遞了來的報紙：盟軍攻陷了岷尼拉。……

在窮僻的異鄉過着茫茫的日子，除了領受着別人基於道義給與的珍貴底溫情，是什麼都感到缺乏的。雖然一切不習慣的事物，都在時間的磨練下漸漸習慣了，然而沒法能忘記那給戰爭打斷了的城市生活的好夢。呵，什麼時候才再有那樣的日子，不須再忍受這什麼都感到缺乏的流亡生活的痛苦呢？這期待差不多是按着太陽式升沉而計算着的。唯一能給這期待綴上一點興奮情緒的是每日到一次的報紙；那上面已開始帶來戰局好轉的消息。每天圍坐在爐火邊，端着報紙報告那帶有刺激性底新聞的時候，大家往往從心裏叫出幾乎是掙扎的呼聲來：「呵，快了！」這意思是：日子不再是茫茫的了！

……快了，岷尼拉又打落了，希望又接近一步了！

正當大家都在共同的興奮下作幻想的時候，一個聲音刺破了我們的夢：有人在下面重重地打門。

誰會在這個時候來呢？我離開爐火，把通小陽臺的門拉開，迎着一股寒氣，挨了欄杆向下望，一個黑衣人站在門坪上仰起頭來：

「是李先生嗎？我是熱水來的，這裏有一封朱先生給你的急信。」

我拿了油燈走到下面去，把笨重的木門打開了，迎進那個陌生人。接過了信，就在油燈前面展開。

信是我的一位親戚寫的，他在流亡生活裏做着流動醫生：因為在地方上建立了不壞的信仰和聲譽，因此常常被各處的鄉紳們邀請到他們的家裏去治病。這封信也是在病人家裏寫的。是這樣一回事：一位熱水的鄉紳病得很沉重，他趕到去時，對於病者已是太遲了；假如即夜能有方法挽救，或者可能有渡過危關的希望。現在他要替病者找一枝人參急用，他知道只有我的居留地一位富戶之家平日購備着這個東西。因此叫病者的家人帶了錢和信，乘夜跑二十里路來找我；託我帶着來人到富戶家裏去，請求主人幫幫忙，收回相當的代價割讓一枝人參。

這任務是關係着一個人命底生和死的，我立即和那個來人一同出去，連火把也來不及燃起一個，便在黑暗摸索着，向村裏急走。在路上，沒有交談一句話語，却並不是由於陌生，我明白這個人是懷着家裏有了臨危病者的人所有的惶急心事；而我自己也有一份不和諧的混雜情緒：從熱烘烘的爐火邊突然走在毛雨霏霏的寒風裏，從一個興奮的幻想中突然落在這麼殘酷的現實境。

十分鐘後，我們已經來到這村子裏最堂皇的一間大屋前門的鐵欄外面。兩隻黑狗吠得很兇，遠遠近近的狗吠聲也起來了。有人拿了火枝出來，知道來的是誰，便喝止了狗吠，開了鐵欄讓我們進去。

說明了這個時分來造訪的緣由，我們便給領進屋內，向入門左手面的一垂着小竹簾的主人所在的房間走進去。主人年紀在中年以上，是個有着電影中的卑斯羅夫邦那樣嚴峻風度的人物；享受了豐厚的先人餘蔭，擁有遼闊的田地，和一間設在墟市的雜貨舖子；利便放穀債，收田利和經營商業，這些最足成全暴發戶的條件，他便成了當地有名的大地主。他把業務交給信託的人，自己却什麼事情也不幹；玩着小老婆和一桿烟槍，消度他的多餘底人生。

房裏燈火很亮，主人躺在烟燈旁邊，聚攏着一羣快要到縣城去上學的子侄們在閒談——也許是訓誨，這時候豎起身子來了，對着那一副嚴峻的，沒有表情的臉孔，我道達了來意，同時遞給了我親戚的那封信，他把燈火端到櫃台上面，戴上他的眼鏡。

用了彷如審問的態度向那個來人問了幾句關於病者狀況的話（他們是同一階層而且是相識的）之後，他從衣櫃裏取出一隻鐵箱子，打開來，從許多人參揀出了一枝，用紅紙包裹好，然後又抓了一張紙寫了幾行字，把它們交給來人帶回去。

付過錢，謝了擾，我們告辭出來了。在一陣狗吠聲裏，人又落在冷寂的黑夜之中。出了村子，便是草坪和無際的田野。為着要抄捷徑，那個來人要和我分手了。

「沒有帶個火走路嗎？」我這才想起這件事情。他起程的時候時間也許還早，可是此刻是夜了；我到過熱水，我知道路程並不是好走的。

「沒有！」他淡然的答。

「這麼黑的夜怎麼能夠看得見路呢？」

「不要緊，我們鄉下人是走慣夜路的了。」接着說了一句感謝我幫忙的話，他便消失於黑茫茫的夜色中。

我獨自走着回住處去的路。我的心為另一種沉重的東西壓住了。我想起那位大地主的嚴峻面容，想起那位遙遠的病者，和病者之家的情急情景；想起那懷着活命的人參在黑夜裏趕路的人；想起這什麼都缺乏的地方，什麼都缺乏的人們的生活。——在我們這老大國度的農村裏，和這相同的情形有多少呢？而生存在這境界下的人們，都得賦有另一種本能和生命力，才能夠適應他們底命運的。在命脈垂危之中，他們應該有期待一個人走四十里夜路去找一枝人參的能耐。家裏藏有人參的富戶是多着的，然而能有方法去獲一枝人參的人却是太少的罷？對於這些人，這簡直是個渺茫的再生之夢。那麼，那個遙遠的病者是有福的了。縱然他在那個買人參的使者趕到之前已經斷氣，他畢竟還有期待那一枝人參的資格。

岷尼拉陷落了對於這些不幸的人有甚麼意義呢？我為了我的自私的興奮而慚愧，但願祝福那些沒有希望獲得一枝人參的病人！

我憂鬱地獨自走着回住處去的路。漫天的毛雨穿着澈骨的寒風，我却穿着漫天的毛雨。

選自一九四七年七月十八日香港《星島日報·星座》

舊地

這塊地方，在個人的生活意義上說：而今可以說是舊地了。

四年的隔別並不算得悠久，然而中間是包涵着一頁激變的歷史。個人的離去與歸來之間，已經是截然的兩個時代。從前：我對於這裏的一切都是非常熟識的，而今却陌生了，地形變了，樓房毀了，戰爭把這個地方的社會面目改變了。我再也不能夠把眼前新的現實，去印證腦海裏舊的記憶。

儘管戰爭已成為過去，而在這過去着的期間，世界上又發生了幾許新的變化和糾紛，然而每次當我在這塊地方散步着的時候，我的眼前總還湧現起來許多舊的事象；我還能記憶什麼地方有一條什麼街道，什麼街道裏有什麼店舖；那裏是草坪，那裏是車站；同時更記憶起把原來的一切變了樣的那個黑暗日子！和那時候所發生過的許多事情。

我是在這地方換了旗幟一個短時間之後才離開的，這使我有了機會看到一個野蠻民族的真形相，雖然我是付出了精神上最大的痛苦代價，去忍受那只能蟄伏在屋內，惶惶然過着的日子。

在那時候，走到街上去的人，誰都有遭遇無妄之災的可能和機會的。我還記得剛剛在事變以後，這個地方曾發生過疫症。於是所有橫街通出馬路的道口都給用鐵絲網封鎖起來了。這是要隔離橫街與馬路的直接交通。橫街的另一頭通內街的道口却照舊開着（這樣的封鎖方法是什麼意思，是沒人明白的）。因此在橫街的人要想由馬路踏去，必須折入內街一直走到盡頭，兜個大圈子找到啣接馬路的出口才能辦到。從馬路進橫街，也是這樣子走，有些人為了節省脚步，便抄捷徑，往往看看附近沒有站崗，便迅速地撥開封鎖的鐵線穿過去，但是立即就有猪叫似的聲音在什麼地方喝着，一個鬼祟地躲藏着的獸兵跑過來，橫禍便落在身上了！

街道上，有許多地方被劃為禁區，照例用鐵絲網攔着，掛了一個寫着「禁止通行」字樣的小木牌。但是這些禁區並不固定，却常常變動，叫人莫明其妙！有些禁區取銷了，鐵絲網和木牌都倒在地上，行人就在其上面踐踏過去。可是，却又不能隨便以此為例。如果你看見鐵絲網毀了，木牌不見了，便以為這是可以通過的證明而踏進去，這便糟糕！獸兵會立即跑過來，用他們毒辣的手段，使你明白自己判斷的錯誤！

由於禁區的變化無常，沒有一定的通知標準，使得好些人無所適從，在這樣的情況下，因為走錯路綫而遭殃的人是天天有的了。

獸兵們對付上述的「冒險家」和「迷途羔羊」的手段，最先是揮着手掌和手背左一下右一下的打耳光，接着大踢一頓，最後是叫人跪在地上，他自己却走回原來的崗位去，讓跪着的人在那裏吃苦，跪到什麼時候呢？不知道的；到了他們殘忍的獸性滿足了；才走回來用幾個巴掌把人送走。有些時候，他們不用這些方法，就把那可憐人的衣領抓住，整個人挽起來朝地面摔下去，直到他們滿意了才止。

而僅僅吃幾下槍柄就給放走的，算是幸運的遭遇了。

走過站崗之前如果忘記了行禮，或是他們要攔途截住搜查時，而你聽不到命令，或是別的被認為觸犯了他們的原因，那麼誰也逃不掉一種難受的刑罰，把一盆水高高的舉在頭頂上面，有時還加上石頭。儘管你的手疲倦得沒法支持，搖搖欲墮的盆裏的水傾瀉下來，由頭頂淋到身上，你也不能把盆子放低一點，更不能借助頭頂去支持，否則巴掌和脚尖都一齊加到身上，或者再拿個石頭放進盆裏去。

如果所犯的「罪」是有「資格」進憲兵部，他就得受那求生不得求死不能的酷刑……

我的住處便是接近憲兵部，晚上，往往會聽到有規律的可怕的聲音：最先是一陣掙扎的慘叫，隨後是自來水管的嘶聲，嘶聲停止，便是痛苦的呻吟，隨後又是自來水管的嘶聲，跟着嘶聲之後又是呻吟，……這樣相互地交替着，直到最後一次水管嘶聲停止，而呻吟是微弱得聽不出來了。

在街上，砰的一響槍聲，一個路人倒下去了。沒有人知道這個人為什麼要這樣死法，然而誰都知道那顆子彈是誰射出來的。

一個窮人為了飢餓去偷一包鹽，給抓住了。才一陣工夫，他的身子已經不動地躺在地上，頭却擺在身子旁邊。

在「食米配給所」門前每天照例拖住一條一千幾百人所組成的長蛇似的行列，手上拿了米票，等着輪到自己的份。為着每天六兩四錢的米，有些人是午夜就開始在那裏排班。飢餓使人忘記了公共秩序，在人羣中常常會湧起不可避免的騷動，爭執便在那裏生出來。站在附近監視秩序的獸兵對於這場面的處理方法，便是從騷動之羣中胡亂抓出幾個人來，把他們的衣服脱光，儘管是多麼寒冷的天氣，也一個個推到海裏去。能夠爬上岸來是你的本領，不能爬上岸來的，只有聽天由命。沒有誰敢向那遭溺的人伸出一隻援手。

無知的女人，站得不耐煩了！發現另一段人羣中有朋友，託人看守着她的位置，走過朋友那裏去説幾句話；回去自己原來的位置時，給看見的獸兵當作這是「打尖」（中途闖入），立即連呼帶喝的走前去，不讓對方表示一點原委，刺刀便如急雨一般的猛插下去！

呵，在那樣的日子，沒有一個生命説得上是生命，人的價值是一隻螞蟻，一粒灰塵！而這一切僅是一個角落的現象罷了！……

踏着那曾經是熱鬧街道的遺址，我彷彿還看見一連串在這裏演出的慘劇。它們仍舊帶着血腥，眼淚，羞辱，恐怖……它們使我感到心悸和痛苦！

而今，地獄的時期算是過去了，但是光明的日子來了沒有呢？我想起那些已經成了囚犯的劊子手們在法庭上（　）（　）自辯，想起那些新的英雄們又在醞釀着新的戰爭。……

署名林風，選自一九四七年八月三十一日香港《華僑日報．文藝週刊》

黃蒙田

蜀道小記

一個寒冷的冬日，我在被人譬喻作上青天還要困難的蜀北山路上走着。沒有平原，就是稍為平坦而一直延長得很遠的路也難得見到，公路曲折地在綿連的高山上環繞着，一圈圈的伸向遠方。山路結了霜雪，濃重的霧把山頭封鎖了，從路邊望到山腳下是無底的一片白茫茫，就像在雲海裏走着一樣，默默地走着，便想起了當年人們是怎樣走出這些路的呢。

很久年代以前，這些地方都是無比荒涼的叢山，從這一座山跨過另一座山就只有走那些石板砌成的羊腸小道，橫過了一個坐落山腳的鄉場以後，接着而來的又是險要的棧道。那些旅人揹着背包和手杖在日出之前就起行了，不論雨淋日晒和漫天風雪，他們都得艱難地走着，旁晚投宿在一家無法躲避風雨的鷄毛店渡過一個孤獨而淒涼的長夜，那一身風塵，你可以了解一個旅人長途跋涉的辛勞。

不知從什麼時候起，這山巒地帶的羊腸小徑變為康莊大道，沒有人能知道也不能想像，當人類征服自然的時候曾經付出了多少血汗，但人們永遠不能忘却那些使人感動的往事。那一夜，雪花飛飄，我們烤着一盤熊熊炭火，驛站的老主人剛吃了兩碗乾酒，臉上泛起紅光，他說的，誰也記不起是什麼時候了，有很多人為了得到溫飽，隨身帶着一條單被一張草蓆和一隻烟袋就離開自己的家園，來到這無人的荒山，憑着一把鶴嘴鋤開山造路，不論六月榴火和現在這樣寒冷的天時都得冒最大的辛苦去工作，就在這無數後人走過的路上，他們當年有些受不了瘴氣的侵蝕，帶着一個浮腫的病軀回到家裏，再挨些日子就完了；有些還來不及望望家裏的人就在山上倒下來，永遠埋在路邊的黃土裏，連一塊木頭碑記也沒有。在蜀道走過而忘却了那些沒有名字的英雄，那是一種罪過。那一夜，我沒有好好睡過，默默地為他們的靈魂祝福。

在這些路上走着，那峭壁荒山像城牆，是一個無法突破的險關，沒有一個旅人不對這劍門七十二峰想起了那些還用原始的弓箭刀槍作戰的日子，蜀漢時代，兵家們曾經在這裏費盡了心思，那個叫做姜維的就是在這裏堅守着蜀北的咽喉，然而鄧艾却繞道而入，不少人就為了這而替孔明嘆息。直到現在，偶然還會有一個旅客遙指着叢山之間說：那裏麼，唉唉，那就是諸葛亮賫志以殁的地方了。

現在，從山上的大路到僅能容納一個人走的小路上走着，我坐的是人間最殘酷的交通工具——滑竿。日落黃昏，我穿過一座疏落的林子，有如置身在雲林居士的荒郊園林圖中，那意境是令人沉醉的，但一個人欣賞這意境恐怕是有意逃避人間的罪惡，蜀北是出名貧困的，災荒和疾病時常降臨，這些年來，戰爭又從那瘦瘠的土地上奪去了一些生靈和谷子，那裏的人正過着一種黯淡的生活。

每天自朝至暮，無數人在這些崎嶇的山路上掙扎着來換得溫飽——有好多更可悲還要藉此換一點鴉片。板車滿載着鹽磚由一隻矮小的驢子拖着，一個衣衫破爛的人沒精打采的在後面推着，非常吃力地慢慢上坡，長年勞作的驢子失去了原有的生氣，纍纍瘡疤長在現出了骨頭的皮上，破損的創口流着膿水，從牠們那雙沒有神采的眼睛便可以了解到牠們的感情和那悲慘的命運。而在後頭推着的那個永遠沉默的人呢，沒有人相信他的命運會比前面的夥伴好多少，他們的遭遇原是一樣的呵。

路是無窮遠的，路上的人間不幸景色就永遠不會停止，在山路上走着，人們便有太多的太息，那些苦命的人有一頭驢子來做夥伴已經算好了，更不幸的是自己來做驢子，他們把鹽磚裹在草蓆裏揹着肩上，另外用一根木杖休息的時候支着鹽磚。他們用破帕子裹着頭，灰青色的臉上流着汗水，揹起沉重的東西爬坡，每天三頓在驛站前的小店以一小碟鹹泡菜下幾碗糙米紅苕飯，敲兩塊火石抽一斗葉子煙，到了歇脚的鄉壩還得抽足夠的鴉片。他們難得説一兩句話，好像這就是命運，默默地從別個小城揹來，又默默地揹着到另一個小城去，一直到倒下來的那一天，他們的日子都是那麼慘淡的。

在寂寞的蜀道旅途上，我時常想着，這個曾經被叫做天府的人過的是一種怎樣的生活，唉，已經不知幾世幾代了，他們的命運都是那麼悲涼的。

署名黃草予，選自一九四七年四月二十七日香港《華僑日報．文藝週刊》

鬼魂

這一向，鎮上的人心惶惶，因為「陰兵」連日打這裏過境。

那是入夏以來最酷熱的幾天。晚上，店家打了烊，伙伴們都赤膊睡在門外的草蓆上。午夜，靜寂中突然傳來了震耳巨響，一陣狂風捲起了街上的石子和樹葉，人們在睡眼朦朧中彷彿看到一條火龍迅速地劃過消失在街的盡頭，恐懼佔有了那些露宿點着了亮油壺的人，全躲進屋裏去。

一個上了年紀的人，和一個後一輩的人說：

「又過陰兵了，每一年總要來這麼一趟的」。

「就是剛才那像團火一樣的」？

「是的，那就是大隊牛頭馬臉和蝦兵蟹將」。

「它們從那裏來的」？

「酆都——那個鬼的城市」。

「它們到陽間來做啥子嘛」？

「也許是人間的罪孽太多，唉，這是啥年頭？你說。剛才那一馬當先的恐怕就是驅魔大臣，雖然沒有那個看見」。

「它們將往那裏去呢」？

「沒有人知道它們將往那裏去，那怎能夠是我們所能知道的呢」。

今夜，雖說滿天星斗預告着明天依舊是一個酷熱天，但却有一點輕微的風。這店家的小樓上早就聽見斷斷續續的洞簫聲了，店裏的伙伴和同店的房客都到那兒去乘涼，沒有人敢到門外去睡了。

還是那樣靜寂，除了小樓窗口靠近的後院子裏有幾隻草蟲的鳴聲以外。乘涼的人心上還留有着昨夜的怪聲魅影靜靜地在抽葉子烟，只有那個愛吹簫的人不時在那幾個小孔上傳出一些悲涼的音調來。

半邊月亮躲在黑雲裏，後院子很幽黯，有時一陣微風吹來那幾株不知名的小樹便擺動幾下，好像移動着幢幢黑影。那個吹洞簫的人愈吹愈起勁，聲音是如此的哀怨。

當洞簫淒厲的聲音停下來的時候，那個上了年紀的人說：

「你這樣吹着快要把那些鬼魂引出來了」。

「我不是今天才吹這洞簫的。」那吹簫的人說。

「但是你今晚吹的聲音特別悲涼。真擔心，你的聲音會叫喚那些靈魂回來的」。

「你說的是……」

「是這裏冤屈而死的生靈。國仗打了那麼多年了，這鎮上去的人不知多少，一去就永遠不再回來的，他們的靈魂得不到安息」。

「那麼，你說他們會聽到我的洞簫」?

「是的，他們熟悉這悲涼的聲音，一聽到就要回來的。好多年前這店家也有一個人愛吹洞簫，而且比你吹得還要淒涼」。

跟着，這上了年紀的人說起一件奇怪的往事。當他還年青的時候，一個同伴愛吹洞簫，有一年深秋，也就是在這個小樓上了，夜涼如水，對着後院子裏的嘶嗦落葉，這人好像啜泣的吹起那使人心寒的洞簫，一會，幾個形容苦痛的影子在面前搖幌着掠過。那些日子川北鬧着災荒，惡人殺好人，對了，那就是冤屈死去的鬼魂，它們為這淒切的聲音喚出來了，其中一個影子就是被虐待上吊而死的，那就是隔壁方大爺的妾侍。巧得很，子夜時分，他便遇到了湖南人「趕屍」回老家。

「就在這街上經過」？

「不，唔，就在後院子對開那山旁的小路，那時還沒有幾株黃桷樹，只有一株禿頂松樹，那術士暗裏念念有辭，在黑暗中趕着幾個會走路的黑影。」

「是影子？不是死屍麼」。

「是一團黑漆漆的，誰也不知道那是什麼，沒有人敢看，這小樓的窻子關着，全鎮的人都要迴避」。

「他們都是回湖南的？這些死人」。

「是的，他們來四川做生意，但是不幸死在異鄉」。

那吹簫的人好像獃了似的，不再吹他的簫了。一會，他茫然的問那老人：

「現在沒得趕屍的」？

「很久就沒有了，而且現在的人根本就不相信有這樣神奇的術士。真的，假如現在有多好」。
「為什麼」？
「不為別的，就為了趕屍」。
「那些死在這裏的外頭人」？
「不，是那些死在外頭的家鄉人」。
「哦，又是那些送去餵子彈」？
「是的，這些年來我們鎮上出去多少壯丁呢。算得出來的，他們連屍也不曉得葬到什麼地方，唉唉，要死也得讓魂魄回來自己的地方見祖宗呀」。
「他們是永遠不會回來的了」。
「是的，但是他們多麼想回來呀」。

署名黃茅，選自一九四七年五月十一日香港《華僑日報・文藝週刊》

縴伕

雖說不過是深秋天時，但不時飄着細雨，也就感到有點涼意了。堤岸邊這一陣子很清靜，因為沒有木船上灘，碼頭上的縴伕照例在這家茶社吃茶，等待上灘的木船臨時僱用他們拖過這一個險灘。

茶客有些在打瞌睡，有兩桌在打牌九，只有幾個年紀較大的茶客咬着葉子烟從靠近江邊的窗口寂寞地望到江上去。對江正烟雨迷離，有幾隻漁舟在江上撒網，為這蕭煞的涪江秋色添上最有詩趣的幾筆。

突然一陣騷動，茶社最面熟的茶客王大麻子捧着一頂盛了一些零碎鈔票的大草帽進來。

「兄弟幫自家兄弟的忙，咱們在外頭做活的人就是自家兄弟，沒有話說」。王大麻子嚷着。這一帶的人沒有不知道王大麻子是這碼頭頗吃得開的人，每次只要他出來對碼頭上的兄弟說什麼，就總會有什麼事情發生的，今天就有一個不知名的縴伕死在這碼頭上了。

「隨便認捐一點，買不起棺材，也得要雇人抬去找塊土埋了呀，這年頭誰能担保自己明天不又被人埋掉呢……」王大麻子大聲說，茶客們都十分注意地聽着：「各位老兄，兄弟只在各位面前走過一趟，做事要爽快，咱們都是窮鬼，只有窮鬼才肯幫窮鬼的忙，何況那位老兄又是死在異鄉。再說嘛，這也是江湖上的規矩，用不着說的……」

「是那一個？王麻子」。坐在靠江邊窗口的那老頭子問道。

「天曉得他是那一個，連名字也沒得人知道，管他是那個嘛，說不定我在外頭完蛋那個知道老子叫什麼」？

「不是本城人」？

「還不是一樣，反正是死在我們這碼頭上」。

「為啥死的嘛」？

「那個曉得，他的命數完了就得走路，拉縴不是人幹的，自然得遲早要死」！

「唉，人命就是這樣不值錢」。老頭子太息着。

「劉老太爺，這是啥年頭嘛，死了倒反而安逸些」。

他在每一張桌子面前走過，茶客大都掏出一點零錢出來放在大草帽裏面的，真的只走了一遍，他就走出茶社去了。

在江邊，一具青紫色的屍體直躺在地上，赤着脚，只穿了條全是補釘的褲子，連一件上衣也沒有，兩個滑竿伕子正用幾塊大幅破布把死人開始包裹着。

「就是這末多，大家兄弟，幫幫忙忙就是」，王大麻子捧着大草帽裏的鈔票往地下一摔，說：「還沒數過，不曉得有多少，總之數目夠了多喝兩碗乾酒，不夠就請兩位老兄幫忙了」。

「大家兄弟，沒得說的」。其中一個滑竿伕子說。

死人很快就連頭脚也全包扎完畢，可像一個木乃伊。滑竿的坐墊解了下來，把死人放在兩條竹竿上，用麻索緊緊的綑着，然後把預備好了的一隻雄鷄雙脚縛在屍體當中，雄鷄各各的叫來了起來。

滑竿伕子燒過了紙錢，王大麻子說：

「好了，送這位兄弟上路吧」。

如同平時抬滑竿那樣，兩個滑竿伕子把死人抬上了肩膀，打了幾個圈子表示使死人的靈魂迷路，不再回來舊地。

「唉，廿年後又是一條好漢，好吧，對不起，我不送了」。

雄鷄突然站起來，掙扎了幾下便又蹲下來，隨着這不幸的縴伕沿江邊向劉家店子那邊去了。

黃昏時分，茶社還有幾個縴伕待在那裏，那兩個滑竿伕子走進來，一個揹着空滑竿，一個拿着一把鋤頭和提着一隻脖子上還滴着鮮血的雄鷄。

他們坐下來，么師泡了兩盅沱茶上來。

「那麼快就埋掉了」？么師說。

「劉家店子又不遠，快啥子嘛」。

「今晚上喝他兩杯，紅燒公鷄好安逸」。看着那曾經是祭品的公鷄，么師也有點饞起來了。

「安逸啥子嘛，你龜兒子今晚也來乾兩杯沾死人的光」。

么師滿足地笑了起來。

旁邊幾個縴伕面對着那曾經埋葬了自己底同伴的滑竿伕子又看着那隻鮮血淋漓的公鷄，面色十分沉重地停止了聊天。也許他們的心感到有點悲涼，誰也說不定自己那一天突然倒下來又要麻煩王大麻子出面請大家幫忙，縴伕是世世代代窮困的，他們的命運更是異常的慘淡。

細雨飄着，落葉飛舞，好像為那不幸者唱一隻輓歌。

署名黃草予，選自一九四七年十月五日香港《華僑日報·文藝週刊》

吳玉

婁山關買鳥記

「人家的丈夫像條龍，
奴家的丈夫像條蟲，
巴不得毛蟲快快死，
錦鷄飛出畫眉籠。」

這首山歌的發源地是洞庭湖畔，不知道誰家不幸的姑娘是它的作者，這位姑娘的才情絕對不在薛濤、花蕊夫人、李清照諸人之下，她用「龍，毛蟲，錦鷄」三種生物，刻劃出一幅家庭悲劇，使人低徊懷想，那作者，最低限度是我們曾祖母一輩的人吧！然而這首山歌現在却已傳遍三湘，我一聽到就記牢了！而且，她以錦鷄自況，這就使我每次在動物園裡見到錦鷄——那頭上一撮金羽毛，臀部拖條寶綠色長尾巴的野禽，特別感到興趣，凡是女人引以自況的東西，總是好看的，錦鷄也沒有例外，牠長得美極了。

那次我坐車經過婁山關，車像一隻甲蟲似的爬過雲貴高原，那是貴州北部極貧困的地方，村落像是山谷裡的一堆垃圾，居民呢，像是原始的「類猿人」，鬍子從來沒有剃得乾淨，衣服破爛，憂愁把面孔染成蕉黃，總之，那情景實在叫人黯然，無怪全車的旅客都在打盹了！那大抵是些吃

「白脱，土司，吉姆」的旅客，真的，怪不得都打盹了。

當汽車駛上高山大嶺，俯望雲海蒼茫，峰巒無際間一片鶯黃嫩綠時，上帝的另一些造物出現在面前了！所謂「另一些造物」，就是窮苦襤褸憂愁的「人」以外的生物，鷺鷥，蒼鷹，樣樣都顯得生機蓬勃，而更精采的，是山坡上走着尾巴筆直如箭谷谷地叫着的大雉鷄，而最精采的，在樹梢上竟然出現了錦鷄，臨風綽約，在那該死的汽車的疾馳中我看見一團金黃，墨綠，與寶藍。

我念念不忘那錦鷄，牠的美麗使人想起古代傳説中的鳳凰，當然，也教人想起那首洞庭湖畔的山歌。

我一路胡思亂想，汽車已經過了婁山關，到達一個大站了，旅客魚貫下車吃飯，我走下車來，撲去了從頭到脚的一層塵粉，沿着長長的陰黯的街道觀光，老農們咬着旱煙桿，生着一撮美髯的山羊咩咩地叫，完全是一片山鎮情調，我看見一間茶館裏面幾個司機正在喝酒猜拳，在他們脚下放着一簍鷄，竟都是雉鷄和錦鷄！

「請問，這種鷄兒買得到麼？」我唱了個肥喏，用廣東話上前請教。

「貴州最多，四處買得到。」一個醉醺醺的人叮了我一眼。

「買來做什麼？」

「吃！」食指朝嘴巴一抹。

「好吃麼？」

「頂滋補！」説話的人翹起了大姆指。

我唯唯而退，有點煞風景的感覺，唉，這美麗的錦鷄，給咱們的老鄉看到，有什麼辦法不滋補呢？

我默默地走，忽然，在街道轉彎處一個鄉下孩子竄了出來，幾乎撞了我個滿懷，他手裡捧着的東西，不是別的，正是一隻大錦鷄。

那髒孩子立刻裂開嘴巴朝我笑，問我買不買：「買不買？你瞧，多好看！」他用誘惑的聲調說，好像在騙着比他更小的孩子。

我的靈魂打了個愰，一瞬間復活了童心。

小時候，鴿子、松鼠、蟋蟀、鬥魚都是我的友人，但時日如飛，一個人衹能活一兩萬天，我已經活了一萬天了，活了一萬天的人，是早已經和這些小動物分手了。

但我禁不住突然來襲的童心，幾乎是羞澀地問道：「多少錢？」

「三萬元！」那又髒又黑的野孩子像是做鬼臉似的說出了那個數目字，當時三萬元價值不少呢。

我笑了起來，但一分鐘之後，我終於以一萬元的代價，買了那隻美麗的珍禽。

回到車站，因為我有一隻錦鷄，我已成為時局的重心，一位驕傲不睬人的姑娘首先來和我攀談，那些坐車坐得無聊以挖鼻孔和打瞌睡排遣時光的旅客面容也為之一亮，大家熱心討論着這隻野鳥的正確的名字，似乎都恢復了在初中一年級念動物學時的熱情。

「關山渡若飛」，慢慢地我發覺有一隻錦鷄比沒有一隻錦鷄要幸福得多，譬如說投宿吧！本來那些小茶房神情疲懶，有氣無力地過着他的雖多變化却夠刻板的生活，然而因為我有一隻錦雞，他走進我的房間的次數不期然增多了。譬如說去吃飯吧！那些提着個大肚銅壺的跑堂，本來對於男客人的臉孔是看得太厭倦了！每次來問你要什麼菜時總是一隻手撐着桌面，半歪着頭遠望着市街，因為你們這些吃宮保雞、爆腰花的客人雖然興高采烈，在他可實在是侍候得厭倦了！然而因為我有一隻錦雞，情形又自不同。

當我到了一些大城，去向警察問路時，那警察雖然有些將軍的氣派，說話時鼻音比一切舌音喉音都重，但因為我手裏托着一隻錦雞，他終於給予我詳細的指導，至於麕集在各個城市邊沿的那些髒孩子，(　)成羣的跟着我的錦雞走。

一個捧着一隻錦雞的人儘夠成為一個哲學家了！因為他可以看見多少人生活得如何悲慘無味，寂寞荒涼，看見一隻較大的蒼蠅，較扁的臭蟲，都禁不住把舌頭伸出半截，何況，看到一隻錦雞呢？

我越向南走，村落越頹敗，受過戰爭洗禮地帶的人民顯得越貧窮，而那隻錦雞，也顯得比這種叫做「人」的生物美麗得多了！我接受了許多目光，那些目光好像在說：「大少爺啊！你還在玩錦雞！」「這是什麼？」「它的肉一定很好吃吧」等等。

然而錦雞畢竟是不能住在畫眉籠裡的，它顯然有「不自由毋寧死」的精神，它整天亂竄，漸漸瘦削，羽毛的光澤也顯得遠不如前了！我決定把它帶給南國一個愛動物的小孩，當做一件山國來的客人的禮物。

當我被廣九列車吐出來，踏上香港海岸時，我重新對我的錦鷄視察一番，看着牠美麗的羽毛，我不禁又想起那首湖南女人唱的悲哀的山歌。

就在這個時候，一個女人在我背後尖聲叫了起來：「這是什麼鳥？」

我回頭一看，真像一幅卡通，一個長着酒糟鼻子的肥胖的男人，昂然闊步，在他的手臂上，極正確的說，「掛」着一個小巧的女人，那女人，使我吃驚於她身上複雜的顏色，她穿着玫瑰紅濺銀花的綢旗袍，抱着個綠色大皮包，肉色絲襪，脚着褐、黃、藍三色皮鞋，鼻上架一付黑白太陽鏡，眉是黛色，唇是猩紅，而指甲，那大概是紫藍，五色齊備，活像一隻錦鷄。

「也許是隻竹鷄？」男的說。

「難道不是孔雀？」女的說。

我沒有回答，捧着錦鷄銜枚疾走，邊走邊想，那首湖南山歌全然不妥，山野的錦鷄也許不能住在鳥籠，人間的錦鷄却全住在籠裏……人類原也很健美的吧？可惜美麗、肌肉、血液……都分配得太不均勻，以至大家都顯得醜就是了！……故事到這兒該完啦，是不是？

選自一九四七年十一月十二日香港《工商日報．文匯／市聲》

茅店的風情

在都市居住，飽受二房東的氣，又經常看到些人們「留飯不留宿」，栖栖皇皇找房子的情景，不禁時常想念起鄉間小客棧，小茅店特有的風情。

鄉間，和都市剛剛相反，是「留宿不留飯」；和都市人的同屋住客老死不相往來剛剛相反，過路人很容易和主人一夜傾談便成好友。在近十年的變亂中，筆者走過許多沿公路綫以至孤立在山谷間的村落，經驗告訴我，要借宿真是容易萬分，太陽下山時，你隨便去拍任何一家人家的門，要求度宿一宵，明早趕路，有十分之九是被接納的，茅屋主人決不會懷疑過路人會半夜拔出利器來殺害他們一家，刼他們的財物，或者他們根本沒有財物，或者他們從沒有像都市人那樣，想到世間有這樣的事。

凡是縣城，大鎮那些正式的客棧，就漸漸沾染都市的氣味，完全是為了錢而接待客人，但是在荒涼的公路邊，或者偏僻的小鎮上，那些真的掛着寫上「未晚先投宿，鷄鳴早看天」等字樣的風燈的小客棧，却仍保有遠古的淳厚風格，接待客人就像是接待親戚似的，這類的小客棧，老板、茶房全是自己一家，老板招呼客人，兒女端茶倒水，太太燒飯洗衣，過路客人投宿時，就和他們一起吃飯，有時遇到特別嬌慵的女客，老板娘還可以讓出自己的床鋪來招待，這類客棧使人想起「鷄聲茅店月，人跡板橋霜」一類的名句，嚴格一點説，他們也有各種規矩，有的供宿兼供晚飯，有的不供晚飯，但是供給柴火，客人可以自己買肉買米交給他們代煮，或者自己下廚去煮。在廣西雲南一些偏僻的縣份，還有一種可笑的規矩，就是棉被一床限定兩個人共用，假如是單身旅客，老板會隨便找一個人和你合鋪，這個人是老是幼，是農是工，完全沒有一定。許多都市的智識份子初試這種場面，常常暗裏叫苦，「棉被」在這些小客棧中，成為最珍貴的東西，他們常常無力供應大批棉被，遇到聯羣結隊的客人來投宿時，就到附近去租棉被，有一種老婦，就靠在冬天出租棉被為生，擁有四五床棉被的人，居然可以賴以餬口了。

這還不是最富韻味的「鷄聲茅店月」，因為這些小客棧多少還帶有營業性質，最令人念念不忘的，是一些普通人家，你去敲門求宿時，農婦最初表示驚訝，末後終於答應，指定你睡在廳堂的稻草堆上，或者和長工一起睡到牛欄上，或者邀請女客和老太婆一起睡，起初，招待是冷淡的，但慢慢攀談起來，越談越入港，這些人家終至於娓娓地告訴你一切事情，他們養了幾條猪，種了幾株菓樹，或者她們受到什麼欺淩，她們回到外家去的媳婦兒是如何的「不孝」，她們都一五一十地告訴你了！在寒夜圍着火堆，把松樹枝一根一根投下火裡，和這些鄉間的老婦，壯婦，農人攀談着，是一種趣味極雋永的事，那滋味，有點像讀歐文的散文，也有點像讀明清人的筆記説部，但也時常令人感喟無窮，這麼善良的人却過這麼貧困的生活！在我所住過的農家中，有的為了炒菜欵客，用調羹從床底下的缸裏（ ）出一調羹猪油來，那色澤黃得令人吃驚，查問之下，才知道那猪油是二年前這人家娶媳婦，殺了一頭猪時留下來的，有的人家全部的財產祇有屋角的一堆芋頭番薯，然而她們却仍能熱情待客。有一次，我和妻寄宿在一個僮（舊作「潼」）族人的家裏，夜裏，那「僮族」人家的女兒竟起身來給我的妻蓋被，凡這一切，都使人揮別之後，念念不忘，清晨趕路的時候，一邊看着路邊指點路程的「將軍箭」，一邊回頭望着那一堆簡陋的茅屋，裡面却有這麼多人世的溫情，一個都市人禁不住有未能自己的感嘆。

在「田園寥落干戈後」的日子，回想這些接待過自己的無數農家，回想那一張張愁苦善良的臉孔，真是不勝低徊！

選自一九四八年一二月二五日香港《工商日報・文匯》

林默涵

獅和龍

十多年不見的弟弟，忽然從偏遠的家鄉跑來找我了。我離家的時候，他還沒有桌面那麼高，現在却已長成一個結實的小伙子。他使我最實在的感覺到了時間的消逝，在這十多年中間，一切是有了怎樣大的變化啊：衰老的死去了，幼小的長成了。的確，時間是單軌的，它一去不返，但它不是白白過去的，在它所走過的地方，便留下了深深的痕印，使人感到世界是在怎樣的不斷變化，怎樣的改變了容貌。

我對弟弟發了一連串的問題，從人物到風俗，以至於家門前的那株石榴樹是否還活着？我都問到了。十幾年沒有回家，我是如何貪婪地想知道家鄉的許多事情。我還問到：「現在過新年，是否還像過去那般熱鬧？」

弟弟的回答是：「不行，一年比一年差，最近幾年，連耍龍燈，耍獅子的都很少了！」

提起龍燈、獅子，我就想起，當我還是童年的時候，新年是怎樣的熱鬧和有趣。除了有新衣穿，有好東西吃，大人們都一改平時的嚴厲，變得特別的和顏悅色之外，最使孩子們高興的，是從元初三到元宵節這一段時間，幾乎每天的白天都有耍獅子的，夜裏有耍燈的，到我們鄉間，向那些祠堂或比較有錢的人家拜年，表演。這不但孩子們愛看，也是鄉間的人們一年僅有的娛樂。

過了元宵，他們就又要忙起來了。

燈有馬燈，龍燈和船燈。最受人歡迎的，自然是船燈。這是用各種彩色的花紙紮成的旱船，上面裝置了許多燈火，一個梢公在船頭，一個少年扮的梢婆在船尾，一邊搖船一邊唱，還有一個叫做「十班」的樂隊，吹簫拉琴的來配和。他們所唱的，自然不是什麼高貴的名歌妙曲，但它樸素，詼諧，也間或帶點對於世態的嘲諷，在鄉下人聽來就覺得是蠻有味道了。

馬燈是屬於「中間」的一類，它沒有像船燈那樣受人歡迎，却又比龍燈的號召力要大一點。龍燈也是用彩色的花紙紮成的，一個龍頭，一個龍尾，中間的身子照例是分為九節或七節，用花布連接起來，就成了一條龍。耍法是由七人或九人各持一節，作游龍飛舞之狀。這其實也很要一點本領的，因為每一節上面都點了火，一不小心就會使紙紮的龍身化為灰燼，而且，各人的動作必須劃一，跟着龍頭走一條路，假如有誰想另走一條路線，就勢必使龍身扯成幾段。但它既無歌唱，又沒有什麼特別的武藝，在鄉下人看來，總覺得不夠味道，除了愛熱鬧的孩子們之外，大人們是不大來看的，他們說：「有什麼好看？那麼舞幾下，和我們用鋤頭挖地差不多！」這就大有瞧不起的意味了。要龍燈所得的報酬也是特別少，那時照例是十幾個銅板就可以打發了。

耍獅子的是在白天來的。找一個廣場，在四周圍觀的人叢中，留出一片空地，就在那裏表演起來。一陣鑼鼓敲過，出來一個戴着大紅臉面具的人和一個戴着猴子面具的人，大紅臉是滿面滑稽的笑容，猴子是一臉的俏皮相，他們輪流着戲弄那隻獅子，打牠，騎牠，用好吃的東西逗牠，却又不讓牠吃到，……那獅子好像是十分的和善溫良，一任他們擺佈；然而，忽然間，牠跳了起來，發怒的向大紅臉和猴子追逐，那兩個欺軟怕硬的傢伙，就驚惶的四竄奔逃，走頭無路了，最後只好跪在獅子面前，向牠叩頭求饒。匈牙利詩人裴多菲在他的一首咏檻獅的詩中，有這樣的句子：

「哈，你們能不能仍是這麼大胆！
假如他竟毀壞了他的囚檻。
他就狂怒地撕碎你們的肢體，
也不讓你們的靈魂到地獄裏！」

寫的就正是這種情形吧。詩人的思想和我們鄉下粗人的思想原來是相通的。

耍過獅子，便是武藝的表演了，有拳鬥，有真刀真槍的比武，還有，把十幾張桌子一層一層的高疊起來，一個年青小伙子在上面表演各種倒立或翻筋斗等等驚人的姿態。這是鄉下人特別是孩子們最愛看的。看來他們也是「崇拜武力」，而並不怎麼喜歡「和平路綫」呢，真是沒有法子想。

在中國，龍和獅是被普遍的用來做裝飾或耍兒的。玩龍燈，耍獅子，幾乎隨處都有。但我總覺得，龍和獅似乎象徵着兩種不同的東西。龍是高貴的，它象徵的是權勢，是威嚴，是「唯我獨尊」的神氣。所以，屬於皇帝的一切，都要冠上一個「龍」字，住的是龍庭，穿的是龍袍，坐的是龍位，連皇帝的臉孔也叫龍顏。而做官叫做「登龍門」，那就「身價十倍了」。有些富翁的廳堂裏，也往往掛着一幅龍圖，在迷濛的煙霧中露出一個龍頭或龍脚，使人感到神秘而又縹緲。這是一般的粗人們絕對不能欣賞的。所以，儘管有許多關於龍的傳說散佈民間，儘管隨處可見到刻的或畫的龍，在一般鄉下人看來，龍總不是他們自己的東西，那是另一個世界的事物。他們也許不敢得罪龍，但決不從心裏去愛龍，它是那樣的高貴而又那樣的縹緲，只合到權門貴戶或衙門廟堂中去做點綴，和窮苦的粗人是格格不入的。有誰在自己的茅棚或泥壁上面塑上或畫上一條龍的呢？決沒有的，龍是不到這種地方來的。

獅子却不同。它象徵的是一種雄厚的力量，一種不屈的精神。這正是屬於人民自己的東西。我常常想，中國老百姓為什麼那樣喜歡獅子，這不會沒有原因的。他們正是從獅子身上找到了自己的影子，因此，又借獅子來凝煉的體現了他們自己的精神。看呵，人們以為牠和善可欺，捉弄牠，擺佈牠，騎牠，打牠，等到惹怒了牠，牠就會「狂怒地撕碎你們的肢體，不讓你們的靈魂到地獄裏」了！自然，那些權門貴戶也想把獅子變成他們的東西，但他們只敢把牠放在門口，而且獅子和他們決不同流合污，當焦大把賈府一家的醜事都翻出來的時候，也不能不說門前的一對石獅子是乾淨的。

假若說龍是象徵封建統治者的威嚴，那末，獅子便是象徵人民的力量。然而，龍是縹緲的，而獅子却是實在的。以實在的力量來抗擊縹緲的威嚴，勝利誰屬，是不言可知了。

寫到這裏，原已可以結束。但我又想起了前年在重慶，看到抗戰勝利大遊行，參加的除了軍警和極少數的學生，所謂「民眾團體」，實際上是那些代表豪紳勢力的什麼社什麼堂，作為他們的標記的都是一條龍。我當時就想：當這些龍的勢力還這麼猖狂的時候，勝利是不會真正屬于人民的。事實果然如此，為了爭取勝利的果實，全國人民又不能不繼續進行一個更艱苦的鬥爭。不過，這是獅子與龍的最後決鬥，而勝利屬于獅子，是已經決定的了。

署名默涵，選自一九四八年一月香港《野草》第七期

秦牧

野獸

一九四四年嚴冬，我到了貴州北部一個大城，在城郊山腰一座古屋裡住下來了。

那時正是「兵荒馬亂」的時候，湘桂潰敗，難民大批向雲貴高原移動，這個大城裡鬧嚷嚷地擠着成羣衣衫襤褸的人，貴州是出名窮的省份，即使在這個黔北大城，一眼望去，也儘是些灰黯簡陋的房子，貴州人穿着破爛的長衫趕着山羊從街道上走過，馬隊叮叮噹噹從城郊的公路上穿過，給人一種歲暮荒涼之感，再加以被抓的壯丁被押解着成羣過境，這些壯丁在寒風中瑟縮呻吟，有的破衣飄舞，有的拿着一塊棉絮按在半裸的胸膛取暖，越到後方越看到政治的腐敗，這種悲慘的現象使每個人都感到有一種沉重的壓迫。

那時我也是難民之一，一個機會使我住到那座山腰的古屋，這屋是什麼僧侶的產業，有一個怪風雅的名字，叫做「焙茗山莊」，屋子的四周圍也的確有一些茶樹，可以讓人在春暖花開的時候，摘摘茶葉，除了這些矮矮的茶樹，還有些鐵角海棠，梨樹，桃樹之類，要是在春天，這兒該有一片好風景，但在當時，却祇使人感到像是棲身在廢園似的，寂寞哀愁，從山腰望下去，山脚的左角有一所大的住宅，成羣尼姑整天在裡面敲着木魚，山脚的右角有幾間簡陋的茅屋，大概是最窮苦的人家居住的，再向下走去，才是城區，那些日子，一些衣衫襤褸的兵時常走到半山來，有時丁丁地砍着樹木，有時是抬着一些死掉的壯丁的屍體上山埋葬，那些赤條條到地球來又赤條條睡到泥土裡面去的不幸的人，死了就像一條臭鹹魚似的被拋掉，他們連一具薄板棺材也沒有，經常被一張蘆蓆包着，挖個淺淺的坑，放下去蓋上泥土就算了，有時一經雨水沖刷，薄薄的泥層被沖掉了！甚至露出一隻手或幾隻脚指來，山下的居民就趕快担泥挖土重葬一次，我們有一次也做了這件工的行業。唉，貴州的天氣也像人間一樣的陰沉，幾天就下一次雨，從濛濛細雨中看着山上各處漸增的土饅頭，夜裡甚至遠遠地聽到狼嘯，清早起來，看到的是簷下掛着冰柱，是成羣寒鴉飛舞喧噪的情景，不用說，我們的心情是難得有幾天爽朗的。

住在「焙茗山莊」的一共有六個人，一對儒家夫婦，他們雇用的一個東北籍的廚子，我和我的妻子，另外是一個念工科的大學生，老畫家正忙着畫山水蟲魚的國畫，準備到貴陽去開畫展，我們夫婦，正在找車上重慶。古屋裡，窗上的棉紙很多破裂了，寒風呼呼地吹進來，牆上有蛛網，屋角裡面有老鼠洞，古宅素來是老鼠的樂園，一入夜，老鼠就作怪了！那種作惡多端目中無人的氣概，惟有當時盤據高位的小人可以比擬。

在這樣的屋子裡，白天，畫家繪畫，他的夫人給他拉着宣紙，我們讀小說，看報紙，大學生讀他的工程學，廚子拿着一根小麵棍做着各種北方小食，各忙各的，日子還容易過，一到夜裡，睡覺呢，太早，做事呢，桐油燈光使人昏昏欲睡，聊天就變成了我們經常的功課，當天晴風小的時候，我們大家都穿着棉衣，圍在屋外的一塊小方塲上，如果是陰雨霏霏的夜裡，我們就坐在屋簷下，生起火爐，一邊圍起來烘脚，一邊閒談，談得很廣泛，畫家談起齊白石、陳師曾，廚子眉飛色舞地談着東北的「鬍子」，大家當然也談政治，談軍事，但最使人心臟像縮起來似的是談鬼。

那是一個自自然然使人想起談鬼談狐的地方。每個人都把「聊齋」和「閱微草堂筆記」一類的鬼故事搬出來再講一遍，再加上些自己聽到的荒誕不經之談，在聊天的時候，畫家養的一隻大黑狗不時莫明其妙地吠起來，山背後偶爾傳來一兩聲不知名的禽鳥的啼聲，更使人在聽鬼故事時不禁把腳縮上來，在這種聊遣寂寞的閒談中，發言最少的是那個念工科的學生，他是一個沉默的人，有時畫家問他：「你為什麼不也談談一些什麼給大家聽啊？」他就羞澀地笑起來。

一個夜裡，又下着那貴州特有的多天的黃梅雨，我們正坐在屋簷下閒談，因為山下當天新葬了兩個不幸者的屍體，我們又談到死屍了，忽然，畫家夫人指着山下一個地方驚異地說：

「你們瞧，那是什麼？」

大家都有一種悚然的感覺，透過陰黯的雨簾，藉着尼姑院子裡透出來的微弱的光，我們看到有一隻動物似的東西，正慢慢地走，向右方那排茅屋走去，那個廚子喝了一聲，但似乎那動物一點也不受驚似的，慢慢地移動，終於被茅屋旁邊的一株大樹遮住了！

「恐怕是一隻野獸，山狗之類。」畫家說。

「是了！一定是來挖吃死人的了。」

「不」廚子以他的濃重的東北口音插嘴道：「山狗那有那麼大呢？」

我們都覺得很驚奇，最後大家共同的結論是：那不過是一隻什麼不兇猛的野獸，可能是出來挖吃那些不幸的壯丁屍體的，因為我們的呼喝，牠掉轉方向走掉了，在貴州的山城裡，野獸一向是很多的，除了狼，還有山狗，黃鼠狼之類，雖然虎豹一類的猛獸，在公路線上的城市不大聽人談起。

過了兩三天的又一個夜裡，仍是下雨，說也奇怪，我們又看見那動物在山下慢慢地爬行了！仍是循着上回的方向，但夜氣濃重，又下着雨，仍沒法看得清楚，這回我們大家簡直鼓噪起來，連工科學生也熱烈地參加討論事情的究竟，那令人疑惑的動物似乎在下雨的夜裡才出現，當廚子喊着要拿屋角一根鐵鏟跑下去看個究竟時，畫家以他曠達的老人特有的聲音大笑起來：「你不怕那是殭屍嗎？」這搭訕的話使人打了個寒噤，廚子口說不怕，但却沒有真的下山去。

又過了兩天的一個夜裡，同樣的情景，我們在簷下聊天，大門洞開，裡面八仙桌子上正燃着一盞紅燈籠，當做檯燈，在微雨寒風中，那個工科學生大叫起來：

「看！看！又來了。」

果然，在夜幕下，山下又有一團黑魆魆的東西在爬行，這回我們再也忍不住了！工科學生拉了我一下衣角，我們敏捷地走進屋裡，我拿了燈籠和一根木棍，工科學生拿了那把鐵鏟，我們飛奔下山去，後面喊叫我們的聲音我們不理了！山下有新墳纍纍的那回恐怖的事我們也不理了！我們的心跳得很厲害，但是，強烈的一究究竟的願望使我們飛奔下去了。

大黑狗汪汪地叫，風聲蕭蕭，微雨正向我們斜打着，紅燈籠，搖幌不定，把山腰一小片細雨濛濛的空間都染紅了。

越走越近，我們看見那爬行着的動物仍然爬得很慢，好像一無所懼，我們都握緊手裡的武器，我舉高了燈籠，歪歪斜斜地再沿着山坡小路跑下去。

很快地我們接近了，工科學生已經舉高了手裡的鐵鏟，唉，在燈籠光照到那動物時，我們都吃了一驚，天啊！原來是一個婦人。她像野獸似的伏地爬行！

我們便走近去，婦人抬起頭來，是一張憔悴貧困的臉，道地的貴州人，她綻開了慚愧的笑容，用土音和我們招呼道：

「天下雨，路滑得很呀，我怕跌傷了娃兒！」說着，又指指她自己的胸前，原來她把一個嬰兒綁在胸前，使那個小生命不致被雨點打到，她又學野獸似的爬行，使自己不致滑脚，在紅燈籠照耀下，我們看見她手脚甚至褲管都滿是泥巴，頭髮零亂，她又辛苦地爬向茅屋那邊去了。

我們舉着武器的手部都癱軟地放下來，山上的畫家高聲喝問道：

「是什麼東西呀？」

「是一個女人呀！一個母親呀！」其時四野沉沉，工科學生的答語引起了回聲，似乎四面的山都以一種沉濁莊嚴的聲音呼喊道：

「是一個女人呀！一個母親呀！」

我們像被人打了一棍，受了重創似的，踉踉蹌蹌跑回山腰，在山坡上又發現了幾個新土堆，不用説，又是「壯丁隊」新葬的屍了，我的胸膛好像被大氣夾扁，一句話也說不出，沉默的工科學生忽然喃喃地感慨起來：「一個人多麼辛苦才養得大，可是有些人簡直把人不當人！」聽着那樣激動的話，我舉起了紅燈籠，照見這個青年朋友臉部的肌肉痙攣着，感傷和憤怒使他的眼神異常可怖，這時候，似乎野獸和殭屍，再也不是使人害怕的東西了。

選自一九四八年四月一日至四日香港《星島日報・星座》

司馬文森

「山上人」和「山下人」

休息了約一小時，我們這一行人，就在余君的帶領下，朝山上走去。是午後一時左右了，在柔和的小春的陽光下，圍繞着這小島的海，顯的更加柔和，更加美麗了。它像一片碧藍的鏡子，在陽光下閃耀着銀光。

我們從多年來的傳說中，所能想像到的這個小島，是很華貴的。當我們在出發前，有人告訴我們，它是一個著名的消夏去處，在這周圍不滿五里地的小島上，有近三百幢濶人別墅，茂盛的樹木，遮蓋了所有山頭，綠茵舖在行人道上，中間點綴以各種名貴的，奇異的熱帶花草。當我們把這個意思，轉問余君時，（他在這兒已住了近十年了，）他說過去情形的確如此，可是現在有點不同了。

「怎樣不同呢？」

他微笑着說：「我說不來，等會大家就知道了。」

果然上山不久，出現在我們面前的，却是一個叫人失望的地方，山上全是一些光禿的小山丘，露出了黃泥土。山頭沒有樹，一些殘碎的建築物，矗立在亂草叢中。我們走過一些山頭，我們又到了一些海灣，終於我們完全失望了。當我們坐在一座巨大建築物的斷垣上，休息時，大家就請求余君給我們講，這小島一些興衰起落傳奇。他說，當他初到這兒時，這個小島已是一個有名消夏去處了，但他一直在這兒住了四年多，却從沒得到機會上山一步。山上，另有一個世界，完全不為山下人所了解的，這兒，住有英國人，美國人，意大利人，德國人，以至法國人，本地歐洲的濶人，差不多全在這兒建立了別墅。他們自己定了法律，用障碍物，用鐵絲網，從半山包圍起來，不叫山下人上去。在這「禁區」外，除了少數被僱傭的中國人，很少有中國人住在這兒，因此也就流傳着種種傳說。山下人說，山上人不分男女全是裸體生活的，彼此追逐着，過那不可告人的日子。自然這傳說是可笑的，可是，由於隔膜關係，發生了種種可笑的推測，也是很自然的。

這些山上人在他們的「禁區」內，除了武裝着一些中國和印度僱僕，還養了不少狼狗，他們說這是用來對付强盜的，實際上就是用來對付山下人。由於好奇心，或者由於想上山檢點枯枝野草，有些山下人也壯着胆想到「禁區」內去看看，於是，槍擊事件和狼狗咬傷人的事件便不斷發生了。日子一天一天的過去，隔膜和仇恨也就一天天的加深了。山上人做過了多少壞事，山下人照例是沉默着，可是他們在心中一筆一筆的記下這一筆血債！

「這樣看來，山上人和山下人就完全隔膜了，不相往來了？」有誰問。

「倒不盡然，」余說。「只是山下人不准到山上來，山上人倒是高興什麼時候下去就下去的。在他們間，也有一點商業的來往，山上人所需要的東西，除了少數從島那邊運過來，大部份要向山下人買的。山下人受的教訓多了，也很自然的想出了一些報復辦法，比如同是一件物品，山下人買賣只要一塊錢，可是到了山上人買時，他們就故意索價一元五角，買不買聽隨尊便，他們決不勉強，山上人以為有意抬高物價，抓了他們幾次，山下人並不怕，反而變本加厲。

「這樣，一個山上人走下山來買魚，他到甲攤去提着一條魚問，這條魚要多少錢？魚攤老板說：四元五角。山上人說：太貴。山下人便說：過第二攤有便宜魚買。到了乙攤，同樣一條魚就討價五元，為什麼要五元呢？沒有理由說明，只是，他們認它該值得五元所以要五元，如果你嫌貴的話，可以到第三攤去。而當那山上人到了丙攤時，他們就會告訴他東西全沽清光了。

「這種行為，自然又有使山上人藉口抓人的機會，可是，山下人一點也不在乎。到了他們下次再來交易時，那些不被當人待的山下人，便會笑口吟吟的對你說：先生，對不起得很，我們的東西在你來的前一分鐘全賣完了！」

這是一場戰爭，佔劣勢的近萬個山下人，對着佔優勢的三百多山上人。山下人，在法庭上永遠要被警誡和罰欵，法官用激動的聲調，告誡他們要和歐洲人合作，不得歧視外人。而山下人，一直沉默，認錯，可是決心拒絕合作，他們說：我們不做生意該不算犯法了吧？這一場戰爭多少年來打下的結果是山上人和山下人的防線，被建的更牢固更寬廣了，這兒原本是一個漁區，然而山上人吃不到鮮魚，要吃鮮魚就得乘三小時的電艇到島那邊去買去。山上人，在沒有辦法當中，也只有採用了更野蠻的報復方法，他們對「侵入禁區」的人，已實行不加警告便開槍射殺了。

「這件事，一直發展到太平洋戰爭爆發，山上人和山下人的仇恨才被澈底的清算出來！」余說。「大家該還記得。當日本向英美宣戰不久，這兒就來了戰爭。日本的第一顆炮彈在這兒打響之後，山上人的氣焰全變了，他們派了代表來找山下人，說是過去大家誤會，現在大敵當前，這種誤會應該解除了。他們要求合作，保護這小島的安全。條件是，山上人自動開放了他們的『禁區』，並給大家軍火，而山下把自己組成自衛團負責打戰！山下人對這提議，並不公開表示反對，可是，他們說：我們這些人骯髒慣了，沒有福享受『禁區』內的東西。至於組織自衛團的事情，他們說，我們平時已組織得很好，用不着再組織了。武器你們留下自己用，反正是，在我們這樣一個窮地方，日本人不會來的，大家放心就是了！這個答覆就等於對他們宣告：不合作！

「戰火迫上來了，山上人在沮喪失望中，才意識到過去大國民主義意識的錯誤，他們現在不但面對着日本一個敵人，而且要面對那羣平時被虐待，鄙視了的山下人，在絕望中不得不採取行動，結果是，在一天晚上，他們集中了所有交通工具，把笨重東西，房屋以至於平時耀武揚威慣的大狼狗全丟了，秘密的撤退到島那邊去。這消息，半夜就傳開了（，）山下人被它鼓舞着，成群結隊的向山上出發了。失了主人的衛隊，在自己同胞面前，自動的繳出武裝，他說過去的驕橫全由主人的唆使，以後他要回到自己人隊伍裏來了。失了主的狼狗，被這壯大的行列嚇怕了，不知要躲到什麼地方去才好，結果又被找了出來。憤怒了的山下人，用木棍，石頭來結束這死敵的命運。他們像一群瘋了的動物，他們任意的踐踏花草，砍去樹木，並從所有富麗的別墅中，搬出那些罕見華麗的傢俬。他們不願把它帶回家去，倒是把它堆在一起放火燒掉了。東西燒完了，他們又來拆屋子，把幾十年來的仇恨，化成憤怒，化成行動，最後眼見這美麗的小島成了殘缺不全的廢物，再也翻不起身了，他們才平心氣和的回去。……」

有人提出日本人來了以後的情形。

余說：「日本人很快就派人來接受這個小島，他們的要人想住到這島上的別墅上，可是自衛隊給了他們一陣槍擊，山下人說：我剛剛打走一個主人，不會再歡迎另一個新主人的！抵抗雖然失敗了，但日本人看見山上的東西全毀了，也只好搖搖頭撤走了。」

「山上人這次回來之後，不對大家採取報復手段嗎？」

余笑着說：「你怕他們所受教訓還不多嗎？你們看，像下面這種情形，是百年來第一次有的。……」

說着，大家隨他手指的方向看去，只見在一個美麗的海灘上，幾個紅毛正和一群漁家小孩在水中角逐着，大家毫不在乎。

「以前，」余說。「小孩子一見紅毛的面，就要拔起腿死命的奔走，現在，他們一起在水中游着。」

看看時間已經不早了，有人提議再到什麼地方去走走，於是，我們又離開那座殘碎的別墅繼續出發。但大家對這短短的報告，卻有了深刻印象。

一九四八年五月

選自一九四八年六月十日香港《海燕文藝叢刊》第一集

香猪

早些年，我到過廣西貴州交界的一個城市，住了半個月，也就聽到了不少，關於離城約三十里路苗山上的一些奇妙風習。特別是一個在縣府當民政科長的朋友，他說他每次有了事到苗山去，苗子鄉長，為了表示尊敬，總要殺一兩頭「香猪」來欵待他。這個名字倒很奇妙，在猪類之中，竟有一種「香」猪。

我問：「什麼叫香猪？」

那當民政科長的朋友説：「就是把猪殺了，不論放到炭火中去烤，或者放到水中去煮，總要意外的發出一種香味，苗子把它當做一種上等禮品，不是上等客人，決不殺這種香猪來欵待。」

在旁邊的人，聽到了這句話也附和着說：「一點不錯。」

後來由于戰爭的關係，日本人一直從湖南打到獨山去，我們一家人也不得不狼狽撤退了，這一次走的倒不是大後方，而是苗山。到了苗山後，由於過去對「香猪」這名子印象太深了，因此，一到就想找個機會來嚐試嚐試，我對妻說：

「要是聽到什麼地方有香猪賣了，設法去買點來。」

這是在山頂上的一個小村莊，四面被山峯包圍着，山峯上密佈着杉木林，村莊是很貧瘠的，不僅魚肉難找，就是青菜也當作希奇的佳品了，不過，我每早起身總還保持着在城市時的舊習慣，走出村莊，到了山峯上去散散步。我以為我已是起得早了，不意苗民們起的比我更早，他們有的趕着山牛，有的趕着一種奇醜的山猪上山放草。那種猪，說來才真奇妙，渾身是二寸長的長毛又粗又硬，長嘴，長耳朵，不論猪公猪母，少有下垂臃腫的肚皮，四足長長的，跑起路來快得很。

苗人們把這種難得的家畜，穿了耳，用蔴繩綁住牠，一早便把牠趕上山，去放草，到晚上才把牠牽回來。牠唯一的食物，不是五谷而是青草樹葉。我對這兒的猪於是開始有了成見，這算什麼猪呀，我以為「香猪」是一種動物，小小胖胖，使人一見就充滿食慾。

有一天，一個朋友請客了，他特別關照我說：「有紅燒香猪。」那晚上，我懷了一種嚐新心情去赴會了，當紅燒「香猪」捧上來時，我小心的把牠咬着嚼着，然而，除了有一種小牛肉和缺少油脂感覺外，就找不出有什麼特點。可是朋友們客氣之至，說：「難得有香猪吃，來，吃掉這一塊。」

我對「香猪」的印象破滅了，然而，我仍舊在追索着「香猪」的形狀，什麼是「香猪」呢，雖然牠并不如我期望之高，但也的確異於別的猪，肉細而沒肥肉，做猪而沒油，那倒是很妙的。

一天，還是那請吃「香猪」的朋友，帶我到這村子四周散步，那已近黃昏了，苗家小孩子從山上趕了牛回來，也把那些奇醜的豬趕回來。我看着牠，有了感觸，便問他：「什麼叫做香猪？」那朋友一聽，却就笑起來說：「你怎麼問到牠，吃過了一次上了癮了」，接着，他把那些醜猪一指。「就是這種。」這話使我吃驚。但他却又繼續解釋了下去：「這兒的猪都是吃草和樹葉的，因為苗人窮，買不起猪食給牠們吃。在苗山上，有一種花草，聽說它本身就帶有香味，這些猪們吃了它，久而久之，便有了一種香味，因此他們就叫牠做「香猪。」同時，又因為牠們被人在山上趕來趕去，養成了勞動習慣，不像那些城市猪類喜吃懶做，養了一身肥肉，所以牠們又是瘦肉的多！」

對這解釋，我是滿意的，然而對「香猪」的幻想，也從此完了！

署名宋桐，選自一九四八年十月八日香港《星島日報・星座》

田裏的魚

在苗山裏，只有小的水流，沒有什麼大水潭。

在小溪流裏，只能養些瘦小的魚，養不起又肥又大的魚。

可是，當那苗村村長搬上檯面來欵我的，竟是一條又肥又大的大鯉魚。難道他竟有那樣大的盛情，為了買一條這樣大魚，走七八十里去買？

那鯉魚是甜美的，肉多，油膩，另有一種誘人的香味，隨着熱氣，向四面散發開去。老村長〔頻頻〕拿起盃子，裏面盛了糯米酒，用不習慣的桂林官話，對我說道：「乾乾，沒有好菜，將就將就。」

我吃的差不多全是那條大鯉魚，它有那麼大的誘惑力呀！

飯後，我們就圍在「火堂」裏，對着一堆火。這堆火是常年不熄的，因此，火柴的缺乏對苗人并不覺得嚴重，只要有塊火石和條火引，他們就夠了！我們抽着烟，村長問了我些外面的形勢，我并不太熱心這些問題，我倒想知道一下這鯉魚的來路。

因此，當我問到，他就說了：「自己養的。」

我問：「山上也有池塘嗎？」

老村長搖了搖頭說：「我們這兒普通人家都養魚的。」

「養在池塘裏？」

「在田裏。」他說：「田裏可以植糯米稻，也可以養魚。」

說着，他就起身了，「我帶你出去看看」，他說。

我們走出那家苗家屋，在屋外是許多方塊形的田地，禾幹發綠地佈滿這田面，從那禾葉的寬大，禾幹的粗大，加上禾穗的飽滿，使人想像得到這些水田是很肥沃的。老村長走近這些田地，現身說法的捲起褲脚，就走下去，一下子就看見他沉了下去，直到了〔腰圍〕同田面上排齊了。他說：「田有那麼深，中間還不止，長年不乾的。」說着，他又熟練地俯下身去，在水中摸索着，好一會就聽見有撥水聲，他用雙手把一條尺來長的大鯉魚拿出水面來了。那魚生氣的噏動着嘴巴，用力的掙扎着。他讓我把它看了一會，始又放下水去，一面說：「魚種要到外面買，買來只要〔往〕田裏一放，它便會自己長大起來了，不用去理它。」

我說：「從放下魚種到可以拿來吃，要花多少時間？」

老村長用手扶着田塍，縱身一跳上岸來了，他就索性坐在田塍上，用水洗着身上污泥。邊答道：「三幾個月就可以吃了。」

我問：「養在這樣地方不會給人家偷去？」

聽着，他便笑了起來：「在我治理下的村子是不許這樣做的，從前我們曾捉到一個，但我把他活埋了，以後，有許多年來，就一直不曾見有這類事情發生。」

「要是水乾了呢？」我問。

「不會的」，他說：「我們這兒的田從來未乾過。」

我說：「我是說要是不能不乾的時候怎麼辦？」

他沉思着一會說：「我們也讓它去，那些魚怪得很呢，它們懂得躲在深泥下，要是我們要吃，就用鋤來掘，掘出來還是好好的，一放進水裏去，就又活了。不理它，到春水漲了，它又會從深泥下鑽出來。」

「真的這樣？」我吃驚了。

他點着頭說：「是這樣。」

他很自然的走向屋子裏去，我跟着，覺得他的話，像在作奇跡的道白！

署名宋桐，選自一九四八年十月十八日香港《星島日報・星座》

艾迪

沒有了燈的房間

電燈忽然又熄了。我知道又是那條電線的接口出了毛病了。

在黑暗中，太太說：我的好先生，電燈又熄了呢！

我躺在床上，伸伸我的臂和腿，懶得像一頭貓。我沒有爬起來。

我說，假使只有你一個人，我不能想像你怎樣的活下去。

我不會一個人獨自生活的，她說，你常常伴着我。

我不會常常伴着你的，我說，有一天我會跟另外的一個女人跑掉的。

可是你一定會回來，她說，你想想我一個人坐在黑暗的房子裡，想起我因為害怕而哭泣，你一定回來的。

假使那個女人不讓我回來呢？

不會的。你能擺脫我，自然也能擺脫她。

我在床上翻了個身。在黑暗中，太太看不見我的動作，她只聽見聲音。起來了？

其實我只翻了個身，仍然躺在床上，懶得像一頭貓。我答我的太太：沒有，我在想着那個女人。

她長得漂亮嗎？她問：

大概長得還不錯，否則她不會（　）走我。我說。

太太笑了。你們男人就是那末簡單。

我也笑了。不簡單就不成為男人。我說。

不只簡單，而且糊塗。她又說。

不糊塗也不成為男人。我又答她。

太太還在說什麼，我已經聽不見。在黑暗中，我仍然躺在床上，懶得像一頭貓。我閉了眼睛糊裡糊塗的，想着那個女人。

我（　）然給那個女人把我從床上拉起來，把我拖出了門口。

你要怎樣？我問她。

跟我來，她說，跟我一起生活，我們會很快活的。

我說，不行的，我已經有了個太太。

沒關係，那一個男人沒有太太！你跟我來，我們會很快活的。

可是我和太太一起也並不苦惱，我說。

決沒有像跟我一般的快活，她說。

我不要太快活。我說，我很滿足現狀。

你們男人就是那末簡單，她說。

而且糊塗。我補充了她。

這樣我跟她過了許多日子，許多快活的日子。一天，我忽然想起我的太太，我在暗暗嘆氣。她發覺了。

你一定在想你的太太了。她說。

我無能為力地點頭。

我不許你想，她說。

她是我的太太，我說，我丟了她一個人在一間黑暗的房間裡，她會害怕的。她會害怕到哭起來的。

別放在心上，她說，女人們都很會哭的。

可是我從來沒見你哭過，我說。

如果你把我丟了，我會哭的。

我捨不得她。我說，我不會把你丟掉的。

我一面跟她一起，一面時常想着我的太太。一天晚上，我那個女人跑開了。接着一連三天沒有回來。我很苦惱，我想着她，也想着我的太太。我一個人十分無聊地躺着。忽然另外的一女人走進來，把我拖出門外。

跟我來，她說，跟我一起生活，我們會很快活的。

我說，不行的，我在這裡等我的女人——而且我還有個太太。

你的太太也不過是個女人，她說，我也可以做你的太太。我比你的太太長得漂亮。

漂亮不等於一切。我說。

漂亮就是女人的一切，她說，你們男人就是那末糊塗。

而且簡單。我補充了她。

這樣我跟她又過了許多日子，許多快活的日子。不久我又常常想起我的太太。

她發覺了，她說她不許我想。

我說，如果你有個丈夫，你一定希望他常常想你。

我也有個丈夫，可是他不想我，她說。

我吃了一驚，我說，你有了丈夫，怎麼又來找我？

他把我丟了，她說。

為什麼他把你丟了？

別個女人偷走了他。

為什麼你不等他回來？他會回來的。

他不會回來，他若回來，我也不要他了。

那末你要誰呢？

要你。

我是個有了太太的，你不能佔有我，我說。

我已經佔有了你，她說。

不，我說，我要囘去的，囘到我的太太那裡。

你用不着回去，她說，你若囘去，你的太太也不會要你的了。她已經要了別人了。

我吃了一驚。太太要了別人，那是不可想像的。我說我一定要囘去，我一定得囘去。

她說，我不許你囘去。她把房門鎖好，走了，把我一個人關在房裡。在黑暗中，一個人躺着，我想着她不久就要囘來的。我又想着我不久就要動身回到我的太太那裡的。可是我還不想爬起來。我只伸伸臂和腿，懶得像一頭貓。

我的好先生，在黑暗中，一個女人的聲音說，你該起來給我把電燈弄好了吧。

我認得是我太太的聲音。我忽然臉上發熱。我從床上爬起來，我劃了一根火柴，照照我的太太的臉。她朝我甜甜的笑着。

你沒有害怕，也沒有哭過？

沒有，因為你不會把我一個人丟下來。

我已經跟那個女人偷偷地跑掉了，此刻剛剛囘來。我惦着你，怕你害怕，怕你哭。

我知道你一定會囘來的。所以我不害怕，也不哭。

我問她，你一直是一個人守在這裡嗎？你不曾跟別個男人跑掉過嗎？

如果我已經跟別人跑掉，她說，我還會在這裡等你嗎？你們男人就是那末簡單。

而且糊塗。我補充了她。

但我已決意明天買一條新電線，我不能讓我們的房間再沒有亮光了。

選自一九四八年七月三十日香港《星島日報・星座》

海兵

風災

七月二十七日，長洲——這小島，在颶風的威脅下騷動起來。

北風在夏季出現，便不是好東西，已經吹了幾個早上，這天一早更越吹越不對勁。曇雲，像一把把散亂的大掃帚，飛快地橫掃天邊。暗浪一個高過一個，已經是吃早飯的時分了，都像一直下降着的鉛塊，壓得人透不過氣。

經驗告訴人們：長洲並不是避風的好地方，山低，沒有避風塘，大一點的風吃不消，所以當颶風醞釀着的時候，灣裏沒有出海的漁船，也都紛紛駛到梅窩等有高山和港塢掩蔽的地方去了。但存心僥倖苟安的人，也不是沒有，何況生活迫得人緊，停手便停口，——風季裏，不是風，便是雨，有誰能絕對安全的躲起來？尤其是這一次，遠在十天前便説小呂宋發現颶風，但後來却只在香港的西南面一擦，便轉向西面遠翔去了，漁民們驚魂甫定，正鬆錨解纜的時候，而颶風却兜了回來，少不免又是準備，停航，同時也免不了焦急與猶豫。

當漁民們預感到迫在眉睫的風暴，再也無法避免時，也便是他們掙扎搏鬥的開端，整個港灣呈現了淡月少有的緊張景象，大家忙着拆除船舷尾棚……的一切障礙物，把甲板上納納集集的「架生」（註一）雜具都收藏到艙裏去。又撿齊了大大小小長長短短的錨和纜，準備在最危急的關頭的搏鬥。一面又英勇而熟練地划着槳，搖着櫓，把船駛到適當的地方，看準了船與船的距離，拋下最大號的錨。誰都擔心着相碰與擱淺，誰都沒有錯估自己的力量，準備即將到來的單獨作戰。於是環繞着這小島西南面的港灣，迅速間便佈下了一道一道的防綫，大漁船在最前綫，較小的便只好在近岸的地方，最小的如艇仔舢板，更胆小地實行撤防，趁着漲潮，把艇推上岸，自己推不來，幾條船的人聯合來，——男人、女人、大人、小孩(　)喝着，推完一隻，又是一隻。……

在一些抵抗力脆弱的船上，只要是「人手」是夠支配，早已把女人和幼弱的送上陸上，暫時寄住在親戚家裏，較大的船上的婦女和小孩，也早已溜進艙裏，一動也不敢動了。留在艙面的，無論他們的身份是「事頭」（註二）或是「伙記」，都如獅似虎，一面觀察風勢，一面駕御船身，迎着洶湧撲上船來的波濤，不約而同地爆出了「殺！殺！」的聲，是求生的呼嘯，是戰鬥的序曲，響徹了海隅，他們以為這樣便可以殺低海的威力了。

「殺，殺，殺呀！」的呼聲，夾雜着驚呼哀叫，是越來越緊了。

○　○　○

在一隻做「罟仔」漁業的小艇上——

順嫂拜完了船頭神，用破布纏扎着與船頭磨擦的一段錨纜，又繼續埋怨她的丈夫：

「知道這場風避不過，船上『架生』不夠，就早該駛去梅窩，……『死冇本事鬼』，借錢賣條篋纜都借不來，半夜回來還打人，……你看，燈心這樣大的一根『爛鬼』舊纜……祖宗保佑，捱過這塲風才好啊！……」

順福也不答嘴，只顧趕着卸下了帆，桅，又拆去了船上的「篷拱」，把橫七亂八的竹竿扎在一起，一面呼喝着他的在搖櫓的還未成年的孩子——金仔：

「用力搖呀！」

船是抛着的。他希望利用船的前進力，來減輕錨纜的負擔。明知風再大一點這是無濟於事的。但有什麼法子？手指這般粗的一根殘舊的錨纜，還是船上絕無僅有的呢！……於是，人急生智，窮人有窮打算，順福臨時又從艙裏撿了一塊最大的「壓艤」的石頭，和幾截麻繩，接接駁駁綁牢石頭，再把另一端綁在船頭的橫槓上，準備危急時抛下海去幫一幫力，也聊勝於無。

船一搖一搖，石頭在船板上滑來滑去，船上雜物的碰擊聲交響着，船頭的錨纜索索作響，風一陣緊一陣，人雖然佝僂着，熟練地扎緊馬步，但也不免撞撞跌跌，金仔更搖曳得厲害了。

順嫂還是不停口，邊幫手，邊罵着：

「屎急開坑，……通海人都『冇你咁衰』！」

順福把一綑剛扎好的罟網，用力擲在她的面前，瞪着充滿血絲的眼睛狠狠地望她一眼：

「你還怨誰！命好還做水上人……放到櫃底去！」

一個浪打來，船頭上濺了丈把高的水花，順福差一點跌下去，但一轉身，又搶過了筋疲力盡的金仔的櫓，顛前躓後地搖着，吼着：

「沒有用的！像幾天沒有吃飯的樣子……殺呀！」

其實他們不單今早來不及煮飯，不曾吃過一點東西：半月來，也還不是賒三借四，捱一餐，算一餐！？

○　○　○

波浪從四方八面萬馬奔騰向這港口衝來，在旋轉着的颶風從正北而西北，迅速地向西移動，還一陣一陣夾着沙礫般的雨點排下來，於是這港裏的漁船，更無遮無攔地完全暴露在風魔的威脅下。起初在拼命瘋狂搏鬥的漁民，現在是再也無法活動了。海上的漁船，像給釘緊了一樣，全船的安全，繫於一根錨纜上面，船頭朝着風，船在打着韆鞦，波浪湧上了船，又從櫃面瀉開去，還幸風和浪朝着一個方向，要是有任何一個橫浪，都可能把所有的船一掃而光。

這時，順福的漁艇，更像癱了半截一般，多年來不修的船身，隨時有「瓦解」的危險，最後順福也無法堅持搖櫓了，唯一的法寶，便是把繫好了的石頭，推下海去，自己和金仔順嫂，伏在艙裏，抓緊船舷，靠艙口的閘板，擋住湧上船來的波浪，順嫂慌得不自覺地又唸起菩薩來：

「菩薩呀，祖宗呀，天后聖母保佑呀，北帝爺保佑呀……」

金仔呢，更可憐了，踡伏在艙底，全身濕淋淋地，手腳痺麻得快失去知覺，偶而伸頭望望船外，但猛然一個浪撲上來，却飲了幾口水，他疑心船已沉下去了。他想着，平時他的媽打他，他撲通一下子便跳下海游上岸去，但現在，浪這樣大，怕不成了。……他想到這裏，真想先抓住一塊木板或其他什麼會浮的東西，……可是那裏騰出手來呢？只要是鬆一鬆抓着船舷的手，便給攢得發昏，隨時會被拋出船外。

順福，已是四十見外的人了，大大小小的風險，親自經歷的便不下百數十場，十數年前，還有一隻大拖船，但一個浪，全船「冚家剷」自己是抓到一塊爛㡳漂海重生的人了。本來像這樣子的風浪，在他還是像吃豆腐一樣，何況船還拋在灣內，岸邊。但，這次畢竟不同，船小，破漏，「架生」不齊全，自己雖老，倒算不打緊，家小——老婆不會游水，金仔又「豆丁咁大」，平時老婆罵他「冇本事」，他是頂不服氣的，但這時他却深深懊悔起來，昨夜整夜向x記漁欄求情賒篾纜，賒不到，……千不該萬不該，把當網剩下的幾塊米飯錢，來到排九攤去碰運氣，……買二開個四，「偷鷄唔倒蝕把米！」回來又賭氣打她，……風來了，萬事都沒有準備，……如果早點把她母子送上岸，自己生生死死還可以硬打硬擦。……

「轟！……嘞，嘞嘞！……」像天崩地裂一樣，把他們嚇得驚叫起來，原來他們顧前不顧後，船本是拋在舊橋新橋之間的（註三），但風力潮力把他們的錨和大石都拔了起來，於是船便失去了憑藉，一個浪升上來，把它撞向舊橋的橋柱，虧幸錨還未完全離地，保持最後的一絲曳力，船才不至一下碰碎沉下去，只碰壞了尾棚，——就在這千鈞一髮之際，順福手快眼快，一把抓了準備着的另一根繩，一套便套上碼頭上木柱，暫時擱住了船，一面喘着氣命令順嫂金仔道：

「跳上去，跳上碼頭去！」

這是生死存亡的關頭，再不容許人有更多的考慮，順嫂和金仔爬出了艇面，登時胆子也不知從那裏來的，望着相距還有尺來遠的碼頭，出盡吃乳力一跳，船掘了一掘，人便仆在浪頭上，第二個浪打上來，順福的手一鬆，船一瀉便去了丈把遠。

○　○　○

沿着碼頭靠海傍的半面街上，面海的一列舖——魚欄，茶樓和專賣船具雜物的山貨舖，緊緊地關着門，平時擺在街道專逗漁民生意的生菓攤，熟食担，跌打膏藥，包醫白濁，神卜妙算……等檔口，也早不見踪跡了。一些臨時搭成的竹棚茶寮，被掃得淩淩亂亂，景象是夠荒涼了。但在一些樓房關閉了的玻璃窗上，却閃爍着疏疏密密的人影，像在端陽節觀龍舟一樣，望着被威脅岌岌可危的漁船，有的似乎在同情嘆息，有的却似乎在欣賞奇技，覺得還不「過癮」，更有些「奮勇可嘉」冒着風雨跑上了天台，指手劃脚，神采奮發地裂開了嘴：

「啊荷！又一隻，沉下去了！」

已經是下午三點幾鐘了，颶風轉向正西，更猛烈地向島上攔腰打來，在向着西北風竭力掙扎着的漁船，在這突變中，下沉的下沉，斷纜的斷纜，互相碰擊的互相碰擊，而大部分都被衝擊上岸，——船板，雜具，漁網，竹竿，槳，櫓，篷，桅……黑壓壓地浮滿了中環一帶的海灘，漁民們在哀呼，在掙扎，在搶救。……

然而，另一種懷着完全相反心情的陸上人，也同時出現了，經驗告訴他們：颶風帶給人們災難，但也帶給他們天外飛來的橫財，他們有的是強橫和惡勢力，他們有的是積數十年數百年的「搵蛋家仔笨擦」和「楨拖」的經驗，現在正是他們活動的時機了，而當海灘上的奇跡，開始給人發覺的時候，一部分「陸上人」便三三五五，成羣結隊，攜斧帶鑿像一隊隊逐臭而來的蒼蠅，迎着風雨，向沙灘湧去。

沙灘上臨時變成了他們公開掠奪的市場，不但競爭着搶拾波浪打上來的現成的東西，而且用斧頭鑿子把一些半爛未爛的漁船也劈的劈，鑿的鑿，拆的稀爛，不可收拾，他們憧憬着以往發「風災財」的人們的洪運，和傳奇式的搶漁船的故事：「鑿開了船殼，纍纍地藏滿漁人們的黃金和財寶……」（註四）但畢竟他們這美夢，是無法再實現了，於是他們在「失望」之餘，便發狂貪婪地見什麼拿什麼，撈得着便拿走，沒得拿便拆開船板，連半塊爛木也要去，也不管有沒有漁民看管，橫豎是蛋家仔的東西，「搵咗着數，包冇撞板」「而家唔駁亂，重等幾時？」漁民們痛哭流涕，趕這個，逐那個，顧得東，顧不得西，結果還是白費氣力，「真抵死！」「天」永遠也不會他們張一張眼的，呼嘯而來，滿載而歸的人們大可以放心為所欲為了。

○　○　○

順嫂撲上了碼頭，便暈了過去，醒來的時候，金仔還在哭着出盡力半拖半抱着她，雨點打在她的臉上，她驀地翻身起來，但橫掃的風，使她無法伸直身體，她瞪着四面張望，發覺停在海上的船稀少了，自己的船也不知去向，一陣酸辛，想哭，但沒有眼淚，金仔指着遙遠的西面，哭道：

「船被括到洪聖廟那邊去了。」

順嫂心急起來，掉頭便走，可是路這樣滑，風雨從背後射來，行一步蹪一步的，跌下又爬起，連翻帶滾，好容易走完一段碼頭，又向右沿海傍一直走去，金仔在後面緊跟着。

到了洪聖廟前，望着沙灘上一堆一堆在搶東西的人羣，亂糟糟地，順嫂怔了一下，也不管三七二十一，沿着石階一撲便撲向前去，穿插在人浪，海浪追撲着的邊緣，一顛一仆地到處張望，飢，寒，失望，過度的疲勞和緊張，交織着她的身心，幾回險些給人們撞下海去。

還是金仔的眼犀利，他指着x記皮廠對開斜右的沙灘，對他的母親說：

「那邊一雙擱着的船，不是我們的麼？」

順嫂也不及細看，只是朝它走去，當他們見到那傾斜躺着，裂開兩邊，失去了舵，櫓及一切的漁船，便是自己找尋的目的物時，也發現了順福在離岸丈把遠的海面，正和波濤掙扎着，奮勇地向海灘游來，她又慌又喜，不免又唸起祖宗菩薩來：

「祖宗呀，北帝爺呀，保佑他平安啊……」

金仔也同時大聲喊着：

「爸，我們在這裏！……」

但話猶未了，一個退浪，又把他捲到不知去向了，一時順嫂不知所措，便直着嗓子，失魂地向有人羣的地方亂嚷：

「救命呀，救命呀！」

人，一窩蜂似地向她湧來，但誰也沒有理會她，相反地却向着她的船擁去，鎚子斧頭交響起來，順嫂急得雙脚亂蹬，也再顧不得她的丈夫，趕着推這個，推那個，邊推邊喊：「船是我們的呀！」「你們都是賊呀！……」可是人却越推越多。

金仔掇着一把一把的沙石向人羣擲去，但搶物的反指着他咒罵：

「你這死大懵鬼仔，再拋便『揸』死你！」

最後順嫂被摔倒在爛板上，釘子刺傷她的腿部，手掌，血涔涔地滲過了她的濕淋淋的衣裳，流紅了大片沙灘……

風更大了！

一九四八年八月

（註一）「架生」漁民語，即船上用具。

（註二）「事頭」即船主。

（註三）「橋」為當地人對碼頭的稱呼。

（註四）以往漁村經濟情形好時，漁人們，每有存款，惟一的出路，便是買金，但有金沒處收藏——存在陸上的什麼「東家」「親戚」「朋友」之類，不是金變銅，便是乾脆賴數，存在船上也担心人敲榨和海盜，所以他們每每把黃金藏在船底或捲在爛網堆裏。

選自一九四八年九月十五日香港《文藝生活》總第四十一期

樓適夷

遇盜的故事

輪船在楊樹浦的半江心就停下來，旅客和行李另外由一隻小輪駁到外灘碼頭去上岸。大家提的提，背的背，爭先恐後擠上去漁船。我守着身前幾件行李沒有辦法，江中心是沒有碼頭夫上來的，對茶房說，要他替我設法，茶房頭也不回的跑開去了。這時候，身邊走來一個同船的搭客，看了看我的行李，便說：

「你想幫你拿一點！」

這人蓬着一頭長髮，臉也好久不修了，顯得有點憔悴的樣子，身上一件單薄的布長衫，又髒又皺。他說着，便伸手揀起一隻皮箱，催我一同走。我點頭謝謝他。便提起兩件小的，由他開路，往小輪上擠了進去。

我一邊跟着他走，一邊對他說：

「真對不起了。」

他很爽快的回答：

「這算什麼，出門出路，大家照顧照顧也應該……」

小輪的大艙裏已經擠滿了人，我們只好把行李當櫈子，並肩坐下了。

「等回兒上岸，你也不用叫碼頭夫了，仍舊我幫你拿上去，出了碼頭，你叫一部車子就好了。」

「那很好，不過太對不起你，你自己沒有帶行李麼？」

「我就這麼一個光人，什麼也沒有。」他把自己身子在我眼前打一個照面，證明他的一無所有，臉上還笑了一笑。我便搭訕着說：

「從寧波來？」

「唔。」他點點頭，又補充一句：「這條路我一直跑來跑去的。」

船泊泊的開行了，船上的水手擠進人堆裏來收行李的水腳，聲勢洶洶的，像收稅吏一樣，每件行李一元錢，一個也不肯讓。四周都是單幫客，帶着大大小小的包兒（　）兒，做些土產小賣買的，水手剛走開，就嘮嘮咕咕的罵起來了；

「簡直是買路錢麼，人家行李，他手沾也不沾一沾，就要錢！」

「這種閻王路，走過走（　）了。寧波到上海，從前多便當，輪船上睡一夜，就到了，現在來了蘿蔔頭，就有這麼多花樣。」

給我提行李的那位客人，便插咀了：

「現在有輪船坐，還算好的吶，先幾個月輪船不開，走後海，坐沙船，那才叫苦呀。」

這話立刻引起別的搭客的興趣，一個中年的短衣漢子很注意的問了：

「後海到底好不好走？」

「走後海壢，海灘都是陷脚泥，你要上船，泥灘都要走兩三里，赤着脚，捲起褲管，走一脚，泥就陷到腿肚裏，還要拔得快，慢一步，還要陷下去，拔不出來了，那就性命交關，假使走到半路潮水漲起來，那更加不得了，上前不得，快後跑，潮就比你跑得快……」

「海邊上總沒有查關的呀！」中年男子不服氣的説。

「查關沒有，可是常常遇見強盜，一碰到強盜船，一船都搶得光光的。」

「媽的，現在碼頭上那些查關的還不是強盜，人家一點小本生意，求他拜他，他死人勿關，把你一點貨色全充公了！」

「充公倒還是一句話，公事公辦！他們還不是拿去坐地分贜，比強盜還兇！」另一個單幫客説。

「對啦，強盜有時候也講理！」幫我拿行的那客人馬上很得意的合上了拍子：「而且出門出路，人要靈活，靈活的人，連碰到強盜也會沾便宜的。」接着他就講了這樣的一個故事：

「那一次，我們那條船，有五六十客人，風平浪靜，順風順水，走了約莫一天多路程，看看再半天功夫就可以到了。大家正高興，忽然船頭上一個老大驚惶地喊了：

——啊喲，這是張阿六的船呀！

他們對強盜船一看就知道，別的船不是裝貨，便是搭客，吃水重，強盜船勢輕，行得快，遠遠就知道了。

大家慌張得了不得了，搶着要老大轉帆換方向，老大搖搖頭説。

——跑不掉的，他們的船勢快，給追上了反而吃虧，還是把要緊的東西藏一藏。

許多人趕忙脱下手上的戒指，手錶，拿出成疊的鈔票到處亂塞，慌做一團。

果然，砰的一聲槍響，遠遠的呵喝了；叫把篷扯落來。老大就老老實實扯落了篷，船行緩了，隨着潮入水。一回兒，面前就來了一隻大烏篷船，把繩鈎甩過來，鈎住船邊，一下就跳進五六個大漢，每個人手裏一條快機木殼，客人縮在一個角落裏，一動也不敢動。

兩個強盜在艙口守住，另外幾個跳下來，很快的把行李艙打開來，翻箱倒籠的搜過一遍，揀輕便值錢的東西放做一堆。後來又呵喝一聲，叫客人一個個上前，在身上抄過。有的人精明過了頭，身上的東西藏得一點也不剩，他們就一個耳光，迫他們自己找出來，有一個戒指藏過了，可是手指上還留着戒指痕，便又迫着拿出來。藏東西的甲板縫，甲板底一發現，所有的鈔票，金器，一概都搜得乾乾淨淨，就扯一條大被單，一包包起，四周看一看，打哨唿，望艙口走出去了。

所有的客人灰白着臉，連氣都沒有透一口，就眼睜睜的看着他們走了。

這時候，客人當中有一個人，突然跑上前去，跨上船梯，追了上去，別人把他拉住，他不管，直追到甲板上。強盜到甲板上，見追上了人來，把快機一攔，喝道：

——你要找死？

你猜這人怎樣，他不慌不忙，點着頭笑一笑，很從容的説：

——先生，你可不可以留一點盤川給我，我是水客，這一船五六十人，都是我帶來，上上海去的，上了岸還有一天路程，現在一點東西都沒有了，可不可以留一點錢，讓我們可以走得到上海。

強盜被他這麼一說，果然動了心，打開包裏，取出一叠鈔票，交了給他。他把鈔票藏好，恭恭敬敬把強盜送過了船，回到艙裏，大家正在哭的哭，罵的罵，亂成一片。他笑嘻嘻的把口袋拍拍：

——算了，搶去了，還有什麼辦法，現在大家盤川總還夠的，不（ ）擔心事……老大，篷扯起來，開船呀，今天作興還趕得到呢。」

這人講到這裏，停了一停，看看四周的人都引起了興緻，便補上一句：

「你看，這傢伙好不厲害，原來他就是一個光蛋，却救了一船的人，自己還沾點光。」

聽眾們不約而同的發出驚訝的嘆聲。有人見他講得倦了，便塞一枝香烟給他，他抽着烟，似乎也講出了興頭，笑一笑，說道：

「這個還不稀奇，我一直在路上跑，見到聽到的事真不少。還有這樣一件事：

「有兩個人，同住在一個客店裏，第二天一同趕路，走到半路裏，忽然遇到強盜攔路，拔出槍來要抄他們的包裏。其中一個從從容容的自己走上去，對強盜說：

——先生，我知道，這個人被夾縫裏面帶着三千塊錢，你抄他就得了。

強盜在那人的被包裏抄，果然抄出了三千塊，高興得不得了，拿着就跑掉了。

那人一把將他扭住說：

——你這傢伙，為什麼去向強盜告密？

他笑着說：

——老兄，你自己不小心呀，早上把鈔票縫在被夾縫裏，為什麼不避避人家眼睛？

那人更氣了：

——就是給你過了眼，你也不該告訴強盜啦。

他安慰着說：

——老兄，你不知道啦，我這被包裏有兩萬呢。大家碰上了強盜，還有什麼好事，給他全部拿去，總是少拿去些好。現在我們各算一半，你算丟一千五，還有一千五我賠你，好不好呢？沒有你這三千塊，我的兩萬塊也難保了。」

他講完了這故事，船已靠了碼頭。他仍舊幫我提行李，查過關，走出碼頭，叫好一部車子，把行李提到車上，我塞了幾片另票給他，他一手捏了，點點我頭上，說：

「你這頂帽子，當心癟三抛頂宮！」

我給他點點頭，他向人叢中匆匆的走了。

署名適夷，選自一九四八年九月十九日香港《華僑日報‧文藝週刊》

高岱

香港的二樓社會

已故文學家許地山先生曾經在一篇文章上說過，香港的秘奧在香港房子的二樓，不了解二樓的複雜內容就不會明白香港之所以為香港。沒有人寫過一部這樣的「香港二樓史」，但大多數在香港地住過——尤其是中下層的人會知道二樓是怎樣的，和了解到為什麼會形成這樣的二樓，因為他們也就是構成香港二樓的一份子。

地山先生說這話的時候還是香港戰爭發生之前。抗戰以後，粵滬逃避來香港的人每天像潮水一樣湧到，於是一個嚴重的問題來了，那就是住屋。香港的房子原來是狹窄的，毗連着有如鴿子籠，人口稠密，每一層樓都塞進了不同身份不同遭遇的房客，於是二樓——或任何一層樓便成為一個香港社會的縮影。戰後，屋荒是全世界各地普遍的現象，香港不但不能例外，其嚴重的程度遠超出於港戰之前那一段日子，造成一個難以解決的社會問題。每幢房子連騎樓上下及甬道都住滿了人，那容量超出了應住的房客十倍以上，一層房子同住的，真是集中了三教九流的人物，於是香港這奇特的社會的縮影，便存在於每一層房子裡面。

差不多每一個二樓都相似，統治着二樓的是門檻精到了極點的二房東——通常出面者大都是一個包租婆，香港地的重要人物，一層樓間着若干小房間，甚至走廊和騎樓還附設床位，用不同的價錢集中了不同職業——或根本沒有職業的三房客。這些房客的份子異常複雜，他們好像是被上帝指派住在一起，一同看包租婆的嘴臉過日子。我不知道別的地方的包租婆怎樣，在香港地，你要遇到九個可怕的包租婆才能遇到一個好的，他們就是這些香港二樓首長。但是這城市像黃金島一樣能吸引那些遠方的來客，要投向香港二樓來的是那麼多，他們只要求一個並不光大的「光大尾房」，甚至甬道上的一張「女床位」就滿足，因為要在這人世間存在，他們就不得不在黑暗的二樓庇蔭風雨，在黑暗的二樓渡過一個疲勞的長夜又一個疲勞的長夜。

一層二樓的房客除了遊手好閒者以外，包括十種以上的職業並不稀奇，我曾經在一個極複雜的二樓的友人處寄居，那裡就有公務員，女工，女招待，小工，經紀，扒手，私娼，報販，有些人在白天上班，有些人在白天睡覺而晚上通宵工作，彼此同居二樓，一年半載也難得碰一次頭，隔一層薄板睡覺的人該是夠親近的了，但大家却如同陌路人，各不相擾。公共走廊垃圾堆積如山，彼此處之泰然，「各人自掃門前雪，不管他人瓦上霜」的本性表露無遺，世態炎涼，人情淡薄，也就是香港二樓的特質之一部份。

由於職業興趣之不同，二樓的聲音真也太複雜了，麻將的聲音日以繼夜永不停止，這些人的存在好像就是為了每天打它十六圈；其次就是小孩子的吵鬧，唱粵曲，不健康的咳嗽聲，收音機聲和廚房的劈柴聲，這些嘈吵的聲音使這個城市永遠得不到安寧。除此以外，這二樓還充滿凄厲的呼喊，走廊床位的弱小者在呻吟，窮病者在頭房發出絕望的哀號，中間房的夫婦為了生活不如意而吵嘴，閣仔的婦人受欺騙要跳樓自殺，尾房的「壞女人」發出了淫蕩的笑聲，包租婆在迫着騎樓房的人要租錢⋯⋯這些不同的聲音構成了人間的大小悲劇。這是一曲「二樓交響樂」，但是沒有那種樂曲比它含有更多了人間底不幸與悲涼，那是一種使人戰慄的聲音。

有一位劇作家準備寫一部香港二樓史，他是用喜劇的方式來表現的，舞台就是二樓的橫斷面，他將二樓的諸色人物來做骨幹，但結尾必然是充滿悲劇意味的，雖然我們可能哈哈大笑。的確，香港的二樓原就是一座人生舞台，舞台雖小，但這社會發生的大小事情都可以在二樓找尋到反應和發生的根源，我們既然是二樓的房客，就得充任這舞台的一名小角色，在二樓社會裡浮沉。

這是香港二樓的秘奧麼？不，這些事情多麼平常，二樓絲毫沒有秘奧，因為我和你都是二樓的一員。地山先生的話是對的，要了解香港——尤其是那些有意描寫此時此地的作家們，必須先了解香港的二樓。

選自一九四八年九月二十日香港《星島日報・星座》

巴波

書

七月，康藏高原正是雨季。

我和朋友老黃困在兵棚（註一）內，整天圍着柴火，還有點打冷噤。棚外是密密麻麻的雨滴，打得地皮「嘩嘩」發響。濃霧一樣的白雲，像一塊幕布降落下來，遮住了山腰。山腳下的雜谷河，翻騰着黑褐色的泥漿，捲滾着泥砂與石頭，咆哮着，一瀉千里的洶湧着。這山洪，擋住了我們的去路，也把我們扔進飢餓裏。這裏前後左右沒有人煙，往前去還要打兩天野歇（註二），之後才會碰上另一個兵棚。也許那兵棚，正像我們現在住的一樣，沒有一點人的氣息。（這裏，一個玉麥餑餑也有被搶的資格，飢餓和窮困把人趕走了。）我們只有在雨滴小一點的時候，跑出去搜索菌子、鹿茸花、木耳這一類的野菜。其餘的時間，望着雨，望着雜谷河發愁。還有，就是彼此吞着口水，談着吃的，搜索記憶中美好的食品，誇大的形容着它的味道。談到後來，我無可奈何的說：「有一個玉麥餑餑吃都對！」

說得老黃的面孔憂鬱起來。他嘆了一口氣說道：

「在西康，我也碰上過一次山洪爆發。然而，那次事情，我一輩子也不會忘記，這是我一生感情上最大的負担。」

老黃說到此處，就停住了。眼睛發呆的凝視着雜谷河。我沒有追問他。我了解他的脾氣，追問是沒有用的。然而，他終於繼續說道：

「在當時，我住的地方，情況惡化，只好轉移。走得相當狼狽，什麼都沒有拿，懷裏只藏了一本『整風文獻』。你也許曉得，在邊地能夠得到這類的書，是很困難的。這樣一本書，一地一地的傳觀着，會經歷縱橫幾百里。是的，x屬各縣，只有這麼一本，趁跑灘的機會，好帶交給朋友。

「走時，雨下得很大。正因為是大雨，我才能走出那地方。淋雨倒不要緊，路是泥漿，草鞋把腳磨成了幾個血泡。走一步就像針在扎一下。照詩人的形容，就是一步一個血印。這却不去管牠。到了小明住的地方，才算暫時有了落腳點，打算休息個把天再走。

「你曉得小明麼？不曉得也沒有關係，人只有卅歲，道道地地的西康人。戰前在上海呆過。他一個人住在那裏，跟我們現在住的兵棚差不多。窮困和落後也差不多。山的坡度很陡，又高又大，有些是在雪綫上的，終年都積着冰雪，小明就在這樣一個地方，開着客店。

「我的出現，使小明說不出的高興。可是因為落雨，店裏羈留住幾個腳夫和小商人，我們却不能盡情的高談闊論。一直等到第二天，住的行客走了，我才把『整風文獻』交給他。同時告訴他：『全x屬只有這一本，要看快點，好交給另外的朋友。』

「下午。雨又落起來，雨滴大得不盡人情，夾着峽谷的狂風，震撼得世界在戰抖似的。在這樣的場合，人顯得多麼渺小和孤獨。可是，明天我一定得走。小明給我燒着三吹三打的玉麥餑餑，作為我路上的乾糧。這下午我們談的很多，小明透露出想到北方去的意思，他說：

「『我簡直像充軍到西伯利亞，也許這不恰當。總之與外界隔離了兩年多，不曉得外面的消息很悶人，曉得了更悶人。老黃，你說是不是，別人搞得來天翻地覆。我們，不，單指我却在以針挑土，局勢的發展太逼人了，叫我拿什麼去見人家呢？等別人來解放麼？這簡直是開玩笑！要不，就乾乾脆脆的槍對槍來刀對刀！什麼？呃，大道理你不說我也曉得，是的，這裏也重要。然而……』

「小明說到此處，闖進來幾個行客。小明只好把話停住，上前去招呼。看樣子，今天再沒有機會談話了。我索性躺在床上看着來客：他們都紮着腰帶。頭上包着一盤青絲帕。小腿上粗壯的裹着鞋子，每人都掛着一根快慢機。在山地，這並不希奇，那一個手上都要玩耍這幾斤洋鐵的。小明和他們稱兄道弟的應酬着，他們帶得有乾酒和豬腰，大家吃喝起來，小明招呼我過去，向他們介紹我是他表哥。希望他們和我一路，趁便護送我到 x 地。

「大家吃着，談着。這時，遠處隱隱約約的轟響着，響聲越來越大，像天上滾着悶雷。大家都感覺到奇怪，我以為地殼在發生變化：是地震或者是地嘯。大家都擠在門邊看着，只見河流洶湧，向岸上爬着，突地，響聲震得耳朵起着鋼鐵的聲音，在峽谷的轉角處，一股黑水發狂的咆哮着，張牙舞爪的排山倒海的傾瀉而來，這是罕見的山洪爆發，我們冒着雨逃了出去，向山上爬着，小明忽然叫道：「糟糕！」隨就反身跑向客店，旁人情急的阻止着他，我問着他：「什麼事？」他邊跑邊說：「你拿來的東西，還在裏面！」

「水已淹到他的膝蓋，他還是向屋內衝了進去。當他從房內出來的時候，水已淹到胸膛。他一隻手舉着『整風文獻』，一隻手拿着為我燒的玉麥餑餑。我們叫喚着：「快快！快！」可是又衝來一股黑水，這山洪奔騰的力量，衝倒了房屋，也衝倒了小明！」

老高扣緊了嘴皮，眼光黯然的低垂下來，半晌，他又說道：

「明知道是冒着生命危險的。為了一本書，為了朋友的糧食，我能用什麼字眼去比擬呢？為了理想，為了朋友……然而，我在岸上，我見死不救，我不會游泳，這不能成為理由。以後，只要一有風雨，一有雷響，一看洶湧的河流，我就痛苦得不能忍受。是的，我幹了這麼多年，我還不配做小明的朋友！……」

我切斷他的話道：「那樣的黑水，我是曉得的，連魚也會給衝死嗆死。就是第一流的游泳好手，也救不了他的。」我停了一下又說道：「當然這是革命者精神的最高表現。可是，這犧牲，使我也是一樣的難受！……」

老黃沉默了，兩眼仍看着雜谷河。

雜谷河悲愴的咆哮着。

選自一九四八年九月三十日香港《文滙報・文藝週刊》

註一：係滿清年羹堯征大小舍川，進軍時修建的駐兵的棚子。相沿下來，雖重建過幾次，土人仍然叫它做兵棚。

註二：沒有房子，在露天睡覺，土人就叫「打野歇」。

戈雲

周求落魄記

日求兩餐，夜求一宿

在這河道交叉蜿蜒的珠江口沿岸上，正如這塊土地的驚奇複雜一樣，多少年來，也就產生了多少驚奇複雜的人物！這裏，有打家劫舍的草莽「英雄」；這裏，有暴發萬金的撈家；這裏，有横行鄉里，欺淩弱小的豪紳惡霸；但，這裏，也有善良沉着，心底却藏滿了仇恨火種的茁壯農民；這裏，也有從不屈中站起來，敢於戰鬥，敢於要求解放自己的人民武裝；這裏，可也有我們經過無數迂迴曲折的「歧途」，而終歸「落魄」了的周求！

面臨省港航道，當着河岸的灘頭，有一條不過二三百人家的小村子，便是東莞縣石落鄉周家村；也便是我們周求，在三十七年前出生的老家！

周求的父親，是一個老實而頑固的老人家。隨他長大了的周求，雖然受盡了正在「轉型」的時代的撞擊，不能不變了。總還是這樣說：「我地求乜嘢，日求兩餐，夜求一宿，重有，任憑你地打崩天我都懶得理！」他沒有覺悟到，要怎樣「變」，才能澈底解救得自己；而當他走了無數可憐可悲的曲折「歧途」之後，也就不能不頹然失敗「落魄」了。

周求在二十五歲以前，還隨同父母弟妹死抱住十畝太祖公遺留下來的田地不放。後來，當繁重的賦稅和豪劣的壓榨，使得窮人實在難活下去的時候，才不得不把田地「放手」了，于灘頭中築起一條不過三十五畝田的小「基圍」，改行捕魚為生。(「基圍」的捕魚，便是把潮水放進圍裏去，退潮的時候，才在閘口處張好網，打開閘口，讓魚類隨着退潮流進網裏去)。

但是，在魔鬼的領城裏，好人永遠是難于生存的。那時，是民國二十九年了，廣東成了「蘿蔔頭」世界，一條「基圍」，做來不夠苛捐雜稅，壞人的敲榨，于是，周求才又帶了一家，轉輾到寶安縣南頭去繼續經營他的「基圍」。

走向走私的行列

南頭，一個多樣的「世界」：這裏，有高舉起來的，光輝底人民鬥爭的旗幟，向你招手，呼喚！也有在冒險走私中發達起來的「橫財」，向你炫耀，誘惑！總之這裏告訴着每一個人：要生存，就要「變」——路有兩條：一條爭生存，解放；一條只爭生存，却沒有解放的路。

周求，也開始體會到了這兩句話，便是：「老老實實終歸乞食，滾滾搞搞重有兩餐飽」。那時，他接觸到的，有東縱那些「飛虎隊」，廣九支隊等等的游擊隊員，也有成了省港走私「專家」的「飛機仔」。他傾慕那些人民隊伍，對那些幹走私投機營生的，却更心愛，因此他不去參加人民隊伍，却叫自己弟弟守「基圍」，而他便帶着所有的老本，走向走私的行列裏去了。

周求性子直直的，又爽朗，對於銀錢，他是不吝嗇的，他時常都說：「小錢唔去，大錢唔來！」他的錢，總是用到恰當而有利方面。所以一些大大小小的地方上的「黑人物」他都搭得上去，打下了交道。南頭的「黑人物」五味子，就拍過他的肩膊說：「周仔，做人有你咁爽朗，唔怕冇世界撈！」同行伙計，也都說周求這個人實在、可靠，什麼都合得來。

那是民國二十九年農曆十一月十九日的夜晚，北風凜冽，天空森陰墨黑。從海外漲滿上來的潮水，正以萬馬奔騰的姿態，向着珠江口外潰敗出去（農曆十九至二十，這幾天海潮退得最急）。這是走私的好日子啦！十一條無篷的「烏龍船」，緊緊的靠在福永的岸邊。天黑以前，便把從鄉下收買來的谷子落滿了。三條，是周求和他的朋友合作的。頭一趟開馬走私，周求的心裏，無論如何總不能很平靜的。走私是一條「搏命」的門路，中間要通過蘿蔔頭，關卡，撈家，甚至零星的散匪……。總之在這混亂的「世界」裏，誰有一根槍，誰就可以執「私貨」。周求不怕拉人坐監，怕的只是錢少，貨少，老本都落埋了，如果一下子失了手呀，周求就永遠難得翻本了。所以，開船的時候近一步，周求的心就緊一步。

十一條船商定，深夜十二點鐘過後，等到關卡收關了，便從福永以一點鐘的時間，乘着這高速的「溜水」（退潮），偷過大產關去！這是一個得失的關頭了。

船，在蠕動！周求的三條「烏龍」緊緊的挾在它們中間，周求自己把舦。於是，十一隻「烏龍」便以四十五度斜角的方向靠近對岸的山邊，再向前駛去。急速的退潮，狂暴的北風，浩浩蕩蕩的把十一隻私船趕得又快，又遠！將近大產的時候，它們都不約而同的，把划着橫槳收住了；把槳深深的插進水裏去，直綫形的靠住船舷，只管櫓着櫓着，十一隻「烏龍」使穩穩的，沒有一點兒聲息。

靠近大産關口處，突然地，天空泡下一陣急雨，打得河面沙沙作響，周求縮在舦尾處，滿身都被打濕了，但心頭却樂了，不覺得冷，只管暗裏想道：「呢次怕會過骨咯！」

真的，在狂風，暴雨，疾急的「溜水」掩護下，十一隻私船便像十一隻幢幢的魔鬼，靜靜地走過去了。當船隻都過了巴麻峽，這些「烏龍」船便活躍起來了，每枝槳都放量的把水划得嘩啦嘩啦地響，雨一停，便有人劃起火柴，抽烟。前頭一個走私的「老前輩」，回轉頭來，對周求喊道：「老友，唔怕哂嘞！」

天亮，船過銅鼓探，在一個灣口處，划出了一隻舢板艇仔，艇頭處，立着一個矮胖胖的傢伙，一支起了「大鷄頭」的駁殼，把在手裏，結實實的拍緊中腰，對着這些船隻，大聲呼喝道：「乜嘢嚟㗎？」行頭的船隻，都伸出了三隻手指，過去了。周求知道是這裏撈家了，也就忙把頭抬高，伸出了三隻手指說道：「三星！」于是，又靜靜地往前划去了。

十一隻「烏龍」，靠埋青山灣碼頭還是晨早，這羣走私客便像放出籠的鷄仔，輕鬆，鼓舞的撲上岸去了。周求慷慨，把他們拉上新墟的日新茶樓去飲茶，吃魚翅。

周求這樣做了三、四「水」的谷米（有些是在元朗登岸的），又從香港偷運一些白糖、鹽、海味等等回去，都順利通過了，于是，心頭便紅起來啦！他們也跟人家一樣，每隻船都配置了一條「七九」，與其他的走私船組成武裝走私的火力，準備必要時，跟任何攔阻他們的人拚鬥！然而，苦頭却也是不免要吃的。在那四年內他就吃過三次苦頭：一次，他們在一個不知名的小山涌處，出其不意的被一羣散匪的艇仔包圍了，幸得周求這枝槍最頂力，三槍打中了三個匪徒，他自己也損了隻姆指。一次，他們被關卡的電扒追到了，槍都丟到水裏去，這次也幸好周求手上常常帶着三四隻金戒指，便一齊塞進了關員的口袋裏去，終于，渡過了。最不幸的是一次，在福永下去一些，被蘿蔔頭連人帶貨的搶光了。他整整捱了個半月的辛，酸，苦，辣。

便是在這個半月裏，周求是倒霉透的，蘿蔔頭敲了一大筆「竹槓」還不算，他的「合手伙計」也在瞞騙他了。在周求坐監的個半月中，本來還出過三次貨的，但他們對周求說只做了一趟。這些，還是到了後來，周求才曉得。

「和平」之後，周求又受了一次磨難。他的漢奸「朋友」鄭得和，見周求走私發達些了，便「省」他的「牛王」，不遂之後，便以充任「共匪」情報員的罪名，把周求綁到廣州集中營去了。

出獄來，周求便和他的「合手伙計」拆檔了。這時，南頭的x記自衛大隊長兼聯防副局令鄭昭雲，看中了周求做事總是死心塌地，坦坦直直的，對于各方又極熟稔，而且，周求也頗賺有一筆本錢，便拉攏他來「合股」走私。那時周求也見鄭昭雲是個同鄉老友，又有武裝實力押硬做後盾，便答應了。後來，駐虎門的什麼「剿」匪軍官李一年，也由鄭昭雲的介紹，加了進來。周求，看着自己本子大，威勢大，也就特別心紅，分外賣力。

可是，在不及一年的走私中，竟有過幾次失手得非常古怪離奇的事件，有了五六年走私經驗的周求看來，實是萬萬不該有的。譬如有一次，還沒有過大產關，便被一些顯然是軍隊化裝的匪徒攔劫了。最奇怪的是：李一年派來隨船護航的那挺機關槍，竟打不響了——鄭昭雲分配押船的十多名士兵，也只寥寥的放了幾口冷槍，便讓人家衝過來。這幾次，周求份下，是損失不少的。

最氣人的還是：這十多名由李一年和鄭昭雲派下來保護走私的士兵，有過許多次，當他們把自己的私船送出了唐界登岸之後，這些傢伙，便馬上變成「緝私」隊了。許多同行伙計的私貨，都給他們「緝」去了。於是，周求的名堂，便一落千丈了。人家都講周求衰仔，唔要義氣。有一回在青山灣，他給人家「請」了去；一把抓住他，質問道：「周仔——你的契弟，係咁做法㗎？」周求說了許多好話，才得甩身。

崩敗下來了

不久，周求明白過來了，原來他上了人家一次大圈套！不懂走私的是鄭昭雲李一年，「緝私」的也是鄭昭雲李一年；想把周求放在掌心裏「煲」熟的，也是鄭昭雲李一年！鄭昭雲李一年早已打定主意要把周求「吃」掉的！好在周求還算會打算，平時賺得的錢都拿回家裏去了。南頭的岸邊，有四頃五十畝壞爛了的「基圍田」（即是把基圍內的潮水開出去，用來耕作的），他以每年三千斤便宜租谷批下來了，批據上寫明：批期二十年，期限未滿，除非欠租兩年以上，業主不得任意收回。業主，便是以前廣州銀行行長吳宗啟，一個豪門富戶，這些壞田地他是不在眼裏的。所以起初他以極便宜的租錢，租給一個姓江的耕種；那姓江的，也因為沒有那麼大本錢，始終沒有做好。周求，這次走私敗北回來之後，便全心全意要在這四頃五十畝田立下「根基」來了。他說，「落葉歸根」，耕田人，還是耕田好。所以，他把全部的資力都放在經營這四頃五十畝的「基圍田」上了！這些穩實的做作，不比走私，他是放得下心的。據他說，他至少落了五萬元港幣的本子，還一次交過了五十担租谷給業主。這些以往沒人敢耕種的「基圍田」，也居然在他手裏變得肥沃了，茫闊的一片，竟成了年年豐收的好田地啦。

然而，當周求每糙看着禾花開，禾花落，眼見又是豐收年頭時，那知貪心無厭的地主，也在一邊看着眼紅哩。四頃五十畝已經變成肥沃的美田是多闊呀！四頃五十畝田，砍斷了脚，只管收租，也過得一輩子啦！于是，豪門兼地主的吳宗啟反悔了！他反過來控告周求霸佔了他的田；周求拿出批據來，他又說：「我嘅小妹未有簽字呀！」于是，在廣州高等法院裏，周求被判輸了。周求不服，告到南京最高法院去；但是，那裏也有吳宗啟的侄子，吳宗啟只消一封信上去，周求終歸敗訴了！這時吳宗啟不僅要從周求手裏，把四頃五十畝變成肥沃了的美田奪回去，而且還要把周求逐出南頭。

便是去年農曆五月，便是正當周求親手耕耘，親手播種的四頃五十畝田，從微風中送來禾花芬香的時候，周求要成了一個落魄的孤魂，離開這一切了！

帶着殘破的一家，周求只得在香港青山灣的海邊，批了一條「基圍」，暫時以捕魚養活着一家。

每當怒潮澎湃，每當青山灣的燈光照耀，每當想到青山背後的銅鼓探，周求心頭總會湧起無窮的仇恨。

一九四八、八，十九寫于香港。

選自一九四八年十月十五日香港《文藝生活》總第四十二期

文值

秋風裏的蕭頓球場

香港地方雖小，而其中凡事千變萬化，不可盡窺，灣仔的蕭頓球場也許正是一個很好的縮影，這塊泥沙滿天飛的夜市場方圓不到六千尺，內裏却洋洋大觀，應有盡有。

秋風起處，乍明乍暗的燈光，無異宣佈這廣場夜生活的結束，惟其如此，日來才更迴光返照的特呈活躍。這裏由春夏之交溫暖的季節開始，每日經常聚攏着數千市民，熙攘穿梭，蓆地坐立，討生活的有各種不同的嘴面，準備花一元幾角聊一夜天的也自有去處。從外表上去分析，這裏是勞苦大眾的公園，是江湖人物的競技場，是黑社會的搖籃，也是各區警探廣泛的綫索。

身臨其境的誰都知道靠近莊士頓道的一邊是各種食物檔，靠近軒鯉詩道那邊萬頭鑽動的是講古寮。東西兩端在黑暗裏縮着的是人肉市場，中心部分則是觀氣色，卜休咎的卦象攤。至於散處場內不規則的買賣尚有中西合璧的大醫院，分為眼科，牙科，內科，外科各個獨立部份，招牌上寫的是專醫奇難雜症，賣的是古藥秘方，招徠的手法有弄蛇，打拳，還有男女性生理的剖析，只要引得起觀眾的興趣，多少總會有點收入。此外有生菓攤，書攤，小型活動電影攤，流動香烟攤，涼茶攤，工業製品攤……

球場的四週現在已被五尺高的鐵絲網環繞着，只留下九個出入口處。在這裏大家可用最低廉的價錢享受近於奢侈的娛樂。

蕭頓球塲能造成今日雄視全港而特別為人擁戴的地位，大概與它的環境有關，假如把這六千餘尺的廣塲移至香港其他任何一個角落，最少在內容方面一定不會如此豐富。拿人肉的販賣來說，用三元至五元的代價誰也可以從一個濃妝艷抹的少女身上換取片刻歡娛，因為附近的天台木屋便是陽臺，來往方便，市道稍旺，一晚幾個轉身，做二三十塊錢的生意也很容易，又如那四五十檔的占卦算命，白天在灣仔各大小街邊原有固定地盤，晚上擺盞油燈，在塲裏佔張桌子，納涼買賣，一舉兩得，如果這廣塲不在灣仔而在中環，又當別論。其他熟食，賣藥等，莫不如此，不是經常在附近擺檔，便是住在附近的天臺上或騎樓底，這才能集散容易，早到晚歸。

這裏做買賣也很公道，講古寮的小櫈子你不坐，站在旁邊聽一晚也可以，就是坐上小櫈子也無一定收費，經常在那位講員有一句沒一句的説到緊要關頭，另一助手立刻起立請聽眾隨緣樂助，他的富有經驗的眼光望人堆裏一掃，算算聽眾的身份，人數，與對這一故事的興趣之後，於是開口：「今晚皮費要各位幫補幫補，只要十元，收足繼續」！這一來搔不着癢處的聽眾便只好你五毫我三毫繳出來，一直到湊足十元時，大家才噓口氣的繼續聽下去。

到塲上來擺賣的攤子不需領牌，更談不到界綫劃分，不過你將奇怪地發覺這裏的攤位每夜都整整齊齊一行連着一行，很少歪斜錯亂，這大概因為早已成行成市，習以為常，而且塲內人擠，不騰出一條大路來，結果便要麻煩行人也麻煩自己。

一般説來，最好生意的是食物檔，單是荳腐花，一晚上要賣上兩三大桶，其他應時食物如田螺，魷魚等也都利市百倍，原因是價錢便宜，三毫一碟田螺，三毫一碗燒鵝飯，這都是他處買不到的貨式，當然這裏面有許多是來歷不明，或者不合衛生的東西，那便要靠眼光的鑑別了。至於吸引觀眾最多的却是講古寮與走江湖的賣藥檔，不少丈夫赤着上身指手畫脚的大叫藥物起死回生，妻子便捧着那些藥物一個挨一個的要觀眾買包試試。此外，生意最清淡是卦象攤，最使人注意的是花枝招展傍着老媽子走來走去的私娼，最活躍的是扒手，最凶的是向攤販勒收「會」費的黑社會人物，最神秘的是書攤上偶而夾在小說裏的相片，最可怕的是脫牙醫生那生銹的大鉗子與排在攤位上一大堆的黃黑牙齒。……

這就是一個社會的縮影了，看上去似是雜亂的，實在却有它的習慣與規例，人叢裏有各種不同的討生活的手法，也有各種不同的代價的享受，有狂縱粗野的笑聲，也有不盡向肚裏流的眼淚，有血痕，也有汗跡，在同一塊土地上却有萬千錯綜矛盾的心情。

秋風過後的蕭頓球場，又要恢復原先的寧靜了，有誰知道陰霾暗晦裏的人類，大風暴過後會留給這社會一個怎麼樣的局面呢？

選自一九四八年十月三十一日香港《星島日報・星座》

宋光

藏書家

當朋友把我們一介紹，他就熱情的把我的手緊緊握着，他那韓關根式的瘦面，馬上露出了緊張的表情，他說：「我久仰你久了！」

我覺得奇怪，我並不是一個太出名的人物，在這個圈圈內，也少有應酬，為什麼他會那樣久仰了我？當朋友們離開了去，只留下我們兩個時，他又低低的問我道：

「聽說，你有許多存書是嗎？」

我笑着說：「這是從上海帶來的，沒有多少，只有三五百本的樣子。」

「全是文藝作品？」也還是那樣緊張。

我說：「是的，都是文藝名著。」

「可以准許我去參觀一下嗎？」

我說：「隨時都歡迎。」

「那麼，」他急不及待的說。「現在就去，怎樣？」

「好的，」我說。「沒有多少好東西，看了也許會使你失望的。」

一到了我那個小圖書室，他的瘦面因緊張過度而顯得分外蒼白，一看到書架上的書，就翻着，檢視着，時而說：「這本書好極了，」時而又說：「我正找它，你怎麼買到的？」時而又說：「啊，好東西！好東西！不過我也有！」一看他的樣子，我就知道他也有藏書病，這種病人是不大高興人家知道他也有這種「病」的，因此我就故意走開，讓他儘情去欣賞。一小時後，他在我前面出現了，同時也就懷了另一種秘密心情對我提議道：

「你肯賞光嗎？」

我說：「做什麼的？」

「到我家裏去，」他說。「我也有一點藏書，但沒有你的好和多。」

我說：「好的，那麼現在就去。」

在路上，他告訴了我他自己的藏書經驗。說要怎樣包，用什麼顏色包書紙來分別它的性質；要怎樣藏，故在什麼木箱上，才不致于叫書蟲破壞，對付白蟻的方法如何等等。

我不發表意見，只是聽着。不一會到了，他是住在郊外一間草房子裏。這兒的環境并不好。他住的房子尤其是壞，房內沒有一點傢俬，用具也是破破爛爛的，可是却意外的發現幾個檀木大木箱。它是被偽裝着，外面披了花竹布。他一進門就請我坐下，敬上烟和茶後，便嚴肅而細心的去揭開花竹布，又用力的把那檀木箱一個個搬下來。像是裏面全是珠寶似的，擺定之後，才又慎重的把它打開！一共是八個大木箱，部份滿裝着書，這些書被用高貴書紙包着，簽着他的名字，却一點看不出是被人讀過的樣子，我把那些書搬弄着，東西不壞，也保存的好，就是保存的太好了，有許多根本連邊也未切過。我於是，拿着一本出來，問他道：「你覺得它寫的怎樣？」他便含糊說道：「動人極了。」我又拿了另外一本，對他說：「你看過沒有？」他便面紅着，支吾其詞的說：「啊，啊，我正要讀它。」至于我問到第三本書，他又是那樣神情！「很好，很好，我已讀過它的後記了。」一小時後，我總算把它全翻過了，他又像是收藏珠寶一樣，把它裝好，蓋上，鎖住，堆上去偽裝好。

我問：「你為什麼不弄個書架？」

他一聽這話，當即用驚駭神情望着我說：「人家會借去的。書這東西嗎，一借出去就難希望回頭了，自己朋友，不借又不好。」

我說：「那麼你這樣裝着，要讀時不是麻煩嗎？」

他却搖着頭說：「我不讀它，你看我的樣子，住的不好，吃的，穿的都不好，但我禁不住自己不去買書。我弄來的錢，不少了，可是全買了書，有好的書來了就買，買了只簽個名，包好就上箱了。」

我奇怪的說：「有書不讀，不是太可惜？」

他却大不以為然的說：「我現在不讀嗎，以後等我生活安定了，不用成日在外頭跑，我就讀，一口氣讀它個三五年。」

我覺得他的計劃未免就過於天真可笑了，但我却沉默着。

第二次，我再去看他時，他正在院子裏太陽下，四周滿地都是書，他坐在中間一隻小櫈子上，滿足的拿這一本翻翻，又拿那一本摸摸，微笑着，當發覺我的時候，他站起來同我拉手了，他說：

「我正在晒書，書這東西濕不得，不晒就壞了。」

我問他說：「你全部藏書都在這兒嗎？」

一聽這話，他可就傷心起來了：「這是第三批了，在上海時，我有比這個多出三倍的好書。可是戰一打，就丟在閘北，而後，在桂林我也存了差不多一千本，桂林一打，運不走，又丟了。這是第三批了，也是最少的一批。」

我說：「前兩批也和現在一樣，都未曾讀過？」

他沒有說什麼，只是嘆息着。而我，忽然可憐起他來了。但也不願意使他的夢破碎，接着我說：

「有這種習慣，不管怎樣，總是好的。」

這句話使他興奮，忽然抖着拉住我的手說：「在朋友中，你是第一，只有你了解我。平時他們總是笑我書呆子，我就說：你們懂得什麼，沒有教養的。」

看他那緊張興奮樣子，使我老怕他的肺就要破裂了，但我又怕他看出我的態度是出自敷衍的，我只好一直不響，到了他心滿意足，才告別他。在回家的路上，他的興奮的影子一直沒有離開我，但我的心情反而沉重了！

選自一九四八年十一月四日香港《星島日報・星座》

澹生

華北的黃塵

黃土是華北的名產。

華北每到初春，東風吹起一片黃塵，雖在白晝也好，假如沒有點亮電燈就看不清前面的路。北平是站在黃土吹拂當中的故都。一切都被塵埃黏滿。古語的「污泥蓮花」是形容蓮花的華麗的，我們眺望北平的紫禁城，便會覺得它彷彿是在黃塵滾滾當中巍然聳立的一座龍宮，這種景象跟「污泥蓮花」完全一樣。

華北的黃土主要是趁着西北的季節風由中亞細亞，土耳其斯坦方面吹過來的黃褐色脆土。在山西全省，陝西，甘肅，河南的大部份，寧夏，察哈爾，綏遠，河北的一部份，這塊面積廣大到一萬平方哩的地方，全被黃塵籠罩起來。颳風的日子，華北便會翻起萬丈黃塵，景緻非常奇妙，黃土對華北農民是一種重要的存在物，有了他就不用下肥料也能夠耕種的。

黃土地帶很少下雨，所以旱地耕種法非常發達，栽培的只是那些比較耐乾的高粱、麥、粟。因為黃河治水工程幾千年來還沒有完工，現在只能在我們面前展開了一片黃土，萬丈黃塵。地上堆積的黃土，一旦碰到有風吹來，黃塵就飛騰萬丈，倘若下了一陣疏雨，便立即化做泥濘。華北的風情，正是在這種黃土的芳香中開出花來的。我們如不懂得黃土產生出來的風情，那就很難了解華北的風俗習慣和世態人情。

紫禁城的黃色甍瓦是美麗的東西，而在黃塵瀰漫中越發顯出他的美處。在北平，不論是酒店的窗欞也好，或是玻璃也好，或是鋪了白被單的床上也好，黃塵都會積到一寸厚。飯桌上面轉眼之間就會鋪滿了塵埃。北平人家裡常常可以聞到黃土的氣味。這種氣味是沙漠的香氣。

雨少塵大的北平又有一種令人難捨難分的文學韻味。北平着實少見雨水。帶雨傘，穿雨衣的大抵是那些到郊外做工的人。有身份的人都有一種雨天不出門的習慣。向中等人家借雨傘，常常會受到嘲笑。因為雨下得少，沒有雨具也不至感到不方便。穿皮鞋只是近年來摩登化的都市風景。一年到頭下雨日子沒有變大，就是單穿繡花布鞋也可以應付過去了。從前天下雨，電影院和戲院都要停演，後來雨天也照常營業，便得在戲目單上加印一行「風雨勿阻」的聲明文字。北平人的脾氣是看見下雨就討厭出門的，他們整年住在沒有暴風雨的故都裡，當然連下微雨出門也看成是一場災劫了。肯冒雨出門的只有那些做工的人和受過歐美文化洗禮的智識份子而已。然而北平的雨並非傾盆大雨，不過是雨絲雨粉，但下過雨之後，街道却會變成一片泥濘。

雨稀少就要吃黃塵的虧。因此有色眼鏡便成為一種適應華北自然風土的不可缺少的實用品。倘不戴上有色眼鏡，那麼既不能避黃塵，也不能避太陽反射過來的強烈紫外線。在北平城裡蹓躂一次，最令人感到驚愕的是眼科醫生之多。眼病是華北人最流行的一種疾病。

北平婦女戴有色眼鏡並不是模仿美國文化，而是為了實用的。不過在大自然之美添上有色眼鏡之美，使北平婦女無形中得到發揮裝飾美的一種特質，古人說眼睛的美大抵用「剪水雙眸」，

「眼若秋波」等妙句來形容，而在黃塵滾滾，紫外線特別強烈，完全沒有清水的北平地方反可以常常遇到。眼睛美麗如小白鴿的女人，豈不是出人意外？

黃塵似乎是使北平婦女雙眸變成加倍美麗的一個要素。這樣說來，黃塵似乎又是撩起人們的愛情的興奮劑了。我們玩味着這種香氣，一面在塵埃籠罩的北平散步，或者拂拭着飯桌上的塵埃，一面拿指頭寫出心有所思的字，就在這剎那之間，從那黃土點點的風物裡面便會生出許多夢與幻的萌芽來的。

選自一九四九年二月八日香港《星島日報・星座》

望雲

給我一隻好浴盆

要是你家裏有一間浴室，可以隨意使用而沒有人在外邊敲門催促的；有一隻浴盆，至少可以容你躺下半截身子，你趕快感謝上帝，求他賜你每天的口糧之外，並賜你半盆溫暖的清水。

在我看來，洗澡是日常生活的最大愉快。就在冬天，我也設法每天洗澡的。你不知道有時一個人要有一點自由的享受也大不容易，在舍下服務多年的老僕抗議我在冬天的每天洗澡。她以為那在我是多餘的事，在她是多餘的麻煩。簡直是近乎奢侈的浪費。

但能有人反對的事情就有一點值得的地方了。我依舊固執維持每天洗澡一次的習慣。把自己關將起來，躺在浸在胸口以上的溫水裏，只消十分鐘，十五分鐘也是好的。只有那可貴的十來分鐘，才是一個人真正休息，絕對自由的時間。

你要工作也可以，浴盆是一塊打計劃的理想好地方，古今中外英雄豪傑之士，總有一個或多個曾在浴盆裏決定了他們的終身大計。浴室以外，我們在什麼地方也可以受到騷擾。你病在床上，你伏案埋頭，無論如何也要找你見一次面的客人，更着急也不會衝到你的浴室裏去的。知道你在洗澡，他們都自然原諒了，安心耐性讓整個世界也停止下來，在外邊候駕。

你可以把自己解放的赤條條，無傷於風化；你可以對鏡做一個鬼臉，那張鬼臉改天不會刊在報紙中；開了水龍頭，你的鴉噪一般的歌喉盡量放恣，也不防有石塊會扔在你的身上。

死時找個好墓穴，生時找隻好浴盆，這是一個人的福份。

選自望雲《星下談》，香港：東方出版社，一九四九年七月

黃金的好日子

「過去的日子都是黃金好日子。」

從前只有老年人有那樣的感慨，現在一個中年人也要有那樣的感慨，甚至一個壯年的人，也要感覺一宵之隔，他彷彿便和昨天距離得很遠——。從我們有一個安定的環境，過安定的日子，今日社會的一切也轉變得那麼神速。

三十年不是很長的一段時間，可是今非昔比，或昔非今比，香港的情形也就變多了。當我告訴你三個銅板四個銅板可以買到一斤沙糖，你覺得事屬怪誕，可是我們的確拿一角錢買過兩三斤的沙糖。正如我們的祖先拿不可相信的小量的銅錢買到一斤肉一樣。……說到了錢，從前我們根本就沒有今日的骯髒的角票。每角錢都是丁丁作響的白銀，十個銅板在口袋裏，一個孩子便要感覺不勝重荷，他是一個奢侈的暴發戶了。小雜貨店的夥伴，拿到了銅錢銅板就望櫃台後的地板上

小心丟去。一隻「光緒通寶」有一隻「光緒通寶」的價值。

人們並不在金飾店門前行獵的，所以也沒有荷着鳥槍來去的人，不防範什麼意外，老闆永遠是一副「你在歡迎之列」的笑容，不像今日的鐵閘重重如臨大敵。母親帶她們的十八歲的女孩子訂購手鐲，以備那未來的新娘作伴嫁的裝奩；帶她們的八歲的小女兒叫銀匠在她們的耳珠上鑿穿兩個孔。每個小女孩也為了一雙黃金耳墜子的誘惑，忍受一時的痛苦，正如我們今日的孩子忍受注射，以杜絕霍亂傷寒白喉的傳染。

那時候也沒有今日的不絕發生的交通意外。住在斜坡上的人家可以放心他們的孩子在路上跳繩，打彈子，踢小皮球。手揮木棒的「老更」優閒地在路上來去，微笑望着孩子們的嬉戲。「阻街」決不是一個人的罪名，只為街和家和鄰里也彷彿打成一片了，每人也感覺那是他們自己的地方，警察是他們的熟朋友。

說到鄰里間的相處，今日人情之薄殊堪感慨。十年望衡對宇彼此却漠不關心，每天同一條梯子上落視同陌路，這樣的「各家打理門前雪」的冷淡從前並不如今日之甚。「街坊」是一個親切的名辭。人們多數從廣州或純樸的鄉下搬伙到這兒來的，保持他們原有的風氣，街坊互通慶吊。三十年來的滄桑，當中經過一塲大戰，今日家母有空還去訪問她的兩三個僅存的舊街坊，她的可尊敬的懷舊的朋友也常到我們家裏作客。

巴士是到了後來才被介紹的，市民唯一主要的交通工具是單層的電車，最老式的電車的座子是一行一行的橫排的，你的座旁就是最方便的上落處。扒手不比今日的進步，大家舟車上不用懷嚴重的戒心。車子裏忽而跳上幾個武裝的警察來，手槍擬向你的胸口，「男人都站起來舉手！」的吆喝檢查，在我的記憶裏全無那樣的一回事。

就算包含劇烈的地震，火燒馬場的悲劇，港員罷工的緊張慘淡，今日人們還是懷緬當年的盛世的。那些黃金的老日子，人心尚好，失業並不成嚴重的威脅，也沒有今日的種類繁多的雜稅苛捐。

選自望雲《星下談》，香港：東方出版社，一九四九年七月

無心之失

我不能寬恕自己的疏忽，自有過那一次的經驗，以後我也知道較為審慎。我怕我一定很有點教他難過，我難辭其咎，却一定不是出自我的本意。

正是戰後復員的時候，我因事從香港到廣州，一幕航行的悲劇在不久之前在河上發生，海珠觸雷沉沒，犧牲了不少乘客。印象在我們的腦海裏尚新鮮，大家對搭船一事感懷戒心，陸上的交通便倍形擠擁。我買了一張二等火車票，和我面對面佔了一個卡位的是個三十來歲年紀的漢子，人很清秀，戴眼鏡，普通的老實打扮，文質彬彬，一看便知道是個受過教育的商人。他沒有結伴，我也是一個人旅行，於是我們談起話來了。

在遙長的旅途上跟陌生人談話是普通的。談話自然由社會的一般情形談起了，沉船的事件還是大家茶餘酒後的談話資料，我們便由車廂的擠擁談到那一幕悲劇。

他的態度一直也很冷靜，對於那不幸的意外他很同情的嘆息。我有許多應該感謝的地方，只為我的家人僅以一班之差，沒有遭遇不幸。我告訴他我的運氣，當時買船票是很困難的一回事，要不是朋友的幫忙，我的家人搭不上最後安全的一班，結果就不堪設想了。

我還在竊自慶幸的時候他依舊是一派冷靜地却多少憂鬱的說：「可見一個人是死生有命的。我損失了我的太太和週歲大的孩子。」

聽說他的不幸，我竟說不出一句同情的話來，我在自悔孟浪，許久許久以後，只消一想起那段車廂的談話，我還後悔不迭。

選自望雲《星下談》，香港：東方出版社，一九四九年七月

殘生

他對人世的一切是那麼厭倦，他一定願意離開之後就清清楚楚了，所以我在這裏還是略了他的名字為佳。可是在我的心中，記憶是那麼深，我不會把他忘記，乃自然的一回事。

適在太平洋戰爭事發生的一年前，我第一次見他是在一個上流的俱樂部裏。和普通的俱樂部微有分別，那是完全男性的社交遣興場合，終年不見女人踪跡的。會員在那裏打桌球，談天說地，抽烟，喝酒和打牌。在那裏你會見到各式各樣的人物，家財百萬的大亨到空心的窮光蛋，由花花公子到持重的教授。你會聽到不堪入耳到你震驚程度的方言，你會聽到毫無忌憚的政見批評。也有機會享受趣味雋永的談話。一個人的下流和高尚袒裼裸裎的地方。

我們在那裏有着好過的時候，要是一個人感覺結交朋友從中得到樂趣一定樂到那兒的。他天天在那裏盤桓，許多時候發現他在酒排間喝得昏昏欲睡，有時跟他的朋友，大部分的時間只有他一個人。他在借酒排遣他的孤獨。一種感覺使我相信他對於酒的味道兒並無特嗜的。

三十五過外四十未到的年紀，在一個男人那是正當發展的時候，可為的時候。他却分明在荒廢他的黃金的日子，懶散消沉。當我每見到他帶着疲倦的醉態，凝望向眼前的空虛不知道在凝想什麼之際，我有一種惋惜的感覺。彷彿見到一件可貴的東西却被棄置不用了。

我本來並不認識他，也不認識一個他的朋友，可是在那樣的地方彼此見上幾回面，不一定經過介紹也可以成為朋友的。一天晚上，夜闌人散，俱樂部裏有一種人散後的荒涼，我差不多是走到最後的一個了，却見他坐在燈下，愁思出神。我到他的身旁坐了下來。他未被驚擾，直到我說：「我有一部車子，你有要去的地方，我送你。」我打算送他回家。他懶洋洋的抬起頭來，彷彿那也是很吃力的一回事。他說：「我沒有要去的地方。」

我們是那樣子攀談起來的，他贊成我的另外一個提議，接受我請他喝了兩杯威士忌。

從他的談吐我知道他本來是個怎麼智慧的人，他的說話充滿了悲觀的哲理。活在一個殘缺的時代的社會裏，他那些論調有時聽來是那麼深刻，看來不無道理的。我喜歡他，不是因為他的灰黯的人生觀，因為早就在憐惜以他的一表人材，却遭浪費。

我們的友誼發展得很好。對於他的事情我漸詳細了。他是研究醫藥的出身，在船上服務，航行過南洋一帶的許多地方，後來他名字的渾進了一個不大名譽的事情裏，他的執業的牌照被吊銷了。我不願意過問他的私事。我知道每人也有他的過去，而遭遇不同，有許多人要立意把他們的過去忘記。

在一個雨夜，他尚有一瓶酒，留我在他的公寓裏，告訴我一切的事情，他的情場和事業的失意。

在兩方面他屢遭挫敗，一生也沒有過得很意的時候。若以一個人的坎坷解釋為不長進那是不公平的，正如不能因他有過多次的失敗的戀愛便說他是個浪漫的壞蛋。除非我們深知道他的心，我們是不便下斷語的。

生命是殘酷的諷刺，當他的飄泊的心後來找到了一塊寄托的地方，他差不多在最初的開始就痛苦地知道他早晚會有一天把它失掉了。他一字不瞞的跟她訴說他的過去，從她的諒解他的殘軀找到片晌的休息，像一個孤獨的遠行人在偏僻的荒村找到一座小教堂。她的愛是溫柔的玉手撫慰他的創傷，使炎熱的地方得到涼快，骯髒得到洗滌。

到預期的不幸到來的時候他變成了我所眼見的消沉。可是經過那最後一回的洗禮他的心有着一種殉教精神的偉大；他自己啞忍痛苦却要眼見人家的快活。犧牲一己解救眾生的困難。這是直到戰後，我從聽到的關於他的一些傳説，知道他却用心所在的。

戰事發生，他一個人飄然到內地去了。戰時國內醫藥人材的缺乏，他的久已荒置的行業正好碰到有用的地方。他以醫生的身份在戰地裏服務，結果在一個疫病流行的區域裏他以完全忘記了自己的勇敢身殉了。

彌留之際在旁的人聽見他叫喚着一個女孩子的名字那麼説：「我很快活，我終于這樣子完了。不要難過，一個人還有更好的辦法把自己消滅嗎？」

沒有人認識那名字，也沒有人明白他那幾句話包藏深意。可是我以為我知道。

選自望雲《星下談》，香港：東方出版社，一九四九年七月

馮式

蚯蚓的文學情調

節近重陽，季序已入涼秋；在秋夜的鳴蟲之中，蟋蟀與絡緯是一般人比較容易想起的。然而，有誰想到在秋夜牆邊的蟲聲大合奏中，連蚯蚓這樣一種小蟲也居然是一個引吭高歌的要角呢？

蚯蚓能歌，而且其音清越，這一件事也許是超乎一般的常識之外的。中國對於蚯蚓有一個很風雅的別名，叫做「江東歌女」，江東是何等富麗的地方，歌女是何等嬌媚的人物，而這就是區區混跡泥中的蚯蚓，眞可謂「匪夷所思」了。崔豹的「古今注」一書說：「蚓一名密蟺，一名曲蟺，善長吟於地中，江東謂之歌女」。這一個嬌滴滴的名字，也許就是由此而來。

古今描寫蚯蚓的歌聲，稱之為「歌女怨，水龍吟」，有人甚至題詩加以讚美，說是：「聲可煎茶悟，形同畫柳工，短調歌殘月，新腔唱晚風」。這樣一來，蚯蚓的確變為稀有的「風雅之士」了。它的聲音有似細鼎烹茶，形態有如名師寫柳，新腔短調，吟唱於風月黃昏之際，倒也具有極濃厚的藝術情趣。

蚯蚓的外形，看起來有點使人毛骨悚然，中國古書中對於蚯蚓的描寫常常也是帶點神秘的，例如唐人牛僧孺的「幽怪錄」，就曾載有這樣的一個故事，說：隋人來君綽夜行郊外，投宿於野人之家，到了一處，堂構煥然，主人自稱名曰成污，另有小僮一人，服侍得很週到，叫做蝸兒。來君綽在屋內睡了一宵，詰旦醒來，發覺自己露宿野外，其地乃是一個斜坡下的乾泥沼，中有蚯蚓小穴，結而成螺，這才知道昨夜乃是做了蚯蚓的客人，與蚯蚓同住了一夜。

這樣一條小小的蚯蚓，在文學上竟具有如此的情趣，關於這一點，恐怕不是我們在秋夜聽蛩吟之頃所能想像的吧？

選自一九四九年十月二十八日香港《星島日報．星座》

南明河之憂鬱——憶烽火中的貴陽

解放軍的攻勢，已經突入貴陽，自芷江入黔，經過馬塲坪，越貴定，（ ）龍里，前面就是貴陽了。抗戰時代，跑過西南大後方的人，對這一條路是相當熟悉的，尤其是湘桂大撤退時，曾經嘗過倉皇西走的滋味者，對貴陽這個地方，一定會有無限的回憶，無限的依戀。想不到戰後不過三年，貴陽這一個山中的都市，又再一度陷入戰爭中了。

貴州整個兒是山國，道路崎嶇，人民貧瘠，住慣沿海沿江的大都會的人，到了這塊不毛之地，都不免有「滿目荒夷」之感。只是貴陽這一個山城，却也有它的獨到之處！在戰爭中，它曾經給大批異鄉的遊子以相當的溫暖，它有簡樸的人民，但又披上了近代的衣裝；古中國的舊夢與新世界的奇觀，相映成趣。而在一切貴陽風物之中，最富於詩意，最接近江南情調的，就是南明河了。

南明河是貴陽城畔一條秀麗的河水，在崇山峻嶺之上，這樣明媚的一條河是少見的。它的水色湛綠，清澈見底，在這山城的旁邊靜靜地流着，有點寂寞，有點憂傷，幾千年歷史的積壓，使它有着無限的鬱抑之情。每日有無數的騾馬，馱着沉重的負担，一步一步地從它的身旁走過去，又走回來，充滿了舊中國的情調；但是，在同一天之內，盟軍的笨重卡車，馳騁往來，也常常在它的身邊揚起了漫天的塵土。南明河的綠水，面對着這人世的倥傯與戰爭的囂擾，却依舊沒有半點聲音，沒有半點波（浪），靜靜地送走那些匆匆的行客。

初到貴陽，我住在南明河畔的一個小山崗上，其時正值歲暮天寒，夜間每每有漫山遍野的風雪。間或夜半苦寒難耐，我們便披衣而起，燃起烘烘的爐火取暖，從窗外望去，四圍的山峯都已鋪滿了白雪，只有南明河還是一水盈盈，在雪夜中放出百尺的光彩。這時，萬籟俱寂，只有風聲吹送來南明河那種清越的水流聲，使人發生夢一般的感覺。那時，工作上的需要使我每日必須在清晨的時候乘上盟軍的車子，駛向機場，車子在南明河畔飛馳，我們一邊可以享受近代高度的速率，一邊又可以自由欣賞河上那個古雅的情調。真不免有點心曠神怡。

南明河上沒有船，根本不通舟楫，整日靜悄悄地，跟河水淙淙地奔流。在南明公園附近，有一個轉角的地方，那兒楊柳低垂，每當朝暾初上的清晨，或是夕陽西下的傍晚，薄霧如煙，籠罩在河濱水面，遠遠望去，那種情景宛如廣州的荔子灣，尤其因為那兒寄碇着一隻永不移動的篋篷船，雙槳橫斜，別有一番風味，使我們這一類思鄉的遊子，益發增加了懷鄉病的情緒。

靠在南明河的旁邊，有一個南明公園，這公園其實只是一個小山，但是林木清幽，草樹秀雅，依山傍水，風趣天成，面積比香港的「兵頭花園」大得多了。而且臨水一帶，築有許多簡潔的洋房，闢為酒家，使人驚異的，是這些酒家幾乎每家都是粵式的，每日吸引的遊人也不在少數。遇到月明之夜，這南明公園倒是一個消暇的好去處，登山遠望，蜿蜒的河流歷歷如在目前，城外的飛機塲上，徧地是燈火，照耀得如同白晝，比之於公園這邊的幽冷寂寥，恍如置身於兩個不同的世界。

今日，貴陽是開始遇到一種新局面了，南明河料必仍是像往日那樣地無語徐流；可是，它那種憂鬱的情調，那種沉悶的氣息，將要在什麼時候改觀呢？看見今日的戰局，使人深深地懷念着這一個山城及其河流，同時，也使我們引起了一種久經忘却的冷落的回憶。

選自一九四九年十一月十九日香港《星島日報・星座》

舒巷城

冬天的故事——一九四九年一月寓居香港西灣河剩稿

此稿是少年時抒懷的拙作之一，從未發表過，一度以為失去，最近清理舊物，意外發現。重讀時，以今天的眼光看過去辛酸生活中的一個小片斷，頗有感觸，遂以之寄給「海洋文藝」。雪泥鴻爪，藉此為當年事留下一個小小的側影而已。

——作者

……是的，那一年你問過我的歸期，但那時候歸期無定的我是很難說什麼時候才能回到南方這個島城來的。現在呢，東漂西泊之後帶着異鄉的塵土我到底回來了，回到我出生之地的我們這條窮街上來。然而，就在每天看到鯉魚門海峽眾多木船的這個海灣裏，我却想起抗日戰爭期間的一些往事，和那一段流浪的日子。

我想起自己所走過的西南的小城，鄉野，和穿雲鎖霧的重山；也想起戰後自己留下過足跡的越南和椰樹下的街道。更想起東北……嗯，那一年那裏的雪很大呵。

怎麼，在這亞熱帶的島城，竟想起那裏的雪來了？

但我第一次看見雪，却是在西南的一個小城裏，而不是東北呢。

哦……那是一九四四年的事了。你也聽說過吧：「湘桂大撤退」是那時候（抗戰後期）有名的大悲劇。那年秋天，在「疏散」聲中我離開了桂林，像無數的湘桂難民一樣，過着顛沛流離的生活；靠一雙腿從這一省走到另一省；在陰晴無定的漫長的路程中，曉行夜宿，睡「伙鋪」，稻草，地面，後來和旅伴千辛萬苦到了貴陽。就在那裏看見雪。

你說，雪好看嗎？啊，不，不——雖然那是我第一次看見的雪。想想看，那樣的冬天，衣衫缺乏——雪，有什麼好看的呢？

後來嗎？後來隨身之所漂，又走了，因為我那時有機會坐上人家的車子到昆明去。車行了好幾天，沿途所見，高高的山，重重疊疊的山，難民之外是白茫茫的雪。車輪子要扣上鐵練子才能爬得上陡斜的，雪滑的半山公路。有些車子在途中翻下來，車毀人亡了。唉，那年的冬季實在很冷很不好過啊。我們抵達那天，連氣候是「四季如春」的昆明也看見一點點薄霜了，而在我們的車子上，有人的行李還結着從貴州省帶去的厚雪呢。

戰時的生活是艱苦的，而那時候的冬季又彷彿格外漫長。於是咬緊牙關，在漫天風雨中期待晴朗的春天。

第二年八月，抗戰勝利了，悲喜交雜之中，你知道嗎，作客異鄉的人們誰不想一下子就回到老家去！但有人缺少路費，一家大小，寸步難行，便滯留於重山之間的雲貴高原上了，而有人則早已作好回家之計，離開海拔七千呎的昆明。但我呢，輾轉他方，曾經一度南下却未曾南歸。

後來（那是和親人失去聯絡很久的「後來」），我這遠方的遊子，有機會接到家裏的來信了，感到溫暖，但又感到惘然。因為那時候呀，為了覓取食糧，我像一隻漂泊的小鳥，西去南行之後竟又向北飛飄……

呃，對了，使我難忘的是，一九四六年的一夜，在東北的一個小鎮外碰上的那場風雪。到了冬季，你也知道，南方也是日短夜長的，但那兒的白晝比南方的更短。往往當你以為黃昏尚未到來時，白天早已結束了。

你可以想像到，一個南方的少年，在那樣寒冷的異鄉是怎樣渴望收到來信，又怎樣「需要」寫信。因為讀信時，會覺得自己並不孤單；而寫信時，即使燈前獨白，也不用担心沒有人傾聽你的憂愁。

而當時在我待下來的那個地方，若干里內才有一個設有「郵局」的小鎮——可以寄信的小鎮。現在要說的是那個無事可做的下午了。珍貴的陽光在禿樹之間灰色的屋頂上，僅僅出現了一會兒就隱去，然而，為了急於把前一夜寫就的兩封回信投郵，出門之後，便不管前面的蒼穹擺出怎樣陰沉的臉孔了。同時，寂寞之中，實在也想趁便到那雖說偏僻卻還算熱鬧的小鎮找點熱鬧去。這麼着，到了那裏，寄過信，逛過市集，在一戶跟自己談得來的北方人家那兒吃過飯之後，坐了一會，走出來時，紙糊的窗戶透出淡淡的黃菊似的燈光，小鎮和它的窄街已經靜靜悄悄地躺在沉沉的夜色中了。

而風呢，一刮起來就刮個不停。

那一晚，越走越不是味；四下裏荒涼得不見人影，因此，從鎮上回住所去的那段不算短的路程似乎越伸越長。偶爾看見疏疏落落的燈光，但也不過荒涼中添點冷冷清清罷了。身上雖然穿得夠臃腫的了，可那鬼天氣冷得你直打哆嗦。望着那死寂的山野，公路，我有點後悔「不聽老人言」了：下午出門時，那個善觀天色的好心的老頭兒曾經勸告過我的——

「這種天氣，出去幹什麼！我看哪，早點兒歇歇，哪也別去吧！……待不住嗎？嗯，那就得早去就回了。」

真的，誰會在有跡象下雪的如此寒夜獨行，像我那樣莽撞的呢？

風越刮越大了，飄來了粉屑似的陣陣的雪。心想，這回可糟了，但是，還來不及看清楚前面的一排排禿樹的時候，像鵝毛又像麵條般的雪紛紛落下，跟着，雪花亂轉之間，呼呼的風也捲起一團團一堆堆的雪往臉上身上撲打過來了。退回去嗎，不能！只好冒着風雪趑趑趄趄地往前走去。雪，落得更大。開頭還聽得見地下的噝嗦聲，繼而什麼也聽不見了，除了那挾雪而來的風聲。在一片比大霧更濃的迷濛中，再也看不見燈光，如果有燈光的話。

我喘着氣，停一回，走一回，覺得眼前閃過一片片的灰白。其實這時什麼也看不見了，因為眼睛已給雪打得無法睜開來。臉僵硬了，連耳帽裏的耳朵，手套裏的手，也好像失去了下落。也不知過了多少時候，我才跌跌撞撞地拖着沉重的凍僵了的雙腿回到住所裏，全身麻木，一時之間彷彿連什麼感覺也失去了……

你喜歡雪嗎？嗯，從前在我的想像中，我也是喜歡的。

假如冬天和家人圍着火爐喝一杯熱酒或者咖啡，望着窗外的朵朵雪花，你也喜歡的吧？

但那是另一個故事，另一個世界了，朋友。

我可以告訴你的是：那一次以後，雪往往使我想起不愉快的冬天和不愉快的故事，因為在我的記憶中，我曾見過飢寒交迫的人們，在嚴寒的冬天裏找不到溫暖的燈光與爐火。

假如你像一隻覓取食糧的小鳥那樣，在寒枝與寒枝之間，在積雪與積雪之間漂泊，你也不喜歡那樣的冬天吧？

……哦，對了，你問我歸期的那一年，我嚮往的正是春天啊。嗯，陽光和溫暖……畢竟是可愛的，我以前說過，現在也是這樣說。

選自一九七五年三月香港《海洋文藝》第二卷第三期

作者簡介

玄　囿

原名可能是羅玄囿，生平未詳。香港日據時期曾在《南華日報》副刊上發表散文與新詩，以本名在《新東亞》上發表文章。

葉靈鳳（1904-1975）

本名葉蘊璞，小說家、散文家、畫家。原籍江蘇南京，上海美術專門學校肄業。一九二五年加入「創造社」，開始寫作，期間與周全平合編《洪水》半月刊。一九二六年組織文學團體「幻社」，與潘漢年合編《幻洲》半月刊。一九三〇年加入「中國左翼作家聯盟」。一九三七年參加《救亡日報》工作，後隨該報遷到廣州。一九三八年廣州失陷，轉到香港定居，此後歷任香港《立報・言林》、《星島日報》的「星座」、「香港史地」、「藝苑」等副刊編輯，並參與《大同雜誌》、《大眾週報》、《新東亞》、《萬人週刊》等刊物的編務。著述甚豐，晚年致力香港研究，曾出版《香港方物志》與《張保仔的傳說和真相》等書。

陶　惠

生平未詳。

易玲

生平未詳。

戴望舒（1905-1950）

本名戴朝寀，詩人、翻譯家。祖籍江蘇南京，生於浙江杭州，一九二三年入讀上海大學中國文學系，一九二五年進入震旦大學法文特別班，一九三二年至一九三五年間留學法國。一九二六年與施蟄存、杜衡創辦《瓔珞》旬刊，同年加入共產主義青年團。一九二八年，劉吶鷗創辦第一線書店，印行文學刊物《無軌列車》，邀請戴望舒與施蟄存參加編輯。一九三六年與馮至、卞之琳等人創辦《新詩》雜誌。一九三八年來港，擔任《星島日報》副刊「星座」主編。一九三九年中華全國文藝界抗敵協會成立文協香港分會，當選幹事。日據時期曾被日軍逮捕，保釋出獄後，任大同圖書印務局編輯。一九四四年以後，和葉靈鳳主編《華僑日報》副刊「文藝周刊」及《香島日報》副刊「日曜文藝」。一九四五年，出任《新生日報》副刊「新語」主編。一九四六年返滬教書，一九四八年再度來港，一九四九年三月北返，赴華北聯合大學工作，後調任新聞總署國際新聞局法文科主任。著有詩集《我的記憶》、《望舒草》、《望舒詩稿》、《災難的歲月》以及譯作多種。

學子

生平不詳。

陳君葆（1898-1982）

學者。祖籍廣東香山，畢業於香港大學，曾赴新加坡、馬來亞工作。一九三一年「九一八事變」後回國。一九三四年受聘於香港大學，任教翻譯課程，兩年後改任馮平山圖書館主任，兼文學院中國文史系教席。抗戰期間參加「中華全國文藝界抗敵協會香港分會」、「中英文化協會香港分會」、「香港新文字學會」等。一九四七年獲英皇喬治六世授予勳銜，表揚在香港淪陷期間盡力保護馮平山圖書館及香港的珍貴文獻。一九四〇年代在香港發表的作品見於《星島日報》、《華商報》、《華僑日報》、《香港新文字學會報》等。

黃魯（1919-1951）

詩人，另有筆名黎明起、孔武。一九三〇年代中在廣州參加廣州藝術工作者協會（廣州藝協）詩歌組及廣州詩壇社的活動，其後廣州詩壇社改組為中國詩壇社，出版《中國詩壇》，黃魯也是當中的主要成員，稍後再和陳殘雲、黃寧嬰、鷗外鷗等合辦《詩場》，出版詩場叢書，著有詩集《赤道線上》。一九三八年廣州淪陷後來港，在《星島日報・星座》、《大公報・文藝》、《國民日報・文萃》、《華僑日報・華嶽》發表詩作及散文。香港淪陷後留居香港，一九四二年一度遭日軍拘禁，後曾與戴望舒等合股在中環開設「懷舊齋」舊書店。一九四四至四五年間在《華僑日報》副刊「文藝周刊」及《香島日報》副刊「日曜文藝」發表散文。戰後仍居香港，一九五〇年在《華僑日報》發表〈回憶望舒〉一文，一九五一年病逝。

三　蘇（1918-1981）

本名高德熊，小說家、雜文家。原籍浙江紹興，生於廣州，曾在中山大學主修政治經濟，未畢業。一九四四年來港，翌年到《新生晚報》工作。除了創作通俗小說，還在報上以「三及第」文字撰寫「怪論」專欄。此外，亦曾為電台廣播劇「十八樓C座」寫劇本。代表作為《經紀日記》與《香港二十年目睹怪現狀》。

施蟄存（1905-2003）

本名施德普，小說家、翻譯家、學者。原籍浙江杭州，生於上海淞江。一九二二年考入杭州之江大學，後轉上海大學，一九二六年再轉震旦大學，同年加入共青團。一九二九年起，在上海參與《無軌列車》、《新文藝》、《現代》等雜誌編務。抗戰開始後，多次來香港。停留較長的一次是一九四〇年四月至九月，居於香港島薄扶林學士台，並任「全國文藝界抗敵協會香港分會」屬下「宣傳部」負責人、「研究部」附設「文藝研究班」負責人，又在香港天主教會「公教進行社」的「出版部」翻譯法文書籍。一九三〇、四〇年代在香港發表的作品及翻譯見於《大公報》、《星島日報》、《大風》雜誌等。一九五二年起任華東師範大學教授。著述甚豐。

夏　果（1915-1985）

本名源克平，美術設計師。原籍廣東高鶴，廣州市立美術專科學校畢業，喜歡寫詩，不過沒有個人詩集傳世。二戰結束後來港，一九五七年擔任《文藝世紀》主編。主要隨筆作品有《石魚集》、《閒步集》等。

自　強

生平不詳。根據《新生日報》編者按，自強「本是香港青年，參加我遠征軍任少校繙譯官，隨軍征戰滇西各地。」

李　綉

生平不詳。

黃秋耘（1918-2001）

本名黃超顯，散文家，評論家。祖籍廣東順德，香港出生，就讀於華仁書院。一九三五年同時考上香港大學、倫敦大學、清華大學、燕京大學和中山大學，決定入讀清華大學。一九三六年加入中國共產黨。中日戰爭期間，先後在八路軍辦事處，第七戰區長官司令部編纂委員會工作，一九四一年參加編輯《青年知識》周刊。二戰結束，到軍調處執行部工作，後轉至粵贛湘邊縱隊第一支隊司令部任職。離開軍隊後，曾回港執教，業餘從事文學創作與翻譯。一九四八年在港出版散文集《浮沉》。一九四九年以後，歷任廣州軍管會文藝處創作出版組組長、新華社福建分社代社長、《文藝報》編輯部副主任、廣東出版局副局長、作協廣東分會理事等職。著有多種雜文與文藝評論集。

穆何之

戰後常在香港報上發表文章，生平未詳。

佚　名

《工商日報》一九四六年「戰時的驚險遭遇」徵文比賽第二名得主，生平不詳。

紅　鷹

《工商日報》一九四六年「戰時的驚險遭遇」徵文比賽第四名得主，生平不詳。

黃藥眠（1903-1987）

原名黃訪，詩人、文學評論家。祖籍廣東梅縣，廣東高等師範學校畢業。一九二七年在上海參加創造社，一九二八年參加中國共產黨。一九二九年赴莫斯科共產國際東方部工作，一九三三年回國，不久被捕入獄。一九三七年被保釋出獄，一九四一年來港工作。一九四二年返回內地，一九四四年加入中國民主同盟。一九四六年再度來港，參與創辦達德學院，出任文哲系系主任。一九四七年，在港出版散文集《抒情小品》。一九四九年到北京參加全國第一次文代會，後來出任全國人大代表和北京師範大學教授。著有詩集、散文集、論文集及譯作多種。

聶紺弩（1903-1986）

本名聶國棪，雜文家、詩人。原籍湖北京山。一九二三年在緬甸仰光任《覺民日報》、《緬甸晨報》編輯。一九二四年入讀廣州中央陸軍軍官學校，翌年赴莫斯科中山大學學習。一九二七年回國，一九三二年參加中國左翼作家聯盟，一九三四年加入中國共產黨。一九三八年赴延安，後到皖南新四軍政治部宣傳部工作，任文化委員會委員兼秘書，並負責編輯軍部綜合性大型刊物《抗敵》。一九四五年後任重慶《商務日報》和《新民報》副刊編輯、西南學院教授。一九四八年三月來港，為《文匯報》、《大公報》、《野草》撰文，一九四九年六月返回內地。一九四九年底再度來港，為《文匯報》寫社論，翌年出任《文匯報》總主筆。一九四九年在港出版文學選集《天亮了》、詩集《元旦》和雜文集《二鴉雜文》。一九五一年三月赴北京，歷任中南區文教委員會委員、中國作家協會理事、人民文學出版社副總編輯等職。著有雜文集、散文集、小說集、寓言集和劇本多種。

蘇　海

生平未詳。

易　水

生平未詳。

鷗外鷗（1911-1995）

本名李宗大，詩人，兒童文學家。原籍廣東虎門，一九一八年隨家人來港，就讀育才書院，一九二二年返穗。一九三八年廣州淪陷前夕再來香港，主編《中學知識》月刊，任國際印刷公司總經理。日軍佔港後，於一九四二年逃往桂林。三十年代開始發表詩作，早年曾參與《中國詩壇》和《詩場》的編輯工作，一九三七至一九三八年間，主編《詩群眾》月刊。在桂林期間，編《詩》月刊，並加入新大地出版社工作。一九四九年後，在國民大學、華南聯合大學、華南師範學院等校任教。一九五三年調中華書局廣州編輯室任總編輯，後獲選為作協廣州分會理事、廣東省文聯委員、廣東省政協委員。著有《鷗外鷗詩集》及多種兒童讀物。

夏　衍（1900-1995）

本名沈乃熙，劇作家、翻譯家。原籍浙江杭州，一九二〇年公費留學日本，一九二七年加入中國共產黨，一九二九年參與組織上海藝術劇社，同年籌備成立中國左翼作家聯盟，一九三〇年出任左聯常務委員。一九三二年任明星公司編劇顧問，參與左翼電影活動。一九三五年開始話劇創作。一九三七年後，在上海、廣州、桂林等地主編《救亡日報》。一九四一年一月來港參與創辦《華商報》，任編委並分管文藝副刊。一九四二年一月底離港赴桂林。一九四六年十月經香港去新加坡，同年八月被新加坡當局「禮送出境」，返港擔任中共華南分局委員、香港工委委員（後任書記），負責統戰工作，並出任《華商報》編委，編輯副刊「熱風」（後改名「茶亭」），亦為《群眾》撰稿。一九四九年北返，任中共上海市宣傳部長、文化部副部長、全國文聯副主席，對外友協副會長等職。主要作品包括報告文學《包身工》、話劇《上海屋檐下》、電影劇本《狂流》、《春蠶》等。

侶　倫（1911-1988）

本名李林風，小說家。祖籍廣東惠陽橫崗，生於香港。一九二九年在香港與謝晨光組織島上社，出版《島上》雜誌。一九三〇年上海《北新》半月刊舉辦「新近作家特號」徵文，憑小說〈伏爾加船夫曲〉入選。一九三一年任香港體育協進會書記，並在《南華日報》擔任編輯工作，曾主編文藝副刊「新地」和「勁草」。一九三五年與易椿年、張任濤等合編《時代風景》，一九三六年與劉火子、李育中、杜格靈等組織「香港文藝協會」。一九三八年任職於香港南洋影片公司，曾擔任編劇及宣傳工作，編撰多種電影劇本。一九四六年主編《華僑日報・文藝周刊》，一九五五年創辦采風通訊社。香港淪陷期間流亡廣東，戰後返港。著述甚豐，代表作為長篇小說《窮巷》。

黃蒙田（1916-1997）

本名黃草予，散文家、美術評論家。祖籍廣東台山，畢業於廣州市立美術專門學校。一九四五年來港定居，在出版界工作，曾主編《新中華畫報》、《海光文藝》、《美術家》等期刊。著述甚豐。

吳　孟

戰後常在香港報上發表文章，生平未詳。

林默涵（1913-2008）

本名林烈，文學理論家。原籍福建武平，一九二八年考入福州高中師範科，一九三四年開始發表作品，同年赴日本東京新文學院學習。一九三五年歸國，一九三九年到延安，同年加入中國共產黨，先後任《中國文化》、延安《解放日報》副刊、重慶《新華日報》、《新華副刊》編輯。一九四六年到上海，編《群眾》周刊。一九三六年夏來港，任鄒韜奮創辦的《生活日報》副刊編輯，旋即返回上海。一九四六年十月再次來港，與章漢夫一同編輯中共刊物《群眾》周刊，在港期間出版雜文集《獅和龍》。一九四九年返回北京參加全國第一次文代會，此後歷任政務院文教委員會辦公廳副主任、文化部副部長、中共中央宣傳部副部長、中國文聯副主席等職。著有雜文集及文學論文集多種。

秦　牧（1919-1992）

本名林覺夫，散文家。祖籍廣東澄海，生於香港，輾轉在新加坡、澄海、汕頭、香港等地接受教育。中日戰爭期間，主要在粵桂兩省工作、生活。一九四四年在重慶參加中國民主同盟，一九四六至一九四九年間來港工作，曾在《大公報》、《文匯報》、《華商報》、《人間世》、《文藝生活》等報刊上發表作品。一九四九年返穗，一九六三年加入中國共產黨，歷任廣東省文教廳廳長、中國作家協會廣東分會副主席、廣東省文聯副主席、中華書局廣州編輯部主任、《羊城晚報》副總編輯、暨南大學中國文學系主任等職。著述甚豐，包括散文、雜文、童話、小說、文藝論著。

司馬文森（1916-1968）

本名何應泉，小說家。原籍福建泉州，一九三三年加入中國共產黨，擔任泉州特區黨委會委員，主編地下刊物《農民報》，同時開始發表作品。一九三四年到上海，加入中國左翼作家聯盟。中日戰爭期間，隨《救亡日報》撤至桂林，創辦《文藝生活》；桂林失守後，留守當地從事武裝鬥爭。一九四六年一月，在廣州復辦《文藝生活》，不久移居香港，任香港文委委員。一九四七年出任達德學院文學教授和香港文協常務理事。一九五一年一月被香港政府逮捕並遞解出境。返穗後，任中共華南分局文委委員、中南文聯常委、《作品》月刊主編。一九五五年起，先後擔任駐印尼和法國大使館文化參贊和對外文委三司司長。著作甚豐，主要作品為小說《南洋淘金記》、《風雨桐江》。

艾　迪

戰後在香港報上發表文章，生平未詳。

海　兵

生平不詳。

樓適夷（1905-2001）

本名樓錫春，小說家、翻譯家。原籍浙江餘姚，一九二五年開始發表詩歌與短篇小說，一九二六年加入中國共產黨，一九二八年入讀上海藝術大學，參加太陽社。一九二九年留學日本，一九三一年回國，加入中國左翼作家聯盟。中日戰爭期間，曾任武漢《新華日報》副刊編輯，並參加《抗戰文藝》的初期編輯工作。一九三八年十月來港，協助茅盾編輯《文藝陣地》，並繼茅盾之後，從一九三九年一月十六日起代理主編，一九三九年六月離港。一九四七年十一月再次來港，與周而復共同創辦《小說》月刊。一九四九年六月返回北京，任人民文學出版社副社長兼副總編輯。著有小說、話劇劇本、電影文學劇本及譯作多種。

高　岱

生平未詳。

巴　波（1916-1996）

本名曾祥祺，小說家、散文家、詩人。原籍四川重慶巴縣，延安中國人民抗日軍事政治大學學員，一九四四年加入中國民主同盟，歷任多種報刊雜誌編輯。

戈雲（1925-）

本名卓戈雲，雜文與小說家。出生於廣西藤縣，一九四六年因戰亂來港，入讀達德學院哲學文學系。一九四八年達德學院被封，前往廣東東江縱隊教導營入伍，後隨部隊進入廣州，在文教接管委員會文藝處、廣東省文教廳、文化局電影戲劇審查組工作。一九八一年移居美國。從四十年代開始創作，作品包括散文、特寫、短篇小說、兒童小說、文藝評論等。

文值

生平不詳。

宋光

生平不詳。

澹生

戰後常在香港報上發表文章，生平未詳。

望雲（張文炳，1910-1959）

本名張文炳，香港第一批新文學作家之一，也是香港第一個新文學團體島上社的主要成員。一九二八年以筆名張吻冰發表小說，並任島上社文藝雜誌《鐵馬》和《島上》的編輯。中日戰爭期間，曾在電影界從事編導工作，並以筆名望雲撰寫流行小說《黑俠》；這部小說後來改編為電影，非常賣座。除了流行小說，還著有散文集《星下談》與《星下談第二輯》。

馮　式（1919-1982）

本名馮明之，教科書作者、小說家，生平未詳。編著有《中國文學家辭典》、《國學的基礎知識》、《中國文學史話》、《中國文學史教程》、《中國文學史提綱》、《中國文學的流派》、《中國民間文學講話》、《中國歷史提綱》等多種教材，亦以中英雙語撰寫中西比較文學論文，收錄於《文學三題》。報上發表的隨筆收錄於《歷史的奇趣》。歷史小說《李師師》、《綠珠傳》、《南明遺恨》、《桃山宮末日記》、《夜盜紅綃記》則以筆名南山燕出版。

舒巷城（1921-1999）

本名王深泉，小說家、詩人。祖籍廣東惠陽，生於香港，在港接受教育。中日戰爭期間開始文學創作，第一批短篇小說與新詩刊於《立報》與《申報》副刊。香港淪陷期間與戰後初期，顛沛流離於桂林、貴陽、昆明、越南、臺灣、上海、北平、南京、東北等地，一九四八年底返回香港。

《香港文學大系一九一九——九四九》編輯委員會鳴謝
以下人士及單位，資助本計劃之研究及編纂經費：

李律仁先生

．

香港藝術發展局

．

香港教育學院　中國文學文化研究中心

香港藝術發展局
Hong Kong Arts Development Council

藝發局邀約計劃
香港藝術發展局全力支持藝術表達自由，
本計劃內容並不反映本局意見。

The Hong Kong
Institute of Education
香港教育學院

中國文學文化研究中心